KB265263

가슴엔 듯
　　　　눈엔 듯
또 핏줄엔 듯

가슴엔 듯
눈엔 듯
또 핏줄엔 듯

❀ 영랑 시詩 전편 해석

_ 오하근

작가

　김영랑은 그냥 '영랑'으로 행세했다. 그의 맨 처음의 시 「동백 잎에 빛나는 마음」(1930.3 『시문학』)부터 맨 마지막 작품 「오월 한」(1950.5 『신천지』)까지 필자명은 그냥 '영랑'이었다. 그가 낸 두 권의 시집 이름도 『영랑시집』과 『영랑시선』이었다. 이렇게 그는 이름에서 성조차 생략할 정도로 극도의 절제력으로 언어를 다룬 듯싶다. 그의 시작품 87편 가운데 한시의 절구絶句와 같은 4행시가 전체 29편이나 되고, 그 밖의 시도 대부분 짧다. 얼마 안 되는 영랑의 산문에서도 언어를 대하는 그런 결벽증의 흔적을 엿볼 수 있을 정도로 그는 긴축된 언어를 사용한다.

　이가 바로 시적 언어의 속성이다. 그는 시인으로서 당연한 행사로 압축된 시어로 함축된 의미를 시에 새겨 넣었다. 그러나 그래서 그런지 영랑의 시는 해석상 많은 오류를 불러일으키는 듯하다. 물론 이에는 이 밖에도 율격을 가늠한 예스런 표현과 향토색 짙은 방언이 한 몫 한다. 또 맛깔스런 낱말을 골라 갈고 다듬은 시어법poetic diction이 영랑 시의 난해성에 기여하기도 한다. 그래도 그렇지. 평자들은 영랑 시는 의미를 논하면 오히려 부서지는 주정적인 미묘한 마음의 세계를 그렸기 때문에 까다로운 시어는 구태여 해석이 필요치 않은 듯 비껴가기 일쑤이다. 다만 그 시어를 형성하고 있는 음성적인 특질이 율격에 기여하는 정도를 추상적인 언어로 지적하면 모란이 지면 한 해가 다 가고 말듯 영랑 시의 논의는 다 끝난 줄 아는 듯 그렇게 넘어간다. 이것이 영랑 시의 설움의 한 원인이다.

　또 하나가 있다. 영랑 시의 공간은 일제 강점기와 해방 직후의 혼란기이다. 이 시대를 겪고 한국전쟁과 독재의 긴 세월을 겪어 온 우리들은 참된 시는 현실에 참견하는 목소리이어야 한다는 편협된 시론에만 귀 기울려, 시가 이런 시련에 눈 감고 서정을 펼치는 것은 시의 임무를 방기한 행위로 간주하는 경향이 있다. 영랑은 일제 강점 말기에 난다 긴다 하는 작가들 거의 대부분이 친일문학에 허리를 굽힐 때 누구보다도 격한 저항시를 쓰다가 아예 붓을 꺾어 버렸다. 그는 가장 서정적인 시인이 가장 저항적인 시인이 될 수 있다는 사실을 증명한 몇 안 되는 시인이다. 그러나 그의 모란의 정취와 마음의 고요가 춘향의 일편단심과 두견의 피울음보다 더 깊고 더 짙어 그는 저항시인이 아닌 서정시인으로만 인식되었다.

그렇다 해서 나쁠 것도 없다. 시의 신은 분노의 신 아킬레우스라면 또 모르지만 아름다운 뮤즈 여신이다. 시는 그렇게 아름다운 목소리로 읊어졌다. 그러므로 서정시야말로 시의 본령일 수밖에 없다. 아마도 영랑은 초기엔 시가 현실에 참여하는 것은 외도라고 생각했을 듯싶다. 그런 그도 일제 강점기와 해방의 공간에서 그 외도를 마다하지 않았다. 그런 그에게 음조만을 최고 가치로 삼는 시를 썼다는 오해로 과소평가하는 것은 글쎄, 그의 말대로 '아이고! 모르지' 하고 모른 체할 수 있을까.

김영랑은 이렇게 지지자들에게는 의미를 망각하고 음악성만을 추구한 시인으로, 반대자들에게는 조국의 현실에 눈 감고 달콤한 순수서정의 세계에만 몰입한 시인으로 인식되어 제대로 그 진가를 인정받지 못하는 시인으로 남았다. '그럴 수 없지.' 이는 바른 평가가 아니다.

우리는 영랑 시에 대한 바른 평가를 위해서 그 텍스트를 정확하게 해석하는 작업부터 선행시켜야 한다. 텍스트의 의미를 모르고 평가는 무슨 평가이겠느냐. 이 책은 이를 위하여 씌어졌다. 그래서 책 이름도 『영랑 시 전편 해석』이라 했다. 책 이름에 '평설' 이니 '해설' 이니 '감상' 이니 하는 이름을 버리고 '해석' 을 택한 것은 '해석' 을 이들에 선행하는 '해독' 정도의 작업으로 이해했기 때문이다. 그만큼 영랑 시는 해독조차도 제대로 이루어지지 않은 듯싶다. 우리는 이 '해석' 을 인터프리테이션interpretation이라기보다 패러프레이즈paraphrase 정도의 의미로 사용했다. 그래서 이 책은 시를 산문화하는 정도의 수필 형식으로 서술했다.

김학동 편저 『김영랑』, 허윤회 주해 『원본 김영랑 시집』, 이숭원 지음 『영랑을 만나다』는 김영랑 연구를 위한 선구적인 작업이다. 이 책은 이들 저서에 힘입은 바 크다. 이에 감사의 말씀을 드린다.

2012년 늦가을, 저자 오하근

【 차례 】

책머리에 _ 4

1. 끝없는 강물이 흐르네 _ 12

2. 돌담에 소색이는 햇발 _ 17

3. 어덕에 바로 누워 _ 23

4. 뉘 눈결에 쏘이었소 _ 28

5. 오매 단풍 들것네 _ 34

6. 함박눈 _ 40

7. 눈물에 실려 가면 _ 44

8. 쓸쓸한 뫼 앞에 _ 50

9. 꿈밭에 봄마음 _ 55

10. 임 두시고 가는 길 _ 59

11. 허리띠 매는 시악시 마음실 _ 65

12. 풀 위에 맺어지는 이슬 _ 69

13. 좁은 길가에 무덤이 _ 72

14. 밤사람 그립고야 _ 75

15. 숲향기 숨길을 가로막았소 _ 79

16. 저녁때 저녁때 _ 81

17. 문허진 성터에 _ 84

18. 산골을 놀이터로 _ 87

19. 그 색시 서럽다 _ 90

20. 바람에 나부끼는 깔잎 _ 93

21. 뼐은 가슴을 훤히 벗고 _ 96

22. 다정히도 불어오는 바람 _ 99

23. 떠 날러가는 마음 _ 102

24. 그밖에 더 아실 이 _ 105

25. 뵈지도 않는 입김 _ 109

26. 사랑은 깊으기 푸른 하날 _ 112

27. 미움이란 말 속에 _ 115

28. 눈물 속 빛나는 보람 _ 118

29. 밤이면 고총 아래 _ 121

30. 빈 포켓에 손 찌르고 _ 124

31. 저 곡조만 마저 호동글 사라지면 _ 127

32. 향내 없다고 버리시려면 _ 131

33. 어덕에 누워 _ 134

34. 푸른 향물 흘러버린 어덕 위에 _ 137

35. 빠른 철로에 조는 손님아 _ 140

36. 생각하면 부끄러운 일이어라 _ 143

37. 온몸을 감도는 붉은 핏줄이 _ 146

38. 제야 _ 149

39. 내 옛날 온 꿈이 _ 155

40. 그대는 호령도 하실 만하다 _ 159

41. 아파 누워 _ 163

42. 가늘한 내음 _ 167

43. 내 마음을 아실 이 _ 173

44. 시냇물 소리 _ 180

45. 모란이 피기까지는 _ 186

46. 불지암 _ 205

47. 물 보면 흐르고 _ 213

48. 강선대 돌바늘 끝에 _ 217

49. 사개 틀린 고풍의 툇마루에 _ 221

50. 마당 앞 맑은 새암을 _ 226

51. 황홀한 달빛 _ 231

52. 두견 _ 236

53. 청명 _ 247

54. 못 오실 임이 그리웁기로 _ 256

55. 거문고 _ 259

56. 가야금 _ 267

57. 빛깔 환히 _ 272

58. 연 1 _ 276

59. 오월 _ 282

60. 독을 차고 _ 289

61. 묘비명 _ 295

62. 언 땅 한 길 _ 298

63. 한줌 흙 _ 302

64. 강물 _ 307

65. 한길에 누워 _ 312

66. 우감 _ 317

67. 내 홀진 노래 _ 322

68. 집 _ 327

69. 춘향 _ 335

70. 북 _ 346

71. 바다로 가자 _ 354

72. 땅거미 _ 361

73. 새벽의 처형장 _ 367

74. 절망 _ 372

75. 겨레의 새벽 _ 378

76. 연 2 _ 382

77. 망각 _ 387

78. 낮의 소란소리 _ 394

79. 감격 8 · 15 _ 398

80. 오월 아침 _ 405

81. 행군 _ 411

82. 수풀 아래 작은 샘 _ 415

83. 지반 추억 _ 419

84. 어느 날 어느 때고 _ 424

85. 천리를 올라온다 _ 429

86. 장! 제패 _ 436

87. 오월 한 _ 443

일러두기

1. 이 책은 현재까지 알려진 김영랑의 전 시작품 87편(『영랑시집』 수록분 53편, 이를 제외한 『영랑시선』 추가분 17편, 기타 17편)을 낱낱이 정본, 원본, 시어 주석, 평설 순으로 나누어 수록했다.
2. 이 책의 작품 배열은 『영랑시집』 수록분(작품 번호 1-53)은 그 순서에 따르고 그 밖의 작품(작품 번호 54-87)은 연대순으로 하여 순서대로 작품 번호를 부여했다.
3. 이 책의 시작품 이름 가운데 영랑이 명명하지 않은 총 34편(4행시 29편과 그 밖의 5편)은 『영랑시집』에 없었던 시제를 『영랑시선』에서 부여했던 방식에 따라 첫 행의 전부나, 일정 부분을 따서 명명하고 원본의 왼쪽 어깨에 *표를 붙였다.
4. '정본'은 다음과 같은 원칙을 적용했다.
    1) 표기와 띄어쓰기는 한글 맞춤법 규정에 따랐다.
    2) 삽입모음(오/우), 이중접사(-이우-), 피동접사와 합성법의 겹침(이+-어지다) 등은 그대로 두었다.
    3) 예스러운 어미나 방언으로의 어미는 그대로 두었다.
    4) 된소리, 거센소리 등으로 된 방언은 그대로 두었다.
    5) 원칙적으로 원본에 없는 부호는 첨가하지 않았지만 꼭 필요한 경우는 예외를 두었다.
    6) 한자는 가급적 한글로 고쳐 쓰고 필요한 경우 한글 뒤에 병서했다.
5. '원본'은 첫 발표작 그대로이거나 약간의 개작을 거친 『영랑시선』 본으로 하되, 『영랑시선』에 등재되지 않았지만 『영랑시집』에 있는 작품은 『영랑시집』 본으로, 『영랑시집』에도 수록되지 않은 작품은 원 발표작으로 했다.
6. '시어 풀이'는 국립국어원의 『표준국어대사전』과 한글학회의 『우리말큰사전』에 따르고, 그 언어적 근거를 제시하려고 했다.
7. 해설은 가급적 작품외적인 언급을 자제하고 작품내적인 의미를 밝히려 했으나 의미 해독에 필요한 경우에는 모든 상황을 논의했다.

가슴엔 듯
　　　눈엔 듯
또 핏줄엔 듯

1

끝없는 강물이 흐르네

내 마음의 어딘 듯 한편에 끝없는
　　강물이 흐르네
돋쳐 오르는 아침 날빛이 빤질한
　　은결을 돋우네
가슴엔 듯 눈엔 듯 또 핏줄엔 듯
마음이 도른도른 숨어 있는 곳
내 마음의 어딘 듯 한편에 끝없는
　　강물이 흐르네

끝없는 강물이 흐르네

내마음의 어딘듯 한편에 끝없는
　강물이 흐르네
도처오르는 아침날빛이 빤질한
　은결을 도도네
가슴엔듯 눈엔듯 또 피ㅅ줄엔듯
마음이 도른도른 숨어있는곳
내마음의 어딘듯 한편에 끗없는
　강물이 흐르네
　―『永郎詩選』(1949.10)

· ㄴ듯(어딘듯): 인 듯, *어딘듯: 어디인 듯.
· 엔듯(가슴엔듯): 에인 듯. *가슴엔듯: 가슴에 있는 듯.
· 도치다(도처오르는): 돋아 내밀다. *―치―: 강세접미사(깨다―깨치다, 깨뜨리다).
· 날빛: 햇빛(날 저물다―해 저물다).
· 빤질하다(빤질한): '빤질거리다(거죽이 매우 매끄럽고 윤기가 흐르다)' 의 변개어變改語.
· 은결: 은빛 물결(은파銀波).
· 도른도른: '도란도란(여럿이 나직한 목소리로 서로 정답게 이야기하는 소리나 모양)' 의 변개
어.

시문학파詩文學派와 시인 영랑永郎의 탄생

이 시는 우리 현대시사의 신기원을 이룬epoch-making 시문학파와 시인 영랑의 이름을 세상에 알린 최초의 작품이다. 1930년 3월 『시문학』 1호의 머리는 「동백닙에 빗나는 마음(외 12편) 영랑」이라는 이름으로 열렸으니, 이 작품의 첫 이름이 바로 「동백닙에 빗나는 마음」이다. 그 고고呱呱의 소리는 이렇게 빛나는 울림으로 우리의 시문학이라는 역사의 강물에 큰 소용돌이를 일으키고 끝없이 흐르고 있다.

왜 이 시가 「동백 잎에 빛나는 마음」이란 제목으로 탄생했을까. 이제 시제도 바뀐 마당에 이 시에서 동백 잎은 자취도 없어지고 말았지만 '돋쳐 오르는 아침 날빛이 빤질한/ 은결을 돋우네' 에서 그 내력을 찾을 수 있다. 그렇지 않아도 빤질빤질한 동백 잎이 아침 햇빛을 받아 그 햇살이 은빛 물결을 이루어 반짝이며 흐르는 듯싶은 느낌이 여기 있다. 아침 햇살에 빤질빤질 빛나는 파란 동백 잎을 보면서 행복감이 넘쳐나는 '내 마음' 을 그 동백 잎과 동일시하였으니, '동백 잎에 빛나는 마음' 은 '동백 잎같이 빛나는 마음' 에 다름 아니다. '빛나는 동백 잎=빛나는 마음' 을 거치는 과정에서 구태여 '마음' 이 '동백 잎' 의 도움을 받지 않아도 아침 햇빛을 받아 스스로도 빤질거리며 자립할 수 있겠다 싶어 '동백 잎' 은 아예 사라지고 '마음' 역시 본문에만 자리한 듯싶다.

북에 소월이요 남에 영랑이라 했던가. 그런데 소월은 '나' 를 '내 몸' 으로 표현하기 예사이고, 영랑은 이를 '내 마음' 으로 대신하기 일쑤였다. 소월 시에는 '내 몸의 상처받은 맘(「엄숙」)', '내 몸은 생각에 잠잠할 때(「묵념」)' 등 '내 몸' 이 20여 군데 있고, 영랑 시에는 '내 마음을 아실 이’ ‘꿈 밭에 봄 마음’ 등 50여 군데에 ‘마음’이 있다. 아마도 소월의 시는 짙은 이별과 상실 등 몸으로 직접 체험하는 행위가 잦고, 영랑의 시는 옅은 동경과 애수 등의 정서가 마음에 고여 있기 때문이 아닐까 싶다.

이 ‘마음’은 ‘가슴엔 듯 눈엔듯 또 핏줄엔 듯’한 데에 ‘숨어 있’는데 그 ‘내 마음의 어딘 듯 한편에 끝없는 강물이 흐르’고 있다. 그러므로 그 강물은 ‘마음’을 운반하고 있다. 강물 속의 ‘마음’은 때맞추어 햇빛이 비치자 때마침 빤질거리는 동백 이파리마냥 빤질빤질하게 은결을 돋운다. 아침 햇빛은 크고 강하게 ‘돋쳐 오르고’ 마음은 리드미컬하게 미묘하고 섬세한 은빛 파문을 ‘돋운다’. 이때 ‘돋치다’와 ‘돋우다’ 그리고 행마다 깃들여 있는 ‘어딘 듯’ ‘가슴엔 듯 눈엔 듯 핏줄엔 듯’ ‘도른도른’ ‘어딘 듯’의 ‘ㄷ’이 스스로의 존재를 도톰히 내세우며 유독 자운子韻(자음운)의 구실을 한다.

이 시는 첫 발표 때 5행으로 되었는데 『영랑시집』과 『영랑시선』에서 1 · 2 · 5행을 둘로 나누어 8행으로 했다. 이는 3음보의 정형적 음보율의 공식을 파괴하고자 할 뿐만 아니라 ‘끝없는 · 빤질한 · 끝없는’ (는 · 안), ‘흐르네 · 돋우네 · 흐르네’ (네), ‘듯 · 곳’ (웃 · 옷) 등 아쉬운 대로의 각운 효과를 내려는 의도적인 배열이다.

‘마음이 도른도른 숨어 있다’는 모순형용이다. ‘도른도른’은 ‘조용히 정답게 속삭이는 모습’이다. 숨어 있으면서도 침묵하지 않고 마음은 끼리끼리 도란도란 속삭이고 있다. 어찌 살랑살랑 은물결 치는 출렁임 속에 고요만이 있겠는가. 마음은 그 즐겁고 아름다운 비밀스런 사랑의 사연을 조금씩 털어놓는 중이다. 이 ‘고요 속의 속삭임’이 ‘도른도른 숨음’의 의미이리라.

‘가슴엔 듯 눈엔 듯 또 핏줄엔 듯’은 ‘가슴에 있는 듯도 싶고, 눈에 있는 듯도 싶고, 또 핏줄에 있는 듯도 싶게' 란 의미로 마음이 그 가운데 어느 한 곳에만 있는 듯 말하지만 실제로는 그 마음은 그 모든 곳에 숨어 있다. 이 가슴과 눈과 핏줄은 동백 잎의 둥그스름한 형상(가슴)과 비추는 햇빛을 반사하면서 맞춘 빤질거리는 초점(눈)과 잎맥(핏줄) 등을 연상시킨다. 그러나 이를 동백 잎과 연관시키지 않아도 상관없다. 이 '가슴'과 '눈'과 '핏줄'은 인간의 이성과 감성, 동과 정, 안과 밖 등 모두를 대표하는 인체기관이라 할 수 있다.

그러면 마음의 한편에서 이 마음을 싣고 흐르는 강물은 어디로 흘러가는가. 햇빛에 반사되어 아름답게 빛나는 마음은 가슴에서 가슴으로, 눈에서 눈으로, 핏줄에서 핏줄로, 온몸에서 온몸으로 흐른다. 그래서 나의 마음은 남의 마음으로 흘러들어 나와 남은 하나가 된다. 이것은 '돋쳐 오르는 아침 날빛이 돋우는 빤질한 은결'이 일으키는 감흥의 파문이 형성한 사랑이다. 그 사랑을 실은 강물, 사랑의 강물은 끝없이 영원히 흐른다. 이 영원히 흐르는 사랑, 이것이 이 시의 주제이어야 한다.

2

돌담에 소색이는 햇발

돌담에 소색이는 햇발같이
풀 아래 웃음 짓는 샘물같이
내 마음 고요히 고운 봄 길 위에
오날 하로 하날을 우러르고 싶다

새악시 볼에 떠오는 부끄럼같이
시의 가슴을 살포시 젖는 물결같이
보드레한 에메랄드 얇게 흐르는
실비단 하날을 바라보고 싶다.

돌담에 소색이는 햇발

돌담에 소색이는 햇발같이
풀아래 웃음짓는 샘물같이
내마음 고요히 고운봄 길우에
오날하로 하날을 우러르고싶다

새악시 볼에 떠오는 부끄럼같이
詩의가슴을 살포시 젖는 물결같이
보드레한 애메랄드 얄게 흐르는
실비단 하날을 바라보고싶다
   —『永郎詩選』(1949.10)

· 소색이다(소색이는): '속삭이다(남이 알아듣지 못하도록 나지막한 목소리로 가만가만 이야기
　하다)'와 '쏘삭이다(가만히 있는 사람을 꾀거나 추겨서 마음이 움직이게 하다)'의 뜻 겹침의
　변개어.
· 살포시: 포근하게 살며시. 드러나지 않게 살며시.
· 젖다(젖는): '적시다'의 의미. *김영랑 시에는 자동과 타동, 능동과 피동을 혼동해 쓴 예가 많
　음.
· 실비단: 가는 실로 짠 비단.

의미의 표리부동表裏不同

　이 시작품은 2011년 현재 검인정 중학 1년 국어교과서 23종 가운데 9종에 실려 있다. 이는 12종에 실린 김소월의 「엄마야 누나야」 다음으로 많이 수록된 양이다. 그만큼 이 시는 어린 시절부터 우리의 입에 오르내리는 작품이다. 이 시는 투박한 일상어를 조탁하여 섬세 미묘한 음악적인 언어로 바꾸어 시어의 미적효과를 극대화하고, 오욕칠정의 격정을 다스려 티끌과 앙금을 씻고 걸러 이른바 순수서정의 경지로 승화시켰다고 평가되는 김영랑 시의 특성을 가장 잘 보여주는 대표적인 작품으로 꼽힌다. 그러면서도 이 시작품은 어려운 낱말 한 푼도 없는 쉬운 시로 인식되어 어리디어린 중학 1년생의 교과서에 수록되어 있다.

　그러나 과연 그렇게 쉬운 시인가. 시어 '소색이다' 의 낱말의 뜻조차도 의문이다. 이 시의 해설자는 한결같이 이를 '속삭이다' 에서 ㄱ을 탈락시켜 투박한 일상어를 섬세하고 미묘하게 갈고 닦은 유포니(듣기 좋은 소리)로 이해한다. 그러나 국어에서 ㄱ이 탈락하는 경우는 ㄹ 뒤(몰개—몰애, 날개—날애), l뒤(이거니—이어니, —이고—이오), ㄱ 뒤(목과—모과) 등으로, 방언에서도 ㅅ 앞에서 ㄱ이 탈락되지는 않는다. 시어라 해서 조어법에 맞지 않게 아무렇게나 만들지는 않는다. 김영랑은 많은 시어를 조어했다고 알려져 있지만 실상은 그렇지 않다. 부득이한 경우 고어나 방언을 이용하여 약간 변개한 정도가 있을 뿐이다. 그밖에 조어로 여기는 몇 개의 어휘 역시 그 뿌리를 찾지 못했을 뿐이리라.

　음운상 '소색이다' 에 가장 가까운 어휘는 '쏘삭이다' 이다. '쏘삭이다/쏘삭거리다〈쑤석이다/쑤석거리다' 는 '은근히 충동을 주어 마음이 달싹이게/덜썩이게 하다'이다. 때로 '충동질'이라는 나쁜 뉘앙스를 떠올릴 수 있지만 꼭 그렇지만은 않다. 이는 '행동하는 양심'을 일깨워주는 속삭임일 수 있다. 이에 반하여 '속삭이다'는 '귀엣말로 가만가만 말하다. 가만가만 정답게 말하다'의 뜻을 가져 때로 누구를 따돌리는 느낌도 있지만 보통 좋은 이미지로 받아들여진다. 김영랑 시에 이 '소색이다'는「무너진 성터에」「푸른 향물 흘러버린」「집」들에 더 있는데 뜻으로는 '속삭이다'나 '쏘삭이다'나 다 통하는 듯싶다. 그러나「푸른 향물 흘러버린」에서는 '허공의 소색임을 들으라 한다'고 하여 이 '쏘삭이다'의 의미가 더 강한 듯도 하다. 시에서 된소리를 예사소리로 바꾸는 것이야 조어법에 조금도 어긋나는 행위가 아니다. 그러나 우리는 구태여 '소색이다'를 어느 한쪽만의 뜻으로 고집할 필요는 없을 것이다. 이를 다의성ambiguity의 언어로 읽으면 된다. '고운 봄 길'의 '고운' 역시 '고운 봄의 길'과 '고운 봄길' '고운 봄과 고운 봄길' 등 모두가 이에 합당하다고 할 수 있다.

우리는 '속삭이다'보다 더 부추김이 있는 '쏘삭이다'의 의미를 활용하여 이 시작품을 달리 해석할 수 있다. 프로이트는 예술작품을 정신분석학적으로 해석했다. 그는 예술인은 무의식적으로 성적 이미지를 작품화한다고 한다. 우리는 굳이 프로이트가 아니라도「서동요」의 '선화善花공주'의 꽃花과 '서동薯童'의 마薯가 남녀 성의 상징임을 안다. 김소월의「진달래꽃」의 진달래꽃은 여성, 밟는 발은 남성, 밟는 행위는 성적 행위로 해석하는 이도 있다. 이 성적 이미지는 우리의 꿈에 변형되어 나타난다. '음경은 몸속에 들어가서 손상을 주는 물건, 즉 나이프, 단도, 칼, 창과 같은 끝이 뾰족한 무기로 나타난다.', '남녀의 음모는 꿈속에서는 숲이나 풀숲으로 나타난다. 여성음부의 복잡한 구조는 바위, 숲, 물 등이 있는 풍경으로 묘사되는 일이 많다.', '신화나 시문에서 도시, 성,

저택, 성채를 널리 여성의 상징으로 생각해도 좋다.(「꿈에 있어서의 상징」, 『정신분석학입문』)’고 프로이트는 말한다. 이 시에서 ‘햇발/햇살’은 큐비트의 화살로, 돌담은 성채처럼 내부에 무엇인가 숨기는 사물로, ‘쏘삭이다’는 돌담의 틈새기마다 햇살을 비추는 강한 힘으로 번역할 수 있다. 풀 아래 샘물의 이미지야 더욱 뻔하다.

이 시작품은 많은 직유로 되었다. 그러나 구태여 어법에 맞춰 이를 논리화시킬 필요는 없다. ‘돌담에 소색이는 햇살같이’ ‘풀 아래 웃음 짓는 샘물같이’처럼 ‘하날을 우러르고 싶은 내 마음’에도 ‘같이’를 붙여 ‘내 마음같이 햇발은 소색이’고, ‘내 마음같이 샘물은 웃음 짓고’ 해도 하등 이상이 없다. ‘햇발’과 ‘샘물’과 ‘내 마음’은 하나로 수식어도 되고 피수식어도 된다. 또 ‘돌담’과 ‘햇발’, ‘풀’과 ‘샘물’, ‘나’와 ‘하늘’은 누가 주체인지 누가 객체인지 구별할 수조차 없다. 모두가 주체이자 객체이다.

그러면 ‘하날’은 무엇인가. 내 마음이 하루 종일 우러르고 싶은 하늘이고, 에메랄드 얇게 흐르는 하늘이고, 바라보고 싶은 실비단 하늘이다. 그러나 여기에서도 부끄럼 같은 에메랄드인지 에메랄드 같은 부끄럼인지, 물결 같은 에메랄드인지 에메랄드 같은 물결인지, 떠오는 듯 젖는 듯 흐르는 듯이 뒤섞이어 구태여 수식어 피수식어, 주체 객체를 구별할 이유가 없다. 새악시 볼과 부끄럼, 시의 가슴(시심詩心)과 물결, 에메랄드와 실비단 하늘, 그리고 떠오르고 흐르고 젖는 것은 모두 여성적 이미지의 이음동의어異音同義語이다.

‘시의 가슴’은 시신詩神의 가슴이다. 시신은 원래 뮤즈 여신이다. 시는 음악과 미술과 더불어 이 여신의 소관이다. 그래서 시적언어는 거의가 달콤하면서 아름다운 여성적인 언어이다. 이 시신의 가슴은 그대로 시인의 가슴으로 옮는다. 시는 시인이 뮤즈 여신에게서 영감을 얻어야 산출되는 주술 같은 언어로 인식되기도 했다. 이 시인의 가슴은 바로 시 자체의 마음, 시심과 다름 아니다. 이 시심은 그대로 시의 씨앗이다.

'오날 하로 하날을 우러르고 싶다' 의 '오날 하로 하날' 의 양성모음군陽性母音群도 김영랑의 고심이 깃들인 시어라 할 수 있다. 표준어에서 이들은 양성모음(ㅏ,ㅗ)과 음성모음(ㅓ,ㅜ,ㅡ)이 교호하면서 이룬 어휘들이다. 이들을 모음조화를 시킴으로써 자그마하고 오밀조밀하고 날카롭고 밝고 가볍고 맑은 느낌을 받게 한다. '오늘 하루 하늘' 은 바로 그런 '오날' 이고 그런 '하로' 고 그런 '하날' 이다. 시는 애매모호한 언어이다. 그 다의성이 시의 생명이고 가치이다. 다양한 해석이 가능한 시가 가장 뛰어난 작품이다. 우리는 밖으로 순수를 표방하고 안으로 에로티시즘을 새겨, 아이에게는 동시처럼 읽게 하고 어른에게는 에로틱 아트erotic art의 시로 변용시켜 겉 다르고 속 다른 표리부동表裏不同의 시를 창작하는 신기神奇한 이 신기神技에 놀랄 뿐이다.

우리는 또한 '고운 봄' 의 햇볕정책에 만물이 하나가 되는 신통神通을 이 시작품에서 본다.

3

어덕에 바로 누워

어덕에 바로 누워
아슬한 푸른 하늘 뜻 없이 바래다가
나는 잊었습네 눈물 도는 노래를
그 하늘 아슬하야 너무도 아슬하야

이 몸이 서러운 줄 어덕이야 아시련만
마음의 가는 웃음 한때라도 '없더라' 냐
아슬한 하늘 아래 귀여운 맘 질기운 맘
내 눈은 감기었데 감기었데

어덕에 바로 누어

어덕에 바로 누어
아슬한 푸른하늘 뜻없이 바래다가
나는 이졌읍네 눈물 도는 노래를
그하늘 아슬하야 너무도 아슬하야

이몸이 서러운줄 어덕이야 아시련만
마음의 가는웃음 한때라도 없드라냐
아슬한 하늘아래 귀여운맘 질기운맘
내눈은 감기엿데 감기엿데
―『永郎詩選』(1949.10)

· 어덕: '언덕(땅이 비탈지고 조금 높은 곳)'의 방언(바지락―반지락 아심찮다―안심찮다).
· 아슬하다(아슬한): 아찔아찔할 정도로 높거나 낮다.
· 바래다(바래다가): 가는 사람을 일정한 곳까지 배웅하거나 바라보다.
· ―읍네(이졌읍네): ―습네(높여 말하기도 어쭙잖고 낮추기도 어려운 자리에서 쓰는 종결어미).
· 가는(가다, 가늘다): '(스쳐)가는' 혹은 '가느다란' 혹은 이 두 의미를 모두 수용하는 뜻 겹침 시어.
· ―드라냐(없드라냐): '―더라'냐. *없드라냐: '없더라'라는 것이냐. *―더냐: 해라할 자리에 쓰여, 과거에 직접 경험하여 새로이 알게 된 사실에 대한 물음을 나타내는 종결어미.
· 질깁다(질기운): 끈질기다. *우: 삽입모음 '오/우'.
· ―엿데(감기엿데): '하게' 할 자리에 쓰이어 경험한 지난 일을 돌이켜 말할 때 쓰는, 곧 회상을 나타내는 종결어미.

영롱한 의식과 몽롱한 무의식

　'어덕'은 '언덕'의 방언이다. 특히 전라도에서는 '의지할 데가 있어야 성공할 수 있다'는 의미로 '소도 비빌 어덕이 있어야 비빈다.'고 '언덕'보다 '어덕'을 많이 쓴다. 막무가내로 대들 때 '어덕 쓴다.'고 한다. 공식적으로 적당히 높은 곳은 '언덕'이라 하고, 언덕 같지 않은 야트막한 곳이나 이런 속담 같은 촌말을 쓸 때는 '어덕'이라고 하는 듯하다. 그리고 '어덕'은 '언덕보다 좀 부드러운 느낌이 들기도 한다.

　언덕은 시간과 장소의 경계선이다. 언덕은 이곳과 저곳, 입때와 접때, 차안과 피안의 가운데에 위치한다. 나그네는 언덕에 올라 잠시 휴식을 취하면서 온 길과 갈 길을 가늠한다. 그러나 화자는 휴식 정도가 아니라 작정하고 언덕에 누웠나 보다. 그러기에 '바로' 누웠다. 온 길이 그리 고단했을까, 갈 길이 그리 험난할까.

　그러다가 화자는 그냥 뜻 없이 멍하니 바라보던 푸른 하늘에 그만 풍덩 빠지고 만다. 모든 고뇌의 형상은 아슬한(아스라한) 하늘마냥 멀리 사라지고 그 형상이 용해되어 추상화한 '눈물 도는 노래'조차 잊힌다. 이 '눈물 도는 노래'가 영랑을 말할 때 흔히 들먹이는 순수 서정이다. 이가 곧 형상화할 수 없는 정서의 표현이다. 이 모두가 아스라한 하늘 탓이다.

　'아스라하다, 아련하다, 흐릿하다, 어렴풋하다, 흐리마리하다' 등의 어휘는 보일 듯이 보일 듯이 보이지 않고 잡힐 듯이 잡힐 듯이 잡히지 않는 꿈같이 멀고 꿈같이 아득하고 꿈같이 아름다운 공간과 시간을 묘사한다. 그래서 눈물의 근원인 어떤 비극적인 사실은 해체되어 그 앙금인 비애만이 굴절되어 '눈물 도는 노래' 의 악보를 형성했는지 모른다. 그러나 아른거리는 이 노래마저 아스라한 푸른 하늘가에 번지다가 사라진다.

그러나 왜 아니라더냐. 그 설움의 근원이 왜 없을 리가 있겠느냐. 새가 알고 쥐가 알고 무엇보다도 그 현장인 이 언덕이 알 것이다. 그렇게 이 몸이 서러운 줄을, 그리하여 그 설움 때문에 여기 누워 있는 줄을 언덕이 알겠지만, 그렇다고 항상 설움만이 있을 뿐, 왜 한때라도 마음에 (스쳐)가면서 입가에 가느다랗게 떠오르는 웃음이 '없다' 라고만 하겠느냐.

그렇게 눈물 도는 노래가 사라진 자리에 잠깐 웃음이 스치고 웃음이 번진다. 아마도 이 웃음은 추억의 실마리가 가느다랗게 풀리는 듯 스치면서 생겼으리라. 그렇게 마음은 한때나마 귀여운 영상으로 비치는 은은한 웃음이 있는가 하면 곧 끈질기게 질긴(질기운) 영상으로 다가오는 눈물 도는 노래가 있다. 그리고 또 그 노래는 사라진다.

이 시작품은 아스라한 푸른 하늘에 떠도는 추억 속의 설움과 미소와 망각이 의식과 무의식 속에서 교차하는 영롱하고 몽롱한 상태를 형상화하고 있다. 그리하여 화자는 결국 그 아스라한 하늘과 그 하늘이 매개하는 아리송한 정서에 몰입하여 그만 눈을 감고 만다. 눈을 감는 것은 꿈과 생시, 의식과 무의식, 혹은 그 황홀하고도 몽롱한 삼매경에 몸을 던지는 행위이다. 아스라한 하늘을 바라다가(바라보다가) 눈을 감는 행위는 이를 외면하는 것이 아니라 반대로 그 하늘에 온몸을 던져 풍덩 빠지는 행위이다.

'내 눈은 감기였데' 는 '나는 눈을 감았다' 와 대립된다. '내 눈은 감기였다.' 는 주체인 내 의지로 자신이 스스로 행한 것이 아니라 아스라한 하늘과 그 하늘이 조장하는 정서 때문에 피동적으로 행해진 일이다. 더구나 '감기었다' 도 아니고 '감기었대'(감기었다 해. 감기었다고 하더라고)라 하여 주체의 의지와 행동뿐만 아니라 사건에 대한 주체의 서술조차도 포기하고 완전히 객관화시켰다. 이 모든 조화가 결국 하늘 탓이다.

영랑은 '빈 포켓에 손 찌르고 폴 베를렌 찾는 날/ 온몸은 흐렁흐렁 눈물도 찔끔 나누나(「빈 포켓에 손 찌르고」)' 라고 할 정도로 프랑스 상징파시의 영향을 받은 듯싶다. 상징주의는 가시세계인 사물 자체의 표출을 배격하고 불가시세계인 내면의 꿈속이나 안개 속처럼 흐릿하고 몽롱한 신비한 분위기 속에 감춰져 있는 정서나 관념을 찾으려 했다. 그리하여 형形과 색色과 음音과 향香 등의 상호 교감을 통하여 물질과 심령의 조응照應을 추구하며 상징을 사용하여 이를 음악적인 언어로 표현했다. 영랑은 이러한 상징파시의 이론에 영향을 받은 듯하다. 특히 베를렌의 비애는 영랑에게서 '애끈한' 정서로 나타난다.

그러나 이 시의 배경은 안개 속 같은 흐릿한 세계가 아니라 오히려 한없이 맑은 아스라한 하늘이다. 이 시작품은 이러한 배경에 아스라한 추억 속의 아스라한 정서를 대비시켜 영롱하고 몽롱한 꿈의 세계를 펼친다.

4

뉘 눈결에 쏘이었소

뉘 눈결에 쏘이었소
온통 수줍어진 저 하늘빛
담 안에 복숭아꽃이 붉고
밖에 봄은 벌써 재앙스럽소

꾀꼬리 단둘이 단둘이로다
빈 골짝도 부끄러워
혼란스런 노래로 흰 구름 피워 올리나
그 속에 든 꿈이 더 재앙스럽소

뉘 눈결에 쏘이었오

뉘 눈결에 쏘이었오
왼통 수집어진 저 하늘빛
담안에 복숭아 꽃이 붉고
박게 봄은 벌서 재앙스렀오

꾀꼬리 단두리 단두리 로다
뷘 골ㅅ작도 부끄러워
홀란스란 노래로 힌구름 피여올리나
그속에 든 꿈이 더 재앙스렀오

  —『永郎詩選』(1949.10)

· 눈결: 눈에서 나오는 빛이 어울려져 이룬 무늬.
· 쏘이다(쏘이었오): '쏘다(벌레가 침과 같은 것으로 살을 찌르다)' 의 피동사.
· 재앙스럽다(재앙스렀오): 재앙으로 여겨지다. *재양시럽다, 지앙시럽다: '짓궂다' 의 전라방언.
· 혼란스럽다(홀란스런)—보기에 뒤죽박죽이 되어 어지럽고 질서가 없는 데가 있다.

혼란과 재앙

'뉘 눈결에 쏘이었소' 는 의문문(쏘이었냐?)인 듯싶지만 평서문(쏘이었다.)일 수도 있다. 하여튼 화자는 누군가에게 말을 걸고 있다. 그 상대방은 누구인가. '하늘빛' 인가. '저' 라고 지칭하는 걸 보면 아마 아니겠다. '봄' 인가. '밖에 봄' 으로 객관화시킨 걸로 미루어 역시 아니겠다. 그러면 사람이리라. 어떤 사람? 아마도 수줍은 연인인지도 모른다.

엔드루 마벌의 「수줍은 연인에게」는 '우리에게 충분한 세상과 시간이 있다면/ 그대여 그대의 수줍음은 죄가 아니오.' 라고 하며 그대를 찬양하는 데만 수만 년을 허비해도 좋지만 '시간의 날개 달린 전차가 달려가는 소리가/ 내 등 뒤로 항상 들리니' 우리 사랑의 시간을 미루지 말고 빨리 서두르자고 쏘삭인다. 봄날은 그렇게 가는 것이다. 그리고 그런 봄날이 왔다. 화자는 연인에게 봄을 맞아 세상은 온통 사랑에 들떠 있는데 그대는 어찌 그리 무정하냐고, 무덤덤하냐고 투덜대고 있는 듯싶다.

'눈결' 은 '숨결, 살결, 피부결, 꿈결, 잠결, 물결, 바람결, 비단결, 마음결' 등과 궤를 같이하는 시어이다. '결' 은 '나무, 돌, 살갗 따위에서 조직의 굳고 무른 부분이 모여 일정하게 켜를 지으면서 짜인 바탕의 상태나 무늬' 이다. 즉 '결' 은 일정한 흐름의 동動이 모여 응축된 정靜의 상태나 무늬이니 '눈결' 은 눈이 내쏘는 섬광의 일정한 강약이 이룬 상태의 무늬이다.

그러므로 '눈결' 은 눈이 내품는 빛으로 된 화살이다. 에로스(큐피드)의 화살을 맞은 이는 신이건 인간이건 님프건 사랑의 열병을 앓게 된다. 그는 스스로도 그 화살에 맞아 프시케를 사랑하여 아내로 맞는다. 온 세상이 이 사랑의 화살을 맞는다. 하늘은 이 사랑의 화살에 부끄러워 온통 홍조를 띠고, 담 안에서는 사랑에 몸이 단 복숭아꽃이 붉게 피어 마치 '정든 임이 오셨는데 인사를 못해 행주치마 입에 물고 입만 방긋' 하는 아가씨처럼 밖을 갸웃이 내다본다.

보통 소설이 시간의 흐름에 따라 전개되는 사건으로 제시되는 반면, 시는 어느 한 순간의 상황에서 화자가 느끼는 감정이나 사상이 표출된다. 그러면 이 시의 시간적 배경은 언제인가. 1연의 '온통 수줍어진 저 하늘' 은 아침놀의 표현인 듯하다. 이른 아침부터 '벌써' 세상은 요상한 조짐을 보인다. 하늘만 그런 게 아니라 땅에서도 붉은 복숭아꽃이 만발하다. 복숭아꽃은 이른 봄 태양의 정기를 받아 피어나는 봄을 상징하는 꽃이다. 복숭아꽃이 핀 도화경은 중국에서 예부터 선경仙境과 이상경理想境으로의 무릉도원武陵桃源이다. 여기에 성적인 의미가 붙는다. 복숭아의 형상이 여근을 닮아 예부터 복숭아나무를 울안에 심기를 꺼렸다. 도화살桃花煞은 성욕에 집착하여 이성을 매혹시켜 파탄시키는 독한 기운이다. 도화살은 음탕한 기생사주로 이 살이 끼면 얼굴에 복숭앗빛 홍조를 띠게 된다.

복숭아꽃이 내다보는 담 밖은 벌써 이른 아침부터 이른 봄이 찾아와 재앙스러운 기운을 풍긴다. 이렇게 안과 밖이 조응하는 모습을 김소월은 '담 안에는 수양의 버드나무/ 채색彩色줄 층층層層그네 매지를 말아요.// 담밖에는 수양의 늘어진 가지/ 늘어진 가지는/ 오오 누나! 휘젓이 늘어져서 그늘이 깊소.(「널」)' 라고 그렸다. 거기에는 사월 초파일 담 안에서 그네 뛰는 여인의 치마폭을 담 밖의 수양버들 그늘에서 훔쳐보는 뭇 남성의 눈길이 있다. 그러나 이 시작품에는 흰 구름을 피어 올려 그 눈길을 가리려는 시도가 있다.

그리고 나서 시간적 배경은 낮 시간대로 이동하는 듯하다. 그렇다면

시가 시간의 이동으로 바뀌는 상황을 따라가면서 느끼는 사상 감정을
표현하는 것이 아닌가. 이는 시의 본령이 아니다. 그렇다고 설마 꼭두새
벽부터 꾀꼬리가 노닐까. 그러나 사실인 걸 어쩌랴.

    이 봄은 아무 다른 이유 없이 그저 두견 때문에 밤잠을 잘 수 없게 된
셈이다. 밤잠 못 자고 아침 늦잠이나 좀 자질까. 그도 또 틀린 셈이니 두
견은 황혼으로 새벽녘까지 울지마는 아침 날빛이 막 돋쳐 오르노라면
이놈은 바로 혼란스럽게 미칠 듯이 노래를 부르는데 5월을 천하외물은
다 젖혀놓고 저 혼자 즐긴다는 듯이 노래를 퍼붓는 꾀꼬리. 시골이란 원
체 숲이 많고 깊고 하여 그 숲은 그런 귀한 손들을 품에 안고 있는 것이
자랑이요, 숲을 의지하고 사는 시골사람이야 새벽잠 아침잠을 좀 못 자
기로 어디 원망할 데도 없는 처지라, 더러 낮잠쯤 자는 것이 흠 될 것도
없다 하겠다.

―「두견과 종다리」

꾀꼬리는 단 둘의 한 쌍이다. 고구려의 유리왕은 이를 '편편황조翩翩
黃鳥 자웅상의雌雄相依 염아지독念我之獨 유기여귀維其與歸 : 펄펄 나는 꾀
꼬리는 암수 서로 놀건마는 외로운 이내 몸은 뉘와 함께 돌아갈꼬(「황
조가黃鳥歌」)' 라 했고 영랑도 딴 시에서 '꾀꼬리는 엽태 혼자 날아 볼 줄
모르나니/ 암컷이라 쫓길 뿐/ 수놈이라 쫓을 뿐(「오월」)' 이라 읊었다.
꾀꼬리는 그런 새이다. 그러니 오죽하랴.
    그러나 벼룩도 낯짝이 있다. 보는 눈도 없는 빈 골짜기이런만 그래도
부끄러워 안 그런 체하는 꾀꼬리 같은 노래와 꾀꼬리 같지 않은 어지러
운 노래로 피운 흰 구름 장막으로 이 적나라赤裸裸를 가린다. 그러나 이
장막으로 꾀꼬리의 정사가 가려진다 해도 그 육탄으로 촉발된 '빈 골

짝'에 꿈틀거리는 꿈은 어쩔 수 없다. 온 대지는 목하目下 사랑의 꿈으로 요동치고 있다. '빈 골짝'은 실은 잠든 체하며 꾀꼬리에 앞서 이미 사랑의 행위를 연출하고 있는지 모른다. 이런 봄의 열기 속에서 '우리는 어찌할거나? 라고 화자는 지금 이성에게 말을 걸고 있는 것이다.

시에서 추상어는 기피의 대상이다. '봄은 사랑과 성의 계절이다'라 표현하는 것은 시에서 금기 사항이다. '꿈이 재앙이다' 역시 마찬가지이다. 그런데 여기 '재앙스럽다'는 재앙 그 자체를 일컫는 단순한 추상어가 아니다. 이는 그것이 재앙이므로 저기 접근해서는 안 된다는 당위성을 주창하려는 듯 짐짓 능청을 떨고 있지만, 설령 그것이 재앙일망정 기꺼이 거기에 들고자 하는 마음의 갈등을 보이는 구상어이다. '재앙스럽소'의 한탄의 어조는 상대방이 들으라고 하는 스스로도 어쩔 수 없다는 감정의 표현이다. 이 '재앙'은 그것이 아무리 혼란스럽다 해도, 하늘빛이 아니라도, 복숭아꽃이 아니라도, 꾀꼬리가 아니라도, 흰 구름 속이 아니라도 그 속에 묻히고 싶은 봄 바로 그 자체이다. 그 누가 이 재앙을 마다하랴. '5월은 두견을 울게 하고, 꾀꼬리를 미치게 하는 재앙 달, 더러는 사람으로 하여금 과한 탈선도 하게 하지 않는가.'

그런데 이 '재앙스럽다'는 '재앙'보다 더한 의미를 지니고 있다. 전라 방언으로 '재양시럽다' '지앙시럽다'는 '짓궂다' '말썽을 잘 부리는 성질이 있다' '장난이 심하다' '부잡스럽다' 등의 의미이다. 일찍부터 어린것들이 연애하면서 머스마 지지배가 어울려 다닐 때 '저 애들 참 지앙시럽다'라고 한다. 영랑은 이 '지앙'이나 '재양'의 어원을 '재앙'으로 보고 이 모든 의미를 거기에 불어 넣었나 보다. 어찌 어린것들뿐이랴. 인간 비인간 불구하고 남녀노소 가릴 것 없이 이 봄날에 들썩이고 있다. 김소월은 그래도 좀 점잖아 이런 낮이 아닌 밤을 시간적 배경으로 설정하여 '아기어魚 뱃속에 새끼 드는 밤(「피어 떠오르나니」)'이라 했다.

5

오매 단풍 들겄네

"오—매 단풍 들겄네"
장광에 골 붙은 감잎 날아오아
누이는 놀란 듯이 치어다보며
"오—매 단풍 들겄네"

추석이 내일모레 기둘리리
바람이 잦이어서 걱정이리
누이의 마음아 나를 보아라
"오—매 단풍 들겄네"

오―매 단풍 들것네

「오―매 단풍들것네」
장ㅅ광에 골불은 감닢 날러오아
누이는 놀란듯이 치어다보며
「오―매 단풍 들것네」

추석이 내일모레 기둘니리
바람이 자지어서 걱정이리
누이의 마음아 나를보아라
「오―매 단풍 들것네」
―『永郎詩選』(1949.10)

· 오매: '어머니'의 방언.
· ―것―(들것네): ―겠―(미래의 일이나 추측을 나타내는 어미).
· 장ㅅ광: '장독대(장독 따위를 놓아두려고 뜰 안에 좀 높직하게 만들어 놓은 곳)'의 방언.
· 골: 물체에 얕게 팬 줄이나 금.
· 붇다(불어): 물건의 분량이 늘어나다. 물건이 젖어서 부피가 커지다.
· 치어다보다(치어다보며): 쳐다보다. '치어―〉쳐'를 줄기 전으로 환원한 형태.
· 잦이다(자지어서): '잦다(잇따라 자주 있다)'의 피동사 '잦아지다' 대신 피동접사 '―이―'를 붙인 변개 피동사.

시침떼기의 시

이 시작품을 이해하는 지름길은 화자인 '나' 와 나에게 이 시를 읊조리게 한 '누이' 의 나이와 처지를 아는 것이다. 그러나 이에 대한 외적 자료는 없다. 부득불 작품 내에서 이를 눈치 챌 수밖에 없다. '장광에 날아온 골 불은 감잎' 을 보고 '오―매 단풍 들것네' 라고 놀란 양 외치는 누이의 나이는 몇이나 되는가. 우리는 부득이 계절에 민감하게 반응하는 여성의 나이는 몇인가로 이를 풀어야 할 것이다. 가을은 혼인의 계절, 이 가을이란 계절은 혼기를 맞은 처녀에게는 가장 예민한 계절이다. 그냥 지나치면 덧없이 한 살을 더 먹어야 한다.

여기에서 잠깐 원전을 검증할 필요가 있다. 1930년의 『시문학詩文學』1호에 '골불은' 으로 발표된 이래 『영랑시집』, 『영랑시선』을 거치면서 제목은 「누이의 마음아 나를 보아라」에서 「오―매 단풍 들것네」로 바꿨어도 '골불은' 은 그대로 유지해 왔다. 더구나 『시문학詩文學』 2호에는 「시문학 제1호 정오正誤」표를 붙여 「제야」의 '제운밤' 을 '제운맘' 으로 바꾸는 등 몇 개의 어휘를 정정했는데도 이 시어는 그대로 두었다. 그런데도 이 시를 소개하고 있는 대부분의 텍스트는 '불은' 을 '붉은' 으로 정정하고 있다. 아마도 '단풍' 어쩌고 하니까 이를 '붉은' 의 오식으로 처리한 것이다.

영랑은 '이봐요, 저 감이 이 하루 이틀 아주 골이 붉었구료. 아직 큰 바람이 일지는 않겠지요. 참, 그보다도 저 감잎 물 든 것 좀 보아요. 밤중에 들었는가, 새벽녘에 들었을까.' (「감나무에 단풍 드는 전남의 9월」)라고 산문에서 붉게 물든 감잎을, 그리고 감이 어느새 익어 빨갛게 물든 골짜기를 그리고 있긴 하다. 그러나 여기 '골불은' 은 그런 '골짜기' 도 그런 '붉다' 도 아니다. 대부분의 감잎은 추석 무렵에는 단풍 들지 않는다. 그 무렵에는 아직 감도 익지 않고 그 잎도 파릇파릇하다. 감잎은 보통 딴 잎보다 늦게 붉어진다. 그러므로 이 산문도 '그럼에도 불구하고 감잎이 붉게 물든 것이 별스럽다.' 는 의미가 담겨 있다.

장광에 떨어진 감잎은 단풍 들어서 떨어진 것이 아니라 '바람이 잦이어서' 떨어진 것이다. 여기 '골' 은 '이파리의 잎맥' 을 일컫고 '불다' 는 '불어나다, 팽창하다' 의 의미로 여겨진다. 누이는 장독대에 떨어진 감잎을 보자 놀란 듯이 '오—매 단풍 들것네' 라고 외치면서 오빠인 나를 쳐다본다. 그 잎은 한창 무르익은 누이의 얼굴마냥, 한창 부풀어 오른 누이의 젖가슴마냥 잎맥이 불어 팽팽한 잎이다. 누이는 짐짓 놀란 양 허풍을 떠는지 모르겠다. 아니면 시집가고자 하는 무의식적인 욕망이 그런 외침을 만들어냈는지 모른다. 이제 누이는 감잎을 보고 놀라는 것이 아니라 화자인 오빠를 쳐다보고 안쓰러워하고 애원하고 있는지 모른다.

'추석이 내일모레 기둘니리' 는 아마도 며칠 내로 다가오는 추석을 기다린다는 것이 아니라, 어차피 벌써 올해는 저물었으니 내년을 기다릴 수밖에 없다는 의미인 듯하다. 아니면 추석이 지나면 추수를 할 테니까 그때를 기다린다는 의미로 해석할 수도 있다. 그런데 무엇을 기다린다는 것일까? 이는 '누이의 마음아 나를 보아라' 에 나타나 있다. 사실 누이만 시집을 못 간 것이 아니라 오빠인 나도 장가를 가지 않았고, 누이만 시집가고 싶은 것이 아니라 나도 장가가고 싶은 것이다. 그러므로 누이의 외침은 어쩌면 가을이 가기 전에 오빠인 내가 빨리 장가가서 제 차례를 만들어 달라는 요청인지도 모른다.

'바람이 잦이어서 걱정이리' 는 그렇게 내년까지 기다리기로 작정했으면서도 마음속에 일어나는 동요를, 단풍 들기는커녕 아직 생생한 나뭇잎을 떨구는 바람에 비유했다고 할 수 있다. 익은 감뿐만 아니라 땡감도 떨어진다지 않는가. 감잎이 바람에 떨어지는데 시집 장가도 못 가고 늙는다고 생각한다면 어떻겠는가. 그래서 이젠 누이와 함께 나도 '오―매 단풍 들것네' 하고 의식 반 무의식 반으로, 기대 반 걱정 반의 외침을 발한다. 이는 누이를 설득하는 체하면서 실은 자신을 설득하는 발언이다.

흔히 영랑의 시는 특별한 의미가 없는 것으로 치부하고 시작품에서 율격의 아름다움만을 추구하는 경향이 있다. 이 작품도 가을을 맞이하는 순수한 소녀의 정서쯤으로 해석하는 것이 일반적인 경향이다.

우리는 이 작품을 통하여 시치미를 떼고 있는 화자를 만나보았다. 그는 분명 우리를 속이기 위한 아이러니의 언어를 희롱하고 있다. 그러면 우리는 이들에게 사기죄를 적용할 수 있을까. 소설의 화자에 오류를 범하기 쉬운 못 믿을 화자fallible or unreliable narrator가 있다. 이는 그가 서술하고 있는 지각이나 해석이나 평가가 작가가 제시하고 있는 암시적인 견해나 기준에 일치하지 않는 화자이다. 그러므로 화자의 언행을 수긍하는 독자는 어리석은 자가 된다. 그러나 작가의 의도야 어떻건 간에 독자는 막무가내로 이 화자의 언행을 찬성할 수도 있다. 채만식의 「치숙」의 화자가 그런 부류이다. 현실순응형의 인간에겐 일제 때 사회주의 운동으로 집안을 망쳐먹고 병석에 누워 있는 아저씨가 어리석은 치숙痴叔으로 보이는 것은 당연하다. 독자는 이런 화자를 비웃고 그와 의견을 달리하는 체 우위에 서지만 막상 자신도 그런 일을 당하면 이 화자처럼 언행을 할는지 모른다. 세상이 그런 것이다. 세상은 결코 거짓 없이 도덕적으로만 살 수 있는 것이 아니다. 이것이 시침 떼기이고 이것이 아이러니의 진실이다. 그러므로 우리는 이런 화자에게 유죄 선고를 할 수 없다.

아이러니는 진실게임이다. 만일 우리가 이런 시침 떼기를 이해하지 못하고 눈치 없이 이에 속아 넘어간다면 우리가 유죄이다. 아이러니는 추리소설마냥 그 실마리를 풀 수 있는 꼬투리를 남겨 놓고 있는 진실한 언어인 것이다.

6

함박눈

바람이 부는 대로 찾아가오리
흘린 듯 기약하신 임이시기로
행여나! 행여나! 귀를 종금이
어리석다 하심은 '너무' 로구려

문풍지 설움에 몸이 저리어
내리는 함박눈 가슴 해어져
헛 보람! 헛 보람! 몰랐으료만
날더러 어리석단 '너무' 로구려

한박눈

바람이 부는대로 찾어가오리
홀린듯 기약하신 님이시기로
행여나! 행여나! 귀를종금이
어리석다 하심은 너무로구려

문풍지 서름에 몸이 저리어
내리는 한박눈 가슴 해여저
헛보람! 헛보람! 몰랐으료만
날다러 어리석단 너무로구려
—『永郎詩選』(1949.10)

· 홀리다(홀린듯): 어떤 감정을 표정 따위로 잠깐 드러내다.
· 종금이: '쫑곳이'의 변개어.
· 해여지다(해여져): 해어지다(닳아서 떨어지다).
· 어리석단: '어리석다 하심은'의 축약형.
· 너무로구려; '너무' 이로구려. 너무나 모진 말이구려.

믿음과 배신

'바람 부는 대로' 의 의미는 무엇인가. 흔히 '바람 부는 대로 물결치는 대로' 는 '모든 일을 되는 대로 맡겨 버린다.' 는 뜻이다. '바람이 부는 모양이나 상태대로, 동으로 불면 동으로, 느리게 불면 느리게, 그렇게 주관도 없이 형편에 따라' 가 그것이다. 그러나 또 하나의 의미를 생각할 수 있다. '바람이 불면 그 즉시' 가 그것이다. 전자가 '빠르건 느리건 형편에 따라' 의 의미라면 후자는 '마음이 내키면 그 즉시로' 의 정반대의 의미를 띤다.

그렇게 임은 알쏭달쏭 긴가민가하게 흘리듯이 기약하고 떠나버렸다. 임의 말씀에 나는 바람이 들어 바람을 끼고 사는데 임은 바람이 났는지 바람을 피우는지, 나는 바람 맞아 바람을 재우고 있는데 이게 왜 내 바람 탓이고 내 바람의 어리석음이란 말이냐. '행여나, 행여나' 하고 귀를 쫑그려 임의 예리성曳履聲을 듣고자 하는 마음을 왜 어리석다 하느냐. 옛 사람도 '설월이 만정滿庭한데 바람아 부지 마라. 예리성 아닌 줄은 판연判然히 알건마는 지는 잎 부는 바람에 행여 긴가 하노라(무명씨)' 라 하지 않았느냐. 이 여인은 필부匹婦인지 모르지만 도학자조차도 '마음이 어린 후後ㅣ니 하난 일이 다 어리다. 만중운산萬重雲山에 어내 님 오리마난, 지난 닢 부난 바람에 행여 그인가 하노라.(서경덕)' 라고 하지 않았느냐.

여기 '설월' 과 '바람' 과 '예리성' 의 관계는 이 시에서도 맺어진다. '문풍지 설움에 몸이 저리어' 는 '바람' 과 '예리성' 과의 관계이다. 겨울살을 에는 외풍에 바르르 떠는 문풍지의 설움과 저림, 바람 부는 대로 온다던 임의 바람맞힌 바람기에 떠는 설움과 저림, 그래도 문풍지 바람 소리를 예리성으로 착각하여 문을 열고 추운 바깥을 내다보는 설움과 저림은 한통속이다.

또 '설월'과는 달리 '달'은 없어도 밤낮을 가리지 않고 눈은 이별과 관계를 맺는다. 임을 기다리는 날 임은 오지 않고 눈이 내린다. 함박눈이 펑펑 쏟아지는 모습은 내 마음이 한꺼번에 무너져 내리는 듯, 오로지 임을 향한 오롯한 일편단심은 이젠 갈가리 찢겨져 헤어지고 흩어지는 듯, 오래 간직한 오직 한마음이 한 해가 지는 겨울날 눈으로 마감하는 듯 이젠 다 낡아 해어진 심정이다. 그렇게 임과 헤어질 시간이 다가왔나 보다. 아마 이들 시구는 이런 '혹시나'와 '역시나'의 교차를 담고 있다. 이들은 '행여나! 행여나' '헛 보람! 헛 보람'의 탄식으로 점철되어 나타난다. 그렇게 '바람'을 믿은 결과는 몸이 저리고 가슴이 터져 갈라지는 설움을 수반하고 있다.

'종금이'는 정상적인 조어법의 결과로 보인다. '쫑긋하다'나 '쫑그리다'나 '쫑그렇다'는 모두 '소리를 잘 들을 수 있게 귀를 빳빳하게 세우다'는 의미이다. '종금이'는 '쫑그렇다(쫑그러하다)'의 변형인 '쫑그럼하다'에서 파생했을 것이다. 이 '쫑그럼하다'의 어근은 '쫑그럼'이고 '쫑그럼'의 축약형은 '쫑귊'이다. 이 '쫑귊'은 '쫑귊〉쫑귐〉쫑금'의 과정을 거친다(만들음〉만듦〉만듬, 살음〉삶〉삼). 이 '쫑금'은 예사소리되기(평음화)로 굴절하여 '종금'이 된다(곳〉꽃〉꼿). 이 '종금'에 부사파생접미사 '히(이)'를 붙이면 '종금이'가 된다(가느스럼+히=가느스럼이, 둥그럼+이=둥그럼이). 이런 예사소리되기(평음화)는 유포니현상이다.

7

눈물에 실려 가면

눈물에 실려 가면 산길로 칠십 리
돌아보니 찬바람 무덤에 몰리네
서울이 천 리로다 멀기도 하련만
눈물에 실려 가면 한 걸음 한 걸음

뱃장 위에 부은 발 쉬일까 보다
달빛으로 눈물을 말릴까 보다
고요한 바다 위로 노래가 떠간다
설움도 부끄러워 노래가 노래가

눈물에 실려가면*

눈물에 실려가면 山길로 七十里
도라보니 찬바람 무덤에 몰리네
서울이 千里로다 멀기도 하련만
눈물에 실려가면 한거름 한거름

뱃장우에 부은발 쉬일가보다
달빗으로 눈물을 말릴가보다
고요한 바다우로 노래가 떠간다
서름도 붓그려워 노래가 노래가
—『永郞詩集』(1935.11)

· 뱃장: 목선木船의 안쪽 바닥.
· 쉬이다(쉬일까보다): '쉬다(피로를 풀려고 몸을 편안히 두다)' 의 사동사. 쉬게 하다.
· —면(실려가면): 일반적으로 분명한 사실을 어떤 일에 대한 조건으로 말할 때 쓰는 연결 어미.

한의 민요화

'지척咫尺이 천리' 인가 하면 '천리 길도 십리' 란 속담이 있다. '시작이 반' 인가 하면 '최후의 오 분간' 이란 격언도 있다. 세월은 유수와 같고 쏘아 놓은 화살인가 하면 일각이 여삼추일 수도 있다. 모든 것은 마음먹기에 달렸다. 여기에 철학적인 깊이를 더하여 진리를 깨닫는 거울로 삼은 것이 화엄경의 일체유심조一體唯心造이다. 원효는 송장 썩은 물을 마시고 '마음이 일어나니 온갖 현상이 생기고 마음이 사라지니 동굴과 무덤이 한 가지라. 마음밖에 아무것도 없는데 어찌 무엇을 따로 구하리오.(『송고승전宋高僧傳』)' 라고 진리를 설파했고, 박지원은 열하를 건너면서 '우리가 듣는 모든 소리는 그 자체의 소리가 아니라, 다만 자기 흉중에 품고 있는 뜻대로 귀에 들리는 소리를 받아들인 것에 지나지 않는다.(「일야구도하기一夜九渡河記」, 『열하일기熱河日記』)' 는 사실을 확인했다. 그렇다고 여윈 임에 대한 애틋한 정이야 어찌하겠느냐.

사랑하는 이의 무덤도 이와 같으니 누구는 '자식을 가슴에 묻는다' 고 했지만, 김소월은 임을 '심심산천(「금잔디」)' 에 묻었고 영랑은 '산길로 70리 길' 에 임의 무덤을 두었다. 김소월의 그 무덤에는 봄이 오고 봄빛이 왔지만, 차마 발길이 떨어지지 않아 돌아본 영랑의 이 무덤에는 찬바람이 몰려 있다. 벌써 해가 져서 저녁의 찬바람이 일어난 것이다. 저녁때 찬 공기가 어찌 무덤뿐이겠느냐만 지금 화자가 느끼는 '찬바람' 에 대한 걱정은 자신의 추위는 도외시하고 오직 차가운 땅속에 있는 임에게만 쏠려 있다. 이 역시도 마음먹기이다.

'눈물에 실려 가면 산길로 70리' 라니 '눈물의 홍수' 라 그 위에 배 띄워 타고 가면 70릿길이리라. 물론 이는 비 오는 듯 흐르는 눈물을 주체하지 못하고 어떻게 했는지도 모르게 눈물에 실려 온 양 70리를 걸어왔다는 의미이리라. 물론 칠십 리는 심정적 거리일 수 있다. 이 '칠십' 이나 '칠백' 이나 '칠' 은 '럭키 세븐' 이라는 서양말은 그만두고 우리가 잘 쓰는 관용적인 어구이다. 서귀포 70리, 꽃길 70리, 밤길 70리, 포구 70리, 눈길 70리(이덕무李德懋「칠십리설기七十里雪記」), 대화까지 70리길(이효석,「메밀꽃 필 무렵」), 70에 능참봉, 제 돈 7푼만 알고 남의 돈 열네 닢은 모른다, 내 돈 서푼은 알고 남의 돈 7푼은 모른다(속담), 구름 흘러가는 물길은 7백리(조지훈「완화삼」) 등. 그리고 '눈이 움푹 들어간 사람' 에게 '여산廬山 칠십 리나 들어갔다.' 라 한다. 그렇게 이 시에서는 가장 낯익은 숫자를 동원하여 '칠십 리' 의 거리감을 연출했으리라.

그러나 이 70리는 실제의 거리이어야 옳다. 임의 무덤을 지금 찾아간다면 여기서 정확히 70리의 눈물에 실려 가는 먼 길이다. 만일 눈물의 길이 아니면 그까짓 것 몇 리면 어떻겠는가. 임에 대한 애틋한 정이 없다면 십리도 되고 천리도 되고 아예 안 가도 상관없는 길이다. 그러나 임의 무덤이 있기에, 그래서 70릿길을 떠나왔는데도 눈물에 싸여 다시 가고 싶은 먼 길이다. 그런데 되돌아보니 찬바람이 무덤에 몰려 있다. 눈물이 아닌 저 찬바람에 실려 간다면 빨리 갈 수도 있으리라는 생각도 들지만 무덤에서 그 추위를 몰아내야지 찬바람을 타고 간다면 이 역시 어불성설이다. 그러므로 여기 '찬바람' 조차 생각하기 나름의 양가치적兩價值的인 존재이다. '서울이 천리로다' 도 정확한 거리의 계산이라 할 수 있다. 실제로 천리나 되는 거리라서 멀기도 하지만 이제 임을 잊고자 떠나는 눈물의 길이니 한 걸음 한 걸음 차근차근 걸어야 하는 길이다. 먼 길이라고 안 갈 수 있으랴. 임만 아니라면 그까짓 천리가 뭐 대수냐. 또 안 가면 어떻다는 것이냐. 그러나 또 되돌아올 것, 한 걸음 한 걸음 차근차근 걸어봤자 소용없는 길이기도 하다. 이 '한 걸음 한 걸음'에도 슬픔과 그리움, 성취와 실패, 소망과 허망, 빠름과 느림, 가까움과 멂, 서울과 무덤, 떠남과 머물음, 긍정과 부정, 의미와 무의미 등 온갖 갈등이 담겨 있다.

눈물이 아니고 바닷물에 실려 가면 어떨까. '눈물의 홍수' 따위 관용어가 '바닷물'을 불러왔는지 모른다. '산길 칠십 리'니 '서울 천 리' 따위의 육로는 눈물의 길이다. 무덤도 싫고 서울도 싫다. 차라리 바닷길로 아주 멀리 떠나자. 무덤을 찾고 또 찾아 발병이 나기도 했지만 이제 임의 무덤을 아주 떠나자니 십리도 못 가서 발병이 날 수도 있겠다. 이제 뱃장 위에 지친 몸을 부리고 부은 발을 쉬게 하자.

'임 생각에 눈물 마를 날이 없다'. 이젠 '달빛에 눈물을 말리자'. 눈물이 마를 때도 되었다. '하시의허황何時倚虛幌 쌍조루흔건雙照淚痕乾: 언제나 텅 빈 난간에 기대어, 둘이서 달빛에 눈물을 말릴거나.(두보杜甫,「월야月夜」)'라지 않는가. 그러나 어찌 눈물이 마르겠는가. '대동강수하시진大同江水何時盡 별루년년첨록파別淚年年添綠波: 대동강물 언제나 마르려나, 눈물이 해마다 푸른 물을 불리는 것을(정지상鄭知常)'라는 시구는 또 무엇인가. 설움도 부끄러움인 양하여 이제 그만 애써 눈물을 참고 아주 멀리 떠나려 하지만, 눈물은 마르기는커녕 더욱 비 오듯 하여 밤바다는 달빛에 눈물을 싣고 흐느낌은 노래되어 멀리 멀리 떠간다. 그러나 다만 노래가, 노래만 멀리 떠나갈 뿐 짐짓 떠나려던 화자는 한 발짝도 임의 무덤 곁을 떠나지 못하는지 모르겠다. 배는 떠나갔는가, 노래는 흘러서 멀리 사라졌는가.

이 시는 속담과 관용적인 성구 등을 활용하고 한시漢詩적인 발상을 현대화시켜 임을 여읜 한의 정서를 전통적 4음보 민요조 가락에 실었다. 그러면서도 극도로 압축된 언어로 산문적인 상황 설명을 생략하여 흔해빠지고 쉽디쉽고, 어쩌면 진부하고 하찮은 시어마다 다의성ambiguity으로 애매모호한 어법을 창출하여 저마다 각가지 아이러니를 빚어내어 각가지 다른 해석의 가능성을 열어 놓고 있다. 이런 알쏭달쏭한 아이러니의 시가 또 있을까 싶다. 이런 난해성이 이 시를 『영랑시선』에서 제외시키게 했는지 모른다. 그러나 이 시는 평가하기에 따라 영랑 시의 최고봉이라 할 수 있다. 이 역시 양면가치요, 만물유심조요, 생각하기 나름이다.

　민요는 가장 대중적인 가장 쉬운 언어인 듯하지만 이를 부르는 사람 모두 제각각 자신만의 특수한 사정에서 일어나는 특이한 심정을 불어넣어 부르기 때문에 사실 그 민요를 소화하고 해석하는 의미가 각양각색이라 할 수 있다.

8

쓸쓸한 뫼 앞에

쓸쓸한 뫼 앞에 후젓이 앉으면
마음은 갈앉은 앙금 줄같이
무덤의 잔디에 얼굴을 부비면
넋이는 향 맑은 구슬손같이
산골로 가노라 산골로 가노라
무덤이 그리워 산골로 가노라

쓸쓸한 뫼앞에

쓸쓸한 뫼앞에 후젓히 앉으면
마음은 갈앉은 양금줄 같이
무덤의 잔듸에 얼굴을 부비면
넉시는 향맑은 구슬손 같이
산ㅅ골로 가노라 산ㅅ골로 가노라
무덤이 그리워 산ㅅ골로 가노라
—『永郞詩選』(1949.10)

· 후젓히: '호젓이(후미져서 무서움을 느낄 만큼 고요하게)' 의 큰말.
· 갈앉다(갈앉은): '가라앉다' 의 축약형.
· 양금줄: 양금(채로 줄을 쳐서 소리를 내는 국악 현악기의 하나)의 줄.
· 넉시: 넋(사슴—사스미) *넋: 사람의 몸에 있으면서 몸을 거느리고 정신을 다스리는 비물질적
  인 것. 몸이 죽어도 영원히 남아 있다고 생각하는 초자연적인 것임. 영백靈魄 · 혼백魂魄.
· 향맑다(향맑은): 향기가 맑다.
· 구슬손: 아름답고 고운 손. '옥수玉手' 의 고유어 대체어. *섬섬옥수纖纖玉手: 가냘프고 고운 여자
  의 손.

바람과 음악의 시

　흔히 이 시는 14세에 조혼하여 15세에 사별한 부인의 무덤을 찾아가서 읊은 영랑의 망처사亡妻詞로 읽힌다. 정지용鄭芝溶부터가 그랬다. 그는 '이십 세 전 조혼이었으나 그 댁네가 절세미인이시었던 모양이다. 이십 전에 상처하였으니 영랑은 세상에도 가엾은 소년 홀아비가 되었던 것이다.'라고 하면서 이 시를 망처에게 보내는 사랑의 시로 예했다. 아마 그랬을 것이다.

　그러나 그러한 배경에서 이 시가 씌어졌다 해도 이 시의 페르소나인 어떤 '나'가 사람이고, 그 사람이 바로 시인 자신이라고 지레짐작하는 것은 섣부른 판단이다. '나는 산골로 가노라 나는 산골로 가노라 나는 무덤이 그리워 산골로 가노라'로 '나는'으로 주어를 붙여보면 무슨 어린애 동시 같은 느낌이 든다. '나'라는 어떤 사람이 화자라면 이 시의 끝 2행은 생략하고 영랑이 애용하던 4행시로 해야 그런대로 시가 된다. 이 '나'가 사람이 아니고 자연물이라면 왜 그것이 그토록 산골만 찾아가는가 하는 의문이 생길 것이다. 이 시는 그에 대한 답이다.

　이 시를 읊고 있는 '나'는 자연물이어야 한다. 바람인가, 물인가, 별빛인가, 달빛인가, 햇볕인가, 새인가, 아니면 또 무엇인가. 하여튼 순환하고 반복하는 자연의 질서를 객관적 상관물로 삼아 이 끝 2행의 되새김질을 통하여 망부의 정을 못 박아 놓았다고 해야, 이 시가 주제의식의 과잉으로 과장된 허황된 언어가 아니라는 것이 증명될 것이다.

　영랑은 이미 무덤에 관련된 딴 시에서 이를 시도했다. '돌아보니 찬 바람 무덤에 몰리네(「눈물에 실려 가면」)'. '나는 사라져 저 별이 되오리(「좁은 길가에」)’, ‘너른 들 쓸쓸하야 외론 할미꽃/ 아무도 몰래 지는 새벽 지친별(「밤이면 고총 아래」)’ 에서 무덤은 ‘찬바람’ 이나 ‘별’ 이나 ‘할미꽃’ 등과 만나서 서로의 정감을 통한다. 그러면 여기에서의 그 주체는 무엇일까. 아마도 ‘바람’ 이 제격인 듯하다.

사실 바람은 음악과 쉽게 관계를 맺을 수 있다. 절 같은 데서 작은 종처럼 만들어 가운데 추를 달고 밑에 쇳조각으로 붕어 모양을 만들어 처마에 매달아 바람이 부는 대로 흔들리며 맑은 소리를 내게 하는 풍경風磬은 자연의 음악을 연주한다. 관악기管樂器wind instrument는 금속·나무·대 등의 관에 입으로 바람을 불어넣어 관 속의 공기를 진동시켜 소리를 내는 바람wind의 악기이다. 휘파람이나 풀피리는 우리의 동심의 음악이요 악기이다. 이올리언 하프Aeolian harp는 그리스 신화에 나오는 바람의 신 아이올로스Aiolos에서 딴 이름으로 바람이 자유로이 통하는 장소에 놓으면 장력張力의 차이에 의해 각기 서로 다른 진동을 일으켜 다양한 배음倍音을 낳는다.

때로 몰려다니는 강풍은 무덤 따위는 아랑곳하지 않고 산천을 휩쓸 것이다. 그러나 이제는 거의 소멸하여 사라지려는 미풍은 어느 쓸쓸한 무덤가에 머물며 서로의 외로움을 달랜다. 그래서 쓸쓸한 뫼 앞에 바람이 호젓이 앉았다. 무덤 속에 묻힌 영혼은 바람의 연인인지 모른다. 영랑의 바람은 아예 어느 한 곳에 머물며 살기도 한다. 어느 바람은 ‘하늘 나르던 은행잎이/ 좁은 마루 구석에 품인 듯 안겨든다/ 태고로 맑은 바람이 거기 살았니라(「집」)’ 고 마루 구석을 본적과 주소로 하기도 한다. 그 바람이 무덤가에 머물면서 그 마음은 양금 줄이 되어 음악을 연주할 채비를 한다. 그러나 아직 바람은 차분히 가라앉아 임에 대한 그리움에 그 맑은 소리를 겉으로 표출하지 않고 안으로만 새기고 있을 것이다.

마침내 바람이 일어 ‘무덤의 잔디에 얼굴을 부비면’ 무덤은 아마 가만히 열리기라도 하는 듯 바스락거리는 연약한 소리로 반응할 것이다. 이 소리는 바람의 넋이 구슬손이 되어 마음속에 숨어 있는 양금의 줄을 두들겨 내는 노랫소리이다. 이 쓸쓸한 무덤은 바람의 현악기인 양금 줄이 울림하는 노랫소리에 휩싸여 이제 외롭지 않다. 영랑에 의하여 바람의 손으로 쓰인 이 '구슬손' 은 한용운에 의하여 '옥 같은 손으로 끝없는 하늘을 만지면서 떨어지는 날을 곱게 단장하는 저녁놀(「알 수 없어요」)' 의 손으로 변용하기도 한다. 그러나 영랑의 '구슬손' 은 손 자체가 '향맑은 구슬손' 으로 노래를 연주할 뿐만 아니라 그 손이 연주하는 음향조차도 향 맑은 구슬을 굴리는 듯한 노래가 되는 손이다.

본시 바람은 우주의 호흡을 상징하며, 또한 생명을 유지하며 분열하지 않도록 보호하는 영의 힘을 상징한다. 바람은 호흡이며 생명이다. 바람은 생명의 숨쉬기이다. 그래서 그 바람의 정수精髓essence인 '넋시' 가 향 맑은 사랑의 양금 줄을 울림 하여 생명의 노래를 연주하면 무덤속의 주검도 재생하지 않을까 싶다. 그래서 무덤을 휘감는 바람소리는 바람과 함께 주검이 숨 쉬는 소리일 듯도 하다. 그렇게 바람은, 그 갈앉은 바람은, 그 향 맑은 바람은 그 향 맑은 사랑과 생명의 노래를 연주하려고 무덤으로만, 무덤으로만 모여든다. 바람은 '무덤이 그리워 산골로 가노라' 고 한다.

9

꿈밭에 봄마음

굽어진 돌담을 돌아서 돌아서
달이 흐른다 놀이 흐른다
하이얀 그림자
은실을 즈르르 몰아서
꿈밭에 봄마음 가고 가고 또 간다

꿈밭에 봄마음

구버진 돌담을 도라서 도라서
달이 흐른다 놀이 흐른다
하이얀 그림자
은실을 즈르르 모라서
꿈밭에 봄마음 가고가고 또간다
　　　―『永郎詩選』(1949.10)

· 즈르르: 주르르(빗줄기가 방울지어 여럿이 함께 매달려 비탈진 곳에서 가볍게 미끄러져 흘러
내리는 모양).
· 몰다(모라서): '말다(넓적한 물건을 돌돌 감아 원통형으로 겹치게 하다)' 의 방언.
· 봄마음: 춘심春心(봄철에 느끼는 심회).

꿈의 밭에 내리는 봄비

구조주의는 기호들 사이의 계기적(선적, 통시적)syntagmatic 관계와 병렬적(수직적, 공시적)paradigmatic 관계를 논한다. 문장 안에서 어떤 단어의 의미는 그 단어의 문장상의 위치에 따른 다른 단어들과의 계기적 관계와, 실제 문장에는 없지만 그 단어를 대신할 수 있는 일단의 단어들과의 병렬적인 관계에 의해 결정된다.

우리는 '돌담'과 병렬적 관계에 있는 일군의 단어의 무리를 나열해 보자. 1)동일한 문법적 기능(목적어)을 가진 단어군 ―학교, 그들, 하나. 2)상관된 의미(동의어, 반대어)를 가진 단어군 ―공터, 흙담, 가시울타리. 3)유사한 음성 패턴(ㄷ,ㅗ,ㄹ,ㅏ)을 가진 단어군 ―도랑, 돌막, 돌다리.

이 많은 단어 중에서 하필 '돌담', 그 돌담 가운데서도 '굽어진 돌담'이 채택되어 여기 시어로 등장했을까. 원래 영랑 생가 주변에 돌담이 많았으니까 자연히 그것이 먼저 떠올라서 그랬다고 해도 아마 그럴 수 있겠다 싶다. 그러나 그것은 마구잡이식이다. 시어는 그렇게 아무렇게나 선택, 배열하는 것이 아니다. 만일 한 자라도 시어를 가감하거나 바꾸면 시가 와르르 허물어질 수도 있다. 존재론적 시론은 시인이나 독자나 제재에 관계없이 시 자체로 시를 해석하려 한다.

돌담은 우리 시골내기들의 삶의 역정이라 할 수 있다. 우리는 돌담을 쌓아 나와 남을 나누고 거기 문을 내어 나와 남과 소통하면서 대대로 삶을 영위했다. 그렇게 돌담에는 비밀스런 사랑과 미움이 숨어있고 성곽인 양 평화를 향한 굳은 의지와 결의가 이어져 있다. 그 돌담은 '굽어진 돌담’이다. 그 속에 굴절된 연륜의 곡절이 담겨 있다. 그 굴절과 연륜과 곡절 속에서 우리네 서민들의 휘어진 허리마냥 돌담도 굽어졌다. 그래도 돌담은 인간과 무관한 자연물인 양 거기 그대로 서있다.

우리는 이렇게 돌담의 내력을 듣자면 이내 그 ‘굽어진 돌담을 돌아서 돌아서 달이 흐른다, 놀이 흐른다.’의 의미도 알아차릴 수 있다. 세월은 그렇게 흘러갔다. ‘달’은 밤이고 ‘놀’은 아침놀과 저녁놀을 싸잡아 일컫는 낮이다. 그렇게 하루치씩의 세월은 흘러갔다. 실제로는 달과 놀이 그렇게 굽어져서 흐르는 것은 아니지만, 그것이 굴절된 연륜의 곡절 속에서 쌓인 서민들의 애환을 실어 나르기 때문에 굽어진 돌담을 돌아서 흐르는 것이다. ‘돌담’ ‘돌아서’ ‘돌아서’ ‘달이’ ‘흐른다’ ‘놀이’ ‘흐른다’에서 흐르는 흐름소리(유음流音) ‘ㄹ’의 연속은 그대로 굽이돌아 감돌아 휘어지는 세월의 흐름을 보여준다.

‘달이 흐른다 놀이 흐른다’는 세월이 흐름과 함께 하루의 흐름을 보여준다. 굳이 세월의 흐름만을 보인다면 과거형으로 ‘흘렀다’로 했을 것이다. 왜 달이 흐른 뒤에 놀이 흐를까. 지금은 달도 놀도 없기 때문에 그리 표현했음직하다. 만일 ‘놀이 흐른다 달이 흐른다’로 했다면 지금은 달밤이어야 할 것이다. 그러나 지금은 달도 없는 밤이다.

‘하이얀 그림자’는 무엇인가. 그림자는 보통 어두운 이미지를 보인다. 그림자는 존재나 휴식의 긍정적인 측면이 있긴 해도 대체로 번뇌요, 그늘이요, 떠도는 영혼이요, 모상模像이요, 허상虛像이요, 귀신이요, 열등한 인격의 원형이다. 그러나 흰색은 그와 반대로 밝은 이미지를 보인다. 하양은 죽음이나 무無의 부정적 측면이 있긴 해도 청결이요, 청정이요, 광명이요, 순수요, 고결을 나타낸다. 그러므로 그림자에 흰빛을 더하면 모순형용이 된다.

영랑의 선배인 김동명은 임의 아름다운 허상을 ‘그대의 흰 그림자

(「내 마음」)' 라 했고, 후배인 윤동주는 순화純化된 어두운 자아를 '소리 없이 사라지는 흰 그림자(윤동주「흰 그림자」)' 라 했다. 아마도 여기 '하이얀 그림자' 는 실제로 어둠 속에서 하얗게 보이는 밤비를 나타낸 듯싶다. 그 비는 실어 나르던 겨우내 움츠렸던 서민들의 암울의 그림자를 훨훨 털고 하얀 빛이 내리는 봄을 향하여 달려가고 있다.

이 시구는 '은실을 즈르르 모라서' 로 '하이얀 그림자' 가 비임을 암시했다. '은실' 은 빗줄기이다. '즈르르' 는 '빗줄기가 방울지어 여럿이 함께 매달려 비탈진 곳에서 가볍게 미끄러져 흘러내리는 모양' 을 보인다. 그 빗줄기는 봄마음(춘심春心)을 싣고 꿈의 밭으로 달려간다. 이 봄비로 밭은 풍요로울 것이다. '꿈밭' 은 단순한 꿈속(몽경夢境)이나 꿈자리(몽조夢兆)가 아니고, 꿈이 성장하는 밭이고 꿈을 수확하는 밭이다. 꿈의 보금자리이다. '봄마음' 은 춘정春情이요, 봄의 정취요, 봄의 보람이다. 이렇게 '봄마음' 은 빗줄기에 담겨 꿈밭으로 '가고 가고 또 간다'. 그래서 꿈은 아름답고 풍요로운 수확을 거둘 것이다. 그렇게 아름답고 풍요로움은 현실이 아닌 꿈에서나 이루어진다. 이것이 인류의 운명적 아이러니irony of fate이다. 그래도 꿈을 이루기 위하여 '꿈밭' 으로 간다.

영랑의 시는 이 시뿐만 아니라 한자어로 된 시어가 한 낱말도 없는 작품이 많다. 그는 한자어로 된 단어인 '옥수玉手' 를 '구슬손(「쓸쓸한 뫼 앞에」)' 으로, '백일白日, 백주白晝' 를 '흰날(「허리띠 매는」)' 로, '제야' 를 '제운밤(「제야」)' 등으로 조어하여 고유어로 바꿔 썼다. 이런 예는 김소월의 시에도 '춘산春山' 을 '봄메' 로 '수촌水村' 을 '물마을' 로, '천애天涯' 를 '하늘끝' 으로, '능라도綾羅島' 를 '깁섬' 으로 바뀌어 많이 나타난다. 이들이 한자어를 버리고 고유어로 정착시키려는 노력을 후학들이 본받았으면 우리말은 많이 아름다워졌을 것이다.

10

임 두시고 가는 길

임 두시고 가는 길의 애끈한 마음이여

한숨 쉬면 꺼질 듯한 조매로운 꿈길이여

이 밤은 캄캄한 어느 뉘 시골인가

이슬같이 고흰 눈물을 손끝으로 깨치나니

님두시고 가는길*

님두시고 가는길의 애끈한 마음이여

한숨쉬면 꺼질듯한 조매로운 꿈길이여

이밤은 캄캄한 어느뉘 시골인가

이슬같이 고흰눈물을 손끝으로 깨치나니

　―『永郎詩選』(1949.10)

· 두시다(님두시고): 두다. *―시―: 비존칭 선어말어미(삼기시다―삼기다 「사미인곡」·「관동별곡」).
· 애끈하다(애끈한): 느낌이 끈끈하다.
· 조매롭다(조매로운): '조마조마하다' 의 변개어.
· 뉘: '누구의' 와 '누리(세상)' 의 뜻 겹침의 시어.
· ―나니(깨치나니): 어떤 사실을 단언하듯이 나타내는 말. 하게체로, 주로 옛 말투에 쓰임.

애끈한 마음과 조매로운 꿈길

'임 두시고' 의 '—시—' 는 주체높임법에 쓰이는 선어말어미다. 그러나 이 시구에서 '님' 은 객체이므로 이를 높이려면 현재는 잘 쓰이지 않는 '—옵—' 을 붙여 예스럽게 '임 두옵고' 라 해야 할 것이다. 하여튼 이 '—시—' 를 '—옵—' 대신에 쓴 객체높임법으로 보아 '임을 계시게 하고' 쯤으로 해석할 수 있겠다. 아니면 고어에서처럼 이 '—시—' 를 비존칭 선어말어미로 다룰 수도 있을 것이다.

어쩔 수 없이 떠날 수밖에 없지만 임을 두고 가는 애잔한 마음을 임도 이해하리라. 더러 보내는 이의 입장에서 '나를 버리고 가시는 임은 십 리도 못 가서 발병난다.(「아리랑」)' 고 저주하기도 하고 '영변의 약산 진달래꽃 아름 따다 가실 길에 뿌리우리다(「진달래꽃」)' 라 체념하기도 하지만 이 '임 두시고' 의 사랑과 이별은 '셜은 님 보내압노니 가시난 닷 도셔 오쇼서(「가시리」)' 와 같이 앞날을 남겨두고 있다.

그러나 그 앞날이 '애끈한 마음' 만으로 될까. 그 앞날은 '한숨 쉬면 꺼질 듯한 조매로운 꿈길' 과 같다. 왜 한숨이 없을까보냐. 그런데도 한숨이라도 쉴라치면 한꺼번에 와르르 무너져 천 길 낭떠러지로 떨어질 것 같은 조마조마한 꿈길과 같아 슬픔을 말로써 표현하기는커녕 숨을 죽일 수밖에 없는 애끈한 마음이고 기약할 수 없는 앞날이다.

시골길에서 이루어지는 사랑과 이별의 사연과 내력을 보이는 이 꿈길에서 깜깜한 밤이라서 보이지는 않지만 이슬도 눈물도 내리고 맺힌다. 이제 임이 부재하여 캄캄한 밤만이 덮고 있는 이곳은 어느 누구의 어느 세상이냐고 화자는 묻고 있다. 이제는 아무 의미도 없는 다만 캄캄한 밤이 지속하는 어느 낯선 사골일 따름이다. '이슬같이' 는 단순히 '고

흰 눈물'을 위한 보조적인 구실만 하는 것이 아니다. 이슬은 지금 실제로 내리고 있다. 화자는 캄캄한 시골길을 풀숲에 맺힌 이슬을 떨구고 눈썹에 맺힌 눈물을 씻으며 꿈길을 걷듯 꿈결에 걸어가고 있다.

한숨과 눈물은 항상 사랑과 함께한다. '마음에 맺힌 시름 첩첩히 쌓여있어 짓나니 한숨이요 지나니 눈물이라.(정철, 「사미인곡」)'고 사랑하는 이에게 사실만을 보고하는 이가 있는가 하면, '아아, 나의 사랑 때문에 누가 해를 입었느냐. 나의 한숨이 어떤 상선이라도 침몰시켰느냐. 나의 눈물이 누구의 땅이라도 범람시켰느냐. 언제 나의 차가운 한숨이 오는 봄을 못 오게 막았느냐. 언제 아의 핏줄을 가득 채운 열기가 열병환자의 명단에 한명이라도 덧보탰느냐.(존 던, 「성자의 열에 오르다」)'고 남의 사랑을 질투하고 시비하고 훼방하는 무리에게 대드는 시인도 있다.

그러나 이 시에서는 그 한숨과 눈물조차도 말하기는커녕 보이기라도 하면 안 되는 안타까운 애잔한 슬픔이 있다. 한숨이라도 쉴 양이면 그나마 임을 이별한 뒤의 정경일망정 그것조차도 사라지고 눈물이라도 흘릴 양이면 아마도 범람하여 길을 갈 수 없는 처지가 되는지 모르기 때문이다. 그래서 한숨을 숨기고 맺힌 눈물방울은 떨구지 않도록 손끝으로 깨뜨리며 걷는다.

이 시에는 '애끈하다'와 '조매롭다' 등 사전에 등재되지 않은 어휘가 있다. 이들은 지금껏 김영랑의 조어로 여겨져 왔다. 그러나 그것이 어법에 근거한 실재적인 언어일 근거가 있다.

'애끈하다'는 이밖에도 김영랑 시작품에 더 있다.

내가슴 속에 가늘한 내음
애끈히 떠도는 내음(가늘한 내음)

수심뜨고 애끈하고 고요하기

山허리에 슬리는 저녁 보랏빛(가늘한 내음)

벼개에 차단히 눈물은 저?는듸

흐르다못해 한방울 애끈히 고히였소(강물)

샘은 애끈한 젊은꿈 이제도 그저 지녔으리(수풀 아래 작은 샘)

　　이 시어는 '애끊다'(애가 끊어지다)를 바탕 삼아 '안타깝다. 안타깝
고 애달프다. 애끊다.' 정도의 의미로 이해되었다. 이는 '아니하다→않
다(o)'와 같이 '애끊다'를 '애끈하다'의 준말(약어)로 인정한다면 가능
한 단어이다. 그러나 '많다←만하다(x)'와 같이 '애끊다←애끈하다'는
성립하지 않는다. '끊다'가 '끈하다'의 준말은 아니다.

　　'끈하다'는 사전에 수록되지 않았지만 '너는 이 에미더러 보고 자퍼
도 꾹 전디라고 했는듸 달구똥마냥 니 생각 끈하다(이지엽, 「해남에서
온 편지」)'로 사설시조에 씌었고, 부사형 '끈하게'가 '니허고 나허고 끈
하게 동무되기는 다틀려 묵었다.(조정래, 『태백산맥』)'로 소설에 등장한
다. 이 글의 작가들은 전남 출신이다. 이 '끈하게'는 '끈덕지게'란 의미
의 전남 방언으로 사전에 수록되었다(주갑동, 『전라도 방언사전』). 그리
고 전성부사로 '끈히'가 '끈덕지게, 끈끈하게'란 의미로 등재되어 있다
(『우리말 큰사전』). 이는 '끈히 네 흰 모래밭을 밟아야할 순한 가시내야
(서정주, 「서울 가는 누이에게」)' '그러나 밉살스럽고 괘심한 반면에 끌
리는 마음이 끈히 있어서(홍명희, 『임꺽정』)' 등의 작품에 보인다. 어원
에서 이 '끈하다'와 관련이 있는지 '따끈, 후끈, 화끈, 우지끈, 끈끈, 매
끈, 쌔끈, 뻐끈, 지끈, 시끈' 등의 어휘는 모두 끈끈한 느낌이 든다. 이에
유추한다면 '애끈하다'는 '애를 끊다'가 아니라 '애가 끈하다'에서 온

말일 것이다. 이렇게 이 어휘를 '애끓다' '애달다' '애닮다' '애쓰다' '애타다' 등 '애'(창자)에 용언 '끈하다'가 더해진 합성어로 본다면 '느낌이 끈끈하다' 정도의 의미로 해석된다. 위의 '애끈한 젊은 꿈' '수심뜨고 애끈하고 고요하기' 등의 예와 같이 이 어휘는 '애끓는 슬픔' 따위의 좁은 의미보다 '끈끈한 느낌' 따위의 더 포괄적인 의미를 지녔다고 보인다.

혹시 이 어휘가 조어가 아니라 실제어인지도 모른다. '너머도 애끈튼 스무살의 가을은 지금 다시 생각하려고도 않는다.(근원, 「가을」, 『동아일보』1924.10.20)', '흩으진 쫑대닙우에 햇볕이 흘러 애끈한 그리움이 너머나 만타.' '지금 저 등불은 애끈히 조라드는 호롱의 기름을 모른다.(김달진, 「화과원시華果院詩」, 『동아일보』1935.1.20)', '스물xx해 삼 계 월을 가는 봄에 부치고 애끈한 나의 전신轉身의 송頌이 생겨났거니(김달진 「유점사 추억」 『동아일보』 1935.5.28)' 등에 '애끈튼(애끈하든), 애끈한, 애끈히' 등이 보인다. 김달진은 경남 창원 출신 시인이다.

　　'조매롭다'는 이 시 말고도 두 군데에 더 보인다.

　　간열픈 실오랙이 네목숨이 조매로아(「가야금」)
　　하날은 파—랗고 평평한 연실은 조매롭고(「연1」)

이 시어는 문맥으로 미루어 '조마조마'에 바탕 삼아 '조마조마하다. 조마조마한 느낌이 들 정도로 연약하고 희미하다(이숭원). 작고 희미하고 아득하고 좁다. 안타깝도록 조심스럽다(이향아).' 쯤으로 짐작하는 시어이다. '조매'는 '좀처럼'의 방언으로 등재되어 있고(『우리말 큰사전』, 전라도 방언사전), '조매나(여간해서는)(「방언 함경남도 단천지방」, 『동아일보』1962.9.3)'도 조사되었다. 그리고 소설에 '그 짚눌 이쪽머리

토매 속에다 쌀 조매 갖다 두었어(박경수, 『흔들리는 산하』, 『동아일보』 1970.12.23)'라고 이 단어가 보인다. 이같이 이 '조매'는 '좀, 조금, 얼마큼'의 의미로 '그것 조매 해봐' 따위로 전라도 방언에서 쓰인다.

흔히 '조매롭다'의 어근으로 인정하는 '조마조마'는 전라도 방언에서 '조매조매'로 쓰인다. 그러나 그 어근이 '조마조마' 건 '좀(조매)'이건 복합어로 '조매롭다'는 파생되지 않는다. '—롭다'는 명사나 관형사에 붙어 '그러하다'나 '그럴만하다'는 의미를 나타내는 파생어를 만들지(향기롭다, 해롭다, 가소롭다. 새롭다, 외롭다.) '조마'나 '좀' 따위의 부사에는 붙지 않는다. 이 시어는 어법에는 어긋나지만 유포니스런 어감을 취하여 '조마조마하다'를 변개한 듯하다.

I.A 리처즈는 시를 여러 대립적인 경험이나 정서가 균형을 이룬 포괄적인 시inclusive poetry와 상반된 관념을 제거하는 배제적인 시exclusive poetry로 나누고 포괄적인 시를 긴장tension을 유지하는 좋은 시로 삼았다. 이 시에서 '애끈한 마음'과 '조매로운 꿈길'은 안쓰럽고, 서럽고, 마음 조리고, 끈끈하고, 희미하고, 자그마한 정서를 운반하는 데 반하여, '캄캄한 시골'과 '손끝으로 깨침'은 투박하고, 힘차고, 의지적이고, 어둡고, 진한 정서를 부리어 두 개의 대립적인 정서가 긴장과 화합을 이루고 있다.

1·2행의 '애끈한' '꺼질 듯한' '꿈길'들의 된소리조차 오히려 이별의 슬픔 때문에 풀려 있는 기와 맥을 팽팽하게 켕겨 자체에서 적당하게 당기고, 3·4행에 이어지는 울림소리는 자체적으로 거센 소리를 차단하여 부드러운 흐름을 잇게 한다. 이 시는 이렇게 음운과 의미가 상반되는 정서를 포괄하고 수용하여 아이러니로 인한 긴장을 불러일으키고 이를 해소하면서 사랑과 이별의 애잔한 슬픔을 읊고 있다.

11

허리띠 매는 시악시 마음실

허리띠 매는 시악시 마음실같이
꽃가지에 은은한 그늘이 지면
흰날의 내 가슴 아지랑이 낀다
흰날의 내 가슴 아지랑이 낀다

허리띠 매는 시악시 마음실*

허리띠 매는 시악시 마음실같이
꽃가지에 은은한 그늘이 지면
흰날의 내가슴 아즈랑이 낀다
흰날의 내가슴 아즈랑이 낀다
—『永郞詩選』(1949.10)

· 시악시: '새색시'의 방언. 신부.
· 마음실— '심금心琴'(외부의 자극에 따라 미묘하게 움직이는 마음을 비유적으로 이르는 말)의
고유어 대체어.
· 흰날— '백일白日 · 백주白晝(대낮)' 고유어 대체어.

낮의 그늘

누구든지 허리띠를 맨다. 허리띠를 조르거나 졸라매는 이는 마음을 독하게 먹고 근검한 생활을 작정하거나 뜻한 바를 이루려고 결의와 각오를 다진 사람이다. 허리띠를 늦추거나 푸는 이는 긴장을 풀고 느슨하고 편안하게 생활의 여유를 즐기는 사람이다. 허리띠를 매는 할머니는 헐렁해진 가슴을 허탈해 할 것이다. 그러면 허리띠 매는 '시악시(색시)'의 '마음실(심금)'은 어떨까.

소녀에서 처녀로 넘어가는 나이의 여자애는 모록이 돋아나는 제 가슴살을 보고 '허리통이 부끄럽게 드러난' 보리(「오월」)처럼 '새악시 볼에 떠오르는 부끄럼(「돌담에 소색이는 햇발」)'을 띨 것이다. 그러고는 누구에게나 들킨 것처럼, 그리고 누군가가 보고 있는 것처럼 잽싸게 허리띠를 동여맬 것이다.

허리띠로 맨 가슴은 아마 콩당콩당 뛸 것이다. 허리띠 속에 감춘 것은 젖가슴뿐이겠는가. 그 속에 숨긴 사랑의 비밀이 있다. 자기도 모르게 거기 풀어져 있는 자신의 비밀을 엿보고는 부리나케 동여매는 것이다.

꽃가지에는 대낮의 햇볕 속에서 벌과 나비가 달라붙어 꿀을 모으고 있을 것이다. 그러나 이 의식의 공간인 꽃에는 그 그늘 속에 무의식의 공간이 있어 그 어슴푸레하고 흐릿한 속에 들릴 듯 말 듯하는 벌의 윙윙거리는 소리와, 보일 듯 말 듯하는 나비의 날갯짓과, 진하지 않고 은근한 향기와, 달짝지근하고 그윽한 꿀과, 그리고 가까우면서도 멀고, 멀면서도 가까운 암술과 수술 등이 한데 어울려 이루는 온갖 신비한 현상의 그림자가 숨겨져 있을 것이다.

어디 시악시 마음실과 꽃그늘만 그런가. 이 대낮에, 이 백주(흰날)에 내 가슴에도 아지랑이가 낀다. 왜 아지랑이가 피어오른다거나 아른거린다거나 하지 않고 구태여 낀다고 했을까. 같은 시문학파 동인인 정지용은 입김이 유리를 흐린다고 하고 있다(정지용, 「유리창」). 이때 입김은 방안에서 방밖을 내다보는 것을 차단하는 역할을 한다. 그래서 그 화자는 흐린 유리창을 지우고 보고 지우고 보고 한다. 그러나 내 가슴에 끼는 아지랑이는 어서 끼기를 재촉할 것이다. 그만큼 밖에서 볼 수 없게 차단시켜야 할 비밀이 많기 때문이다.

아지랑이는 지열에 공기가 달아올라 먼 풍경이 아른거리며 불꽃처럼 위로 솟아오르는 공기의 흐름 현상이다. 내 마음도 가슴을 태우는 열기에 달아올라 비밀스런 꿈을 아른거리며 남 몰래 상승하는 기류를 타고 흐르고 있다. 아지랑이는 '어질어질'의 작은말 '아질아질'의 명사형 '아질암'에 명사접미사 '이'가 붙은 형태이다. 그러므로 아지랑이도 어질어질하고 나도 어질어질하다. 이 어지러워하는 모습을 숨기기 위해서라도 아지랑이가 껴야 한다. '빈 가지에 바구니 걸어놓고 내 소녀 어디 갔느뇨 …… 박사의 아지랑이 오늘도 가지 앞에 아른거린다(오일도, 「내 소녀」)'는 이런 모든 아지랑이의 이미지를 지닌다.

이 시문장의 골격을 추린다면 '시악시 마음실같이 그늘이 지면 아지랑이 낀다 아지랑이 낀다'이다. 그러나 우리는 이 문장에서 시의 문장과 산문의 문장의 차이를 확연히 알 수 있다. 만일 이가 산문이라면 '시악시 마음실 같이'는 '그늘'을 뚜렷이 하기 위한 수사법에 불과하고, '그늘이 지면'은 '아지랑이 낀다'의 원인을 밝히는 종속절에 불과하고, '아지랑이 낀다'의 반복은 강조하기 위한 수사치례에 불과하다.

그러나 시의 문장은 그렇지 않다. 이 네 부분으로 된 각행은 서로 상호작용를 하여 그 우열을 가릴 수 없다. 기껏 4행시에서 2행을 차지할

정도로 ‘아지랑이 낀다’는 겹쳐 제시되지만 그것도 나름대로 서로가
상호작용을 한다. 앞의 ‘아지랑이’는 장막으로서의 아지랑이라면 뒤의
아지랑이는 사랑의 환희로서의 아지랑이일 수 있다. ‘시악시 마음실’
과 ‘은은한 그늘’과 ‘내 가슴 아지랑이’와 또 하나의 ‘내 가슴 아지랑
이’는 병치되어 서로를 감추고 서로를 터놓으면서 하나가 되어 꽃그늘
속에서 가슴 띠를 풀고 이제 가슴속 아지랑이를 걷어내고 있는지도 모
른다.

12

풀 위에 맺어지는 이슬

풀 위에 맺어지는 이슬을 본다
눈썹에 아롱지는 눈물을 본다
풀 위엔 정기가 꿈같이 오르고
가슴은 간곡히 입을 벌린다

풀우에 맺어지는 이슬*

풀우에 맺어지는 이슬을 본다
눈섭에 아롱지는 눈물을 본다
풀우엔 정긔가 꿈같이 오르고
가슴은 간곡히 입을 버린다
―『永郞詩選』(1949. 10)

· 맺어지다(맺어지는): 맺히다.
· 아롱지다(아롱지는): 아롱아롱한 점이나 무늬가 생기다(있다).
· 버리다(버린다): 벌리다. *ㄹ탈락: 날다―날르다―나르다.

이슬과 눈물의 동질성

이슬은 새벽의 여신 에오스의 눈물이라고 한다. 에오스의 아들인 에티오피아의 왕 멤논은 트로이 전쟁 때 트로이를 지원하다 그리스의 장군 아킬레우스에게 살해되었다. 그 뒤부터 어머니 에오스는 새벽의 하늘을 밝히면서 아들의 죽음을 슬퍼하여 날마다 눈물을 흘리는데 그 눈물이 곧 이슬이란다. 이렇게 이슬과 눈물은 그 속성을 공유한다.

옛 시조에 '슬프다 우는 짐승 느껍다 부는 바람 월황혼月黃昏 겨워 갈 제 일일이 추사秋思로다 풀 끝에 이슬이 맺혀 눈물 듣듯하더라(무명씨)' 라는 것이 있다. 이 이슬은 '우는 짐승' '부는 바람' '월황혼(달밤)' '추사(근심)' 등의 슬픔을 자아내는 눈물과 관계 짓고 있다. 김영랑 시에도 '이슬같이 고인 눈물을 손끝으로 깨치나니(「임 두시고 가는 길」)', '속임 없는 눈물의 간곡한 방울방울 푸른 밤 고이 맺는 이슬 같은 보람(「내 마음을 아실 이」)' 등 이슬과 눈물은 자리를 같이한다.

물방울, 빗방울, 이슬방울, 눈물방울 들은 '작고 둥글게 뭉친 액체 덩어리' 라는 공통점을 지닌다. 이들은 영롱한 빛깔을 띠고, 이들이 떨어지면 영롱한 음향을 울린다.

화자는 '풀잎에 맺어지는 이슬' 에서 '눈썹에 아롱지는 눈물' 을 본다. 아마도 '풀잎에 맺어지는 이슬' 은 현재 어느 새벽녘 눈앞에 보이는 자연현상이고 '눈썹에 아롱지는 눈물' 은 과거 어느 때 눈앞에 보이던 연인의 얼굴 모습이다. 이 둘은 오버 랩 되어 바로 눈앞에서 현재형으로 전개된다. 그러나 이 '이슬' 과 '눈물' 은 '슬픔' 이라는 공통분모를 지녔기 때문에 오버 랩 되는 것은 아니다. 오히려 정반대이다. 이슬이 맺어지는 풀 위엔 정기精氣가 꿈같이 오르고 있는데 반하여, 눈물이 아롱지는 눈썹에는 가슴이 간곡히 입을 벌린다.

물론 이 이슬은 '풀끝의 이슬'이니 '초로인생草露人生'이니 '조로인생朝露人生'이니 하는 인생의 덧없음이 아니라 감로수甘露水니 불로영생不老永生의 생명수니 천사의 양식이니 하는 '푸른 밤 고이 맺는 이슬 같은 보람'이다.

그러나 '눈썹에 아롱지는 눈물'은 그것이 비록 정교하고 순수하고 투명하고 아름답다 할지라도 슬픔을 내재하고 있다. 그래서 눈물이 아롱지는 눈썹에게 '가슴은 간곡히 입을 벌린다.' 그 간곡한 사연은 무엇일까. 아마도 눈물을 거두라고 하소연할 것이다. 여기에서 오히려 '풀끝의 이슬'의 긍정적인 면이 살아난다. 해가 나면 이슬이 사라지듯 이를 닮아 눈물을 거두고 햇볕이 내리쪼이는 양지로 나가자고 가슴은 간곡히 입을 벌리는 것일 게다.

'맺다' 동사의 피동형은 피동사형 '맺히다'와 '―어지다' 첨가형 '맺어지다'의 둘이 있다. 표준어법에서 '맺다(1.물방울이나 땀방울 따위가 생겨나 매달리다. 2.관계나 인연 따위를 이루거나 만들다)'의 피동사형 '맺히다'는 1의 의미만을 지니고 '―어지다' 첨가형 '맺어지다'는 2의 의미만을 지닌다. 그러나 우리는 어법과는 달리 이 '맺어지다'를 1의 의미로만 이해하고 있다. 이 이슬은 풀 위에 현재진행형으로 맺힐 뿐만 아니라, 눈물과의 관계도 맺어지고 있다.

13

좁은 길가에 무덤이

좁은 길가에 무덤이 하나
이슬에 젖이우며 밤을 새운다
나는 사라져 저 별이 되오리
뫼 아래 누워서 희미한 별을

좁은 길ㅅ가에 무덤이*

좁은 길ㅅ가에 무덤이 하나
이슬에 저지우며 밤을 새인다
나는 사라져 저별이 되오리
뫼아레 누어서 희미한 별을
—『永郎詩選』(1949.10)

· 젖이우다(저지우며): '젖다'(물이 배어 축축하게 되다)의 변개 피동형. *—이우—: 이중 피동접
사.
· 새이다(새인다)—새우다(한숨도 자지 아니하고 밤을 지내다). *—이—: 사동접사.

삶과 죽음 사이의 고독

길가에 달랑 무덤이 하나. 거의 통행이 없으니까 좁은 길이 될 수밖에 없다. 무슨 '천산千山에 조비절鳥飛絶이요 만경萬逕에 인종멸人踪滅(유종원)' 이랄 것도 없다. 처음부터 거의 아무도 오지 않는 좁은 길일 뿐이다. 여기에 외톨로 무덤이 하나 있다. 북망산北邙山이라면 죽어서도 외롭지는 않을 것이다. 그러나 '좁은 길가에 무덤이 하나' 인 여기에서는 산 자도 죽은 자도 외롭기는 마찬가지이다.

그 무덤은 이슬에 젖으며 밤을 새운다. 왜 이슬을 맞지 않고 이슬에 젖는가. 이슬은 외부에서 내리는 것이 아니라 내부에서 흐르는 것인가. 이슬은 외로움에 지친 무덤 속 영혼의 눈물인가. 그래서 무덤은, 영혼은 뜬눈으로 고스란히 밤을 지내는가.

그런데 여기 '나' 라는 화자가 등장하여 '나는 사라져 저 별이 되리' 라고 그 존재를 일깨워 준다. 그러면 이슬에 젖으며 밤을 새우는 것은 무덤뿐만이 아닌가 보다. 이 '나' 를 위하여 이 '좁은 길' 이 존재한 것이다. '무덤' 과 '나' 외에 또 밤을 새우는 것이 있는 듯싶다. '저 별' 이다. 그래서 '무덤' 과 '나' 와 '별' 은 한통속이 된다. 왜 그래야 하는가. 원래 그러니까 그렇다. 무덤과 함께 밤을 새울 정도의 관계라면 그들의 거리는 얼마나 될까. 이는 한 마음, 한 몸이어야 하는 임들끼리의 거리다.

이 거리는 죽음과 삶과의 거리이기도 하다. 죽어서 무덤이 되고 사라져 별이 된다. 사람이 죽으면 별이 된다고 한다. 자기가 쏜 화살에 맞아 죽은 연인 오리온을 영원히 보기 위하여 아르테미스가 하늘에 올려놓은 시체가 오리온 별자리라 한다. 별과 무덤, 임과 나는 서로를 조응한다.

이 시의 2행 '이슬에 젖으우며 밤을 새운다' 는 앞뒤 양행에 걸치어 그 주어가 '무덤' 일 수도 '나' 일 수도 있는 모호성의 시구이다. 이는 '어져 내 일이야 그럴 줄을 모르더냐/ 있으라 하더면 가랴마는 제 구태여/ 보내고 그리는 정은 나도 몰라 하노라.(황진이)' 에서 '제 구태여' 가 앞말과는 '임이 구태여' 로 뒷말과는 '내가 구태여' 로 해석되는 것과 같은 양어兩語걸침의 언어이다.

그러면 '뫼 아래 누워서 희미한 별을' 의 주체는 누구인가. 그 주체가 결정되면 '별을' 의 뒤에 생략된 말이 저절로 나타날 것이다. '나는 뫼 아래 누워서 희미한 별을 〈보면서〉 그렇게 소곤거렸다.' 라고도, '그러면 임은 뫼 아래 누워서 희미한 별을 〈보리라〉' 라고도 해독할 수 있다.

우리는 위에서 무덤과 나와 별이 한통속이 되었다고 했다. 그러나 이쯤 되면 한통속이 아니라 완전히 하나가 된 느낌이다. 누가 무엇이 되는지, 누가 무엇이 되었는지, 누가 무엇을 하는지, 누가 무엇을 했는지 분간할 수 없다.

아예 처음부터 이런 효과를 노려 뒷말을 생략했는지 모른다.

시조창에서 종장 끝구를 생략하는 관습이 있다. 보통은 '하리라, 하노라, 하더라, 하여라' 등을 생략하지만, 더러는 '분별없이 (늙으리라), 거칠 것이 (없어라), 남의 애를 (끊느니)' 등도 생략한다. 아마도 뻔한 일이지만 차마 밖으로 발설하기가 새삼 어려운 말을 그냥 그렇게 꿀떡 삼켜버렸는지 모른다. 우리는 이 시에서도 그런 효과를 느낀다.

14

밤사람 그럽고야

밤사람 그럽고야

말없이 걸어가는 밤사람 그럽고야

보름 넘은 달그리매 마음 아이 서어로워

오랜 밤을 나도 혼자 밤사람 그럽고야

밤ㅅ사람 그럽고야*

밤ㅅ사람 그럽고야

말없이 거러가는 밤ㅅ사람 그럽고야

보름넘은 달그리매 마음아이 서어로아

오랜밤을 나도혼자 밤ㅅ사람 그럽고야

　　―『永郎詩選』(1949.10)

· 밤사람: 밤에 꿈속에 나타나는 사람.

· ―고야(그럽고야): '―구나' 의 옛말.

· 달그리매: 달 그림자. 달에 그림자처럼 나타나는 크레이터나 산맥 등의 검은 부분.

· 아이(마음아이)― '아니' 의 /ㄴ/ 탈락현상(반지락―바지락, 언덕―어덕, 안심찮다―아심찮다).

· 서어롭다(서어로와): 익숙하지 아니하여 서름서름하다. 뜻이 맞지 아니하여 조금 서먹하다.

허상과의 사랑

우선 예사롭지 않은 어휘부터 살피자. '그립고야' 의 '—고야' 는 느낌을 나타내는 종결어미 '—구나' 의 옛말이다. '금란굴金蘭窟 도라드러 총석정叢石亭 올라 ᄒ니 백옥루白玉樓 남은 기동 다만 네히 셔 잇고야(「관동별곡」)' 에 그 용례가 보인다. '참, 그랬고야.' 등으로 아직도 전라도 방언에 더러 쓰이는 듯하다. '마음아이' 의 '아이' 는 '아니' 에서 'ㄴ' 이 탈락한 듯하다. '아이 되네, 그건(한글학회, 『우리말 큰사전』)' 투로 현재도 영탄 어린 짧은 말에서 가끔 쓰인다. '반지락' 이 '바지락(바지락조개)' 의 방언으로 쓰이기도 한다. '서어롭다' 는 '서어하다' 의 변형으로 '서먹하다, 낯설다' 의 뜻이다. 같은 형용사로 접미사 '—하다' 와 '—롭다' 가 동시에 붙는 예는 '신비하다—신비롭다, 한가하다—한가롭다' 등 몇몇을 제외하고는 별로 없다. 그러나 영랑 시에는 '—하다' 를 '—롭다' 로 변개해 쓴 경우가 '초조한—초조론', '희미한—희미론' 등이 있고 '향미香味' 에 근원한 '향미론' 도 쓰이고 있다.

그러면 '밤사람' 이 누구인가. '밤사람' 이 밤에만 활동하는 야행성의 사람이라면 '개야 짖지 마라 밤사람이 모두 도둑인가 조목지 호고려胡高麗님이 계신 곳에 다녀오겠노라 그 개도 호고려胡高麗 개로구나 듣고 잠잠하노라.(일본에서 귀환한 찻잔에 새겨진 시)' 에 보이는 '밤손님' 즉 도둑을 가리킬 것이다. 또 낮에 얼굴을 내밀 수 없는 사람, 예하면 '해와 하늘빛이 문둥이는 서러워 보리밭에 달뜨면 애기 하나 먹고 꽃같이 붉은 울음을 밤새 울었다' (서정주, 「문둥이」)는 그런 이도 있겠다. 그렇다고 설마 밤에 잠자리를 같이할 수 있는 그런 여인을 지칭했을 리는 없다. 혹시 그림자를 이르는 것이 아닐까. '외로운 이는 그림자를 벗 삼는다.' 라는 속담도 있다. '나는 내 하나인 외론 벗/ 가냘픈 내 그림자와/ 말없이 몸짓 없이 서로 맞대고 있으려니/ 이 밤 옮기는 발짓이나 들려오리라(「사개 틀린 고풍의 툇마루에」)' 라고 영랑도 딴 시에서 그림자를 벗으로 대접하고 있기도 하다.

그러나 밤의 달빛에 의한 그림자만 있는 것이 아니고 낮의 햇빛에 의한 그림자도 있지 않는가. 낮에 내놓고 만나지 못하고 밤에만 몰래 만날 수 있는 사람이라면 은밀한 관계의 존재인 애인일 수도 있다. 아니면, 밤에만 존재하는 사람이라면 어쩔까. 그렇다면 대낮의 백일몽이 없는 건 아니지만 야밤의 꿈속의 사람일 수도 있다. 꿈에 그리는 연인, 꿈속에서나 만날 수 있는 연인이라면 그럴 듯하다. 문맥상으로 미루어 어디 도둑이 이에 해당되며, 한센씨병환자나 그림자가 이에 해당되겠는가. 은밀한 관계의 애인이라도 이루지 못하는 사랑이어서 꿈에나 그리고, 꿈에서나 만나는 연인이라면 '밤사람' 이 가장 그럴듯하게 어울릴 법하다.

'달그리매' 는 또 무엇인가. 사전엔 '어떤 물체가 달빛에 비치어 생기는 그림자. 물이나 거울 따위에 비친 달의 그림자' 라고 쓰고 있다. 그러면 '보름 넘은' 은 어떤 의미를 띠는가. 보름이 넘으면 명백하게 차이나는 '달그림자' 가 있는데 이는 사전적인 의미의 그림자가 아니고, 달에 있는 크레이터나 산맥들을 일컫는다. 이들은 보름달에서는 잘 안 보이지만 상현달이나 하현달에서는 더 뚜렷하게 보이는데 이를 '달그림자' 라고 하기도 한다. '밤사람' 과 '달그리매' 를 동일시한다면 그는 보름달처럼 환한 모습이 아니라 어둠 속에서 오히려 마음속에 뚜렷하게 새겨지는 그런 존재라고 할 수 있다.

화자는 항상 꿈길의 어느 한 지점에서 임을 기다린다. 그러나 그 꿈길에서조차 임은 반가운 표정으로 나에게 다가오지 않고, 그냥 말없이 걸어가고 있다. 사실 임은 밝은 보름달에 밝은 미소를 띠고 환하게 다가오는 것이 아니라 보름이 넘은 희미한 달빛 속에서 더 깊게 음영이 새겨지는 꿈속의 그림자(그리매)에 불과하다. 그런데도 마음에 서먹하지 않고, 낯에 익은 듯 설지 않다.

임이 상상속의 이미지로 홀로 희미한 달빛을 밟고 꿈길을 말없이 걸어가듯, 화자도 오랜 밤을 홀로 임을 그리워하며 꿈길을 걷는다. 화자는 꿈속의 임과 허상으로만 스치고 조우하지만 어느 때 그 허상의 탈을 벗고 마침내 사랑을 이룰 수 있을는지 모른다.

15

숲 향기 숨길을 가로막았소

숲 향기 숨길을 가로막았소
발끝에 구슬이 깨이어지고
달 따라 들길을 걸어 다니다
하룻밤 여름을 새워 버렸소

숲향기 숨길을 가로막었오*

숲향기 숨길을 가로막었오
발끝에 구슬이 깨이어지고
달따라 들길을 거러다니다
하룻밤 여름을 새워버렸오
―『永郎詩選』(1949.10)

한여름 밤의 못 다 이룬 꿈

"내일 밤 달이 그 얼굴을 물 위에 비춰 보고, 물방울이 풀밭에 온통 뒤 덮일 무렵, ―아직 연인들을 감춰줄 수 있는 그 무렵 우리들은 아테네 성문을 살짝 빠져나가자고 약속했어요."라면서 사랑의 도피처를 찾아 숲으로 떠나는 연인들의 이야기가 셰익스피어의 『한여름 밤의 꿈』이다.

그 숲에는 요정들이 사랑을 맺어주는 사랑의 묘약이 있다. 큐피드가 쏜 화살이 얼음처럼 맑은 달빛에 그만 식어 어느 작은 꽃 위에 떨어지 니, 우윳빛같이 하얗던 그 꽃은 사랑의 상처를 입어 보랏빛으로 변했다. 이 꽃을 즙내어 잠자는 이의 눈에 바르면 잠을 깨어 처음 보는 이를 사 랑하게 되는 사랑의 묘약이 된다. 한여름 밤 숲속을 방황하는 두 쌍의 남녀들은 이 사랑의 향기에 취해 헤어지기도 하고 만나기도 하다가 마 침내 사랑에 이끌리어 결혼하게 되면서 한여름 밤의 꿈은 끝난다.

이 시는 숲과 향기와 이슬과 달빛과 여름밤이 함께 등장하여 마치 그 러한 『한여름 밤의 꿈』을 방불케 한다. 그러나 이 시에서는 숲의 향기가 숨길을 가로막아 숲길을 버리고, 또 서로 뒤엉키는 연인과의 동행이 아 닌 외로운 산책이기 때문에 한여름 밤의 해피엔딩의 꿈은 이루어지지 않는다. 오히려 코끝을 자극하는 향기 대신에 발끝에 채는 이슬을 깨치 고 이슬 속에 깃들인 달빛을 깨치며 숲길 대신에 들길을 걷는다. 그리하 여 잠과 꿈 대신 뜬눈으로 한여름 밤을 새운다. 그렇기 때문에 '고독한 몽상가의 산책'으로 이루지 못한 한여름 밤의 꿈은 '가리막았소' '새워 버렸소' 따위의 안쓰러운 '―았소' 형의 하소연의 문체로 씌었다.

16

저녁때 저녁때

저녁때 저녁때 외로운 마음
붙잡지 못하여 걸어 다님을
누구라 불어 주신 바람이기로
눈물을 눈물을 빼앗아 가오

저녁때 저녁때*

저녁때 저녁때 외로운 마음
붙잡지 못하야 거러다님을
누구라 부러주신 바람이기로
눈물을 눈물을 빼아서가오
　　─『永郞詩選』(1949.10)

바람과 눈물

　설령 낮에는 곁에 사람이 없다 해도 별로 외로움을 타지 않는다. 그런 대로 일감에 몰입하기 때문이다. 그러나 밀레의 「만종」에서와는 달리 곁에 함께 있는 이도 없이 맞이하는 석양의 외로움은 차마 말하기도 어려울 것이다. 옛날 고려의 어느 고독한 이도 '이리공 저리공 하여 낮으란 지내왔손져 올 이도 갈 이도 없은 밤으란 또 어찌 호리라: 이러고저러고 하여 낮을랑 지내왔구나. 올 이도 갈 이도 없는 밤을랑 또 어찌하리까(「청산별곡」)' 라고 노래하며 사무친 외로움을 달랠 수 없었다. 그래서 '저녁때 저녁때' 라고 밀려오는 외로운 마음을 되뇌일 수밖에 없나 보다.

　황혼녘의 고독은 서양문화를 온통 퇴폐로 물들이기도 했다. 19세기말이 되어 한 세기가 저물자 데카당들은 한꺼번에 밀려오는 백년간의 고독 속에서 갈 길을 잃고 외로운 마음을 붙잡지 못하여 제멋대로 파리의 뒷골목을 걸어 다녔다. 저녁은 세기말과 함께 다가온 그런 시간대이다.

　바람도 동일한 효과를 낸다. 바람은 불안정하다. 이리저리 멋대로 분다. 동풍이니 서풍이니 따지는 것은 무의미하다. 그렇게 바람은 외로운 마음과 같이 붙잡히지 않고 돌아다닌다. 동병상린이다. 외로운 마음은 바람을 만나 길벗을 삼는다.

　바람은 누가 불어 어디서 올까. 아마도 바람나라에서 올 것이다. '바람(風)' 과 '바람(望)' 은 동음이의어로 우리말의 귀중한 시어이다. 외로운 마음은 바람의 나라를 찾아 방황하므로 함께 동행하기로 작정하고 찾아온 바람은 당연히 눈물을 거두게 할 것이다. '저녁때 저녁때' 와 대칭으로 사용한 '눈물을 눈물을' 과 호응하게 하기 위하여 '눈물을 말리다’ 따위보다 ‘눈물을 빼앗다’ 라는 강제성을 개입시킨 시어를 써서 격정을 더 강화시킨다.

『영랑시집』의 모든 시에는 느낌표를 제외하고는 문장부호가 없다. 그러므로 이 ‘빼앗아가오’ 가 평서문인지 의문문인지 모른다. 아마 그 둘이 모두 옳다고 해야 할 것이다. 그리하여 의미가 확충된다.

17

무너진 성터에

무너진 성터에 바람이 세나니
가을은 쓸쓸한 맛뿐이구려
희끗희끗 산국화 나부끼면서
가을은 애닯다 소색이느뇨

문허진 성터에*

문허진 성터에 바람이 세나니
가을은 쓸쓸한 맛 뿐이구려
희끗 희끗 산국화 나붓기면서
가을은 애닯다 소색이느뇨
　　―『永郞詩選』(1949.10)

· 애닯다(애닯다): '애달프다'의 잘못.
· 소색이다(소색이느뇨): '속삭이다'와 '속삭이다'의 뜻 겹침 시어.

가을의 시

성은 견고하게 쌓는다. 그러나 성은 무너지게 마련이다. 성은 지킬 만한 가치를 보유하고 있음을 말한다. 그러나 또한 성은 어떤 존재도 지켜지지 않는다는 것을 일깨워 준다. 그것이 운명이다. 그것이 허무요 비애이다. 전쟁에서 이기는 것은 상대방의 성을 함락하는 것이다. 정복자는 저항의 바탕을 없애기 위하여 피전복자의 성을 파괴한다. 강화성은 몽고병사들에 의하여 그렇게 파괴되었다. 고려의 가치는 성과 함께 파괴되었다.

가치 없는 것은 돌보지 않는다. 적군이 아니라도 세월이 성을 파괴한다. 세월은 바람이다. 세상의 온갖 간난을 견디어야 하는 세월을 서리 위로 부는 바람에 빗대어 풍상風霜이라 하고, 눈과 함께 몰아치는 거친 세월의 힘을 풍설風雪이라 한다. 지금도 센 바람이 불어 성의 풍화작용이 진행 중이다. 그렇게 바람은 생명력을 쇠락시켜 무상을 깨닫게 하는 시련이다.

그래서 '흥망이 유수하니 만월대도 추초로다. 오백년 왕업이 목적에 부쳤으니 석양에 지나는 객이 눈물 겨워하노라.(원천석)' 라고 옛 시인은 읊었다. 어찌 고려의 유신들뿐이랴. 김영랑보다 몇 년 앞서 1928년에 이애리수는 「황성荒城의 적跡」이라는 노래를 불러 서민들의 가슴을 적셨다.

성터는 이미 무너졌음을 전제로 쓰는 어휘이다. 무너지지 않았으면 성이지 성터가 아니다. 바람이 센 것도 성이 무너졌기 때문이다. 그래서 무너진 틈으로 황소바람같이 센 바람이 불어오는 것이다. 성이 무너지면 풍상과 풍설과 함께 호풍, 왜풍, 양풍 등 외세가 밀려온다. 성은 이를 막은 방어벽이었다.

산국화山菊花는 산국山菊이나 산구화라고도 하는 국화와 비슷한 꽃으로 산과 들에 노랗게 핀다. 이 꽃이 바람에 나부끼어 잠깐잠깐 빠르게 보였다가 사라지곤 한다. 그래서 스스로를 바로 세워 존재감을 나타내지 못하고 눈에 아른거린다. 가을은 그렇게 빠르게 흐르면서 세월의 무상을 '애닯다'고 한다. 본래 바람은 맛이 있다. 풍미風味가 그것이다. 그러나 여기에서는 그런 '풍류적 성격'이 아닌 '쓸쓸한 맛'으로 가을바람의 맛을 낸다. 이 가을바람은 말도 한다. 추성秋聲이 가을이 전하는 말이다. 가을바람이 쓸쓸히 불면서 하는 말은 '애닯다'이다.

시는 이 같은 '쓸쓸하다'나 '애닯다' 등의 직접적인 표현을 꺼린다. 이른바 이에 합당하는 객관적상관물로 제시해야 한다는 것이다. 이미 이런 객관적상관물로 '무너진 성 터에 바람이 세나니'와 '희끗희끗 산국화 나부끼면서'로 이런 정서가 표출되었으니 구태여 이 '쓸쓸하다'와 '애닯다'는 사족에 불과하다고 할 것이다. 그러나 위의 '풍미'와 '추성' 같은 시어의 실제상황을 리얼하게 표현하기 위한 의도적인 장치로 보면 오히려 효과적인 언어구사라 할 수도 있겠다.

18

산골을 놀이터로

산골을 놀이터로 커난 시악시
가슴속은 구슬같이 맑으련마는
바라뵈는 먼 곳이 그리움인지
동우 인 채 산길에 섰기도 하네

산ㅅ골을 노리터로*

산ㅅ골을 노리터로 커난시악시
가슴속은 구슬같이 맑으련마는
바라뵈는 먼곳이 그리움인지
동우인채 山길에 섯기도하네
—『永郎詩選』(1949.10)

· 동우: 동이(흔히 물 긷는 데 쓰는 질그릇으로 보통 둥글고 배가 부르고 아가리가 넓으며 양옆
으로 손잡이가 달려 있음).

그리움이 비치는 구슬

우리가 사는 주변은 생활의 터전이지 놀이의 공간은 아니다. 우리의 놀이터라면 집 근처의 좁은 빈터일 뿐이다. 그것도 없으면 기껏 집 마당 정도가 놀이터에 해당한다. 그것도 옛날에 그랬다. 지금은 아파트의 거실이 이에 해당할 것이다. 그러나 산토끼나 다람쥐 따위의 놀이터라면 산골짜기 전체가 될 것이다. 삶터가 곧 놀이터이다. 산골처녀는 산골에서 다람쥐와 산토끼랑 같이 놀았다. 산골처녀는 바로 자연의 딸이다.

그 가슴속은 흘러가는 냇물처럼 맑으련마는 굳이 구슬같이 맑다고 했다. 흘러 흘러 시야에서 멀리 사라지는 시냇물 같다고 하기보다, 우물 안 개구리같이 산골에 갇혀 세상물정을 모르니, 조그만 공간인 맑은 구슬이 이 산골처녀의 가슴속을 표현하는 데 적격인 듯도 싶다. 그러나 거기 파란 하늘도 떠있고 흰 구름도 흐르는 맑은 구슬을 바라보노라면 자연스럽게 그 너머 세계가 그리워지기 마련이리라.

처녀에게는 이미 놀이터는 관심의 대상이 아니고 추억의 대상일 뿐이다. 사춘기의 남녀의 심리는 산골처녀라고 다를 리 없다. 산 너머 멀리 바라보이는 곳이 그리워서인지 처녀는 물동이를 이고 멍하니 산길에 섰기도 한다. 물동이는 현재진행형의 식생활 도구이다. 당장 물을 길어 집에 가서 밥을 지어야 하리라. 그런데도 넋을 잃고 산길에 우두커니 서 있다가 아마 깜짝 놀라 부리나케 집으로 발걸음을 돌리기도 할 것이다.

시악시의 가슴이 구슬에 비유되었다면 그 그리움은 물이 가득 채워진 동이로 상징된다고 할 수 있다. 이 가득 찬 물은 식생활의 물인 동시에 그리움이 출렁이는 물이라 할 수 있다. 맑은 구슬 속의 어여쁜 마음

씨는 동이 속에서 출렁이다가 밖으로 넘치는 그리움이다.

　산골의 안과 밖으로 동시에 통행할 수 있는 산길은 갈림길의 역할을 할 것이다. '서다'에서 당연히 파생하는 '가다'는 그 갈림길의 결정사항이다.

19

그 색시 서럽다

그 색시 서럽다 그 얼굴 그 동자가
가을 하늘가에 도는 바람 슷긴 구름 조각
핼쑥하고 서느러워 어디로 떠갔으랴
그 색시 서럽다 옛날의 옛날의

그색시 서럽다*

그색시 서럽다 그얼골 그 동자가
가을하늘 가에 도는 바람슷긴 구름조각
핼숙하고 서느라워 어대로 떠갔으랴
그색시 서럽다 옛날의 옛날의
―『永郎詩選』(1949.10)

서느랍다(서느라워): 서느럽다('서늘하다'의 방언).
슷기다(슷긴): '씻다(물이나 휴지 따위로 때나 더러운 것을 없게 하다)'의 피동사. 씻기다.

흐르는 구름 속의 여인

　'색시'는 전라도 지방에서 '갓 시집온 여자나 아내'를 가리킨다. 이로 미루어 이 작품은 영랑이 14세에 결혼하여 이듬해에 죽어 헤어진 첫 부인에 대한 추억을 읊은 시로 여길 수도 있다.

　색시는 '옛날의' 추억 속의 그 얼굴과 그 눈동자가 서러운 여인이다. 여기 '서럽다'는 색시에 대한 화자의 감정인 동시에 그 색시의 얼굴과 눈동자에 서린 정서이다. 이 서러움의 근거는 가을 하늘 가에 맴도는 바람에 씻긴 구름조각 같이 핼쑥하고 서느러운 모습이다.

　색시는 집안의 중심에 자리 잡고 있어야 할 것이다. 갓 시집온 새색시는 귀여움을 독차지할 것이고, 화제의 중심에 있을 것이고, 집안의 분위기를 새롭게 바꿀 것이다. 그러나 이 주인공은 막 피어나는 봄의 여인이 아니고 이미 조락의 계절로 접어든 가을의 여인이다. 가을이라도 하늘의 한복판에 위치하여 따가운 햇볕이라도 내리쬐는 중심의 인물이 아니라 그 하늘의 가장자리를 차지하고 있는 방계인물이다. 사실은 그 가장자리에조차 그녀의 자리는 없다. 그녀는 거기 맴도는 의지가지없는 여인이다. 구름장도 아니고 구름조각이다. 바람은 우선 그 구름조각을 씻긴다. 그러자 구름조각의 본바탕이 나타난다.

　구름은 구름다워야 한다. 아마 여름 폭풍 전후의 먹구름이 제격일 것이다. 그러나 이 구름은 가을의 하늘가에 떠도는 구름이다. 이미 그 운기雲氣는 다 빠진 희석된 구름이다. 거기에 또 바람에 씻겨 불순물—이는 어쩌면 젊음을 젊음답게 하는 열정의 혈기이고 이에 더한 화장의 미이기도 하련만—이 다 빠져 깨끗하게 세탁된 구름조각이다. 그러니 뚜렷한 형상인들 있겠는가. 햇쑥하고 서느런 얼굴이고 눈동자고 그리고 한낱 구름조각이다.

햇쑥하고 서느런 모습, 핏기가 가시어 하얗고 파리한 이미지와 서늘한/써늘한 기분이나 감촉은 주검이나 죽음 직전의 형상이 보내는 메시지이다. 화자는 아마 '색시'의 죽음의 현장에서 뛰쳐나와 멍하니 하늘가에 떠가는 구름을 보고 거기 의탁하여 이 색시의 죽음을 표출했는지 모른다.

구름조각은 어디로 떠갔겠는가. '—으랴'는 이성과 감성의 복합체 어미이다. '사리로 미루어 판단하건대 어찌 그럴 수가 있느냐'고 느낌을 곁들여 반문하는 어조이다. 이는 '어디로 갔겠느냐? 이치로 보아 그럴 수는 없다. 그러나 어디로 갔단 말이냐? 라는 의문과 확신과 한탄이 뒤섞이어 한꺼번에 쏟아낸 언사이다.

이 시에는 '그 색시 서럽다 그 얼굴 그 동자가'와 '그 색시 서럽다 옛날의 옛날의'의 반복이 수미상관으로 포진하여 추억 속의 색시의 햇쑥하고 서느러운 얼굴과 눈동자와 지금 바라보이는 흐르는 구름의 형상이 오버랩 되어 있다. 그래서 예와 오늘이 그 오버 랩 속에서 공존한다. 예의 설움이면서 오늘의 설움이고, 구름과 함께 사라진 얼굴이고 눈동자이면서 추억 속에 살아있는 얼굴이고 눈동자이다. 그리하여 '옛날의 옛날의'는 '오늘의 오늘의'의 의미를 가진다. 옛날의 그 색시는 오늘 흐르는 구름 속에 살아있다.

20

바람에 나부끼는 깔잎

바람에 나부끼는 깔잎

여울에 희롱하는 깔잎

알 만 모를 만 숨 쉬고 눈물 맺은

내 청춘의 어느 날 서러운 손짓이여

바람에 나붓기는 깔닢*

바람에 나붓기는 깔닢

여을에 희롱하는 깔닢

알만 모를만 숨쉬고 눈물맺은

내 청춘의 어느날 서러운 손ㅅ짓이여

—『永郎詩選』(1949. 10)

· 깔닢: '갈잎(갈댓잎)'의 센말로의 방언.
· 만(알만 모를만): 듯.

분별없는 갈대

'깔' 은 '갈' 이고 '갈' 은 '갈대' 이다. 소먹이 풀을 '꼴' 이라 하는데 이를 방언으로 '깔' 이라고도 한다. 하지만 방언으로도 '갈댓잎' 을 '깔 잎' 이라고 하지 않는데 이리 쓴 것은 다분히 의도성이 내포된 듯싶다. 흔히 영랑 시는 유포니적인 시어만 선호한 듯이 여기는데 이런 카코포 니(불협화음)적인 시어가 썰 것은 그만한 까닭이 있을 것이다.

'바람에 날리는 갈대와 같이 항상 변하는 여자의 마음' 은 베르디의 「리골레토」에 나오는 아리아의 한 구절이다. 파스칼은 여자뿐만 아니라 모든 인간이 갈대이긴 해도 생각하는 갈대라고 했다. 영랑은 '내 청춘 의 어느 날' 의 자신이 바람에 나부끼는 갈댓잎이었단다.

갈댓잎은 피동적으로 바람에 나부낄 뿐만 아니라 능동적으로 여울을 희롱하여 물살 짓게 한다. 갈대는 흐르는 물을 훼방하여 바쁜 걸음을 멈 칫하며 잠시 옆으로 비껴가게 한다. 친구인 박용철의 「떠나가는 배」에 는 '돌아다보는 구름에는 바람이 희살짓는다' 라는 구절이 있다. 이는 바람이 구름을 희롱한다는 의미이다.

바람에 휘둘려 놀아나는 존재인 주제에 자기보다 여린 물한테는 훼 방인 듯 희롱인 듯 장난인 듯 잰체하는 갈대의 이런 행위는 알 듯도 모 를 듯도 싶은 자연현상인지 모른다. '알 듯 모를 듯' 은 관용어이지만 '알 만 모를 만' 은 일상적인 언어가 아니다. 이런 동질적이지만 동시적 이 아닌 대립적인 두 어휘를 폭력적으로 결합시켜 효과적으로 의미를 창출한다.

갈댓잎의 이런 짓거리에 한숨 쉬고 눈물 맺은 것이 내 청춘의 어느 날의 모습이다. 그러나 그것은 단순한 과거 젊은 시절 어느 한때의 나만의 모습이 아니라 지금도 같은 환경과 처지에 놓인 인간이 그대로 밟게 되는 전철인지도 모른다. 그렇게 내 '청춘의 어느 날' 은 손짓으로 충동질하며 이를 일깨운다.

'숨 쉬다' 를 '한숨 쉬다' 로 생각할 수 있다. '짓나니 한숨이요 지나니 눈물이라. 인생은 유한한데 시름도 그지없다(「사미인곡」)' 와같이 흔히 한숨과 눈물은 시름 속에서 자리를 함께한다. 그러나 '한숨' 이라 하지 않고 '숨' 이라 한 데서 다의성을 확보하려는 의도가 엿보인다. 바람은 생명의 상징이다. 생명은 호흡의 지속이다. 바람은 우주의 호흡이고 인간의 생명이다. 갈대가 바람에 나부끼는 행위, 그것은 단순히 인간의 나약성만이 아니고 생명 그 자체의 본질, 즉 호흡인지 모른다. 그것은 '내 청춘의 어느 날' 의 모습만이 아니고 그렇게 운명 지워진 우리 인간의 평생의 모습인지 모른다. 그래서 우리는 숨 쉬며 살면서 때때로 저절로 터져 나오는 한숨으로 운명을 탓하고 있다.

바람이 숨과 관계한다면 여울물은 눈물과 관계한다. 삶은 물의 흐름이다. 세월은 유수流水와 같으니 흘러가는 물이다. 물이 수로를 흐르면서 수면과 수중과 연안에서 만나는 물고기랑 물새랑 수생식물이랑 비바람이랑 각가지 사물과 관계하듯 우리도 그 세월 속에서 세월을 희롱하며 숨 쉬며 살아간다. 그리고 상처받고 눈물을 흘린다.

그러므로 인간이기에 갈대일 수밖에 없는 운명적 아이러니가 '갈댓잎' 을 '갈잎' 으로 단순화시키고 이를 '깔잎' 으로 경음화시켜 자조적인 어조를 희롱하는 듯싶다.

21

뻘은 가슴을 훤히 벗고

뻘은 가슴을 훤히 벗고
개풀 수줍어 고개 숙이네
한낮에 배란 놈이 저 가슴 만졌고나
뻘건 맨발로는 나도 자꾸 간지럽고나

뻘은 가슴을 훤히 벗고*

뻘은 가슴을 훤히 벗고
개풀 수집어 고개 숙이네
한낮에 배란놈이 저가슴 만졌고나
뻘건 맨발로는 나도 작고 간지럽고나
—『永郞詩選』(1949.10)

뻘: 펄(갯가의 개흙 땅).

꾀벗은 바다의 젖가슴

'개'는 강이나 내에 조수가 드나드는 곳이다. '갯벌'은 갯가의 넓은 땅, 흔히 갯가의 모래톱을 이른다. 그러나 전라도 방언으로 '뻘(뻘밭, 뻘바탕)'은 '갯벌'이나 '벌'이 아니라 '펄'을 가리킨다. '펄'은 갯가의 개흙 땅이다. 그러므로 여기 '뻘' 역시 표준말의 '갯벌'이 아니라 '펄(개펄)'을 의미한다.

썰물이 빠진 뒤 개펄은 굴곡진 본래의 땅의 모습을 드러낸다. 어느 개펄이건 곡선의 미를 자랑한다. 그것이 비록 산맥처럼 솟아오르고 골짜기처럼 내려앉았다 해도 그 곡선은 원만하다. 때로 험한 파도가 쳐서 흙을 한데 모았다 해도 뒤에 잔잔한 물결이 다시 제자리를 찾아 정돈하기 때문이다.

물은 부드럽다. 물은 모성이고 여성이다. 그래서 썰물이 밀려간 뒤 개펄의 모습은 나신의 여인이 누워 있는 형상이다. 볼록 튀어나온 듯 어느새 미끄러져 갸름하게 흘러가고, 밋밋하게 흐르는 듯 어느 새 볼록 망울지고 펑퍼져 젖가슴을 만들고 허리를 만들고 둔부를 만든다. 그래서 펄은 꾀(고의, 옷)를 벗고 나신으로 가슴을 드러내고 있다.

'개풀'은 갈대로 대표된다. 그러나 여기에서는 갈대 같은 갯가의 큰 키 식물이 아니라 펄에 나 있는 나문재, 수송나물, 해송나물, 퉁퉁마디(함초) 등의 염생식물鹽生植物을 가리키는 듯싶다. 이들은 썰물에 휩쓸려 물이 빠진 쪽으로 비스듬히 누워 있다. 그 모양이 마치 여성의 치부에 난 모발인 양하여 부끄러움에 수줍어 고개를 숙이고 있는 듯싶단다.

그러면 배는 어디쯤 있을까. '그 배는 멀리 떠나고 물만 출렁거리오.(이은상 「고향생각」)'라는 노래를 흥얼거릴 정도의 거리로 배는 가

물가물 사라지고 있는지도 모른다. 썰물 때가 되자 정박했던 배는 갯벌의 깊은 수로를 타고 떠난 것이다. '한낮에 배란 놈이 저 가슴 만졌구나. 그리고 저리 달아나는구나.' '아차' 싶다. 흔적도 없으련만 재빨리 추측해내는 것이 신통하다. 이렇게 신통방통할 때는 '배란 놈이' 라는 비어적인 어조가 제격이다. 이렇게 희화화시켜 놓아야 나의 '뻘건 맨발' 도 자연스럽게 언급할 수 있다.

'내 손에 호미를 쥐어다오. 살진 젖가슴과 같은 부드러운 이 흙을 발목이 시리도록 밟아도 보고, 좋은 땀조차 흘리고 싶다.(이상화 「빼앗긴 들에도 봄은 오는가」)' 는 아무래도 이상하다. 살진 젖가슴을 어떻게 짓밟는다는 말인가. 좀 모지락스럽고 무지몽매한 듯하다. 그러나 여기에서는 어차피 배란 놈이 젖가슴을 만지고 달아난 바에야 나라고 못할 리는 없다. 그래도 그렇지, 적나라赤裸裸한 나신裸身일망정 적각赤脚으로 밟는 것이 간지럽지 않겠는가.

이는 붉힌 낯을 쳐다보기도 부끄러운 성상징이 아닌가. '간지럽다' 는 무엇인가. 발바닥의 얇음이 그런가, 낯바닥의 두꺼움이 그런가.

22

다정히도 불어오는 바람

다정히도 불어오는 바람이길래
내 숨결 가부엽게 실어 보냈소
하늘갓을 스치고 휘도는 바람
어이면 한숨만 몰아다 주오

다정히도 부러오는 바람*

다정히도 부러오는 바람이길내
내숨결 가부엽게 실어보냈오
하늘갓을 스치고 휘도는 바람
어이면 한숨만 모라다 주오
—『永郞詩選』(1949.10)

· 하늘갓: 하늘의 가장자리. 갓: '가(가장자리)'의 방언.
· 어이면: 어이하면. 어쩌면 *어이: '어찌'를 예스럽게 이르는 말.

풍편에 띄우는 시

'다정히도'의 '도'에 깃들인 감탄의 언사에서 우리는 격한 감정을 느낀다. 그 바람 속에는 꽃향기가 담겨 있고 연인의 달콤한 숨결이 숨어 있다. 불어오는 바람에서 꽃향기가 풍기는 연인의 달콤한 숨결을 느꼈다면 어찌할까. 거기에 내 숨결을 그냥 가볍게 실어 보낼 수 있을까. 아마도 그 바람결에서 감지하고 감각할 숨결이라면 온갖 정성을 다하여 치장한 가장 강렬한 연정일 것이다. 가볍게 터치하는 듯, 바람에 띄우는 체, 안 그런 체하는 이런 시어 하나에도 아이러닉한 의미가 실려 있다.

셸리는 격렬한 메시지를 그대로 바람에 부쳤다. '온 인류에게 내 말을 흩으려 뿌려 주오!/ 나의 입술을 통해 아직 깨어나지 못한 대지 위에 // 예언의 나팔을 불게 하오! 오, 서풍이여,/ 겨울이 오면, 어이 봄이 멀 것인가?(「서풍에 부치는 송시」)' 아마도 이는 한국적인 정서는 아니다. 우리는 바람소리를 나팔소리로 듣지 않는다.

우리는 풍문風聞을 풍편風便으로 듣는다. 어떤 말이나 떠도는 소문을 누구랄 것도 없이 간접적으로 들었을 때를 일러 그 책임을 바람결에 돌려 풍편을 탓한다. 바람은 그렇게 긴가민가 하는 소식을 전한다. 그러므로 바람결에 숨결조차 전하려면 얼마마한 공력이 필요한지 새삼 알 만하다.

화자가 바람에 띄운 사연에 대한 답변도 바람결이 전할 것이다. 바라던 긍정적인 소식은 오지 않고 부정적인 뜬소문만 무성하다. '하늘가를 스치고 휘도는 바람'은 그런 풍설風說을 싣고 있다. 한복판이 아닌 가장자리를, 꿰뚫지 않고 스치고, 멈추지 않고 휘도는 바람은 믿을 것이 못

될 것이다. 그래도 그렇지, 바람소리는 화자와 청자 둘 다가 내쉬는 한숨소리인 듯싶다. 그 한숨소리는 또 오고가면서 하늘가를 휘도는 바람이 될 것이다.

'어이면'은 ㅎ불규칙용언 '어잏다(어이하다)'의 활용형으로 '어이하면(어찌하면)'의 의미이다. '어이러뇨 어이러뇨 싀어마님 어이러뇨……이를 어이하려뇨(『청구영언』)'에 그 용례가 보인다. 그러므로 '어이면 한숨만 몰아다 주오'는 '어찌하면 그렇게 한숨만 몰아다 주느냐?'라고 한탄하는 의문문이다.

23

떠 날아가는 마음

떠 날아가는 마음의 파름한 길을
꿈이런가 눈감고 헤아리려니
가슴에 선뜻 빛깔이 돌아
생각을 끊으며 눈물 고이며

떠날러가는 마음*

떠날러가는 마음의 파름한 길을
꿈이런가 눈감고 헤아리려니
가슴에 선뜻 빛갈이 돌아
생각을 끊으며 눈물 고이며
—『永郎詩選』(1949.10)

· —런가: '—던가'의 뜻으로 의문형종결어미의 하나, 감탄을 띤 물음을 나타냄.
· 파름하다(파름한): 보일 듯 말 듯 하게 파랗다.

백일몽의 시

'떠 날아가는 마음의 파름한 길' 은 꿈길이고, 그 꿈에서 겪는 몽롱한 인생길이고 그 나그넷길의 삶 자체이다. 그러므로 고해苦海에 떠내려가는 편주片舟가 아닌 흐르는 물에 떠내려가는 낙화落花 같은 삶이다. 그 물결은 파란 듯 만 듯하고 그 삶은 긴가민가하여 아리송하다. 인생은 일장춘몽一場春夢이요 남가일몽南柯一夢이다. 그러나 비록 헛된 꿈이지만 그 꿈 자체는 화려하다.

'떠 날아가는 마음의 파름한 길' 은 더러 백일몽에서 겪는다. 꿈꾸는 자는 하늘이 물결인 양 빙빙 돌며 흘러가는 속에서 타임머신을 탄 듯 빠르게 떠내려간다. 금방 천 길 나락으로 떨어질까 싶을 정도로 '날아갈 듯한 기분' 이 아니라 실제 나르는 기분을 느낀다. 백일몽은 잠을 자지 않고 깨어 있는 상태에서 꿈과 같은 환상을 보거나 생각에 잠기게 되는 현상이다. 이는 흔히 아동이나 청소년에게서 많이 나타나는 현상이나 성인들에게서도 찾아볼 수 있다. 백일몽은 보통 무의식적 욕망을 충족시키는 것이기 때문에 비현실적인 형태로서 쾌락을 느낄 수 있다.

흔히 꿈의 빛깔은 흑백이라고 한다. 꿈에서는 빛깔을 보지 못한다고 한다. 그러나 실제로는 꿈에서 색채나 색조를 보는 사람들도 있다. 우리는 '무지갯빛 꿈' 을 꿈꾼다. '가슴에 선뜻 빛깔이 돌아' 는 그 보일 듯 말 듯한 하늘 같기도 하고 물 같기도 한 '떠날라가는 마음의 파름한 길' 의 꿈에서 현실로 복귀하는 순간의 상태를 이르는 듯싶다. 그러면 '떠 날라가는 마음의 파름한 길' 은 꿈이었을 때와 깨었을 때의 두 개의 상반된 의미를 띤다. 그것은 마치 꿈속의 남가일몽과 깨었을 때의 남가일몽과의 차이인 듯싶다. 이 백일몽은 눈을 뜨고 꿈을 꾸고 눈을 감고 꿈을 깬다.

'생각을 끊으며 눈물 고이며'는 주체가 다른 두 현상이다. '생각'은 객체이고 '눈물'은 주체이다. 나는 이제 꿈에서 깨어나 '파름한 길'의 경험을 차단한다. 그러한 나와는 별도로 나의 눈물은 저절로 고인다. 꿈을 깨고 난 뒤의 허망함이 눈물을 불러온 것이다. 사실은 꿈도 아닌 백일몽이지만. 이들의 행위가 '—으며/ —며'로 표시되는 것은 그 행위가 연속되며 진행됨을 의미한다. 이런 화려하고 허무한 꿈과 현실의 반복은 우리 비극적 인간의 일상인 운명적 아이러니이기도 하다.

24

그밖에 더 아실 이

그밖에 더 아실 이 안 계실거나
그이의 젖은 옷깃 눈물이라고
빛나는 별 아래 애닲은 입김이
이슬로 맺히고 맺히었음을

그밖에 더아실이*

그밖에 더아실이 안 계실거나
그이의 젖인옷깃 눈물이라고
빛나는 별아래 애닲은 입김이
이슬로 매지고 매치였음을
―『永郞詩選』(1949.10)

· 매지다(매지고): '매치고'(맺히고)의 오식.

별이 전하는 사랑의 눈물

'하늘이 알고 땅이 알고 네가 알고 내가 알고', 설마 하니, 그밖에 누가 더 알게 될 이가 있단 말이냐? 아무리 '낮말은 새가 듣고 밤말은 쥐가 듣는다.' 고 하지만 아마 더는 없을 것이다. 그러니 실상 하늘과 땅은 말 없는 증인에 불과하고 너는 당사자이니 나밖에는 아무도 모른다. 앞으로도 그러리라. 이 시는 '나밖에 모른다.' 를 '그밖에 더 아실 이 안 계실 거냐' 라고 우선 이렇게 완곡어법으로 말하는 것이다. 그런데 이 시는 상대방에게 직접 전달하는 형식이 아니다. '너' 가 아니고 '그이' 가 등 장하는 것으로 미루어 이는 혼자 두런거리는 목소리이다.

'아실 이' 의 '—ㄹ' 은 추측, 예정, 의지, 가능성 등 확정된 현실이 아 님을 나타내는 관형형어미이다. 그러므로 이 비밀의 탄로는 현재가 아 닌 미래의 사항이다. 여기에서 '아실' 은 미래의 추측에 피동의 뜻이 더 하여 '아시게 될' 로 풀이된다.

그러나 '설마 나 외에 누가 알겠어? 라고 완곡하지만 '있다면 나와 보라지.' 라는 식의 제법 도발적인 언사는 격식을 갖춘다. '그밖에 더 아 실 이 안 계실거냐? 라고 존칭으로 예를 다하며 자문자답하는 양, 누군 가에게 묻는 양 감탄의 어조마저도 풍긴다. 그만큼 안타깝게도 슬픈 일 이지만 뻔히 아무도 모르는 비밀이기 때문에 조바심을 내비치지 않는 다.

흔히 생략법을 운운할 때 '빈 가지에 바구니 걸어 놓고/ 내 소녀 어디 갔느뇨// ——————————————// 박사薄紗의 아지랑이/ 오늘도 가 지 앞에 아른거린다.(오일도, 「내 소녀」)' 에서 한 연을 이루는 '……'

(말없음표)를 인용한다. 그러나 영랑은 말없음표조차 없이, 대뜸 첫 발성부터 우리에게 익숙한 '하늘이 알고 땅이 알고 네가 알고 내가 알고'란 관용구를 생략하고 돌발적인 발성으로 도전장을 내민다. 이에는 '그런 이가 있을 리가 없다. 나만이 그의 슬픔을, 비밀을 속속들이 알 정도로 그를 사랑한다.' 란 속뜻을 내포하고 있다.

그러면 이 시를 가만가만 속삭이는 화자인 나는 누구인가. 그 슬픔이 사랑의 실패에 연유했다면 화자가 그 원인 제공자인 당사자일 수는 없다. 그런 존재이면서도 남 이야기하듯 이 따위 진술을 하는 것은 부도덕한 일이다. 혹시 이루지 못할 사연이 있는 비련이 원인이라면 화자가 당사자일 수도 있겠다. 그래도 그때는 '그이' 대신에 '우리' 가 제격인 듯싶다. 하여튼 나는 '그이' 의 슬픔을 어루만지면서 그 슬픔을 같이하는 존재이다.

안데르센(1805~1875)의 『그림 없는 그림책』(1840)은 어른들을 위한 동화이다. 고향마을의 숲과 푸른 언덕 대신에 잿빛 굴뚝들만 지평선을 이루는 낯선 대도시의 어두운 다락방에서 하릴없이 살아가는 가난한 화가에게, 어느 날 밤 정든 달님이 찾아와서 그간 온 세상을 비추면서 보고 들은 이야기를 들려준다. 친구 한 명 없고 반겨주는 낯익은 얼굴 하나 없는 삭막한 도시의 밤에 달님은 가난한 화가의 어둠침침한 다락방을 밝히며 답답한 마음을 어루만져준다.

여기 '빛나는 별' 이 안데르센의 달의 역할을 하고 있는지 모른다. 그렇다면 화자는 별이 된다. '하늘이 알고 땅이 알고 네가 알고 내가 알고' 의 나는 바로 하늘 속의 별이다. 별이 스스로를 '빛나는 별' 이라 이르는 것은 눈물과 한숨의 어두움의 대칭점에 빛나는 별을 등장시켜 그 슬픔을 배가시키기 위한 장치라 할 수도 있다. '달빛 속에서 사랑의 배신자가 엿듣기를 두려워 말아라. 내 사랑아' 라고 하소연하는 슈베르트의 「세레나데」와는 달리 영랑의 사랑은 이렇게 별빛 아래에서 배신자조차도 모르는 눈물의 사연이 있다. '빛나는 별 아래 애달픈 입김'은 '찬란한 슬픔'이다.

흔히 한숨은 바람에 비유한다. 존 던의 한숨은 '나의 한숨이 어느 상선을 침몰시켰느냐' '언제 나의 찬 한숨이 오는 봄을 못 오게 했더란 말이냐(「성자의 반열에 오르다」)'라 하여 폭풍이 되고 한풍도 되지만 그냥 공기의 상태를 지속하고 있는데 반하여 이 시에서는 한숨의 입김 속에 서린 온기가 맺혀 이슬로 바뀌는 액화현상이 있다.

별빛 아래 눈물은 옷깃을 적시고 한숨은 흩어져 이슬로 맺힌 것이다. 그렇다면 '그이'의 눈물과 한숨의 사연은 '나'만 아는 비련의 비밀이 아니라, 자연물조차 감동시켜 이슬을 맺게 할 정도로 '하늘이 알고 땅이 알고 네가 알고 내가 알고' 온 천지가 아는 아이러니이다. 이는 모파상의 「목걸이」나 오 헨리의 「크리스마스 선물」에 버금가는 반전anti climax이다.

25

뵈지도 않는 입김

뵈지도 않는 입김의 가는 실마리
새파란 하늘 끝에 오름과 같이
대숲의 숨은 마음 기여 찾으려
삶은 오로지 바늘 끝같이

뵈지도 안는 입김*

뵈지도 안는 입김의 가는실마리
새파란 하늘끝에 오름과 같이
대숲의 숨은마음 긔혀 찾으려
삶은 오로지 바늘끗 같이
　　　　—『永郞詩集』(1935.11)

· 실마리: 감겨 있거나 헝클어진 실의 첫머리. 일이나 사건을 풀어 나갈 수 있는 첫머리. 단초.
· 기여: 기어이.

대숲과 바늘

　화자는 아마도 너무도 빽빽하여 하늘이 제대로 보이지도 않는 대숲에 들었나 보다. 그래서인지 이 시는 ‘실마리’니 ‘하늘 끝’이니, ‘대숲’이니, ‘바늘 끝’이니 하는 길고, 날카롭고, 상승하는 ‘오름’의 이미지로 차 있다. 빽빽하게 차 있는 것은 화자의 마음속 상념도 마찬가지이다. 화자는 이 상념들을 떨쳐버리려는 마음가짐으로 대숲에 들었는지도 모른다. 그런데 이 대숲에서 내뿜은 보이지도 않는 입김의 실마리가 그 조밀한 대숲을 뚫고 하늘로 올라 구름이 되었는지 대숲의 좁은 공간 위로 빠꼼이 보이는 그 하늘 끝에는 뭉게구름 한 점이 떠 있다. ‘댓구멍으로 하늘을 본다.’지 않는가.

　그러나 화자는 죽림칠현같이 은둔의 실마리를 찾기 위하여 대숲에 든 것은 아니다. 죽림칠현은 은둔 이전에 지조와 절개의 아이콘이다. 대는 사군자의 하나로 지조와 절개를 상징한다. ‘눈 맞아 휘어진 대를 뉘라서 굽다턴고. 굽을 절節이면 눈 속에 푸를쏘냐. 아마도 세한고절歲寒孤節은 너뿐인가 하노라.(원천석)’라고 옛사람은 읊지 않았는가. 그렇게 대나무는 굽고 ‘쪼개질지언정 부러지지 않는다.’ ‘대쪽 같은 사람’은 불의나 부정과 타협하지 않는 군자를 비유한다. 고려 충신 정몽주는 선죽교善竹橋에서 피살당했고 조선 충신 민영환이 자결한 곳에 혈죽血竹이 돋았다. 그래서 ‘충신이 죽으면 대나무 난다.’는 속설이 생겼다.

　‘대숲의 숨은 마음’은 단순히 지조와 절개에 그치지 않는다. 대숲에 든 이상 지조와 절개는 이미 각오가 되어 있다. 어떻게 그 길을 가느냐 하는 것이 문제이다. 입김은 어떤 실마리를 찾아서 이 미로 같은 대숲을 빠져나가 저 푸른 하늘에 올라 하얀 구름이 되었는가. 어떻게 하면 이 대숲 같은 어둠 속을 견디며 대나무 같은 곧은 절개와 푸른 지조를 지킬 수 있을까. 이들를 배우기 위하여 대숲에 든 것이다.

쭉쭉 곧게 뻗어 오른 커다란 대나무는 작지만 동질의 속성을 지닌 바늘을 불러 온다. 바늘은 대의 성질을 응축한 사물이다. 대나무로 만든 대꼬챙이 따위는 바늘을 그 본보기로 할 것이다. '민첩敏捷하고 날래기는 백대百代의 협객俠客이요, 굳세고 곧기는 만고萬古의 충절忠節이라. 추호秋毫 같은 부리는 말하는 듯하고, 두렷한 귀는 소리를 듣는 듯한지라.(유씨부인兪氏夫人「조침문弔針文」)' 라고 옛 여인은 읊었다. 선비가 대숲에서 절개와 지조를 찾듯 규방의 열녀는 바늘에서 이를 배웠다. '바늘 가는 데 실 가듯' 바늘은 지조와 절개를 함께 한다.

영랑은 학생 신분으로 고향에서 3·1운동에 이은 독립운동을 마련하다가 발각되어 옥살이를 했다. 그는 평생 양복을 입지 않았다고 한다. 창씨개명을 하지 않고, 일본어(당시 국어)로 시를 짓지 않고, 일제 강점기 말 아예 붓을 꺾어버린 지조와 절개가 대숲에 바늘 같은 정기가 서려 있듯 그가 입던 한복 속에 숨어 있었을 것이다. 대와 바늘의 곧은 지조와 푸른 절개는 그의 평생을 관통했다.

<h1>26</h1>

사랑은 깊으기 푸른 하날

사랑은 깊으기 푸른 하날
맹세는 가볍기 흰 구름 쪽
그 구름 사라진다 서럽지는 않으나
그 하늘 큰 조화 못 믿지는 않으나

사랑은 기프기 푸른하날*

사랑은 기프기 푸른하날
맹세는 가볍기 힌구름쪽
그구름 사라진다 서럽지는 안으나
그하날 큰조화 못믿지는 안으나
　　　　　　　―『永郎詩集』(1935.11)

사랑과 맹세의 허망

　사랑은 깊기가 푸른 하늘과 같다. 돌을 던지면 풍덩하고 심연 속으로 빨려 들어갈 그런 하늘이다. 사랑은 그렇게 모진 도전도 모두 소화시킨다. 사랑의 하늘은 그만큼 초월과 무한과 지고의 표상이다. 푸른빛은 영원과 희망과 조화와 진실의 표상이기도 하다.

　맹세는 가볍기가 흰 구름과 같다. 우리는 죽을 때까지 사랑한다고, 죽도록 사랑한다고 맹세한다. 그러나 곧 이어 '황금의 꽃처럼 굳고 빛나던 옛 맹세는 차디찬 티끌이 되어서 한숨의 미풍에 날아갔습니다.' (한용운 「임의 침묵」)라고 탄식한다. 한숨의 미풍에 날아다닐 정도로 가벼운 것이 구름이다. 구름은 이렇게 덧없고 허랑하다. '구름장에 치부置簿했다'의 '구름'은 모래성과 같은 의미이다. 흰색은 온갖 음향을 내포한 침묵이고 갖은 빛깔로 변모할 바탕색이다.

　사랑은 깊기가 하늘과 같고 맹세는 가볍기가 흰 구름과 같다. 그러나 맹세는 사랑의 한 부분이고, 구름은 하늘의 한 부분이다. 그러므로 전체와 부분 사이에 모순이 성립된다. 그러나 모순은 모순이 아니다. 오쇼 라즈니쉬는 말한다.

　천국과 지옥은 둘이 아니다. 똑같은 사다리에 속해 있다. 헤라클레토스는 올라가는 길과 내려가는 길은 똑같다고 말한다.

　모든 성장은 변증법적 과정을 거쳐 이루어진다. 변증법은 합리적인 것과 반대되는 말이다. 변증법이란 대립을 통한 운동을 말한다. 정·반·

합正·反·合, 이것이 변증법이다. 하나가 다른 하나에 반대한다. 여기에 긴장과 도전을 통해 제3의 실체가 생겨난다. 즉 종합이 이루어진다. 이 종합은 항상 전보다 낫다. 언제나 더 높은 차원으로 올라간다. 이성은 수평적 차원에서 움직이지만 변증법은 수직적인 차원에서 움직인다.

그러므로 이러한 하늘의 조화 속을 아는 자는 구름이 사라진다 한들, 사랑의 맹세가 한갓 헛되어 그 사랑이 굴절된다 한들 어찌 서러워할 리가 있겠는가. 그러나 당위성은 그렇다 한들, 사람의 일이라 어찌 한때인들 서러워하지 않으며 하늘을 원망하지 않겠는가. 이러한 원망이 '—으나'를 반복하면서 의혹의 눈초리를 보이는 것이다.

중국의 신문화운동 때 후스胡適는 근대시에서 대구對句를 난발해서는 안 된다고 주장했다. 대구는 너무 작위적이어서 자연스럽지 못하고 시를 규칙화한다. 이는 기교만을 중시할 뿐이어서 진솔한 정서를 표출시키지 못하기 때문이다.

그러나 이 작품은 1행과 2행(하늘·구름), 3행과 4행(구름·하늘)이 대구를 이루지만 격식에 충실하기보다 오히려 '하늘'과 '구름'을 뒤바꾸는 파격을 초래하여 기승전결起承轉結 구성을 완성시킨다. 만일 1·2행과 3·4행이 규칙적인 짝을 이루었다면 이 시는 기승(1·2)과 결(3·4)만으로 되었을 법하다. 3·4행은 한통속이기 때문이다.

27

미움이란 말 속에

미움이란 말 속에 보기 싫은 아픔
미움이란 말 속에 하잔한 뉘우침
그러나 그 말씀 씹히고 씹힐 때
한 꺼풀 넘치어 흐르는 눈물

미움이란 말속에*

미움이란 말속에 보기싫은 아픔
미움이란 말속에 하잔한 뉘이침
그러나 그말슴 씹히고 씹힐때
한거풀 넘치여 흐르는 눈물
—『永郎詩選』(1949.10)

· 하잔하다: '하찮다(대수롭지 아니하다)'의 방언.
· 거풀: 눈꺼풀.

사랑과 미움의 눈물

왜 미워하는가라고 묻지 말자. 그 미움 속에 말 못할 사연이 있으니까. 그 사연은 아픔이요, 그 아픔의 상처는 보기 싫을 정도로 지금도 피를 흘리면서 다가온다. 왜 뉘우침이 없겠는가. 그렇다고 뉘우친들 무엇을 하겠는가. 다 쓸데없고 부질없는 하찮은 짓거리가 아닌가.

그러나 보기 싫은데도 보이고 하찮게 여기는데도 쌓이는 뉘우침을 어찌할거나. 이제는 버려야 할 미움이 아직도 마음에 남아, 그 정도를 넘어 새기고 새겨져 되뇔 때 눈꺼풀을 뚫고 회한의 눈물이 흐른다.

이 시에서 '미움'이란 시어를 '사랑'으로 바꾸어도 조금도 이상하지 않다. 사랑은 항상 미움의 자리를 채울 준비가 되어 있고 미움 또한 어느새 사랑의 자리를 비집고 들어와 그를 메운다. 이는 양면가치兩面價値 ambivalence 때문이다. 미움은 사랑하기 때문에 생긴다. 그래서 사랑의 반대어는 미움이 아니고 무관심이다. '쫓겨난 여자보다 더 불쌍한 여자는 죽은 여자/ 죽은 여자보다 더 불쌍한 여자는 잊힌 여자' (마리 로랑생 「잊힌 여자」)라 하지 않던가. 사랑하기 때문에 미워하고 미워하기 때문에 사랑한다.

이 사랑과 미움이 교차되다가 지금 미움 쪽으로 기울어진 것이다. 이 회한의 내력은 그리 오래지 않은 듯하다. 그래서 지금도 보기 싫건 하찮건 이 '아픔'과 '뉘우침'이 반복되다가 잊힌 사연이 다가오는 것이다. 사실 '미움이란 말'이라고 남 말 하듯 그 어휘 자체(메타언어)를 객관적으로 논하는 듯싶게 진행하다가 결국 자신의 숨긴 사연으로 눈물을 흘리게 된다. 이 사연은 전의식前意識이 되어 눈까풀 속에 숨어 '미움'을 되뇌다가 그 외상外傷 trauma이 자신의 것이라는 사실을 깨닫게 되자 그 꺼풀을 뚫고 밖으로 나타나는 것이다.

이 시는 행말을 모두 명사로 맺고 있다. 이는 시를 간결하게 처리하는 효과가 있지만 시의 사연이 미처 다 끝맺지 못하고 그 속에 갇혀 있는 듯한 느낌을 불러일으킨다. 눈물로도 해소되지 않고 소멸되지 않은 설움이 이 시 속에 아직도 숨어 있는 것이다.

28

눈물 속 빛나는 보람

눈물 속 빛나는 보람과 웃음 속 어둔 슬픔은
오직 가을 하늘에 떠도는 구름
다만 후젓하고 줄 데 없는 마음만 예나 이제나
외론 밤 바람 슷긴 찬 별을 보랏습니다

눈물속 빛나는보람*

눈물속 빛나는보람과 웃음속 어둔슬픔은
오직 가을 하늘에 떠도는 구름
다만 후젔하고 줄대없는 마음만 예나이제나
외론밤 바람슷긴 찬 별을 보랐읍니다

　　―『永郞詩選』(1949.10)

· 슷기다(슷긴): 씻기다. *씻기다: '씻다'의 피동사(바람에 씻기다), 혹은 사동사(바람이 씻기다).
　*슷다, 싯다: 훔치다. 닦다. 씻다.
· 줄대없다(줄대없는): 줄 데 없다. 둘 데 없다. 의지가지없다(의지하거나 부탁할 곳이 전혀 없다).
· 보랏다(보랐읍니다): '바라보다'의 방언. *보랐읍니다: 바라봅니다.

보람의 눈물과 슬픔의 웃음

세상만사는 모두 양면을 지니고 있다. 정중동靜中動이요 동중정動中靜이다. 색즉시공色卽是空이요 공즉시색空卽是色이다. 이조차도 끊임없이 변화한다. 고진감래苦盡甘來요 흥진비래興盡悲來다. 호사다마好事多魔요 상전벽해桑田碧海이다. 인생유전人生流轉이다. 전화위복轉禍爲福이요 전복위화轉福爲禍이다. 눈물 속에 빛나는 보람이 있고 웃음 속에 어두운 슬픔이 있다.

사물의 발전의 내부적 원인은 모든 사물의 발전 과정에서 처음부터 끝까지 존재하는 서로 모순되고 배제하는 대립적인 제 측면의 투쟁이다. 이것이 변증법의 가장 기본적인 법칙이다. 서로 모순되는 여러 측면은 서로 의존하여 통일을 이루고 있는데, 그것들의 투쟁이 최고점에 달하면, 통일이 깨어지고 사물은 자기 자신의 대립물로 전화轉化되어 새로운 사물의 과정이 생기고 다시 그것에 내재하는 모순의 투쟁이 생긴다. 대립물의 통일은 조건적이고 상대적이고 일시적이지만 그것들의 투쟁은 무조건적이고 절대적이어서 그 운동·발전은 영원히 계속된다. 이것이 발전의 변증법적인 해석이며, 이것에 의해, 자기운동, 양의 질로의 전화, 비약, 낡은 것의 소멸과 새로운 것의 발생 등이 이해된다.

마르크스는 이러한 모순으로 야기되는 정·반·합의 변증법의 원리로 역사는 진보 발전한다고 한다. 그러나 인생만사가 겉과 속이 다른 아이러니로 짜여 있는, 끊임없이 변화를 초래하는 유동체임을 깨닫게 될 때 비애감와 배신감과 허무감으로 비극적인 인생관을 지니게 될 것이다. 그러한 인생유전은 오직 가을 하늘에 떠도는 부운浮雲과 같이 출몰과 생사와 변화가 무쌍하고 무상한 것이다.

눈물이나 보람이나 웃음이나 슬픔은 나름대로의 만남과 헤어짐이 있는 세상살이의 속성이다. 그리고 조변석개朝變夕改하는 것이 사람의 마음이다. 이를 왜 모를까마는, 알기 때문에 오히려 더 의지가지가 없는 호젓한 마음은 예나 이제나 변함없다. 세상 이치와 세상 사람이 변화가 잦은데 자신의 마음은 정반대로 변화하지 않는다는 아이러니가 이 시의 의미이다.

이런 아이러니에 처한 심정을 원元나라의 승려 희회기熙晦機는 '인생만사새옹마 추침헌중청우면人間萬事塞翁馬 推枕軒中聽雨眠: 인간만사는 새옹의 말이다. 추침헌 가운데서 빗소리를 들으며 누워 있다.' 라 했는데 이 시작품에서 화자는 '눈물 속 빛나는 보람과 웃음 속 어둔 슬픔' 에 '외론 밤 바람 슷긴 찬 별을 보랏습니다.' 라고 달리 말한다. 빗소리가 말하는 새옹지마를 청각으로 듣기보다 별이 일깨우는 희비교차를 시각으로 보는 것이 더 감각적이다.

별은 외로운 밤에 바람이 맑게 씻기어 오히려 더 차갑게 보인다. 바람은 모두가 잠든 밤에 별과 함께 깨어 그 별을 씻겨, 씻긴 그 별은 더욱 밝게 그래서 더욱 차게 만물의 이치를, 그 진리를 보인다. 화자는 이 광경을 지켜보고 있다. 이 '찬 별' 은 바람의 씻김으로 정화된 이성과 감성의 합작품이다.

29

밤이면 고총 아래

밤이면 고총 아래 고개 숙이고
낮이면 하늘 보고 웃음 좀 웃고
너른 들 쓸쓸하여 외론 할미꽃
아무도 몰래 지는 새벽 지친 별

밤이면 고총아래*

밤이면 고총아래 고개 숙이고
낮이면 하늘보고 웃음 좀 웃고
너룬 들 쓸쓸하야 외론할미꽃
아모도 몰래 지는 새벽 지친별
　─『永郞詩選』(1949.10)

옛 무덤의 외로운 할미꽃

밑으로 넓은 들이 펼쳐지고 그 위로 나지막한 야산이 놓여 있다. 그 가운데쯤 자그마한 밭뙈기가 얼마쯤 있기도 할 것이다. 그 야산에는 누구의 묘인지 지금은 찾는 이도 없는 고총이 자리한다. 그 무덤가에 할미꽃이 몇 송이 피었다. 4·5월 그 할미꽃의 하루 일과가 이 시이다.

왜 이름이 하필이면 할미꽃인가. 그래도 우리나라는 동방의 예의지국이라 뽐내며 경로사상을 미덕으로 내세우지 않는가. '할미'는 '할머니'의 비칭이다. 그렇게 얕잡아서 이름을 부를 뿐만 아니라 '천만 가지 꽃 중에 무슨 꽃이 못 되어 허리 굽고 등 굽은 할미꽃이 되었나.(동요)' 라고 어린이조차 이 꽃을 놀리면서 웃음거리로 만든다. 글쎄 그래서 쓰겠는가.

아마 이제는 뼈마저도 가늠할 수 없는 주검이 묻혀 있는 무덤가의 밤은 할미꽃조차도 무서워할 만큼 죽은 듯이 고요하리라. 같은 시문학 동인인 정지용은 '꽃도 귀양 사는 곳(「구성동」)' '귀신도 쓸쓸하여 살지 않는 한 모롱이. 도체비꽃이 낮에도 무서워 파랗게 질린다.(「백록담」)' 고 했다. 하긴 낮이라고 해서 그 고요가 해소되는 것은 아니다. 고총 자체가 잊힌 묘이기에 밤낮을 가리지 않고 쓸쓸하기는 매일반이다. 멸시의 꽃 할미꽃은 소외의 묘 고총을 지키면서 고개 숙여 예를 다한다.

하긴 동병상련이리라. 사람은 어느 땐들 가지 않으랴. 더구나 할머니에겐 무덤은 얼마 남지 않은 미래요, 고총은 조금 더 남은 미래이다. 그러기에 고총도, 밤도, 할머니도, 할미꽃도, 멸시도, 망각도, 두려움도 다 한 시공에 위치한다.

그래도 낮이면 좀 여유가 있어 딴 짓도 하는지 모른다. '낮이면 하늘 보고 웃음 좀 웃고' 한다. 아마도 바람이 불었겠지. 천형인 양 숙여진 고개를 들려면 딴 것의 도움이 필요하다. 비록 잠시라도 모처럼 부는 바람의 덕으로 고개를 들고 하늘도 좀 보고 웃음도 좀 웃으며 살아있는 느낌을 받기도 한다. 이는 할미꽃의 외도이다. 그건 예외다. 우리도 그렇지 않은가. '백 년 동안의 고독' 뒤에 '화려한 외출' 도 있지 않은가.

할미꽃 필 무렵 4 · 5월의 들판은 쓸쓸하지 않다. 한참 벼가 자라는 시기이다. 그런데도 너른 들이 쓸쓸하여 할미꽃은 더 외롭단다. 사실이다. 들과 밭에서는 모든 식물들이 봄의 젊음을 구가하면서 온갖 이야기를 쏟아낼 것이다. 새들도 한 몫을 거들어 그 이야기를 널리 펼칠 것이다. 그렇다고 할미꽃이 낄 자리는 없다. 그러면 그럴수록 할미꽃은 더욱 '군중 속의 고독' 을 느낄 것이다.

그리고 할미꽃은 진다. '아무도 몰래 지는 새벽 지친 별' 은 별이면서도 꽃이다. 사람은 누구나 하나의 자신의 별을 지니고 태어난단다. 아무리 하찮은 할미꽃 한 송이라도 자신의 별이 있나보다. 꽃이 지고 그 꽃의 별도 진다. 밤이 새도록 밤하늘을 지키던 별도 그 소임을 다하고 지듯 아무리 괄시를 받더라도 하찮은 꽃일망정 자신의 책무를 마치고 진다. 우리도 그렇게 나서 자라서 죽는다.

새벽별이라면 아마 새벽에 새로 태어나서 혈기왕성한 샛별이리라. 그러나 할미꽃의 새벽별은 낳자마자 늙어 백두옹白頭翁이 되었어도 그 책무를 다하는 별이다. 그 별이 드디어 떨어진다. 아무런 흔적도 없이 그렇게 사라진다. 우리도 모두가 그렇다.

30

빈 포켓에 손 찌르고

빈 포케트에 손 찌르고 폴 베를레느 찾는 날
왼 몸은 흐렁흐렁 눈물도 찌끔 했노라
오! 비가 이리 쫄쫄쫄 내리는 날은
설운 소리 한 천 마디 외었으면 싶어라

빈 포케트에 손찌르고*

빈 포케트에 손찌르고 폴·베르레느 찾는날
왼몸은 흐렁흐렁 눈물도 찟끔 했노라
오! 비가 이리 쫄쫄쫄 나리는 날은
서른소리 한 千마대 외었으면 싶어라
—『永郎詩選』(1949.10)

· 폴·베르레느: 폴 베를렌(프랑스 상징주의 시인).
· 흐렁흐렁: 물렁물렁(매우 또는 여기저기가 이들이들하게 부드럽고 무른 느낌).
· 찟끔: '조금'의 방언.

비와 눈물의 시

　화자는 1872년 어느 비가 내리는 날의 영국 런던으로 폴 베를렌을 찾아간다. 베를렌은 신혼의 아내를 버리고 런던에서 소년 랭보와 사랑의 도피를 하고 있었다. 그는 막상 파리를 뛰쳐나왔으나 무슨 목적이 있어 런던을 찾은 것도 아니어서 권태 속에서 음주로 나날을 보내면서 랭보와의 불화와 아내에 대한 죄책감으로 괴로워했다.

　화자가 베를렌을 찾던 그 비 내리던 날 그는 '거리에 비 내리듯/ 내 맘 속에 눈물 내린다./ 가슴 속에 스며드는/ 이 외로움은 무엇이런가?(베를렌 「거리에 비 내리듯…」)' 라고 시를 읊조리고 있었다. 이 시는 '거리에 조용히 비가 내린다.' 라는 아르튀르 랭보의 시구를 에피그래프로 달고 있다. 미움 속에서도 그는 랭보를 바라고 있었다.

　화자도 따분하기는 마찬가지이다. 그는 빈 포켓에 손을 찌르고 걷고 있다. 화자는 랭보가 되고 싶은 걸까. 랭보는 '찢어진 주머니에 두 손을 찌른 채 난 쏘다녔지/ 나의 외투는 더할 나위 없이 해어졌구나.(「나의 방랑 생활」)' 라고 쓰고 있다. 빈 포켓에 손을 찌르는 행위는 그만큼 돈도 없고 그만큼 할 일도 없고 그만큼 맥도 풀려 있는 상태를 보인다. 그러나 이는 오히려 괜한 치장이 낡아 사라지고 단지 본래 생긴 대로의 외양과 순수한 정신밖에 지닌 것이 없음을 보이기도 한다. 화자는 랭보가 그러했듯 그렇게 우수의 시인 폴 베를렌을 찾아 나섰다.

　비를 맞아 온몸은 후줄근히 축 늘어지고 눈물도 조금은 찔끔거린다. 그만큼 몸도 마음도 지친다. 베를렌은 슬픔과 권태와 우수를 「거리에 비 내리듯…」에 모두 담고 있다. 그러면서도 그 외로움과 울적함과 괴로움과 아픔의 근원이 무엇인지 모른다. 랭보가 '이 슬픔은 까닭 없는 것./ 사랑도 미움도 없이 내 마음 왜 이다지 아픈지,/ 이유조차 모르는 일이 가장 괴로운 아픔인 것을!(「거리에 조용히 비가 내린다」)' 라고 했듯 베를렌도 '울적한 내 마음에/ 까닭 모를 눈물 내린다./ 무엇인가 쌓인 한도 없는데/ 이 슬픔은 무엇인가.(「거리에 비 내리듯…」)' 라고 한다.

　화자 역시 이에 진배없다. 이 설움은 어디에서 왔는지 모른다. 인간심리의 바탕에 자리한 순수한 비애감이다. 그래서 이렇게 비 오는 날엔 서러운 소리를 한 천 마디쯤 외우고 싶다. 이 '서러운 소리 한 천 마디'는 위의 '쫄쫄쫄' 내리는 빗소리의 모방으로의 시구이다. 베를렌은 동일 음과 운을 반복함으로써 그침 없는 빗소리의 단조로움을 보였는데 화자는 쫄쫄쫄 하며 천 마디쯤 계속되는 서러운 빗소리를 형상화하는 시구를 마음속에 새기며 이 서러움을 즐기면서 그 서러움에서 헤어나려 한다.

31

저 곡조만 마저 호동글 사라지면

저 곡조만 마저 호동글 사라지면
목 속의 구슬을 물속에 버리려니
해와 같이 떴다 지는 구름 속 종달은
새날 또 새론 섬 새 구슬 머금고 오리

저 곡조만 마조 호동글 사라지면*

저 곡조만 마조 호동글 사라지면
목속의 구슬을 물속에 버리려니
해와같이 떴다지는 구름속 종달은
새날 또 새론섬 새구슬 머금고오리
—『永郎詩選』(1949.10)

· 마조: 마저.
· 호동글: 휘둥그렇게(놀라거나 두려워서 크게 뜬 눈이 둥그렇게 된 모양).
· 종달: '종다리' 의 방언.
· 새롭다(새론섬): 전과 달리 생생하고 산뜻하게 느껴지는 맛이 있다. *새론: 새로운.

불멸의 종다리

　종다리의 노랫소리가 그리 고울까. 영랑은 워즈워드의 「외로운 추수꾼」에서 외로운 고원의 처녀가 가을걷이하며 부르는 노랫소리를 일러 '어떠한 나이팅게일도 아라비아 사막 어느 그늘진 쉼터의 지친 여행자의 무리에게 이보다 더 환영하는 노래 부른 일 없다'라고 찬양한 시구에 동의하지 않는단다. 그는 '키츠의 나이팅게일의 취한 까닭인지' 들을 때마다 새로운 무상무비의 종다리의 노래를 외로운 추수꾼인 어린 소녀의 콧노래보다 훨씬 흥겹다고 한다(「두견과 종다리」).' 키츠는 '너는 죽기 위해 태어난 것이 아니다./ 불멸의 새여, 굶주림과 고뇌의 시대가 너를/ 멸하게 하지는 못하리라.(「나이팅게일에 부쳐」)' 라면서 인생에 대한 고민 속에서 문득 나이팅게일의 노랫소리를 듣고 거기서 영원한 미와 이상을 보고 그 세계에 도취한다.

　사실 이들 영시에서 말하는 나이팅게일nightingale은 흔히 종달새라 하지만 휘파람 부는 소리로 운다고 하는 휘파람새에 가까운 새이고, 영어로 스카이락skylark이라 하는 종달새(종다리)는 '노골노골지리지리' 운다고 하여 우리말로 노고지리라 하기도 하는 새이다. 하여튼 그 이름이 무엇이건 키츠는 나이팅게일의 노래에서 불멸의 미를 보았고 영랑은 종다리의 노래에서 항상 새로움을 들었다. 종달새는 그렇게 아름다운 목청을 가지고 죽어서 다시 태어난다.

　첫 행의 '저 곡조만 마저 호동글 사라지면' 의 '호동글' 은 무엇인가. 사전에서 이 어휘와 어법상 가장 가까운 어휘는 '회동그랗다' 이고 그 풀이는 '놀라거나 두려워서 크게 뜬 눈이 동그랗게 되다' 이다. 그러면 왜 이 어휘가 시어로서 여기에 위치했는가를 살피자. 우리는 이른바 삼매경에 들면 시간을 의식하지 않는다. '제 곡조를 못 이기는 사랑의 노래(한용운, 「임의 침묵」)', '제 피에 취한 새가 귀촉도 운다(서정주, 「귀촉도」)' 등이 그런 경우이다. 이 종다리도 울음에 겨워 시간 가는 줄을 모르고 울고 있다가, 해저물녘이 되어 그만 깜짝 놀라 눈이 호동그랗게 되어 곡조를 멈췄다는 의미가 이 시어에 담겼다고 할 수 있다. 그렇게 종다리는 해질녘까지 운다. 또 하나. 흔히 아름다운 새소리를 은쟁반에 옥구슬 굴리는 소리로 묘사하기도 한다. 그렇게 종달새는 그 모습은 보이지 않고 목구멍을 둥그렇게 돌돌 말아 옥구슬을 굴려 토해내는 듯한, 그래서 그 소리조차 휘둥그레 굴러가는 듯한 맑고 높은 소리를 먼 하늘의 바람 속에 마저 다 내뱉고 나서야 울음을 그친다. 그래서 그 노래 자체가 호동그랗다고 할 수 있다. 또 종다리는 그 호동그란 노래를 입속으로 굴릴 때 다 풀어 흐트러뜨리다가 다시 호동그랗게 모아 놓고 곡조를 끝낸다고 하면 어떨까. 하여튼 이런 여러 가지 의미가 복합되어 이 시어를 생성했다고 할 수 있다.

종다리는 그렇게 혼신의 힘을 다하여 노래한다. 소쩍새가 울다 지쳐서 피를 토하면서 '진달래 꽃비(서정주, 「귀촉도」)'를 내리게 하듯, 그 하찮은 바닷종다리는 실은 물고기를 낚아채기 위하여 물속으로 들는지 모르지만, 울음을 끝내고는 이제 신명이 다하여 제 소리를 낼 수 없는 '목 속의 구슬을 물속에' 버리기 위하여 물속으로 자맥질하는 듯하다. 그러면 소리의 영靈도 물속에 용해되어 사라질 것이다. 그렇게 종다리는 소리와 함께 명을 다한다. 키츠의 「나이팅게일에 부쳐」의 마지막도 '잘 가라! 잘 가라! 네 구슬픈 노래 사라진다. / 가까운 목장을 지나 고요한 시냇물 위로 / 언덕 위로, 그리고 지금 깊이 묻히었다. / 다음 골짜기의 숲속에 / 이게 환상인가? 백일몽인가? / 사라졌구나 그 음악, 나는 깨어 있는가, 자고 있는가? 라고 그 노래를 끝맺고 있다.

그러나 종다리는 죽기 위해 태어난 것이 아닌 불멸의 새이다. '동창이 밝았느냐 노고지리 우지진다.(남구만)', '샛별 지자 종다리 떴다. 호미 매고 사립 나니(이재)', '노고지리 앞서가자 해가 뜨는 이 강산(여상현,「농군의 노래」)' 등은 종다리가 새 날에 해와 같이 뜨는 사실을 보인다. 그런 종다리는 구름 속에서 회동그레한 구슬을 희롱하다 호동그레 놀라 곡조를 호동글 고쳐 접고 해와 같이 진다. 그러고는 마치 함지咸池에 진 해가 부상扶桑에서 떠오르듯, 불속에 뛰어든 피닉스가 어린 깃털을 얻어 아침 해와 함께 다시 나오듯, 새날이 오면 강진 바다 멀리 새로 생긴 새 섬에서 종다리는 새롭게 태어나 새로 얻은 새로운 구슬을 머금고 새 노래를 부를 것이다. 새로운 섬에는 용이 여의주를 희롱하듯 바닷종달(해변종다리)이 희롱할 새 구슬이 마련되어 있어야 한다.

32

향내 없다고 버리실나면

향내 없다고 버리실나면
내 목숨 꺾지나 말으시오
외로운 들꽃은 들 가에 시들어
철없는 그이의 발끝에 조을 걸

향내 없다고 버리실나면*

향내 없다고 버리실나면
내목숨 꺽지나 마르시오
외로운 들꽃은 들가에 시들어
철없는 그이의 발끝에 조을걸
—『永郎詩選』(1949.10)

버림받은 여인의 운명

꽃이 여성상징이고 꽃을 꺾는 행위는 여성을 범하는 일임을 정신분석학이 아니라도 이제 모두 아는 사실이다. 『춘향전』은 '기러기는 바다를 따르고 나비는 꽃을 따르고 게는 구멍을 따른다.'고 한다. 여기에서 '철없는 그이'가 나비의 역할을 한다.

우리 문학에서 꽃을 매개로 한 로맨스를 좀 더 들춰 보자. 멀리 신라 때 어느 노인네는 '붉은 벼랑 가에/ 잡은 손 암소 놓게 하시고/ 나를 아니 부끄러워하신다면/ 꽃을 꺾어 바치오리다.(「헌화가獻花歌」)'라 하며 아리따운 수로부인을 홀리고자 하는 마음을 헌화로 가장하여 철없는 수작을 부린다. 조선의 기생 홍랑은 '묏버들 가려 꺾어 보내노라 임에게, 자시는 창밖에 심어두고 보소서. 밤비에 새잎 곧 나거든 날인가도 여기소서.'라고 스스로를 꺾어 선비인 최경창에게 바친다.

그러나 이런 노류장화路柳墻花(길가의 버드나무와 담장 위의 꽃 같이 아무나 희롱할 수 있는 기생) 같은 존재로서의 여인의 슬픔은 고려가요에 있다. '10월에 아흐 저민 보리(보리수나무)답구나. 꺾어 버리신 후에 지니실 한 분이 없으셨다. 아흐 동동다리(「동동」)'는 그대로 이 시와 같은 정감을 보인다. 이러한 사랑과 배신의 정서는 예나 지금이나 변함없는 사랑의 풍속도인가 보다.

정조는 여인의 목숨이다. 이런 정조를 빼앗으면 거기 합당한 책임을 지는 것이 남성의 도리이다. 그러나 사람들은 단지 향내를 탐하여 꽃을 꺾고 향이 시들면 아무렇게나 내버리고 만다. 일순간의 인간의 향락을 위하여 꽃은 한 생명을 다하는 것이다. 아무렇게나 장난으로 던진 돌에 애꿎은 개구리만 맞아 죽게 된다. 혜원 신윤복의 「소년전홍少年剪紅」에는 꽃을 꺾으려고 수작하는 무책임한 소년과 희생물인 하녀의 모습이 담겨 있다. 모름지기 처음부터 미리 자기에 맞는 향기를 지녔는지 알아보고 꽃을 꺾을 일이요, 그래서 꺾었으면 시들지 않게 고이 간직할 일이다.

별스런 향기가 없이 순박하기만 한 들꽃이 꺾이자마자 그 자리에 버려져서 시들시들 조는 듯 마는 듯 사라지는 것을 그 꽃을 꺾은 무정한 손의 임자는 아는지 모르는지. 토마스 하디의 '순결한 여인' 테스는 그녀를 탐하고 헌신짝처럼 버린 알렉을 살해하고 형장의 이슬로 사라진다. 그런데도 이러한 비극은 신이 그렇게 만들어 놓았기 때문에 인간으로서는 피할 수 없는 운명적 아이러니로 이해된다. 그러나 이 시는 테스보다도 더 심하다. 이 꽃은 꺾이고 버려지고 짓밟히고 했어도 복수는 엄두도 못 내고 그 발끝에 매달리다가 힘없이 발끝에서 졸고 있다. '조을걸'에서 불평도 저항도 없이 일방적으로 당하고 내동댕이쳐져 지쳐 졸고 있는 한국의 여인상은 운명적 아이러니니 어떠니 하는 젠체하는 논의는커녕 그냥 운명이거니 하고 치부하고 모른 체했던 슬픈 역사를 지녔다.

33

어덕에 누워

어덕에 누워 바다를 보면
빛나는 잔물결 헤일 수 없지만
눈만 감으면 떠오는 얼굴
뵈올 적마다 꼭 한 분이구려

어덕에 누어*

어덕에 누어 바다를 보면
빛나는 잔물결 헤일수 없지만
눈만 감으면 떠오는 얼굴
뵈올적 마다 꼭 한분이구려
　　　　　　　　　　—『永郞詩選』(1949.10)

어덕: '언덕'의 방언. 전라도 방언에서 '어덕' '어덕배기' 등은 좀 낮은 언덕을 일컬음.

꼭 그 단 한 분

　화자는 지금 언덕에 누워 바다를 바라보고 있다, 그 바다에는 빛나는 잔물결이 헤일 수 없이 많다. 화자는 이제 눈을 감는다. 그때마다 어김없이 어느 한 분의 모습이 보인다. 이것이 이 시의 패러프레이즈 paraphrase의 전부이다. 너무 쉽고 너무 뻔한데 굳이 산문으로 번역하여 패러프레이즈 할 필요도 없다.

　언덕에 누워 왜 하늘을 보지 않고 바다를 보았을까. 아마 하늘을 보았다면 '하늘에는 별도 총총' 의 발상법에 접근했을 것이다. 임 생각이라거나 외로움이라거나는 시간적인 배경으로 밤을 택하는 게 보통이다. 그런데 생활의 장인 낮에 언덕에 누워 누구를 그리워하고 생각한다는 것은 더 큰 사랑과 고독을 느끼게 한다. 이 시는 낮의 시이다.

　이 시는 '바다를 보다/ 눈을 감다' 의 대립에 의하여 '빛나는 잔물결/ 떠오는 얼굴' '헤일 수 없음/ 꼭 한 분' 등의 또 다른 대립항 등을 이룬다. 그 넓은 바다는 일목요연하게 펼쳐진다. 그 바다는 지천으로 널린 잔물결—스스로 빛을 발하는 잔물결로 가득 차 있다. 이 밝음의 대칭점에 눈을 감으면 떠오는 얼굴이 있다.

　우리는 꿈속에서 임을 만난다. '꿈에나 임을 보려 턱 받고 비꼈으니 앙금도 차도할사 이 밤은 언제 샐꼬.(「사미인곡」)' 는 이런 바람조차 이루어지지 않는 슬픔과 고통을 보인다. 우리는 '자나 깨나 앉으나 서나' '눈을 뜨고 걸어도 눈을 감고 걸어도' '시도 때도 없이 밤이나 낮이나' 등과 같이 조건이 달라도 결과는 똑 같은 것을 그렇게 말한다.

　그러나 눈을 뜨면 보이지 않는데 오히려 눈을 감으면 보이는 것이 있

다. 흔히 이런 눈을 '마음의 눈' 이니 '예지의 눈' 이니 하고 이른다. 예언
가는 장님이 많다. 눈을 번히 뜬 오이디푸스는 자기의 부친을 부친인지
몰라보고 살해하고 모친을 모친인지 몰라보고 아내로 삼지만, 장님인
티레시아스는 이러한 오이디푸스의 과거와 미래를 꿰뚫어보았다. 우리
의 봉사 점쟁이도 이 축에 든다. 눈을 떠서 내려다볼 때는 빛나는 잔물
결이었는데 눈을 감고 볼 때는 그 빛을 타고 떠오르는 이가 있다. 이는
마치 후광을 받고 나타나는 부처인 듯도 싶다. 만일 화자가 독실한 종교
인이라면 이 시는 단순히 남녀 간의 애틋한 사랑을 읊은 것이 아니라 지
고한 절대자에 대한 무한한 존경을 그렸다고 할 수 있겠다.

34

푸른 향물 흘러 버린 어덕 위에

푸른 향물 흘러 버린 어덕 위에
내 마음 하루살이 나래로다
보슬보슬 가을눈이 그 나래를 치며
허공의 소색임을 들으라 한다

푸른향물 흘러버린 어덕우에*

푸른향물 흘러버린 어덕우에
내마음 하루사리 나래로다
보실 보실 가을눈이 그나래를 치며
허공의 소색임을 드르라한다
―『永郞詩選』(1949.10)

· 향물: 향수(향료를 알코올 따위에 풀어 만든 화장품)의 고유어 대체어.
· 소색이다(소색임): '속삭이다(나지막한 목소리로 정답게 이야기하다)' 나 '쏘삭이다(가만히 있
는 사람을 연해 꾀이거나 추기거나 하여 들썩이게 만들다)의 뜻 겹침 시어.
· 보실보실: 살갗이나 가루가 잘 말라 촉감이 부드러운 모양. *사전에 〈보실보실: '보슬보슬(덩
이진 가루 따위가 물기가 적어 엉기지 못하고 바스러지기 쉬운 모양)' 의 잘못〉이라 하여 부정
적인 의미로 풀이했지만 전라도 방언에서는 긍정적인 상황을 말함.
· 가을눈: 추모秋眸(맑은 눈동자)의 고유어 대체어. *『영랑시집』에 '가을눈眼' 으로 적었음.

가을의 교훈

‘푸른 향물’ 은 봄풀에 깃들인 향기로운 수액이다. 이제 가을이 되어 그 향기로운 수액도 흘려버려서 흘러가 버린 언덕은 온통 노랗게 물들었다. 그렇게 나의 청춘도 저물어간다. 그래서 새삼스럽게 내 마음이 하루살이의 날개에 불과하다는 것을 느낀다.

‘하루살이 나래’ 는 지독한 아이러니이다. 우화등선羽化登仙이나 하다 못해 ‘옷이 날개’ 라는 속담은 날개가 상승의 매개물임을 말하여 준다. 날개의 상승으로 인한 존재의 가벼움은 크리스트교의 전통에서는 흔히 무거운 육체와 대비되는 정신을 상징한다(동아출판사, 『한국문화상징사전』). 그러나 이제 그것은 나에게 하루살이의 날개이다. 상승의 기쁨은 극히 제한적이고 일시적이다. 차라리 없는 것만 못하다. 그 사실만이라도 깨달은 것은 가을의 덕이다.

‘가을눈’ 은 맑은 눈동자를 이른다. 가을이 얼마나 맑은 계절이면 맑은 눈동자를 ‘가을눈’ 이라 했을까. 가을이라는 조락의 계절을 맞아 자연의 이치에 눈을 뜨는 대지를 가을눈이라 이르기는 좀 그렇다. 가을의 맑은 눈동자라면 가을의 기운을 정제한 정수essence이어야 한다. 그렇다면 ‘가을 눈’ 은 바로 그 가을의 하늘이다. 가을 하늘은 맑을 대로 맑아져 나래를 펴고 높고 높게 오를 대로 오르고 있다. 그리하여 푸르고 푸른 가을눈은 맑고 맑은 눈동자를 굴리면서 퇴락의 계절을 맞아 자연의 섭리를 누리에 펼치고 있다. ‘보슬보슬〈포슬포슬’ 은 습기가 있으면 안 좋은 방바닥이나 이불이나 옷가지나 피부가 잘 말라 촉감이 좋은 상태이다. ‘보실보실 가을눈’ 은 눈가가 너무 메마르지 않고 적당히 촉촉하여 눈 뜨기가 한결 부드러운 상태를 이른다.

그 '가을 눈'이 나래를 편다. 땅에서는 푸른 수액이 번지던 언덕의 풀밭이 사라졌지만 하늘에서는 가을의 눈이 자리한 창공이 푸드덕 날개를 치며 상승하면서 흰 구름이 맴돌던 자리마저 빼앗아 온통 푸른 물감으로 시야를 칠한다. 하루살이 나래가 하강하여 떨어진 자리에 하늘은 날개를 치면서 짙푸르게 한없이 상승하면서 온 하늘을 맑은 눈동자로 뒤덮는다.

그런 하늘이, 그 하늘의 정수인 눈이 하루살이의 날개에 불과한 나에게 자신조차도 허공에 불과하다고 일깨워 주면서 그 허공의 '소삭임'을 들으라고, 그 허공의 '소삭임'에서 교훈을 얻으라고 쏙닥거린다. 그 교훈이란 허무인지 그 이상인지 오랜 수도를 거쳐야만 알 수 있을 것이다.

35

빠른 철로에 조는 손님아

빠른 철로에 조는 손님아
이 시골 이 정거장 행여 잊을라
한가하고 그립고 쓸쓸한 시골사람의
드나드는 이 정거장 행여 잊을라

빠른 철로에 조는 손님아*

빠른 철로에 조는 손님아
이시골 이덩거장 행여 이즐나
한가하고 그립고 쓸쓸한 시골사람의
드나드는 이덩거장 행여 이즐나
―『永郎詩集』(1935.11)

속도에 앗긴 정감

인생은 이승에서의 여행이다. 그 여행의 끝은 죽음이다. 삶은 일엽편주—葉片舟로 고해苦海를 항해하는 여행의 기록이다. 영웅이 벌이는 모험 여행은 생명의 바다를 건너면서 위험을 극복하고 갖은 통관의례를 거쳐 완전성에 도달하고 변용變容하는 과정을 상징한다. 그러나 우리 범인들은 여행 그 자체가 수단이면서 목적이고 삶이다. 우리들의 여행은 정해진 행로를 따라 빠르게 달려가는 기차 여행과 같다. 그러므로 지금 이 시에서 여행을 하고 있는 승객은 바로 나이다.

승객은 그 기나긴 행로를 지나면서 빠른 속도로 변화하는 파노라마에 지쳐 졸고 있다. 그리하여 자다 깨다 무엇 때문에 여행을 하는지조차 잊게 된다. 우리는 무엇을 위하여 여행하는가. '세계는/ 나의 학교/ 여행이라는 과정課程에서/ 나는 수없는 신기로운 일을 배우는/ 유쾌한 소학생이다.(김기림, 「함경선 오백 킬로 여행풍경 서시」)' 같이 그 과정過程이 목적일 수도 있고, '나비야 청산 가자 범나비 너도 가자/ 가다가 저물거든 곳에 들어 자고 가자/ 곳에서 푸대접하거든 잎에서나 자고 가자.(고시조)' 와 같이 그 과정은 단지 수단일 수도 있다.

그러나 여기에서 '이 시골 이 정거장' 은 과정인 듯 목적지이고 수단인 듯 목표이다. 당시 1930년대 기차는 오늘날 로켓 이상의 문명의 이기이다. 그러나 그렇게 바쁘게 달려서 어떻다는 것이냐. 결과는 우리의 '한가하고 그립고 쓸쓸한 시골사람의 드나드는 이 정거장' 을 앗아간 것이 아닌가.

여행은 단지 공간상의 이동이 아니고, 그 경험과 운동에 내재하는 발견과 변화에 대한 절실한 요구의 표현이다. 그러므로 심오하고 새로운 경험을 통한 강렬한 연구와 추구와 탐색과 삶은 모두 여행의 양상을 보인다. 그러나 삶은 동적인 양상만이 아니다. 그런 스피드 속에서 '한가하고 그립고 쓸쓸한' 정적인 정감은 사라지는 것이다. 오히려 스피드 시대에 이런 정감은 타기해야 할 권태로운 삶이 되고 만 것이다.

36

생각하면 부끄러운 일이어라

생각하면 부끄러운 일이어라
석가나 예수같이 큰일을 하리라고
내 가슴에 불덩이가 타오르던 때
학생이란 피로 싸인 부끄러운 때

생각하면 붓그려운 일이여라*

생각하면 붓그려운 일이여라
석가나 예수가치 큰일을 할니라고
내가슴에 불덩이가 타오르든때
학생이란 피로싸인 붓그려운때
　　―『永郞詩集』(1935.11)

혈기血氣의 아이러니

　삶은 갈등과 모순과 다름 아니다. 그러니까 아이러니가 삶의 진실이다. 이 아이러니를 표현하는 것이 시이다. 아이러니가 있는 시만이 삶의 진실을 표현하기 때문에 참된 시라는 것이 신비평의 이론이다. 이 시는 온통 아이러니로 짜여 있다. 그러므로 이 시는 진실의 언어이다.

　'생각하면 부끄러운 일'이라는 의미는 '생각하지 않으면 부끄럽지 않은 일'이라는 의미도 지니고 있다. 아니면 이는 그렇게 부끄러운 일인데 일상에서 그런 줄도 모르고 무감각하게 살아온 것에 대한 자책의 목소리인지도 모른다. 그러면 왜 그것이 부끄러운 일인가. 그런 터무니없는 꿈을 꾸었기 때문일까. 아니면 그런 고귀한 꿈을 실행하지 못함에 대한 후회가 깃들인 한탄인가.

　석가와 예수는 무엇인가. 단지 이 둘은 성인이란 의미에서만 동일한가. 석가는 보리수 밑에서 명상하여 해탈했고, 지금도 불당에서 심오한 경지를 넘나들면서 묵상하고 있는 모습으로 다가오지 않는가. 반면에 예수는 황야에서 온갖 잡귀와 싸워 이기고 드디어 산상에서 수훈을 외치고 십자군을 호령하는 사자후의 목소리로 여겨지지 않는가. 이러한 석가와 예수의 극과 극을 동시에 이행하려는 모순은 단지 학생이기 때문에 가능한 것인가. 아니면 처음부터 허무맹랑한 것인가. 그래서 더 부끄러운가.

　'불덩이가 타오르던 때'는 열정의 영광을 전제한 시대인가 파멸의 잔재를 예고한 시대인가. 불덩이는 '소년이여 대지를 품어라'라는 희망의 메시지인가 아니면 자신조차도 불태워 버리는 이루지 못할 꿈의 환영인가.

피는 생명의 근원이다. 『영랑시선』을 엮은 서정주를 생명파 시인이라 한다. 서정주 시에는 대부분 몇 방울의 피가 섞여있기 마련이다. '피는 인간의 숙명이요, 맹목적인 세력이다. 피는 숙명이므로 인간 존재의 근원이지만, 또 그것은 맹목적인 세력이기 때문에 도리어 인간 존재 그 자체를 말살할 수도 있는 가공할 파괴력을 가지고 있기도 하다. 여기에 피의 이율배반이 있다.(천이두, 「지옥과 열반」)' 그래서 서정주는 이 생명력이자 파괴력인 피를 '클레오파트라의 피 먹은 양 붉게 타오르는/ 고운 입술이다…… 스며라 배암(서정주 「화사」)' 라고 쓰고 있다.

우리가 석가나 예수가 되기 위해서는 이 피를 넘치게 해야 할 것인가, 아니면 이 피를 삭이어 제거해야 할 것인가. 왜 피 때문에 부끄러워해야 하는가. 절제가 없는 피의 과잉으로 인한 오만과 편견으로 석가와 예수가 되려 했거나 아니면 그로 인하여 오히려 석가와 예수와는 반대되는 행위를 했거나 할 수도 있다.

'피'는 '불덩이'와 동질인가 이질인가. 수극화水克火가 아닌가.

37

온몸을 감도는 붉은 핏줄이

온몸을 감도는 붉은 핏줄이
꼭 감긴 눈 속에 뭉치어 있네
날랜 소리 한 마디 날랜 칼 하나
그 핏줄 딱 끊어 버릴 수 없나

왼몸을 감도는 붉은 핏줄이*

왼몸을 감도는 붉은 핏줄이
꼭 감긴 눈속에 뭉치여 있네
날랜 소리 한마듸 날랜 칼 하나
그핏줄 딱 끈어 버릴수 없나
─『永郎詩選』(1949.10)

피의 표상으로의 눈

　온몸을 감도는 붉은 핏줄은 도대체 얼마나 될까. 사람의 핏줄을 일직선으로 연결한다고 하면 약 10만km에 달하는데 이는 지구를 두 바퀴 반 정도 도는 거리에 해당한단다.(『네이버 백과사전』) 이 엄청난 혈관이 눈 속에 뭉치어 있단다. 혈관은 심장에서 비롯되기 때문에 혈관에 모여 있다고 하면 그런대로 이해가 가지만 그것이 눈 속에 뭉치어 있다 함은 과연 참일까.

　'어찌하여 너는 형제의 눈 속에 있는 티는 보면서 제 눈 속에 들어 있는 대들보는 깨닫지 못하느냐?' (마태복음 7:3)라고 성경은 쓰고 있다. 눈에 대들보도 들어 있다는데 가느다란 핏줄 정도는 들고도 남음이 있겠다. 그러므로 가느다란 핏줄쯤 눈에 모여 있다 한들 뭐가 이상하겠는가.

　그 눈은 왜 꼭 감겨 있어야만 하는가. 아마도 너무나 벅차서 눈을 뜰 엄두도 내지 못하는 것일 게다. 만일 눈을 뜨는 날에는 무슨 난리가 나도 큰 난리가 날 것이다. 실제 그런 일이 있지 않은가. 화룡점정畵龍點睛, 눈을 그려 넣자 그림 속의 용이 그만 날아 달아나지 않았는가. 만일 이 눈을 번쩍 뜨는 순간 세상이 뒤집어지는 현상이 일어날는지 모른다.

　이 핏줄은 무엇인가. 뜨겁게 달구어진 불길인가. 눈은 마음의 등불이라고도 한다. 마음이 타올라 눈에 집중되어 있는가. 그것은 사랑인가 욕망인가, 생명력인가 죽음의 의지인가, 악마에게 바치는 제물인가 죄를 사하는 희생물인가.

　이런 아이러니로 차있는 위험물을 제거하기 위하여 날랜 기합과 함께 내리치는 날랜 칼이라도 있었으면 한다. 아니면 폭풍과 노도sturm und drang, 아니면 천둥과 번개thunder and lightning가 필요하다. 아니면 칼과 같은 날카로운 시선이 감은 눈을 꿰뚫어 지나갈 때 감겨진 지혜의 눈이 떠져서 새로운 광명이 비칠 것이다. 그때 광풍은 걷히고 평화로운 날을 맞이할 것이다. 그 핏줄 딱 끊어 버리는 날 새날이 올 것이다.

38.

제야除夜

제운 밤 촛불이 찌르르 녹아 버린다
못 견디게 무거운 어느 별이 떨어지는가

어둑한 골목골목에 수심은 떴다 갈앉았다
제운 맘 이 한밤이 모질기도 하온가

희부연 조히 등불 수줍은 걸음걸이
샘물 정히 떠 붓는 안쓰러운 마음결

한 해라 그리운 정을 묽고 쌓아 흰 그릇에
그대는 이 밤이라 맑으라 비사이다

除 夜

제운밤 촛불이 찌르르 녹어버린다
못견듸게 묵어운 어느별이 떠러지는가

어둑한 골목골목에 수심은 떴다 가란젔다
제운맘 이한밤이 모질기도 하온가

히부얀 조히등불 수집은 거름거리
샘물 정히 떠붓는 안쓰러운 마음결

한해라 긔리운 경을 뭉고싸어 흰그릇에
그대는 이밤이라 맑으라 비사이다
—『永郎詩選』(1949.10)

· 제운밤: '제야(섣달 그믐날 밤)' 의 고유어 대체어.
· 제운맘: '새로운 맘으로 채우기 위하여 버려야 할 묵은 맘' 을 뜻하는 조어.
· 한밤: '깊은밤' 과 '하룻밤' 의 뜻 겹침의 시어
· 희부얗다(희부얀): 희끄무레하게 부옇다.
· 죠희: '종이(식물성 섬유를 원료로 하여 만든 얇은 물건)' 의 방언.
· 정淨히: 맑고 깨끗하게.
· 마음결: 마음의 바탕.
· —라(한해라, 이밤이라): 까닭이나 근거 따위를 나타내는 연결 어미.
· 뭉다: '모으다' 의 옛말.
· —사이다: 청유형어미 '—ㅂ시다' . *여기서는 서술형어미 '사옵나이다(사옵니다)의 뜻임.

제야의 기원

　선달그믐은 음력으로 한 해의 마지막이므로 새벽녘에 닭이 울 때까지 잠을 자지 않고 새해를 맞이한다. 이러한 수세守歲 풍습은 송구영신送舊迎新의 의미로서 우리나라에 역법曆法이 들어온 이래 지속된 것으로 볼 수 있다. 수세는 지나간 시간을 반성하고 새해를 설계하는 통과의례로 마지막 날은 끝이 아니라 새로운 시작이라는 생각에서 비롯한 것이다.(『네이버 사전』) 그래서 이날 밤 수세하지 않고 잠을 자면 하얗게 눈썹이 센다고 한다. 그만큼 의미를 부여받은 날이니 감회가 남다르지 않겠는가.

　'제야'는 '선달 그믐날 밤'이다. 이를 '제운 밤'이라 하였으니 일단 '제'를 음독音讀하여 '제하는 밤'의 의미를 나타냈다, 이때 제除는 구력舊曆을 혁제革除한다는 뜻이 있다. 즉 이 '제除'는 '새롭게 고침(개혁改革)'과 '깨끗이 없앰(소제掃除)'의 뜻으로 '야夜'와 합성하였으니 '제야'는 지난 한 해의 묵은 때를 말끔히 씻고 새로운 한 해를 맞이하는 밤, 즉 선달 그믐날 밤이다.

　영랑은 이 '제야'를 '제운 밤'이라 고유어로 훈독訓讀하여 다의적多義的인 시어로 변모시켰다. 표준말의 '겹다'는 전라도 방언에서는 구개음화되어 '젭다〉제우다'로 변한다. 표준말의 '겹다'는 '1.정도나 양이 지나쳐 참거나 견디기 어렵다. 2. 때가 지나거나 기울어서 늦다.'의 뜻을 지닌다. 이 두 의미는 같은 뿌리에서 싹튼 다른 가지이다. '눈물겹다' '힘에 겹다'와 '한낮이 겨워' '점심때가 겨워'가 그것이다. 이 어휘의 이러한 두 개의 풀이를 합하면 '참거나 견디기 어려워 지나거나 기울어서 늦다' 쯤의 의미일 듯싶다. 그래서 할 수 없었다거나, 이 어휘가 파생시킨 부사가 말해 주듯 '겨우' 할 수 있게 되었다는 의미를 띠고 있다. '제운 밤'은 벅찬 일이지만 그렇게 겨우 지나고 다음날 설이 온다. '제운 맘'도 마찬가지로 아무리 벅찬 맘이지만 이를 깨끗이 지우고 새로운 맘으로 채울 수 있는 맘이리라.

그렇게 섣달 그믐날 밤은 이 한 해를 지겹도록 살아온 뭇 백성들이 겨우 새 날을 맞이하기 위해 마침내 넘어야 하는 마지막 날이다. 촛불은 겉으로 눈물지고 속 타는 줄 모른다.(이개) 초는 스스로를 태워 주위를 밝힌다. 가스통 바슐라르는 불에서 삶의 본능과 죽음의 본능이 대립하는 현상을 보고 이를 엠페도클레스 콤플렉스라 이름했다. 엠페도클레스는 말년에 에트나 화산에 뛰어들어 이승과 저승을 연결하는 신이 된다는 믿음으로 자신을 파괴하여 재생을 도모했다. 피닉스는 그렇게 영생을 얻는다. 촛불이 찌르르 녹아 버리는 데는 그러한 고통과 희생, 파멸과 재생이 숨어 있다.

지상에서 하찮은 촛불이 그럴진대 어찌 천상의 별이 이에 화답하지 않겠는가. 만물은 상징의 숲에서 향과 색과 음이 서로 조응Correspondances한다지 않는가(보들레르, 「조응」). 그래서 '찌르르 녹아 버리는' 촛불에 화답하여 못 견디게 무거운 어느 별이 떨어지고 있다. 누구는 '새장에 갇힌 한 마리 울새는/ 천국을 온통 분노케 하며,/ 주인집 문 앞에 굶주림으로 쓰러진 개는/ 한 나라의 멸망을 예고한다.(윌리엄 블레이크, 「순수의 전조」)'고 지상의 죄악에 천상이 응징하는 교감을 그렸고, 또 누구는 '나뭇잎이 떨어집니다. 아득한 곳에서 내려오는 양,/ 하늘나라 먼 정원이 시들은 양,/ 거부하는 몸짓하며 떨어집니다.// 그리하여 밤이 되면 무거운 대지가/ 온 별들로부터 정적 속에 떨어집니다.(릴케, 「가을」)'라고 나뭇잎과 대지가 조응하는 모습을 보여 주고 있다. '찌르르' 촛불이 녹아 버리는 그 모습이 '못 견디게 무거운' 어느 별이 떨어지는 듯한 착각을 불러일으켰는지 모른다. 송구영신의 이 깊은 밤에 가끔씩 '찌르르' 하면서 정적을 깨는 소리에 그만 놀라 별이라도 떨어졌는지 부산하게 창밖을 바라보는 화자의 모습도 보인다. 떨어지는 촉농의 무게가 아무리 가볍다 할지라도 이 밤에는 참을 수 없는 무거움으로 다가오는 것이다.

'어둑한 골목골목'은 화자의 삶의 통로이면서 마음의 통로이다. 이 길을 걸으면 생활과 정신의 공간이 나온다. 이들은 공감하여 조응하기보다 아예 하나가 된 것이다. 그 길을 오가며 한 해를 살면서 겪었던 온갖 걱정과 불안, 염려와 상흔이 고스라니 거기 쌓여서 앙금 되어 떠돈다. 촛불도 떨어지고 별도 떨어지는데 이 수심은 쉽게 떨어져 흘러가지 않고 그냥 거기 '떴다 갈앉었다' 한다. 이 고뇌의 통로를 이 밤에 깨끗이 청소해야 한다. 이 고뇌 자체가 '이 한 밤'(이 깊은 밤)과 '이 한 밤'(이 하룻밤)인 '제운 밤'의 '제운 맘'이다. 얼마나 '제운 맘'의 수심이 모지락스러우면 가시지 않고 다시 살아나는가. 이 '모질기도 하온가'는 앞의 '떨어지는가'의 신비에 싸인 우주에 대한 질문과는 달리 모진 세월에 대한 한탄의 목소리이다.

그러나 그 '어둑한 골목골목'에도 새벽은 올 것이다. 그 새벽이 오기 전에 조선의 여인네는 등불을 켜 들고 샘에 가서 정화수를 떠 붓는다. 정화수는 신령에게 빌 때 바치는 제수이며 공물이다. 가장 간소하나 가장 정갈한 제수로서, 신령에게 비는 사람이 지닌 치성의 극을 상징하게 된다. 이때, 새벽의 맑음과 짝지어진 정화수의 맑음에 비는 사람의 치성의 맑음이 투영되는 것이니 그 정성은 신령을 감동시킬 것이다.

이러한 정화수의 정성은 3연의 등불과 걸음걸이와 마음결에 모두 함축되어 있다. 등은 새해를 맞이하기 위하여 종이를 새로 발랐을 것이다.

그래서 그 말끔한 모습은 '희부얀' 으로 표출된다. 여인의 맵시는 '수줍은 걸음걸이' 로 표현된다. 아마도 앳된 모습의 소복한 새색시쯤 되나보다. 등불이 흔들려서 꺼질세라 조심스럽게 걷는 그 모습이 그 맵시가 그 걸음걸이가 수줍음을 타는 듯싶다. 마음결은 어떤가. '샘물 정히 떠 붓는 안쓰러운' 마음결이다. 정화수는 자체가 신성시되는 우물의 물을 첫 새벽에 맨 처음 뜬 가장 깨끗한 물이다. 그런데도 혹시 티라도 끼어 더럼을 탈까 두려워 '정히' 뜬다. 그러한 정화수가 그 청정이 그 마음결이 오히려 안쓰러움으로 다가올 때 신령은 그 바람을 들어주리라.

흔히 치성을 드릴 때는 정화수 옆에 수북이 담아 놓은 쌀그릇이 놓인다. 이 쌀 한 톨 한 톨을 '그리운 정' 에 비유하고 있다. 다가오는 새날은 새로운 한 해의 시작이라서 새해에 바라는 그리운 것을 쌀그릇에 모두 모으고 쌓아 놓고 그대는 이 밤이 섣달 그믐날 밤이라서 그 그리운 것들이 그 그리운 것들의 한 해가 정화수같이 하얀 쌀같이 맑으라고 빈다.

39

내 옛날 온 꿈이

내 옛날 온 꿈이 모조리 실리어 간
하늘갓 닿는 데 기쁨이 사신가

고요히 사라지는 구름을 바래자
헛되나 마음 가는 그 곳뿐이라

눈물을 삼키며 기쁨을 찾노란다
허공은 저리도 한없이 푸르름을

엎디어 눈물로 따 우에 새기자
하늘 갓 닿는 데 기쁨이 사신다

내 옛날 온 꿈이

내옛날 온꿈이 모조리 실리어간
하늘갓 닺는데 기쁨이 사신가

고요히 사라지는 구름을 바래자
헛되나 마음가는 그곳 뿐이라

눈물을 삼키며 기쁨을 찾노란다
허공은 저리도 한없이 푸르름을

업듸어 눈물로 따우에 색이자
하늘갓 닺는데 기쁨이 사신다
　―『永郎詩選』(1949.10)

· 하늘갓: 하늘가.
· 바래다: 가는 사람을 중도까지 배웅하거나 바라보다.
· 엎디다: '엎드리다' 의 축약형.

꿈의 행방

질량보존의 법칙law of conservation of mass 혹은 질량불변의 법칙이란 것이 있다. 화학반응의 전후에서 원물질原物質을 구성하는 성분은 모두 생성물질을 구성하는 성분으로 변할 뿐이며, 물질이 소멸하거나 또는 무無에서 물질이 생기지 않는다는 것이다. 이 이론에 입각해서 1991년 맥두걸은 시신의 무게를 젠 결과 죽음 직전 무게와 21grams 차이가 나는 것을 발견했다. 그는 이 21그램을 영혼의 무게라 했다. 이를 바탕으로 한 2004년 제작한 헐리웃 영화 『21grams』가 있기도 하다.

과학조차도 이렇게 영혼의 무게를 산출하는 마당에 우리 어린 시절의 꿈이 흔적도 없이 깡그리 사라진다고 하는 것은 어불성설이다. 그러면 옛날의 그 꿈들은 어디 있는가. 이에 대해 샤갈의 그림들이 시사하는 바가 있다. 그는 '애가 마침 나의 방의 창문을 열었을 때 푸른 공기, 사랑, 꽃들이 한꺼번에 쏟아져 들어왔다.' 고 「생일날」의 배경을 회고한다. 샤갈의 그림에는 자신과 아내를 포함하여 소, 말, 물고기, 연인들, 그리고 마을조차 하늘을 날아다닌다. 그리하여 「천당」에는 안내자로 천사와 꽃과 비둘기가 마련되어 있다. 이곳이 꿈이 실려 간 곳이요, 그래서 기쁨이 사는 곳이 아닐까.

현실이 꿈과 일치하는 경우는 드물거나 아예 없다. 누구의 꿈이건 아름다운 것이고 아름다운 것은 모두 무엇에 실어 날라져 하늘가에 닿는 데에 살고 있으리라. 꿈을 찾는 것도 꿈이다. 우리는 꿈을 찾는 꿈을 꾼다. 우리는 언제 어디서 무엇이 되어 그 꿈들을 다시 만나랴.

고요히 사라지는 구름을 바라보면서 잘 가라고 배웅한다. 구름도 꿈이 실려 간 그곳으로 가나 보다. 꿈을 찾는 것이 구름같이 헛되고 허망한 줄 알지만 구름이 흘러가는 그곳에 옛날의 꿈이 기쁨과 함께 살아 있다고 생각하니 마음 가는 곳은 오직 그곳뿐이다.

눈물을 삼키며 기쁨을 찾는다. 눈물 젖은 빵을 먹어 보지 않은 사람과 인생을 논하지 말라고 했던가. 그 흔한 빵 한 조각을 얻기 위하여 눈물을 흘리고 얻고 나서 또 눈물을 흘리고……· 눈물을 매개로 한 기쁨은 아이러니이다. 그리하여 찾는 기쁨은 더욱더 보람되고 값지리라. 그러나 허공은 저리도 한없이 푸르른 것을, 그렇게 푸름을 지녀 그 어디에 꿈이 숨겨져 있는 것을 가늠조차 할 수 없는 것을. 실은 구름이 꿈을 감추는 장막이 아니라 그 푸름의 깊이가 꿈의 행방을 알 수 없게 하는 것이다.

차라리 그 하늘을 바라보지 말자. 하늘을 바라보지 말고 하늘 속의 꿈과 그 꿈이 이루어 놓은 기쁨의 행방을 찾자. 그러기 위해서 오히려 땅위에 엎드리어 거기 눈물로 하늘가 닿은 데 기쁨이 살고 있다고 새기자. 하늘가에 있는 것을 찾기 위하여 내내 하늘을 살피다가 하늘을 바라보지 않고, 눈물을 삼키면서 기쁨을 찾다가 아예 그 눈물을 쏟아 글자를 새기는 슬픔은 좌절과 의지의 양면가치를 지니는 아이러니이다.

40

그대는 호령도 하실 만하다

창랑에 잠방거리는 흰 물새러냐
그대는 탈도 없이 태연스럽다

마을 휩쓸고 목숨 앗아간
간밤 풍랑도 가소롭구나

아침 날빛에 돛 높이 달고
청산아 보아라 떠나가는 배

바람은 차고 물결은 치고
그대는 호령도 하실 만하다

그대는 호령도 하실만하다

창랑에 잠방거리는 흰물새러냐
그대는 탈도 없이태연스럽다

마을 휩쓸고 목숨 아서간
간밤 풍랑도 가소롭구나

아침날빛에 돛 노피 달고
청산아 보아라 떠나가는 배

바람은 차고 물결은 치고
그대는 호령도 하실만하다
　　　　　―『永郎詩選』(1949.10)

· 잠방거리다(잠방거리는): 작은 물체가 물에 떨어져 잠기는 소리가 잇달아 나다.
· ―러냐(흰물새러냐): ‘―더냐’의 예스런 말.
· 날빛: 햇빛.
· 차다(바람은 차고): 박차다(발길로 냅다 차다).
· 치다(물결은 치고): 헤치다(방해되는 것을 이겨 나가다).

흰 돛 단 배의 출범

'창랑에 잠방거리는 흰 물새'는 잇달아 가볍게 물에 잠겼다 떴다 하는 소리를 내면서 물속에 들랑날랑 노니는 흰 갈매기 따위이다. 흰 돛단 배는 그런 흰 물새마냥 유유히 바다를 헤엄쳐 나가고 있다. '창파'나 '풍랑'이 아닌 '창랑'에서, '점벙거리거나' '첨벙거리지' 않고 '잠방거리는' 모습은 '흰 물새'와 함께 언제 풍랑이 일어났나 싶게 그렇게 어린애가 장난질하는 듯이 평화스럽다. '탈도 없이 태연스럽다'는 탈이 있을 정도로 큰 일이 있어 모두가 조바심치고 있는데 너만은 어찌 그렇지 않느냐 하는 어처구니없음의 감정조차 보인다.

사실 그렇다. 간밤에는 목숨마저 앗아간 풍랑이 마을을 휩쓸고 지나갔다. 그렇게 마을은 어수선하고 뒤숭숭한데 배는 이를 비웃기라도 하는 양, 언제 그런 일이 있었냐는 듯, 웃음소리인 듯도 싶은 깃발 펄렁이는 소리를 내며 지금 바다를 떠 나가고 있다. 흔히 바다의 거대한 물결은 배 따위를 침몰시키는 거대한 힘을 자랑한다. 바다는 '태산 같은 높은 뫼 집채 같은 바윗돌'이라도 '때린다, 부순다, 무너버린다.(최남선, 「해에게서 소년에게」)' 바이런의 「바다」나 타골의 「바닷가에서」에도 거대한 배를 침몰시키는 파도의 위력이 있다. 그러나 이 시에서는 마을을 휩쓸고 간 비극이 있었는데도 하찮은 돛단배가 유유히 항해하는 여유가 있다.

원래 이 시의 첫 행 '창랑에 잠방거리는 흰 물새려냐'는 『영랑시집』에는 '창랑에 잠방거리는 섬들을 길러' 였는데 『영랑시선』에서 이렇게 교정했다. 여기 '길러'는 '가로길러(질러)'의 뜻이다. 이는 뒤에 '바람은 차고 물결은 치고' 가 '바람은 박차고 물결은 헤치고' 의 의미인 것과 같다.『영랑시집』대로라면 잠방거리는 것은 배가 아니라 섬들이다. 그렇게 되면 '잠방거리는 섬들' 은 배경의 구실로 만족하여 시가 좀 느슨하게 느껴질 만도 한데 이리 박진감 있게 수정한 것이다.

3연의 '청산' 이 '섬들' 이다. 청산은 잠방거릴 수 없다. 잠방거리는 듯하던 배가 아침햇빛에 하얀 돛을 높이 달고 청산과 겨누고 있다. 누가 더 청명한지, 더 활기찬지, 더 높은지, 더 힘이 있는지 마치 자기도 섬의 자리를 차지하고 청산이라도 된 듯 뽐내고 있다. 이 구절 역시『영랑시집』에는 '청산아 봐란 듯' 의 직유의 유사함으로 표현했으나『영랑시선』에서는 이렇게 은유의 동일함으로 바꾸어 배가 직접 명령하고 있다.

그렇게 배는 거칠 것이 없다. 순풍에 돛을 달고 잔물결에 스르르 흘러가는 것이 아니다. 섬들이 막으면 가로지르고, 폭풍이면 박차며 뛰쳐나가고 노도면 헤치며 밀고나가는 기개가 넘친다. 폭풍과 노도를 뚫는 힘의 원천으로서의 돛단배의 항해에 매서운 바람소리와 파도소리가 들리지만 이는 바로 배의 호령소리와 진배 아니다.

이 시는 마을 휩쓸고 간 간밤 풍랑에 쑥대밭이 된 마을에서 목숨마저 빼앗겨 비통에 잠겨 있는 주민들에게, 거친 바람과 파도를 박차고 헤치고 거칠 것 없이 출범하는 작은 흰 돛 단 배의 힘찬 의지를 배워 마음을 다잡아 마을을 다시 일으키자는 구호를 담아 쓰인 듯싶다.

41

아파 누워

아파 누워 혼자 비노라
이대로 가진 못하느냐

미진한 무엇이 못 잊혀
힘없고 느릿한 핏줄인고

그저 이슬같이
예사 고요히 지려마

저기 하늘 아래
은행잎은 떠 날은다

앞허누어

앞허누어 혼자 비노라
이대로 가진 못하느냐

미진한 무었이 못니져
힘없고 느릿한 핏줄인고

그저 이슬같이
예사 고요히 지렴아

저긔 하늘아래
은행닢은 떠나른다
—『新思潮』(1950.1)

· —렴아: 해라할 자리에 쓰여, 부드러운 명령이나 허락을 나타내는 종결 어미 '—려무나'의 축
약형(—렴아, —렴).

죽음에의 기원

이 시의 1연은 죽음을 기원하는 자포자기의 언사로 되어 있다. 하느님이건 신령님이건 절대자에게 기도하기 위해서는 '샘물 정히 떠 붓는 안쓰러운 마음결' 같은 나름대로의 마음가짐이나 의식이 필요하다. 그러나 지금 병고에 지칠 대로 지친 화자는 일어나 꿇어앉을 기력조차 없는지, 아니면 구태여 예를 갖출 만한 여유도 없는지 그냥 누워서 차라리 죽게 해 달라고 빈다. 삶 자체를 하찮게 여기는 자포자기인 듯싶다. '혼자'에서 외로움보다 오히려 낫기를 바라는 주변의 온기를 느낄 수 있다. 그런데도 누가 알세라 혼자 이대로 갔으면 하고 기도하는 것이다.

2연은 『영랑시집』에는 '비는 마음 그래도 거짓 있나/ 사잔 욕심 찾아도 보나/ 새삼스레 있을 리 없다/ 힘없고 느릿한 핏줄 하나'의 4행으로 되어 있다. 이는 아무리 짚어 봐도 분명 살고자 하는 욕심이 있을 수 없는데 왜 힘없고 느릿한 핏줄 하나가 붙어 숨이 끊어지지 않느냐는 논리적인 서술이다. 이 4행을 2행으로 줄여, 있는지 없는지도 모르는 미진한 무엇이 있기에 이를 못 잊어 피가 멈추지 않고 핏줄이 이어나가나 하는 한탄으로 바꿔 놓았다.

3연에서는 '그저 이슬같이 예사 고요히'지는 방법이 제시되어 있다. '지다'는 떨어지고 사라지고 없어지는 것이다. 조로인생朝露人生이라, 인생은 그렇게 덧없이 죽는다. 이슬은 아무렇게나 사라지는 것이 아니라 흔적도 없이 사라진다. '예사'의 '예'는 '여기'이고 '사'는 '야, 야말로'의 뜻을 지니는 강세조사이다. '산직이 외딴집 눈 먼 처녀사 문설주에 기대어 엿듣고 있다.(박목월, 「윤사월」)'의 그 '사'이다. 그러므로 이 시구는 '여기(지금)야말로 제때가 되었으니 그저 이슬같이 조용히 지려무나.'의 뜻이겠다. 이제 더 바랄 것이 없으니 여기에서 지금 조용히 사라졌으면 하는 바람을 보내는 것이다.

4연에서는 낙엽 진 은행잎이 가을 하늘 아래 떠서 나는 모습을 조용히 관조하는 여유가 보인다. 아마 나도 죽으면 은행잎처럼 공중을 유영하며 저렇게 가뿐한 숨결을 고를 여유를 가질는지 모른다. 기도는 어떤 객관적인 효과를 주기보다는 오직 심정의 안정과 위안 같은 직관적인 반응을 얻을 수 있을 있을 뿐이다(칸트). 지금 그러한 기도가 통했는지 모른다.

이 시는 '이대로, 무엇이, 그저, 저기' 등 구태여 정확성을 필요로 하지 않는 시어가 곳곳에 있다. 그만큼 만사가 귀찮아 차라리 죽어졌으면 하고 바라는 허무의 감정을 이런 시어로 표출시킨 것이다.

42

가늘한 내음

내 가슴속에 가늘한 내음
애끈히 떠도는 내음
저녁 해 고요히 지는 제
먼 산 허리에 슬리는 보랏빛

오! 그 수심 뜬 보랏빛
내가 잃은 마음의 그림자
한 이틀 정열에 뚝뚝 떨어진 모란의
깃든 향취가 이 가슴 놓고 갔을 줄이야

얼결에 여흰 봄 흐르는 마음
헛되이 찾으려 허덕이는 날
뻘 위에 철석 갯물이 놓이듯
얼컥 이는 후끈한 내음

아! 후끈한 내음 내키다 마는
서어한 가슴에 그늘이 도나니
수심 뜨고 애끈하고 고요하기
산허리에 슬리는 저녁 보랏빛

가늘한 내음

내가슴 속에 가늘한 내음
애끈히 떠도는 내음
저녁해 고요히 지는제
머―느 山 허리에 슬리는 보랏빛

오 ! 그수심뜬 보랏빛
내가 잃은 마음의 그림자
한이틀 정렬에 뚝뚝 떠러진 모란의
깃든 향취가 이가슴 놓고 갔을줄이야

얼결에 여흰봄 흐르는 마음
헛되히 찾으려 허덕이는 날
뻘우에 철―석 개ㅅ물이 노히듯
얼컥 니―는 훗근한 내음

아 ! 훗근한 내음 내키다 마―는
서어한 가슴에 그늘이 도―나니
수심뜨고 애끈하고 고요하기
山허리에 슬리는 저녁 보랏빛
―『永郎詩選』(1949.10)

· 가늘하다(가늘한): '가늘다(긴 물체의 굵기나 너비가 보통에 미치지 못하고 얇거나 좁다)' 의
  변개어.
· 애끈히: 느낌이 끈끈하게.
· 슬리다; '슬다(스러지다)' 의 피동사. *스러지다: 형체나 현상 따위가 차차 희미해지면서 없어
  지다.
· 얼결: 얼떨결(뜻밖의 일을 갑자기 당하거나, 여러 가지 일이 너무 복잡하여 정신을 가다듬지
  못하는 판).
· 여희다(여휜): 멀리 떠나보내다.
· 얼컥: '울컥(격한 감정이 갑자기 일어나는 모양)' 의 방언.
· ─나니: 앞말이 뒷말의 원인이나 근거, 전제 따위를 나타내는 연결어미로 근엄하게 말할 때
  씀.
· 내키다(내키다 마─는): 하고 싶은 마음이 생기다. *내키다 마는: 내키다 그만 두는.
· 서어하다: 익숙하지 아니하여 서름서름하다. 뜻이 맞지 아니하여 조금 서먹하다.

사라지는 것들

  감각은 눈, 코, 귀, 혀, 살갗을 통하여 바깥의 어떤 자극을 알아차리는 것이다. 그러나 화자는 외부가 아닌 내부의 자극을 냄새 맡고 있다. 코로 냄새를 맡는 것이 아니라 그 냄새의 미묘한 움직임을 눈으로 보고 있다. 그렇게 시는 외부의 사물을 모방하는 것이 아니라 내부의 정서를 표현한다고 하는 이론이 낭만주의의 시론이다.

  냄새는 가느다랗게 흐르다가 가슴속에 슬픔 같은 끈끈한 정서로 떠돈다. 이 애끈한 정서는 저녁 해가 고요히 지는 즈음에 가슴속을 빠져나와 먼 산 허리에 스러지는 보랏빛 놀로 물든다. '가늘한 내음'은 원래는 짙은 모란의 향취였다. 온통 천지를 붉게 물들이며 피어난 모란은 스스로를 불태우다가 스스로의 정열에 겨워 그 탐스럽고 크막한 꽃의 무게로 한 이틀 뚝뚝 소리하며 떨어져 자취도 없어지고, 가슴을 적시면서 깃들인 모란꽃잎의 향취는 점점 가느다란 내음을 은은하게 풍기면서 끈끈한 정서로 맴돌다가 아예 가슴을 텅 비게 남겨두고 빠져나가 보랏빛 저녁놀로 먼 산허리에 깃들인다. 모란은 그 추억마저 그렇게 사라져 그 마지막을 보랏빛으로 물들여 산허리에 걸렸다.

  저녁놀의 보랏빛은 모란의 진홍에서 적색이 조금씩 소모되는 과정의 빛깔이다. 저녁놀을 수놓는 이 보랏빛은 곧 어둠으로 변하여 스러질 것이다. 모든 사라지는 것에는 슬픔이 깃들여 있다. 보랏빛은 슬픔을 상징한다.(『한국문화상징사전』) '연꽃 같은 발꿈치로 갓이 없는 바다를 밟고, 옥 같은 손으로 끝없는 하늘을 만지면서, 떨어지는 날을 곱게 단장하는 저녁놀은 누구의 시입니까.(한용운, 「알 수 없어요」)'는 이러한 슬품을 감싸주는 자비로운 존재를 그리고 있다.

보랏빛의 저녁놀은 뜨거운 정열의 적색에 차가운 남색의 수심이 떠 있는 형상이라고도 할 수 있으리라. 스스로도 어찌지 못하는 그 정열은 빨간 모란의 꽃잎에 새겨져 있고, 그 수심은 '뚝뚝 떨어진 모란' 의 운명에 망울져 있다. 그 보랏빛은 마음을 가득 채웠다가 아예 빈 껍질만 남겨 놓고 마음을 빠져나가 버린 모란의 향취가 변용한 것이다. 그리고 그 빈 껍질조차 잃어버리고 겨우 그 그림자만이 투사된 마음이 저기 저 보랏빛 놀이다. 이제 화자에게 마음에 관한 것은 아무것도 남아 있지 않다.

'모란이 지고 말면 그뿐 내 한 해는 다 가고 말아' 의 전주곡으로 여기 모란이 지고 나서 '얼결에 여윈 봄 흐르는 마음' 이 읊어진다. 모란이 떨어지면 하루해가 저물 뿐 아니라 봄을 여의고 종래는 한 해가 다 가고 만다. 그렇게 그 잃어버린 마음을 삼백 예순 날 헛되이 찾으려 헤매는 것이다. 그러다가 때로는 파도가 밀려와 갯벌을 씻어내듯 울컥 모란의 향취가 밀려와 후끈한 냄새가 풍기는 듯도 하다. 그러나 그뿐 갯물이 갯벌을 씻고 사라지듯 후끈한 냄새도 가슴을 씻어 내리고 사라진다.

잠시 마음 내키던 후끈한 모란의 향취가 이내 사라지고 한때나마 마음 두었던 환각에서 벗어나자 가슴은 멋쩍고 민망하고 계면쩍고 서먹 하여진다. 그 가슴에 밝게 자리하지 못하고 어둡게 칠해진 그늘이 예의 그림자조차 그 안에 두고 하늘에 맴돌고 있으니 이것이 곧 '먼 산 허리에 슬리는 저녁 보랏빛' 이요 '수심 뜨고 애끈하고 고요하기' 의 실상이다.

'수심 뜨고 애끈하고 고요하기' 의 '고요하기' 가 '고요한' 으로 관형어가 되어 뒤의 '보랏빛' 을 수식하지 않는 것은 '가늘한 내음' 이나 '떠도는 내음' 이나 '마음의 그림자' 이나 '모란의 향취' 나 '얼결에 여윈 봄' 이나 '흐르는 마음' 이나 '후끈한 내음' 이나 '서어한 가슴' 이나 '그늘’이나 모두 ‘보랏빛’에 포괄되어 있으면서도 또한 동등하고 동일한 자격으로 ‘보랏빛과 함께 먼 산 허리로 사라지는 것들의 시어이기 때문이다.

이 작품은 ‘슬리다’의 비밀을 추적해야 그 의미가 명료해진다. 이 시어는 사전에 등재되어 있지 않았지만 ‘슬다’와 관련된 어휘로 보인다. ‘슬다’는 ‘스러지다’와 같은 낱말로 ‘형체나 현상 따위가 차차 희미해지면서 없어지다.’의 뜻이다. 옛말에서 ‘슬다’는 자동사(스러지다)와 타동사(스러지게 하다) 양쪽으로 씌었다. 원래 피동접사 ‘—리—’는 타동사에만 붙는 게 원칙이지만 자동사인 ‘슬다’에 이 접사를 붙여 ‘—어지다’ 형의 피동과 동일한 의미의 어휘를 파생시킨 듯하다. 김소월은 ‘스러지다’를 ‘슬지다(「낭인의 봄」)’로 썼다.

데카당스는 후기 로마제국과 비잔틴 시대의 그리스 문학과 예술에 공통되는 속성에 근원을 두고 있는 것으로, 화려했던 전성기를 지나 몰락의 달콤한 향기 속으로 빠져든 문학과 예술이 오히려 세련되고 미묘한 아름다움을 지닌다고 했다. 19세기 후반의 유럽 문명의 상태도 그와 같다는 것이 세기말적인 퇴폐주의의 이론이다.

이 시는 사라지고 스러지는 것에 대한 아쉬움을 그린 조사弔辭이다. 가느다란 냄새건, 떠도는 냄새건, 저녁 해건, 보랏빛이건, 모란의 향취건, 여윈 봄이건, 흐르는 마음이건, 허덕이는 날이건, 갯물이건, 후끈한 냄새건, 서어한 가슴이건, 그늘이건, 수심이건, 애끈함이건, 고요함이건, 그리고 보랏빛이건 모두가 소멸되었거나 소멸되거나 소멸될 것들이다. 사과는 썩을 때 가장 향기롭다고 데카당스는 말한다. 그러나 썩어가는 사과의 냄새를 맡았던 서구인들과는 달리 우리의 영랑은 떨어지는 모란의 향취와 사라지는 그 내음을 맡은 것이다.

43

내 마음을 아실 이

내 마음을 아실 이
내 혼자 마음 날같이 아실 이
그래도 어디나 계실 것이면

내 마음에 때때로 어리우는 티끌과
속임 없는 눈물의 간곡한 방울방울
푸른 밤 고이 맺는 이슬 같은 보람을
보밴 듯 감추었다 내어 드리지

아 ! 그립다
내 혼자 마음 날같이 아실 이
꿈에나 아득히 보이는가

향 맑은 옥돌에 불이 달아
사랑은 타기도 하오련만
불빛에 연긴 듯 희미론 마음은
사랑도 모르리 내 혼자 마음은

내마음을 아실이

내마음을 아실 이
내혼자마음 날같이 아실 이
그래도 어데나 게실것이면

내마음에 때때로 어리우는 티끌과
속임없는 눈물의 간곡한 방울방울
푸른밤 고히맺는 이슬같은 보람을
보밴듯 감추었다 내여드리지

아！ 그립다
내혼자마음 날같이 아실 이
꿈에나 아득히 보이는가

향맑은 옥돌에 불이달어
사랑은 타기도 하오련만
불빛에 연긴듯 히미론 마음은
사랑도 모르리 내혼자 마음은
—『永郎詩選』(1949.10)

· ―ㄹ(아실이): 현재 사실이나 미래 사실을 나타내면서 예정·가능성·추측·의지 따위의 의미를 띠는 관형형어미.
· 희미롭다(히미론): '희미하다(보기에 희미한 듯하다)' 의 변개어.

언어도단言語道斷의 시

　'마음'이란 지각하고 사유하고 추론하고 판단하며 자신을 통제하는 역할을 하는, 사람의 내면에서 성품(性성)·감정(情정)·의사(意의)·의지(志지)를 포함하는 주체이다. '왜 마음을 몰라 주냐? 고 투정할 때의 마음은 '충정衷情'이고 '그 일에 온몸을 바치기로 마음먹고 살겠다.' 고 맹세할 때의 마음은 '의지나 성의'이고 '내 마음 그대에게 바친다.' 고 헌정하는 마음은 '사랑'이다. 마음은 사람이 본래부터 지니고 있는 정신, 성격, 품성, 심리, 감정, 의지, 성의, 사랑, 기분, 생각. 의식, 관심, 의향 등을 의미할 뿐만 아니라 그밖에도 마음 내키는 대로 여러 가지 의미로 쓰이는 낱말이다.

　우리는 남의 마음을 어떻게 알 수 있는 것일까. '열 길 물속은 알아도 한 길 사람 속은 모른다.' 라고 탄식하는 것은 그것이 불가능하다는 것을 말하지만 그러나 꼭 그런 것만은 아닌 듯하다. '남의 마음을 속속들이 안다' 는 뜻의 구궐심장究厥心腸이란 성구도 있다. 그러면 남의 마음을 아는 방법은 무엇인가. 이심전심以心傳心이니 불립문자不立文字니 교외별전敎外別傳이니 언어도단言語道斷이니 표월지標月指니 하는 선교禪敎 용어가 타인의 마음을 아는 방법이다.

　산스크리트의 치타citta는 '심心'이라 번역되는데 이 경우의 '심'은 만유萬有를 색色(물物)과 심心의 2법法으로 나누었을 때의 마음으로 정신 및 그 속성작용을 말한다. '이심전심' 등의 마음은 그런 불교적인 개념이다. 주자학에서는 우주의 법칙인 천리天理를 마음이라 이른다. 그러므로 이런 마음은 이성적이고 객관적이고 보편적인 정신세계이다. 그러나

이 시의 '마음' 은 '마음은 이성理性이 알지 못하는 스스로의 이유를 가진다.(파스칼)' 는 말과 같이 감성적이고 주관적이고 개인적인 영역이다. 그러므로 '티끌' 과 '눈물' 과 '보람' 같은 것이 흐르는 '내 혼자 마음' 이다.

물론 '내 마음 나도 몰라.' 란 말이 자주 쓰이지만 하여튼 이 시작품은 나만은 내 마음을 아는 것으로 인정하고 '내 혼자 마음 날같이 아는 이' 를 찾고 있다. 그러나 있을 것 같지 않기 때문에 '어디' 에 양보의 보조사 '나' 를 써서 '혹시 어디라도 있다면' 이라고 가정한다.

만일 그런 이가 있다면 나의 비밀스럽고 보배스러운 무엇을 주겠다는 것이 2연의 의미이다. 그러나 그 '무엇' 이 모호성ambiguity으로 짜여 있어 알쏭달쏭하다. 무엇은 무엇인가.

1. 티끌 +눈물의 방울방울 +보람

2. (티끌 +눈물) 방울방울 +보람. (더러운 '티끌' 은 '눈물의 방울방울' 로 정화 용해되어 눈물 속에 녹아 버린 용액에 불과함)

3. 티끌 +보람(눈물의 방울방울이 맺히는 보람)

4. 보람('티끌' 이 눈물의 용액이 된다면 그 '눈물의 방울방울' 은 '보람' 의 요소가 됨)

이것뿐이 아니다. '눈물의 방울방울' 은 '이슬' 에 맺히는가 '보람' 에 맺히는가? 또 '푸른 밤' 이 맺힌다면 이슬에 맺히는가 보람에 맺히는가? 우리는 이 모든 해석을 수용해야 한다. 이 모호성은 시적언어의 특성이다.

'티끌' 은 '번뇌' 의 비유라 할 수 있다. '진로塵勞' 는 '번뇌' 의 동의어니 '진塵' 은 '티끌' 이요 '로勞' 는 '근심' 이다. '눈물' 은 '티끌' 에 대한 회한의 눈물일 수도, '내 마음을 아실 이' 를 향한 그리움의 눈물일 수도 있다. 결국은 번뇌도 그리움의 대상 때문에 일어난 현상으로 볼 때 그

둘이 결합한 것이라 할 수 있다. '속임 없다'를 '꾸밈없다' '순수하다'
로 해독한다면 '티끌'의 비순수는 '눈물'의 순수로 벌써 용해되어 사라
졌을 것이다. '눈물'도 아니고 '눈물의 방울방울'이다. 그 한 방울 한 방
울에 마음과 정성을 다하면서 눈물을 흘리고 있는 화자의 모습이 비치
는 듯싶다.

이 '눈물의 방울방울'은 뒤에 '이슬'과 구슬을 대신하는 '보배'를 예
비해 놓고 있다. 눈물과 이슬과 구슬은 한 묶음으로 서로를 비유하고 있
는 이미저리이다. 그러나 흔히 둘씩 짝짓기 하여 붙어 다니는 것이 예사
인데 이렇게 셋이 한꺼번에 그것도 천의무봉으로 어울린 것이 경이롭
다. '눈물이 맺힌 이슬 같은 보람의 보배(구슬)'로 이 시구는 요약된다.

이슬에 맺히는 것은 눈물이기도 하고 푸른 밤이기도 하고, 보람에 맺
히는 것도 눈물이기도 하고 푸른 밤이기도 하다고 하자. 하여튼 푸른 밤
이 맺히는 주체인지 아니면 이슬이 맺히고 보람이 맺히는 시간을 말하
는지는 모른 체하자. 그러면 '푸른 밤'은 무엇인가. 물론 밤이 푸르다는
것은 어불성설이다. 아마도 푸른 하늘 아래 우거진 푸른 풀과 나무가 펼
쳐져 생기가 도는 어느 봄밤쯤이 이에 해당하리라. 그런 푸른 밤에 그
밤의 풍경은 보람이 되어 눈물방울과 이슬과 구슬에 비치니 영롱玲瓏 그
자체가 된다. 그리고 이 영롱이 바로 마음이다.

'마음은 사고팔지는 못하지만 줄 수는 있는 재산이다.(플로베르)' 흔
히 '마음을 주다'는 '마음을 숨기지 않고 기꺼이 내보이다'는 의미이
다. 그렇게 상대방에게 마음을 주어 자신을 잘 알게 한다. 그러므로 상
대가 내준 마음을 받은 다음에 상대의 마음을 아는 것이 순서이다. 그러
나 여기서는 반대로 마음을 안다면 마음을 주겠다는 것이다. 만일 내 마
음을 나같이 아는 사람이 있다면 나는 서슴지 않고 이러한 마음을 내주
겠다고 다짐한다.

이는 설정된 가상인물의 성향의 차이에서 비롯된다. 내 마음을 나같이 아시는 이는 전지전능하고 무소부재한 신밖에 없다. 1연에서는 그러한 아가페적인 존재를 설정하는 듯싶더니 2연에서는 내 마음속 티끌조차도 주면 받아들일 수 있는 에로스적인 존재로 자리바꿈한다. 정적이고 관념적인 마음을 전달하여 이해하는 존재가 아닌 동적이고 정서적인 마음을 주고받아 공유하는 존재에 대한 갈구가 마음을 앎(이해)과 마음을 내어드림(제시)의 순서를 바꾸게 한 것이다.

논리로 따지면 '티끌'과 '눈물'과 '보람'도 '마음'의 일부분이다. 이미 마음을 안다면 이조차도 알 텐데 무엇을 또 더 알게끔 준다는 말인가. 이는 불립문자나 언어도단같이 매체 없이 마음에서 마음으로 직접 전달하는 것이 아니라, '티끌'과 '눈물'과 '보람'을 염화시중拈花示衆의 미소微笑 속의 연꽃 같은 아름다운 매개물로 하여 보낸 듯 감추었다 내어 드리는 듯싶다.

그러나 그런 보람 있는 아름다운 정경에 어울리는 그런 존재는 없다. 그래서 '아! 그립다'라고 그리움을 저절로 발설하고 '꿈에나 아득히 보이는가'라고 탄식하게 된다. 꿈은 현실과 대립되는 시공간이다. 부재하거나 원경遠景으로 존재한다. 그러므로 '아득히'는 '꿈같이 아득히'와 '그 아득한 꿈에서도 아득히'의 두 의미가 있다. '내 혼자 마음'은 지척인 내 안에 두고 그 마음을 아시는 이는 있는지 없는지 천리보다 먼 꿈속에 두어야 하는 그리움을 이 구절은 대립적으로 그리고 있다. 가장 먼 것이 가장 그리운 것이다.

옥석구분玉石俱焚은 불이 날 때 옥이건 돌이건 구별하지 않고 모두가 탄다는 의미이다. 어중이건 떠중이건 선인이건 악인이건 가리지 않고 한꺼번에 휩쓸리는 현상이다. '불타는 사랑'은 관용어이다. 어떤 사랑이건 그 융점이나 연소점에 상관없이 불탄다고 한다. 그러나 '향 맑은 옥돌에 불이 달아' 타는 사랑은 어떤가. 청향淸香과 옥색玉色과 화광火光과 열화熱火와 사랑이, 그 사랑의 정수精髓가 어울러 탈 때 그 형용形容은 어떻고 그 가시可視 범위는 어떨까.

그러나 그 사랑조차도 포함하고 있는 '내 혼자 마음'은 사랑이 그렇게 빛을 발할 때 그 빛을 휘도는 연기처럼, 부처를 감싸는 후광처럼, '새악시 볼에 떠오는 부끄럼같이' '가슴엔 듯 눈엔 듯 또 핏줄엔 듯' 그 '도란도란 숨어 있는 곳' 조차 모르는 마음은 알 길이 없다. 그 불타는 사랑조차도 그 옆에 감도는 마음을 가늠할 길이 없을 것이다.

44

시냇물 소리

바람 따라 가지 오고 멀어지는 물소리

아주 바람같이 쉬는 적도 있었으면

흐름도 가득 찰랑 흐르다가

더러는 그림같이 머물렀다 흘러 보지

밤도 산골 쓸쓸하이 이 한밤 쉬어 가지

어느 뉘 꿈에 든 셈 소리 없든 못할쏘냐

새벽 잠결에 언뜻 들리어

내 무건 머리 선뜻 씻기우느니

황금 소반에 구슬이 굴렀다

오 그립고 향미론 소리야

물아 거기 좀 멈췄으라 나는 그윽이

저 창공의 은하 만년銀河萬年을 헤아려보노니

시내ㅅ물소리

바람따라 가지오고 머러지는 물소리
아조 바람가치 쉬는적도 잇섯스면
흐름도 가득찰랑 흐르다가
더러는 그림가치 머물럿다 흘러보지
밤도 山골 쓸쓸하이 이한밤 쉬여가지
어느뉘 꿈에든셈 소리업든 못할소냐

새벽 잠ㅅ결에 언듯 들리여
내 무건머리 선듯 싯기우느니
황금소반에 구슬이 굴럿다
오 그립고 향미론 소리야
물아 거기좀 멈   스라 나는그윽히
저창공의 銀河萬年을 헤아려보노니
―『永郎詩集』(1935.11)

· 가지(가지오고): '가까이'의 방언.
· ―이(쓸쓸하이): 하게할 자리에 쓰여, 상태의 서술이나 느낌을 나타내는 종결어미.
· ―우―(싯기우느니): (일부 피동사나 사동사의 어간 뒤에 붙어) 피동이나 사동의 뜻을 강조하
는 접사.
· 향미롭다(향미론): 맛이 향기롭다.

번뇌煩惱와 정화淨化

이 시는 물소리에 대하여 양면 강정ambivalence을 보인다. 1연에서는 물소리가 그치기를 바라고 2연에서는 들리는 물소리를 즐기고 있다. 화자는 왜 물소리가 그치기를 바라는가. 왜 물이 쉬지 않고 흘러감을 아쉬워하는가. 그렇게 그쳐서 이 쓸쓸한 밤을 함께 보내기를 바라는가. 그러나 '청산리 벽계수야 쉬이 감을 자랑 마라. 일도창해하면 다시 오기 어려워라. 명월이 만공산하니 쉬어간들 어떠리.' (황진이) 하고 물을 유혹하는 이는 상대자이면서 화자인 명월이다. 그러나 이 시에서 물소리에게 쉬었다 가라고 유혹하는 이는 단지 화자일 뿐이지 상대자인 쓸쓸한 밤이 아니다. 쓸쓸한 밤은 제3자일 뿐이다. 화자는 흐르는 물을 그치게 하여 무슨 덕을 보겠는가. 정지된 물과 노닐어 밤의 쓸쓸함이 아니라 화자의 쓸쓸함이 해소되겠는가. '밤도 산골 쓸쓸하이 이 한밤 쉬어가지'는 '이 쓸쓸한 산골의 밤길을 어떻게 간다고 하느냐, 차라리 이 한 밤 쉬고서 내일 아침에 출발하라' 는 동정의 말씨로도 읽힌다. 그렇다면 쓸쓸한 밤과 쓸쓸한 화자뿐만 아니라 쓸쓸한 물조차도 흐르는 소리를 그침으로써 편안한 밤을 지낼 수 있으련만 그렇지 못함을 안타까워하는 것일 게다.

'물 따라, 구름 따라, 바람 따라' 등은 자의적이라기보다 타의적으로 상황에 따라 그냥 덧없고 거침없이 흘러감을 의미한다. 꼭 들으려고 한다거나 듣고 싶어서가 아니라 우리는 더러는 풍편으로 바람 따라 무슨 소식을 듣기도 한다. 풍편으로 듣는 소식은 어쩌다 듣는 것이지 항상 듣는 것이 아니다. 자세하기도 하고 흐릿하기도 하고 때로는 안 들리기도 한다. 그런데 여기서는 그런 점에서 동질인 물이 바람 따라 크고 작게 소리한다. 타의他意 중의 타의이다. 물소리는 바람에 종속적인데도 불구하고 바람은 쉬는 때도 있는데 물소리는 그치지 않는다.

혼히 산골에서 밤에 들리는 맑은 물소리를 마음을 정화시킨다고 한다. 그러나 바람 따라 크게 울렸다가 가늘게 사라짐을 반복하는 물소리 따라 생멸을 반복하는 온갖 번뇌가 화자를 잠 못 이루게 한다.

> 소리와 빛은 외물外物이니 외물이 항상 이목에 누가 되어 사람으로 하여금 똑바로 보고 듣는 것을 잃게 하는 것이 이 같거든, 하물며 인생이 세상을 지나는 데 그 험하고 위태로운 것이 강물보다 심하고, 보고 듣는 것이 문득 병이 되는 것임에랴.
>
> — 박지원 「일야구도하기一夜九渡河記」

이는 청아, 격분, 교만, 노기, 경악, 아취, 비애, 회의의 인간 심리에 따라 물소리가 솔바람소리, 산이 무너지는 소리, 개구리 울음소리, 천둥소리, 차물 끓는 소리, 거문고소리, 문풍지소리 등 온갖 소리로 느껴짐을 열거하면서 외물外物에 현혹되지 않는 삶의 자세를 일깨운 글이다. 물소리는 그대로 심경을 반영한다. 여기 물소리는 마음의 번뇌라 할 수 있다. 이 쓸쓸한 산골의 밤, 이제 잠을 청하여야겠는데 물소리 때문에 번뇌만 오락가락한다. 차라리 한꺼번에 가득 찰랑거릴 정도로 흐르고 그만 두었으면 싶은데 물소리는 끊어질 듯 이어지고 이어질 듯 끊어진다. 그에 따라 번뇌도 명멸한다.

그림은 실상을 아름답게 묘사한 것이다. 그래서 '그림같이 아름답다'고 한다. 이 아름다운 산골 풍경을 아예 그림 속에 넣어둘 수는 없을까. 그러면 물은 흐르면서 흐르지 않고 소리하면서 소리하지 않을 것이다.

화룡점정畵龍點睛은 어떤가. 그림과 제재가 호응하는 수도 있을 것이다. 『다빈치 코드』는 그림 속에 예수의 비밀을 숨겨 놓기도 한다. 우리는 꿈속으로 도피하기도 한다. 삶은 한바탕 꿈이요, 꿈은 현실이 된다. 장자의 나비의 꿈은 어떤가. 꿈속에 빨려든 물은 이미 현실을 떠나 꿈속에서만 산다. 이 그림이나 꿈속에 물소리, 즉 번뇌를 감추고 싶은 마음은 어쩌면 유치한 동화적인 발상인 듯도 싶다. 그러나 잠 못 이루는 밤 우리는 화폭과 풍경, 꿈과 현실을 넘나들면서 유년과 함께 우주를 여행하는 것이다.

그러나 이 밤 번뇌를 떨치고 겨우 든 잠이 잠결에 들리는 물소리에 깨게 된다. 물소리는 여태껏 자지 않고 흐르고 흘러 스스로를 정화했는지 모른다. 이제는 물소리가 번뇌가 아니라 번뇌를 깨우치는 소리로 변했다. 번뇌로 지친 내 무거운 머리조차도 말끔히 씻겨준다. 그 소리는 황금소반에 구슬이 구르는 듯, 그 소반에 차린 음식처럼 향기로운 맛이 난다.

'황금소반에 구슬이 굴렀다'는 불교설화에서 연유한다. '황금소반에 구슬을 담으니 굴리지 않아도 저절로 구르는 것 갈다.(『선문염송·염송설화』)'는 완벽한 경지를 의미한다. '나는 황금의 소반에 아침볕을 받치고 매화가지에 새 봄 걸어서 그대의 잠자는 곁에/ 가만히 놓아 드리겠습니다.(한용운, 「계월향에게」)'는 최고의 헌사이다. '동네방네 귀염동아 오색비단 채색동아/ 채색비단 오색동아 소반에 구슬동아(「회심곡」)' 역시 휴정대사가 지었다는 불교음악으로 최고의 소년을 일컫는 데에 '소반의 구슬'이 등장한다. 이러한 경지에 이르게 한 것은 번뇌를 일으켰던 물소리이다.

나는 이제 물과 동행할 각오가 되어 있다. 그러나 잠시 물에게 멈추기를 원한다. 이제는 어떤 깊고 간절한 철학적인 명제를 풀기 위한 휴식이다. '저 창공의 은하만년을 헤아려 보'려는 심사에서이다.

별은 집단을 이루고 있는데 그 집단의 가장 큰 단위를 은하라고 한다. 특히 우리가 속해 있는 은하계銀河系를 '우리 은하' 라고 한다. 우리 은하에는 태양 같은 별이 2천억 개 정도가 있을 것으로 예상한다. 우주에는 은하가 1,000억 개 정도 있을 것으로 추정하고 있다. 은하계가 강처럼 보인다고 하여 은하수라 한다. 지금 물소리는 은하의 울림이라 할 수 있으리라. 은하계라는 무한한 공간은 또한 무한한 시간의 흐름을 지니고 있다. '만년' 은 단지 이 무한한 시간을 수치화한 데 불과하다. 강의 흐름은 시간의 흐름을 반영한다.

이 시에는 물의 흐름과 그침, 멂과 가까움, 꿈과 각성, 쓸쓸함과 향미로움, 지상과 천상, 순간과 영원, 그림과 실제 등 각가지 대립구도가 형성되어 있다. 그리고 호 불호가 교체한다. 물소리는 번뇌이고 그 번뇌는 정화를 부르는데 이 번뇌와 정화의 변증법이 우주와 인류의 역사이기도 하다.

45

모란이 피기까지는

모란이 피기까지는

나는 아즉 나의 봄을 기둘리고 있을 테요

모란이 뚝뚝 떨어져 버린 날

나는 비로소 봄을 여흰 설움에 잠길 테요

오월 어느 날 그 하로 무덥던 날

떨어져 누운 꽃잎마저 시들어 버리고는

천지에 모란은 자최도 없어지고

뻗쳐오르던 내 보람 서운케 문허졌느니

모란이 지고 말면 그뿐 내 한 해는 다 가고 말아

삼백예순날 하냥 섭섭해 우옵내다

모란이 피기까지는

나는 아즉 기둘리고 있을 테요 찬란한 슬픔의 봄을

모란이 피기까지는

모란이 피기까지는
나는 아즉 나의봄을 기둘리고 있을테요
모란이 뚝뚝 떠러져버린날
나는 비로소 봄을여흰 서름에 잠길테요
五月어느날 그하로 무덥든 날
떠러져 누은 꽃닢마져 시드러버리고는
천지에 모란은 자최도 없어지고
뻐쳐오르든 내보람 서운케 문허졌느니
모란이 지고말면 그뿐 내 한해는 다 가고말아
三百예쉰날 한양 섭섭해 우옵내다
모란이 피기까지는
나는 아즉 기둘리고있을테요 찰란한슬픔의 봄을
　―『永郎詩選』(1949.10)

· ―오―(우옵네다): 서술이나 의문에 공손함을 더하여 주는 에스런 표현의 선어말어미(삽입모음).
· ―ㅂ네다: 'ㅂ니다' 의 방언.
· 한양: '하냥(한결같이, 늘)' 의 방언.

율격律格과 의미의 화합

이 시는 '음조가 아름답기로 그 정서의 면면함으로 우리나라 신시 역사 이후의 대표적인 걸작중의 하나(서정주 『한국의 현대시』)'라거나 '그의 주정적 주제와 소재적 자연이 가장 잘 조화되어 하나의 시로 완벽에 가까운 표현을 얻었다.(박두진, 『한국현대시론』)'라고 하는 평가를 받는 한국 현대시의 큰 성과로 뽑히는 작품이다.

이 시인이 모란을 지극히 사랑했다는 데서 출발하여 그의 정원에 심은 모란으로 이 시의 해제를 끄집어내는 상식은 문학외적 접근extra—literary approaches이란 점을 떠나서라도 부정되어 마땅하다. 실상 영랑이 '모란'을 시어로 사용한 시작품은 총 87편 중 3편(「가늘한 내음」·「모란이 피기까지는」·「오월 한」)에 불과하다. 이것은 영랑의 '모란'이 현실의 모란과는 별개의 관계에 있다는 것을 의미한다.

이 '모란'의 의미는 첫째 그 어감에서 찾을 수 있다. 이는 모두 울림소리(유성음有聲音)로 되어 있어 우리나라 꽃 이름 중에서 가장 아름다운 것의 하나다. 그러므로 영랑은 이에 견고한 어감의 '꽃'을 첨가하여 '모란꽃'이라고 부르기를 거부한다. 라일락lilak이 시인의 입에 잘 오르내리는 것도 그 형태미나 향기보다 오히려 그 이름의 유포니euphony적인 요소 때문일 것이다.

이러한 유성음/n,r,l,m/의 유포니는 영랑 시의 음악성의 기조를 이루고 있다. 이 시에서 자음의 빈도수를 세어보면 /n/이 51개로 제일 많고, /m/이 다음으로 22개, /r/과 /l/이 각각 16개로 그 뒤를 잇고 있다. 이러한 유성음은 음성상징sound symbolism)에서 살피면 부드럽고 가벼운 느낌을 준다.

둘째로 모란꽃이 주는 이미지에 그 의미를 부여할 수 있다. 예로부터 서양에서는 장미를, 동양에서는 모란을 화왕花王으로 꼽았다. 이 모란의 꽃말은 부귀이다. 그러나 우리나라에서는 너무나 화려하고 사치스러우며 요염하다고 이 꽃을 꺼리어서 청빈한 선비와는 거리가 멀었다. 매화를 즐겨 읊었던 옛 시인과는 달리 그가 이 꽃을 최절정의 미로 본 것은 그의 시세계를 단적으로 말해 준다. 그것은 탐미적인 세계이다.

또한 우리는 이 시의 제목에서 영랑 시 정서의 본질을 알 수 있다. 이 시는 현존하는 현재 상황의 모란을 그리고 있는 것이 아니다. 그것은 회상과 동경의 이미지로서 내부에 존재하는 모란이다.

내 마음을 아실 이
내 혼자 마음 날같이 아실 이
그래도 어데나 계실 것이면

—「내 마음을 아실 이」

어덕에 바로 누어
아슬한 푸른 하늘 뜻없이 바래다가
나는 잊었읍네 눈물 도는 노래를
그 하늘 아슬하야 너무도 아슬하야

—「어덕에 바로 누어」

위의 인용 시에서 전자는 동경의 정서를 표현하고 있고 후자는 회상의 정서를 표현하고 있다. 그의 대부분의 시에 용해되어 있는 정서는 이런 비현실에의 동경과 회상의 이미지로 나타난다.

사물은 원근에 의하여 미의 농도가 달라진다. 영랑은 근거리에서 사물을 살피는 감각적이거나 직관적인 시인이 아니다. 시간과 공간적으로 원거리에 있는 것에 대한 그리움, 가령 '산 너머 저쪽에 행복이 있다고 하기에' 거기에 대한 그리움은 미적 이미지로 나타나지만 '그것을 찾으러 갔다가 눈물만 흘리고 되돌아 왔네.(칼 부세, 「산 너머 저쪽」)'의 근거리의 현실은 그의 초기 시에는 없다. 그러므로 그는 또한 비판적인 시인도 아니다. 이렇게 원거리의 사물을 회상하고 동경하는 정서, 이것이 이 시의 주된 정서이고 모란이 피기까지 기다림이 이 시의 주제를 이루고 있다.

> 모란이 피기까지는
> 나는 아즉 나의 봄을 기둘리고 있을 테요

이 시에 있어서 화자의 진술은 처음부터 아이러니로써 출발한다. 모란이 피는 오월보다 훨씬 이전에 우리는 봄을 맞이한다. 또한 우리는 겨울이 다 가기 전부터 봄을 노래하는 시인들을 알고 있다. 입춘은 양력 2월 4,5일경에 설정되어 있다. 그런데 이 화자는 처음부터 아무런 설명도 없이 봄이 거의 지나고 여름의 문턱에 서는 오월에야 봄을 맞이한다고 선언하고 있다. 여기에서 우리는 강한 이질감을 맛본다. 그것은 화자의 진술과 청자의 진실 사이에 상충이 생기기 때문이다. 뿐만 아니라 이러한 상충은 '나의 봄'에서도 나타난다. 봄은 그냥 봄이면 되는 것이지 나의 봄이 있고 너의 봄이 따로 있을 수 있을까? 청자가 기대하는 봄이 아니라 화자대로의 '나의 봄'으로 아이러니에 의해서 봄은 새로운 의미를 부여받고 이 시를 이끌고 간다. 그러므로 이 시 첫 행에 부각시킨 '모란' 역시 일반적인 척도로써 잴 수 있는 대중적인 미가 아니라 자기만

의 특수한 척도를 사용하여 잴 수 있는 개성적인 미이다. 즉, 이 '모란'
은 현실적으로 누구든지 볼 수 있는 가시적인 모란이 아니라 '나'의 내
부에서 재구성되는 미의 상징이 된다.

　우리는 이 시의 1,2행에서 운韻rhyme 효과로 모운母韻assonance)을 들
수 있다. 1행에서는 강음절强音節(혹은 고음절)과 교호하는 각 음보 foot
의 약음절弱音節(혹은 저음절)에 /이, 기, 지/ 등 /l/ 모음이 계속되고 2행
에서도 강음절과 교호하는 바로 뒤의 약음절 전부에 /는, 즉, 의, 을, 둘,
을/ 등 /ㅡ/모음이 계속되어 동일 모음의 반복 효과를 내고 있다. 이런
모운은 6행의 /떠러져, 꽃닙마저, 시드러/의 / ㅓ / 모음의 연속에서와 1,2
행의 반복인 11,12행에서도 볼 수 있다.

　　　모란이 뚝뚝 떨어져 버린 날
　　　나는 비로소 봄을 여흰 설움에 잠길 테요.

　이 3,4행은 1,2행의 무한한 기다림을 설움으로 짓뭉개버리고 있다. 결
국 기다림의 결과는 설움인 것이다. 그러므로 이것 역시 화자의 진술과
청자의 진실 사이에 아이러니가 있다. 슬픔을 기다리는 사람은 없기 때
문이다. 그러나 여기 나타나지 않은 환희가 있다. 그것은 2행의 '아즉'
과 4행의 '비로소' 사이의 행간에 숨어 있다. 이 극히 하찮은 시간부사
'아즉'과 '비로소'는 그 사이에 이 환희를 붙잡아매기 위해서 최대한의
강세를 가지고 동원된 어휘다. 이 환희를 위하여 그렇게 오랜 기다림이
있었는데도 이를 행간으로 몰아내고 짐짓 설움만을 내세우고 있는 것
은 화자의 진술과 작자의 의도 사이에 아이러니가 개입되고 있다는 것
을 알 수 있다.

　이런 순간적인 환희를 갈구하는 탐미적인 추구는 이러한 아이러니에

의해서 그 의미가 더욱 강조되어 있다. 긴 설움에서만이 맛볼 수 있는 환희는 더욱 아름답게 단장되어 맨 끝 행에서 '찬란한 슬픔'으로 표출된다.

이 3·4행은 그러나 이 환희를 생략함으로써 1,2행을 반전시키면서 대구 對句를 이루고 있다.

1,2 행 — 모란이 핌(나의 봄)

3,4 행 — 모란이 짐(나의 설움)

앞에서 영랑은 감각적인 시인이 아니라는 점을 밝혔다. 그러므로 그의 시에서는 시각적 이미지는 거의 나타나지 않는다. 그러나 그가 시에 있어서의 음악성을 중시한 결과로 대부분 의성어로서의 청각적 이미지는 많이 찾아볼 수 있다. 현대 시인과 구별하여 근대 시인이라고 그를 평하는 것은 이에 연유한다.

여기에서는 '뚝뚝'이 있다. 영랑이 딴 시에서 쓰고 있는 작위성이 두드러진 의성어(찌찌찌, 즈르르, 토르록 따위)보다 이런 평범한 의성어를 사용함으로써 실제로 그 탐스런 꽃이 뚝뚝 떨어지면서 크막한 보람이 무너지는 소리를 듣게 되어 청자조차도 화자와 더불어 안타까움과 회한을 현실 감각으로 느끼게 된다. 그리고 이러한 보람이 무너지는 소리는 된소리 /뚝뚝 떠/와 계속 이어지는 음성모음군陰性母音群 /뚝뚝 떨어져 버린/으로 그 도를 강하고 육중하게 하면서 그 꽃이 떨어지는 속도를 느릿느릿하게 만들고 있다.

그러나 이러한 설움을 감수하는 화자의 태도는 'ㄹ테요'라는 어미에 의해서, 참고 견디는 인고의 한국적 여인상을 보여 주려는 듯 여성적 어조tone로 한결 가볍게 처리되어 나타난다.

오월 어느 날 그 하로 무덥든 날

　　떨어져 누은 꽃잎마저 시들어 버리고는
　　천지에 모란은 자취도 없어지고
　　뻗쳐오르든 내 보람 서운케 문허졌느니

　여기에서 먼저 알 수 있는 것은 그 어조의 변화다. 2행과 4행말에서는 '—ㄹ테요'의 가벼운 어조로 이끌어 왔는데 8행말에서는 '—느니'로 바뀐다. 다시 말하면 '—ㄹ테요'의 존칭어미가 5,6,7행의 격정을 지나는 사이에 '—느니'의 비칭어미로 급변하는 것이다. 이 '—느니'를 '—으니'로 해석하는 경향이 있는데 이는 어조를 그릇 이해함에서 빚어지는 결과다. 사실 방언이나 고어에서도 '—으니'를 '—느니'로 발음하거나 표기하지는 않는다. 이 '—느니'는 비칭종결서술형어미卑稱終結敍述形語尾로 봄이 타당하다. (뒤의「영랑 시에서 종결어미 '—느니'와 연결어미 '—나니'가 쓰인 예문」참조)

　그러면 앞에서의 여성적 어조 '—을테요'의 속삭임이 왜 이 질서를 깨어 버리고 남성적 어조 '—느니'의 자탄自歎으로 급변하는 것일까? 그것은 여태까지의 추억이나 회상이 그 원거리를 떠나 모란의 떨어짐이 근거리로 옮겨와서 현실로서 부각되어 옴을 뜻한다. 지금까지 막연했던 계절이 오월로서 한계지어지고 불분명했던 날이 '그 하로 무덥든 날'로 확정지어지자 그 낙화가 현실로서의 강한 인상으로 밀려들기 때문이다.

　이 효과를 극대화하기 위하여 행두行頭를 '떨어져' '천지에' '뻗쳐오르든' 등 된소리와 거센소리, 음성모음군 등으로 긴장시키면서 세찬 격정으로 숨을 헐떡이다가 끝내는 맥이 풀려 '—느니'로 자탄함을 보여준다. 그러나 자탄 뒤에 휴식을 취한 다음에 다시 본바탕으로 돌아와 '—ㅂ내다' '—올 테요'로 회귀한다.

　이러한 격정을 표현하기 위해서는 경음과 격음이 적격이다. 그러나 이것은 영랑 시에서 음악적 효과의 기조로서 유포니만을 찾다보니까 간과해 버리거나 의도적으로 무시해 버리는 요소다. 그러므로 영랑 시의 음악성이란 의미와는 상관없는 아름답고 부드러운 표현, 즉 우아한 시어에 의한 것이라는 오해를 심어 놓았다.

이 시에는 '피기까지는' '있을 테요' '뚝뚝' '떨어져' '꽃잎' '자최' '천지' '뻗쳐' '서운케' 등 된소리와 거센소리가 상당히 많이 등장한다. 이러한 된소리와 거센소리가 가장 격정적인 어조로 전개되는 6,7,8행에 집중적으로 나타나는 것은 바로, 의미와 결합시키기 위한 것으로, 충분한 효과를 거두고 있다. 이것은 영랑의 시가 단순히 유포니의 시어로 이루어졌다는 이제까지의 통설을 되돌아보게 한다. 이는 유포니가 아니라 반대로 불협화음cacophony, dissonance로 음성상징의 입장에서 고찰하여야 한다.

이런 면에서 '문허졌느니' 의 /허/의 /ㅎ/음도 고려되어야 한다. 이 시 작품에는 현행 맞춤법과는 달리 이 '문허졌느니' 외에 '여윈' 을 '여휜' 으로 쓰고 있다. 영랑의 다른 시작품에서도 '고인' 을 '고흰' 으로 '고운' 을 '고흔' 으로 표기하는가 하면 그밖에 의성어나 의태어에서도 '흐 렁흐렁' '호르 호르르 호르르르' 따위의 조어를 쓰고 있다. 물론 이의 사용은 1930년대 표준말과 맞춤법의 통일이 아직 결정되기 전 언어의 혼란상으로 간주할 수도 있으나, 동시에 사용하던 이형異形 중에서 /ㅎ/ 음이 남아있는 형을 취한 것은 의도적일 것이다. 이 /ㅎ/은 두음 이외의 자리에서는 약화되어 탈락했으나 영랑 시에서는 이 소리를 그대로 살려 강세를 주어 거의 들리지 않는 소리를 오히려 똑똑히 발음하게 하기 위하여 사용했을 것이다. 이 역시 음성상징의 입장에서 고찰되어야 할 것이다.

그리고 이 행들은 지금까지의 극단적인 비약 — '아즉 나의 봄을 기둘리고 있’ 다가 ‘비로소 봄을 여읜 설움에 잠’ 기는 것 따위와는 달리 극히 논리가 정연하게 격정의 단계를 명시하고 있다.

‘오월→어느 날→그 하로→무덥든 날’ 로 낙화의 시기를 잡고 ‘떨어지다→눕다→사라지다(모란에만 집중함)→자최도 없다(주위를 살펴봄)→보람이 문허지다(자기로 돌아옴)’ 로 논리적인 발전 단계를 보여주면서 점점 격정을 고양시키다가 마침내 ‘—느니’ 라는 어조로 자탄함으로써 일단 결말을 짓는다. 이런 논리의 차근함은 오히려 격정과는 모순되지만 그 동기의 치밀함을 보여 주려는 지성의 소산물이다. 이 행들에서 차근한 논리를 전개시키고 음악적인 효과를 위해서 6행에서 8행으로 곧장 뛰지 않고 별로 의미가 없는 7행을 그 사이에 삽입한 것이다. 이 7행에 ‘천지’ 와 ‘자최’ 사이의 ㅊ과 ㅈ의 자음의 도치에 의해 이루어진 미묘한 효과가 있다.

여기 ‘오월’ 역시 아이러니의 용법이다. 오월은 ‘계절의 여왕’ (노천명, 「오월」)이라고 어느 시인이 읊고 있듯이, 생명력이 넘쳐흐르고 봄의 연약함에서 여름의 사나움으로 발돋움하는 달이다. 그러므로 연약함도 사나움도 아닌 완전히 조화를 이룬, 일 년 중에서 가장 빛나는 달이다. 그러나 이 시에서 오월은 모란이 지는 달로 현실적으로 투영된다. 만물이 왕성한 생을 구가하는 오월을 이 화자는 ‘뻗쳐오르든 내 보람 서운케 문허’ 지는 울음의 전제가 되는 달로 표현한다.

이러한 오월은 비록 회상에서 출발하여 미래의 반복이라는 상황으로 나아가는 상념의 세계이지만 그것은 강한 현실로까지 발전한다. 이에는 의인법에 의한 이미지 ‘떨어져 누운 꽃잎’ 이 공헌하고 있다. 마치, 이제 종언을 고하기 위해 자리에 누워 마지막 숨을 몰아쉬다가 조용히 숨을 거두는 어느 임종 장면을 보는 듯하다. ‘천지에 모란은 자최도 없어지고’ 는 절망적인 울부짖음으로 선명하게 나타난다. 이 울부짖음이 ‘뻗쳐

오르든 내 보람 서운케 무너졌느니’ 에 이르면 이내 허탈에 빠져 버리는 것이다.

‘서운케’ 가 그 주된 역할을 한다. 이 어휘는 강한 표현이 아니다. 그저 가벼운 느낌을 표출하는 데 사용되는 어휘다. 그러나 이 극히 소박하고 평범한 어휘는 자탄의 표현에 제격이다. 타인 앞에서는 꾸밈이 있고 과정이 있겠지만 독백에는 인간 본연의 순수성으로 돌아와 소박하게 변하는 것이다. 여기에 기교를 다한 어떤 어휘가 온다 해도 그 이질성 때문에 거부반응을 일으킬 것이다. 우리는 여기에서 허탈 상태에서 숙명을 받아들이는 겸허를 본다.

> 모란이 지고 말면 그뿐 내 한 해는 다 가고 말아
> 삼백예순 날 한양 섭섭해 우옵내다.

이 9,10행의 절망과 허탈은 그 극에 달해 있다. ‘기다림→설움→울음’ 의 과정은 그대로 ‘기다림=설움=울음’ 의 등식을 성립시킨다.

모란이 피기를 기다리는 마음, 그 그리움으로 해서 일년 전체를 즐거움으로 이끌어 갈 듯하다가 봄, 그것도 ‘나의 봄’ 으로 축소시킨 다음, 다시 좁혀 모란이 피는 오월을 보람의 때로 고정시키는가 싶더니, 그 오월도 모란이 지는 설움의 때로 돌변하여, 결국 모란이 피어 있는 순간만이 일 년에서 분리되어 떨어져 나온다. 그러나 그것조차도 이 10행에 오면 완전히 부인되고 결국 일 년 내내 ‘삼백예순 날’ 이 영의 상태로 되어 보람을 백지로 환원시키는 계산법을 채용하고 있다.

삼백 예순 날→(봄)→나의 봄→(오월)→개화기→영零

이 행에서 중심을 이루는 어휘는 ‘한양’ 과 ‘섭섭해’ 이다. ‘하냥’ 을 ‘한양’ 으로 그 어원 ‘한 양樣’ 을 밝히어 씀으로써 음의 이동(연음)으로 인한 치우침을 막아 섭섭함의 동등배분과 지속을 보여 주고 있다. '섭섭해'는 8행의 '서운케'와 같은 소박한 어휘로서 형언할 수 없는 심정을 눈물로써 정화시킨 뒤의 담담함을 보여 준다.

10행의 '우옵내다'는 '웁니다'의 사투리 '웁내다'에 삽입모음 '오'를 덧붙인 형태다. 이 삽입모음의 사용은 영랑 시어법에서 중요한 요소다. 이는 음수율을 맞출 뿐 아니라 탁한 자음을 섞지 않은 모음의 순수성에서 부드럽고 고운 미감을 발견하려는 유포니를 위한 노력의 일단이다.

영랑은 음성상징이나 유포니를 위하여 고어를 재생하거나 방언을 다듬어 쓰거나 변개어나 신조어를 만들어 사용하고 있다. 그러나 우리가 오늘날 방언이나 고어로 보는 것 역시 1930년대 맞춤법이나 표준말 등이 정비되기 전 언어의 혼란에서 기인한 것도 많이 있을 것이다. 여기 'ㅂ내다' 따위는 의도적이다. 영랑의 방언은 방언 본연의 투박성이나 토속성, 자연성 등이 있는 것이 아니라 오히려 표준말보다 더 잘 다듬어져 있다. 그러므로 표준말의 규칙성에서 벗어나면서도 더욱 세련되어 있다.

이 9,10행에서 운rhyme 현상을 찾을 수 있다. 9행의 '지고 말면 —가고 말아'의 '고말'은 일종의 중간운中間韻internal rhyme이라 할 수 있고 10행의 '삼, 쉰, 섭섭' 등에서 /ㅅ/은 두운頭韻alliteration이라 볼 수 있다. 이 /ㅅ/은 음성상징으로 볼 때 섬세함을 보여 준다고 한다. 그렇다면 일 년은 삼백 예순 날로 세분하여 표현된 그 의미와 이 섬세한 운율이 일치한다고 볼 수 있다. 영랑은 '새론 섬 새 구슬' '쓸쓸한 시골사람' 등 딴 시에서 이 /ㅅ/음을 두운으로 애용하는 경향이 있다.

영랑 시의 평자들은 그 의식적인 어휘 변조에 의한 양성모음군으로 된 어휘를 활용하여 밝고 맑은 느낌을 주고 있다고 강조하는 경향이 있다. 이 시에서도 자취→자최 하루→하로 등으로 나타난다. 그러나 이런 양성모음군으로 된 어휘만을 지적하는 것은 역시 운율과 의미를 분리시키는 잘못이 있다. 이 시에는 '기다리고→기둘리고'의 반대 현상도 볼 수 있고 양성모음군의 어휘보다 음성모음군의 어휘를 더 많이 볼 수 있다.

그러나 이 시를 좀 더 살펴보면 체언은 '모란, 나, 봄, 오월, 하로, 보람' 등 대체로 양성모음 /ㅏ ,ㅗ/로 된 어휘가 더 많고 용언은 '피다. 기둘리다. 무덥다. 떨어지다. 눕다. 시들다. 없어지다. 뻗치다. 서운하다. 문허지다. 울다' 등 대부분이 음성모음군으로 이루어진 것을 알 수 있다.

이는 바로, 판단의 대상으로서의 맑고 밝은 양성모음의 사용과 판단의 결과로서의 음성모음의 사용으로 양분된다. 즉 주관적이고 정적이고 의식적인 것으로서의 양성모음의 빛깔과 객관적이고 동적이고 사실적인 것으로의 음성모음의 빛깔로 구별되는 것이다. 그러므로 기대에 반하는 사실은 결국 설움과 눈물로써 처리된다. 그것은 이 시에 용해되어 있는 정서와 효과적으로 조화되어 있다.

모란이 피기까지는
나는 아즉 기둘리고 있을 테요 찬란한 슬픔의 봄을

이 마지막 11,12행은 처음 1,2행을 이른바 수미쌍관법首尾雙關法으로 반복하고 있다. 그러므로 앞에서 밝힌 모운을 볼 수 있다. 또한 /l/로써 자운子韻consonance도 지적된다. '둘, 을, 찰, 슬, 을'의 유음流音이 연속되어 물이 흘러가듯 유려하게 흘러가는 운율로써 봄을 기다리는 화자의 심정의 흐름을 읽을 수 있다. 특히 '슬픔의 봄을'에서/1p'wm/과/pɔ wml/이 미묘하게 대응함으로서 안으로 어울리는 운율 효과를 느끼기로 한다.

또한 진부한 시어 '찬란한'이 반어적으로 뒤의 '슬픔의 봄'과 결합해서 찬란한 빛을 발하고 있음을 본다. 거센소리 /ㅊ/이 유성음 /ㄹ, ㄴ/과 어울리고 양성모음 /ㅏ/로써 연속되어 '찬란한 빛을 찰랑이면서 찰찰 넘쳐흐르게' 하는 소리흠으로써 분위기를 조성시켜 그 슬픔에 밝고 맑은 빛을 보내어 우리를 오히려 포근하게 감싸 주는 것이다.

이 마지막 시행에서 2행에서 의문스럽게 등장한 '나의 봄'의 의미가 밝혀진다. '나의 봄 = 찬란한 슬픔의 봄'이다. 그러므로 화자가 지금까지 진술한 것과 실상 화자가 의도하거나 의미하려는 것 사이에는 상충이 있다. 그 '봄'은 설움과 눈물로 점철되어 왔지만 그 설움과 눈물은 예사로운 것이 아니다. 그것은 찬란한 빛으로 밝게 빛나는 설움과 눈물이다.

'찬란한 슬픔'이란 모순형용법oxymoron은 이런 아이러니를 동반한 역설이다. 우리는 많은 아이러니를 보아 왔다. 그러나 이에 이르러서는 슬픔을 미화함으로써 지금까지 아이러니에 의한 진술이 다시 반전되어 슬픔도 찬란할 수 있다는 일견 모순되는 진리를 설파하는 역설로 발전하여 경이감을 준다. 순간적인 환희를 위한 기다림이기에 더욱더 슬픔이 절정을 이루어야 하는 아이러니를 '찬란한 슬픔의 봄'이란 역설로 표현함으로써 슬픔 그 자체조차도 승화되어 시적 정서는 고양될 대로 고양된다.

우리는 여기에서 역설의 미학을 발견한다. 이 역설에 의해서, 지금까지 여러 시행을 거쳐 오는 동안 서로 상충되거나 분리되어 혼란에 빠졌던 모든 것들은 조화와 균형을 이룬다. 슬픔과 환희, 기다림의 의지와 절망과 허탈, 작자와 화자와 청자, 진술과 의미와 진실 사이의 상충과 갈등은 이제 그 혼돈상태를 멈추고 새로운 질서를 찾아 그 미학을 전개한다.

그러나, 우리가 이 시를 즐겨 읽는 것은 무엇보다도 이 시의 내면에 깔려 있는 운명적 아이러니irony of fate 때문이다. '찬란한 슬픔의 봄을' 기다리는 것은 끝내 이를 수 없는 미의 세계에의 동경이며, 인간의 본질 속에 숨어 있는 영원한 이상 세계에의 향수이다. '모란'은 바로 이 미적인 이상세계를 상징한다.

이러한 운명적 아이러니는 도치법에 의해서 이 시를 '나는 아즉 기둘리고 있을테요 찬란한 슬픔의 봄을'으로 끝맺음으로써, 끝맺지 못하는 동경의 분량만큼 끝없는 여운을 남기면서 우리의 회한과 연민과 비애와 우수의 정을 일깨워 막바지에서 작자와 독자를 일체감으로 동화시키는 것이다.

이 시의 음악적 요소는 운율의 기조가 되는 유포니와 음성상징으로 유성음/r.l.n.m/, 마찰음/s/, 성문음 /h/, 의성어, 양성모음군과 음성모음군, 된소리와 거센소리, 삽입모음의 활용, 그리고 운rhyme현상으로 모운, 자운, 두운, 중간운으로 나눌 수 있다.

그리고 구조에서 중요한 것은 그 진술과 정경의 결합이 여러 종류의 아이러니에 의해서 이루어지고 역설에 의해서 의미가 조화된다는 것, 그리고 여성적 인고의 어조와 남성적 자탄의 어조, 이의 급변과 복귀이다.

결국 '모란이 피기까지는'은 영랑 시의 본질적인 요소를 다 구비하고 있는 시로 그 음성상징과 유포니와 불협화음, 자유시형 속에서의 rhyme의 용해, 아이러니와 역설과 어조의 변화로써 그 진술과 정경 등 의미를 운반하여 작자와 독자 사이에 일체감을 일으켜 미에의 영원한 향수의 정을 조성하는 작품이라 할 수 있다.

*** 영랑 시에 종결어미 '—느니' 와 연결어미 '—나니' 가 쓰인 예문**

① —느니

('있다', '없다', '계시다' 의 어간, 동사 어간 또는 어미 '—으시—',
'—었—', '—겠—' 뒤에 붙어) '하게' 할 자리에 쓰여, 진리나 으레 있
는 사실을 일러 줌을 나타내는 종결 어미. '해라' 할 자리엔 '—느니라,
—니라' 를 쓰고, 형용사에는 '—으니' 가 쓰임(여행하기에는 가을이 좋
으니./물은 동해가 맑으니).

새벽 잠결에 언뜻 들리어
내 무건 머리 선뜻 씻기우느니
황금 소반에 구슬이 굴렀다 —「시냇물소리」

천지에 모란은 자최도 없어지고
뻗쳐오르든 내 보람 서운케 문허졌느니 —「모란이 피기까지는」

중향의 맑은 돌에 맺은 금구슬 구을러 흐르듯
아담한 꿈 하나 여승 호젓한 품을 애끈히 사라졌느니 —「불지암」

끝없는지라 도리어 밝은 날의 님 모를 귀한 보람을 품었을 뿐
토끼라 사슴만 보여도 반드시 그려지는 사나이 지났었느니 —「불지암」

그밤을 홀히앉으면
무심코 야윈볼도 만저보느니
시들고 못퓌인꽃 어서떠러지거라 —「물보면 흐르고」

몇해라 이三更에 빙빙 도—는 눈물을

숫지는 못하고 고힌그대로 흘니웠느니

서럽고 외롭고 여윈 이몸은

퍼붓는 네 술ㅅ잔에 그만 지늘껬느니

무섬ㅅ정 드는 니새벽 가지울니는 저승의노래 ―「杜鵑」

비탄의녁시 붉은마음만 낯낯 시들피나니

지튼봄 옥속 春香이 아니 죽엇슬나듸야

옛날 王宮을 나선 나히어린 임금이

산골에 홀리 우시다 너를 따라가시였느니 따라가섯드라니

고금도 마조보이는 南쪽바다ㅅ가 한만흔 귀향길―「杜鵑」

가는 대닢에 초생달 매달려 애틋한 밝은어둠을

너 몹시 안타가워 포실거리며 훗훗 목메었느니

아니울고는 하마 죽어업스리 오! 不幸의 넉시여 ―「杜鵑」

서름이 사모치고 지처 쓰러지면

南江의 외론魂은 불리어 나왓느니

論介! 어린 春香을 꼭 안어

밤새워 마음과 살을 어루만지다 ―「春香」

항용 주춤 서서 행길을 호기로히 달리는 行喪을 보랏고있느니 ―「忘却」

사뿐히 밟고 가시라, 그대 내 꿈을 밟고 가시느니 ―「하늘의 옷감」

(번역시)

회색 보도 위에서나 한길에 서 있을 제
내 맘의 깊은 곳에 들리어 오나니 ―「이니스프리」(번역시)

※ '―니라'의 예

그는 옛날 成學士 朴彭年이
불지짐에도 泰然하였음을 알었었니라 ―「春香」

태고로 맑은바람이 거기 사럿니라 ―「집」

② ―나니

(동사 어간이나 어미 '―으시―', '―었―', '―겠―', '―삽―', '―옵―' 따위의 뒤에 붙어) 앞말이 뒷말의 원인이나 근거, 전제 따위를 나타내는 연결 어미. 근엄하게 말할 때 쓰거나. 어떤 사실을 먼저 진술하고 이와 관련된 다른 사실을 이어서 설명할 때 쓰는 연결 어미. 근엄하게 말할 때 씀. 더 정중하고 근엄하게 쓸 때는 '―노니'를 씀.

서어한 가슴에 그늘이 도나니
수심 뜨고 애끈하고 고요하기
산허리에 슬리는 저녁 보랏빛 ―「가늘한 내음」

비탄의넉시 붉은마음만 낯낯 시들피나니
지튼봄 옥속 春香이 아니 죽엇슬나듸야 ―「춘향」

청명은 내머리속 가슴속을 저져들어
발끝 손끝으로 새여나가나니 ―「淸明」

남엇거든 나를 주라
나는 이청명에도 주리나니
방에 문을달고 벽을향해 숨쉬지안엇느뇨 ―「淸明」

그때에 토록 하고 동백한알은 빠지나니
오! 그빛남 그고요함 ―「淸明」

이밤은 캄캄한 어느뉘 시골인가
이슬가치 고힌눈물을 손끗으로 깨치나니―「임 두시고 가는 길」

꾀꼬리는 엽태 날아볼줄 모르나니
암컷이라 쫓길뿐 ―「五月」

비린내는 죽엄의거리를 휩쓸고 숨다젓나니
處刑이 잠시 쉬는 그새벽마다 ―「새벽의 處刑場」

46

불지암佛地菴

그 밤 가득한 산 정기는 기척 없이 솟은 하얀 달빛에 모다 쓸리우고
한낮을 향미로우라 울리던 시냇물 소리마저 멀고 그윽하여
중향衆香의 맑은 돌에 맺은 금 이슬 구을러 흩으듯
아담한 꿈 하나 여승의 호젓한 품을 애끈히 사라졌느니

천년 옛날 쫓기어 간 신라의 아들이냐 그 빛은 청초한 수미산 나리꽃
정녕 지름길 설들은 흰옷 입은 고운 소년이
흡사 그 바다에서 이 바다로 고요히 떨어지는 별살같이
옆 산 모롱이에 언뜻 나타나 앞 골 시내로 사뿐 사라지심

승은 아까워 못 견디는 양 희미해지는 꿈만 뒤쫓았으나
끝없는지라 도려 밝는 날의 남모를 귀한 보람을 품었을 뿐
토끼라 사슴만 뛰어 보여도 반듯이 그려지는 사나이 지났었느니

고혼 연輦의 거동이 있음 즉한 맑고 트인 날 해는 기우는 제
승의 보람은 이루었느냐 가엾어라 미목 청수한 젊은 선비
앞 시냇물 모이는 새파란 소에 몸을 던졌느니라

佛 地 菴

그밤 가득한山정기는 기척없이솟은 하얀달빛에 모다쓸리우고
한낮을 향미로우라 울리든 시내ㅅ물소리마져 멀고그윽하여
衆香의맑은돌에 맺은 금이슬 구을러흐트듯
아담한 꿈하나 여승의 호젓한품을 애끊이 사라젓느니

千年옛날 쫓기여간 新羅의아들이냐 그빛은 청초한 수미山나리꽃
정녕 지름길 섯드른 흰옷입은 고흔少年이
흡사 그바다에서 이바다로 고요히 떠러지는 별ㅅ살같이
옆山모롱이에 언듯 나타나 앞골시내로 삽분 사라지심

승은 아까워 못견듸는냥 희미해지는 꿈만 뒤쫓았으나
끝없는지라 돌여 밝는날의 남모를 귀한보람을 품었을뿐
토끼라 사슴만 뛰여보여도 반듯이 그려지는 사나이 지났었느니

고흔輩의 거동이 있음즉한 맑고트인날 해는 기우는제
승의보람은 이루웠느냐 가엾어라 미목청수한 젊은선비
앞시내ㅅ물 모이는 새파란 쏘에 몸을 던지시니라
—『永郎詩選』(1949.10)

*佛地菴은 內金剛幽寂한곳에 허무러져가는古刹 두젊은승이 그의스님을 뫼시고잇다.
—『永郎詩集』(1935.11)

· 불지암: 금강산 만폭동에 있는 절.
· 향미롭다(향미로우라): '맛이 향기롭다' 라는 뜻의 조어.
· 중향衆香: 중향봉(금강산에 있는 봉우리).
· 애끓이: 애끈히(느낌이 끈끈하게).
· 수미山: 불교에서 세상의 중앙에 있다고 하는 산.
· 섯—(섯드른): '설—(솜씨가 설고 어설프다. 예 · 선부르다, 설잡다)' 라는 뜻을 덧붙이는 접두사.
  *섯들다: 선불리 잘못 들어가다.
· 쓸리다— '쓸다' (전염병 따위가 널리 퍼지거나 태풍, 홍수 따위가 널리 피해를 입히다)의 피동사.
· 별살: 혜성의 빛살.
· 돌여: 도리어.
· —라(토끼라): 해라할 자리에 쓰여, 현재 사건이나 사실을 서술하는 뜻을 나타내는 예스러운
  표현의 종결어미.
· 그리다(그려지는):그림을 그리다.
· 연輦: 임금이 거둥할 때 타고 다니던 가마.
· 거동: 거둥擧動(임금의 행차)의 잘못.
· 승僧: 중.
· 미목眉目: 눈썹과 눈. 얼굴 모습(눈썹과 눈이 얼굴 모습을 좌우한다고 하여 이르는 말임).
· 청수淸秀(미목청수한): 얼굴이나 모습 따위가 깨끗하고 빼어나다.
· 쏘: '소沼' 의 방언.

사찰 연기 설화

불지암佛地菴은 강원도 회양군 내금강 만폭동에 있는 절로, 불지암不池庵이라고도 불린다. 이 절은 신라 때 의상義湘이 창건했다고 전해지지만 광해군 때(1619) 경헌敬軒 스님이 쓴 「금강산 불지암기金剛山佛地庵記」(『제월당대사집霽月堂大師集』)는 광릉조光陵朝(광릉은 세조의 능) 때 운계도인雲界道人이 창건했지만 퇴락한 것을 광해군 때 복원했다고 한다.

그러나 전설에 의하면 옛날 어느 스님이 땅을 파다가 불상이 나와 그 자리에 절을 지었는데 이가 곧 불지암이라고 한단다. 이렇게 상서로운 조짐으로 불상을 얻어 절을 지었다는 설화는 「굴불사 연기설화掘佛寺緣起說話」 등 상당히 널리 퍼져 있다. 이 시는 이러한 사찰 연기 설화에 바탕하여 이 부처의 내력을 추적하여 쓴 작품으로 여겨진다.

이야기는 어느 비구니의 꿈에서 비롯된다. 꿈에 어느 아름다운 소년이 나타나 앞 골짜기 시내로 사뿐히 사라졌는데 스님은 하찮은 소리에도 혹시 그 소년이 아닌가 하여 그 밤에 잠을 못 이루다가 내일을 기약했지만 이튿날 해가 지도록 그 소년은 기척이 없었다. 그러나 이미 그 소년 선비는 소에 몸을 던진 뒤였던 것이다. 아마도 먼 훗날 이곳에서 캐낸 불상은 그 선비의 넋이 윤회를 거듭하면서 성불하여 이루어진 것이 아닌가 싶다.

위대한 탄생을 위해서는 거룩한 때와 장소, 그리고 이에 합당한 분위기가 있어야 한다. 그 밤에 가득한 산의 정기는 기척 없이 솟아오른 하얀 달빛에 쓸리고, 대낮에 온 천지에 향내를 풍기던 시냇물소리는 꿈꾸는 듯 멀고 그윽하게 들리는데, 중향봉의 맑은 바윗돌에 맺힌 금빛 이슬

방울 굴러 흩어지듯, 아담한 꿈 하나 여승의 호젓한 품속으로 들었다가 끈끈한 느낌을 남기고 그만 사라졌느니라. 거기에 고요히 떨어지는 별살처럼 고운 소년이 시내로 사뿐히 사라지심. 이렇게 슬픈 소멸은 먼 훗날 땅속에서 파낸 불상의 위대한 탄생을 마련한다.

雜善非佛仁. 而作佛者必修善以能就之也. 況此金剛山佛地庵者. 東戴大毗盧峯也. 北負衆香峯也. 南對穴網與望高峯也. 西隣中兜率大蘭若也. 悠悠襢越植福修德之基址也. 濟濟雲水之徒弄玄開之禪窟也. 朝天宰相必於此. 而留憇焉選臊之. 士亦於斯而壯觀焉. 探奇之. 衲又於此而觀賞焉茲庵也.

— 경헌敬軒「금강산 불지암기金剛山佛地庵記」

잡다한 선雜善이 비록 불가의 인자함佛仁과는 다르지만 반드시 선한 마음을 닦아야 부처의 진리에 나아갈 수 있다. 더욱이 금강산의 불지암은 동쪽으로 대비로봉을 이고 있고, 북쪽으로 중향봉을 지고 있으며, 남쪽으로는 혈망봉을 마주하고 있고, 서쪽으로는 여러 큰 사찰들과 인접해 있다. 오랜 세월 동안 복을 심고 덕을 수양하도록 은혜를 주신 큰 터전이요, 수많은 구름과 물이 노니는 곳이요, 선禪의 세계로 들어가는 관문인 석굴이다. 천자를 알현하는 재상도 반드시 이곳에서 머물며 휴식을 취하다가 길을 찾아 올라간다. 선비들 역시 이곳에서 장관을 바라보다 스님을 찾아가고, 스님들도 역시 이곳에서 경치를 살피다가 암자를 찾아 들어간다.

이곳은 땅이나 절 자체가 위대한 것이 아니라 어떤 위대한 무엇인가를 마련하는 곳이다. 그래서인가 항상 퇴락했지만 항상 복원했다. 광해군 이후 순조, 철종, 고종 때 다시 중수하곤 했다. 영랑이 이 암자를 찾았을 때도 황폐한 절이었다고 쓰고 있다. 그러나 북한 측 자료에 의하면 지금도 이 절이 남아있다고 한다.

중향봉重香峰은 흰 돌이 쌓여 있는 것이 마치 층계 같고, 상床 같은데 비스듬히 가로로 열 지어 있어서 옥 같기도 하고 은 같기도 하다. 위에는 하나의 돌이 서 있는데 자못 불상 같다. 좌우의 석상 위에는 또 양쪽으로 소소한 석상이 배열되어 있는데, 그 앞에는 절벽이 만 길이다. 거기 맺힌 금빛 고운 이슬방울 같은 아담한 꿈 하나가 굴러 흩어지듯, 거기 중향의 맑은 돌 같은 여승의 호젓한 품을 애끈히 사라졌다. 그 천 길 낭떠러지로 굴러 흩어지면 흔적인들 있을까,

원래 여승의 품은 마음을 비워서일까 텅 비어 쓸쓸하고 외로웠다. 그 호젓한 품에 기껏 꿈 하나가 잠시 깃들였다 사라진 것이다. 꿈속의 사내를 '천년 옛날 쫓기어 간 신라의 아들이냐.' 고 묻는다. 신라의 아들이라면 망국의 한을 품고 금강산에서 마의를 입고 살았다는 마의태자를 이름인가. 금강산의 백화암이라는 절에는 마의태자를 못 잊어 찾아온 약혼녀 백화가 잠깐 태자를 만나고 헤어졌다는 전설이 있기도 하다. 그렇다면 이 여승은 그 백화의 화신인가.

'청초한 수미산 나리꽃' 빛깔은 무엇인가. 수미산須彌山은 고대 인도의 우주관에서 세계의 중심에 있다는 상상의 산이다. 세계의 한복판의 존재라면 나라님 같은 존귀한 신분일 것이지만 거기 핀 청초한 나리꽃이라면 이제 '나리' 의 신분으로 내려앉은 이가 아닌가도 싶다. 그렇지 않아도 학문에 정진하여 관직에 오르기를 기원하는 '책거리도圖' 에 나리꽃이 자주 나온다고 한다. 벼슬길에 오르면 '나리' 가 된다.

'신라의 아들' 인 그는 '정녕 지름길 설들은 흰옷 입은 고운 소년' 이다. 마의태자는 신라부흥운동을 하다가 뜻을 이루지 못하고 금강산에

입산했다. 그렇다면 금강산에 든 것은 정녕 신라부흥의 지름길을 찾지 못한 섣부른 입산이 아닌가. 흰옷은 승복과 대조되는 서민의 복장이요, 일상복에 대립되는 상복이다. 이는 나라 잃은 당사자나 백성이 마땅히 입어야 하는 상복이다.

‘그 바다’는 천상의 나라, 별 세계이고 ‘이 바다’는 지상의 나라, 인간 세계이다. 천상에서 지상으로의 낙하. 그것도 긴 꼬리를 하고 떨어지는 살별의 빛살처럼 앞 골짜기 시내에 사뿐히 사라지심. ‘사뿐 사라지심’으로 최대한 음절을 제한함으로써 극적인 효과와 여운을 마련한다.

스님은 제행무상을 깨닫고 입산했다. 그러나 꿈 하나를, 꿈속의 사나이 하나를 떨치지 못하고 집착하여 못 견디는 양 희미해지는 꿈을 뒤좇는다. 잠 못 이루는 이 밤은 포기하고 밝은 내일에나 꿈이 이루어질까 기대하면서도 뛰어간 것이 ‘토끼로다’라고 깨닫기도 하고, 사슴만 뛰는 기척이 있어도 또렷이 그려지는 꿈속의 사나이가 ‘지나갔느니라’라고 의심한다. 옛 시인은 이러한 정경을 ‘지는 잎 부는 바람에 행여 긴가 하노라.(황진이)’라고 읊었다.

그러나 그 꿈은 비극적으로 실현되어 ‘미목 청수한 젊은 선비’는 새파란 소에 몸을 던진다. 이 정경은 좀 더 극적으로 표현하기 위하여 ‘―이루었느냐, 가엾어라, 던지시니라’의 설의와 영탄과 현재형을 동원하고 있다. 이때 ‘가엾어라’를 승의 비극적 실현과 선비의 죽음의 가운데 넣어 양걸침의 역할을 하고 있다. 여승도 선비도 둘 다 가엾은 존재이다.

이 시의 시간적 배경은 천년을 넘나드는 듯하다. 여승과 소년은 언제 꿈속에서 만났는가. 여승은 현재의 인물이고 꿈속의 소년은 신라의 인물인가. 소년의 죽음은 현재상황인가 이 역시 꿈속의 상황인가. 그 죽음은 꿈의 상황이고 현재 상황은 그 죽음으로 인한 불상의 출현인가. 아니면 여승과 소년 모두 신라인이고 그로 인한 불상의 출현만이 현재 상황인가. 이 소년의 죽음이 마의태자의 죽음을 의미한다면 이는 옥중원혼으로 끝맺는「춘향」의 춘향처럼 미화된 비극적인 역사를 새롭게 해석한 것이 아닌가.

이 시는 「모란이 피기까지는」의 '무너졌느니' 와 같이 '－었느니라' 의 준말인 '사라졌느니' '지났었느니' 와 '가엾어라' '던지시니라' 등의 의고적인 어미활용으로 장중한 느낌을 주어 스토리의 비극적인 상황을 더욱 극적으로 진행한다.

47

물 보면 흐르고

물 보면 흐르고
별 보면 또렷한
마음이 어이면 늙으뇨

흰날에 한숨만
끝없이 떠돌던
시절이 가엾고 멀어라

안쓰런 눈물에 안겨
흩은 잎 쌓인 곳에 빗방울 듣듯
느낌은 후줄근히 흘러흘러 가건만

그 밤을 홀히 앉으면
무심코 야윈 볼도 만져 보느니
시들고 못 피인 꽃 어서 떨어지거라

물보면 흐르고

물보면 흐르고
별보면 또렷한
마음이 어이면 늙으뇨

흰날에 한숨만
끝없이 떠돌든
시절이 가엽고 멀어라

안쓰런 눈물에안껴
흐튼닢 싸힌곳에 빗방울드듯
느낌은 후줄근히 흘러흘러가것만

그밤을 홀히앉으면
무심코 야윈볼도 만저보느니
시들고 못퓌인꽃 어서떠러지거라
—『永郎詩選』(1949.10)

· 어이면: 어쩌면.
· 흰날: '백일白日, 백주白晝' 의 고유어 대체어.
· 안끼다(안껴): '안기다('안다' 의 사동사) '의 센말 변개어.
· 홀히: '홀로' 의 변개어.

죽음에의 원망

　화자는 지금 신세 한탄을 하고 있다. 물 보면 물처럼 흐를 줄 알고 별 보면 별같이 또렷할 줄 안다면 마음이 왜 늙을 수 있겠는가. 그렇지를 않았기 때문에 마음이 메말라 늙어간 것 아닌가. 흐름은 물의 속성이다. 이 속성은 자연이다. 자연에 순응하는 물은 썩지 않는다. 또렷함은 별의 속성이다. 그러니 또렷한 사람은 스타이다. 스타는 영원히 창공에서 빛난다. 그런데 물과 같고 별과 같은 존재가 왜 늙는가. 사실은 그렇지 않았기 때문이다.

　한밤중의 별처럼 청천靑天의 판박이가 아니라 말짱한 백일白日에 날린 한숨이 청천에 떠돌게 했던 먼 옛날의 허송세월이 그리 만든 것이다. 청천하늘엔 별도나 많지만 이 내 가슴엔 수심도 많았던 지난날의 별들은 나와는 정반대의 존재물이었던 것이다. '청천백일은 소경이라도 밝게 알고 뇌성벽력은 귀머거리라도 듣는다.' 는데 나는 소경보다도 귀머거리보다도 못한 존재이다. 청천백일은 그렇게 또렷한 훌륭한 인물을 뜻하고 그렇게 환하게 죄가 없이 결백한 사람을 일컫는다. 또 '청천백일같이 씻어낼 때도 없고 밝혀낼 죄도 없다' 고 하는데, 그 청천백일 같은 젊은 날을 한숨으로 날려 보낸 '때' 와 '죄' 는 마음이 늙게 만들었다. 그 날이 가엾은 날이고 먼 날인만큼 마음을 늙게 한 것이다.

　흐름도 흐름 나름이다. 이미 쇠락한 마음은 낙엽처럼 흩어져서 쌓였다. 그 낙엽에 빗방울이 떨어져서 흐르는 물은 제대로 흘러갈까. 지은 죄를 숨기듯 스며들어 있다가 끝내 넘치면 어쩔 수 없이 비좁은 틈새를 새어나가 죄가 드러날 것이다. 그러나 그 빗방울을 눈물방울로 대체하

면 어떨까. 스스로를 안쓰러워하는 회한의 눈물에 싸여서, 그 눈물에 젖
어서 그 회한은 후줄근하게 흘러 흘러 갈 것이다. 이 '후줄근히'에는 눈
물뿐만 아니라 빗물과 땀방울에까지 젖은 회한이 엉켜있다.

시간은 현재가 아니라 과거이다. '그 밤'으로 돌아간 현재이다. 홀로
앉아 홀로 둔 '그 밤'으로 돌아가면 무심코 허송세월이 이루어 놓은 야
윈 볼도 만져본다. 그러면 과거와 현재, 마음의 젊음과 늙음, 고운 얼굴
과 여윈 얼굴이 한데 어우러진다. 피지도 못하고 시든 꽃은 떨어지지도
못하고 매달려 있는 듯싶다. 차라리 그럴 바에야 깨끗하게 떨어지는 것
이 낫지 않을까.

48

강선대降仙臺 돌바늘 끝에

강선대 돌바늘 끝에
하잔한 인간 하나
그는 벌써
불타오르는 호수에 뛰어내려서
제 몸 살랐더라면 좋았을 인간

이제 몇 해뇨
그 황홀 만나도 이 몸 선뜻 못 내던지고
그 찬란 보고도 노래는 영영 못 부른 채
젖어드는 물결과 싸우다 넘기고
시달린 마음이라 더러 눈물 맺었네

강선대 돌바늘 끝에 벌써
불살랐어야 좋았을 인간

降仙臺 돌바늘끝에*

降仙臺 돌바늘끝에
하잔한 인간 하나
그는 버—ㄹ서
불타오르는 湖水에 뛰여내려서
제몸 살읐드라면 조핫슬 인간

이제 몇해뇨
그황홀 맛나도 이몸선듯 못내던지고
그찰란 보고도 노래는영영 못부른채
저져드는 물결과 싸우다 넘기고
시달린 마음이라 더러 눈물 매졌네

降仙臺 돌바늘끝에 벌서
불살읐서야 조핫슬 인간
　　　　　　—『永郎詩集』(1935.11)

· 강선대降仙臺: 금강산 수정봉에 있는 대(흙이나 돌 따위로 높이 쌓아 올려 사방을 바라볼 수 있
　게 만든 곳).
· 하잔하다: '하찮다(대수롭지 아니하다)'의 방언.
· 사르다(살랐드라면): 불사르다(불에 태워 없애다. 어떤 것을 남김없이 없애 버리다).

죽음에의 유혹

　강선대는 금강산 수정봉에 있다. 금강산의 절경에 수놓은 듯 돋아난 맑고 깨끗한 수정과 여러 광물의 결정체인 금강수정이 있는 수정봉은 금강산 가운데서도 암질이 특이하여 화강암과 함께 수정들판이 넓게 나타난다. 먼 옛날 산 전체가 온통 보석 덩어리와 같이 반짝거렸다고 하여 수정봉이란 이름이 주어졌다. 그 중에서 강선대는 수백 명이 앉을 수 있는 아름다운 대이다.

　『영랑시집』은 'A thing of beauty is a joy for ever —Keats—라는 제사 題詞epigraph를 달고 있다. 영랑은 유미주의자로 분류될 정도로 그에게서 미는 절대적인 가치이다. 미를 위해서는 생명이야 버려도 되는 한갓 하찮은 것이다. 아니 미에 대한 절대적 추구는 죽음에 이른다. 미는 무아지경에 이르게 하고 이 엑스터시는 현존現存의 부재이다. 현존의 부재가 곧 죽음이다.

　토마스 만의 「베네치아에서의 죽음」은 미소년을 보면서 황홀경에 빠져 죽어가는 늙은 작가의 이야기이다. 이 아름다움에서 느끼는 법열은 무절제한 열정으로 자아를 망각하고 죽음에 이르게 한다. 사마귀는 사랑을 하는 사이 암컷이 수컷을 먹어치운다. 궁극적인 아름다움과 사랑은 죽음으로 표상된다.

　김영랑은 1920년 17세 때에 금강산을 관광했다 한다. 화자는 몇 해 전 어느 핸가 강선대에 섰을 때 강한 죽음에의 충동과 욕망을 느꼈는데도 이를 실행하지 못했음을 한탄하고 있다. 그 황홀경의 에스타시에서 죽어서 이 절경과 합일하지 못하고, 그렇다고 살아서 이러한 찬란한 경지를 제대로 시화詩化하기는커녕 오히려 젖어드는 세속의 물결을 참아 넘기고 시달려 눈물이 맺혔다.

강선대 밑에는 호수가 없다. 여기 '불타오르는 호수'는 가을 단풍으로 빨갛게 물든 골짜기 풍경을 일컬을 것이다. 엠페도클레스는 화산에 뛰어들어 죽었다. 이를 제재로 도이치 시인 횔덜린은 1826년 「엠페도클레스의 죽음」이란 종교적 비극을 썼다. 주인공은 제신諸神과 자연으로부터 이반離反해 버린 민중을 이 근원적인 존재인 신성한 만유萬有와 다시 한 번 일치시키려고 노력하나, 그 자신의 지나친 열의 때문에 제신에 대하여 잘못을 저지르게 된다. 그 죄를 보상하기 위하여, 자신의 몸을 희생하여 스스로 에트나산의 화구火口에 몸을 던져, 어지럽혀진 질서를 회복하고 만유와의 합일을 이룬다. 그는 4원소(물·공기·불·흙)의 통합과 분리에 의해서 사물이 생성하고 소멸하지만 원소는 그대로 변하지 않는다고 한다. 그러므로 강선대 돌바늘 꼭대기에서 불의 호수로의 하강은 죽음이 아니라 영원한 삶이다.

상승은 하강이 전제되어야 한다. 육신과 미와의 통합을 이루어 아름다움을 영원한 기쁨으로 삼아 영생하기 위해서 강선대 돌바늘의 꼭대기에서 불의 호수로의 하강이 있어야 했다. 그러나 화자는 죽음 대신 삶을 택한 결과 미와의 합일 대신 현실과의 투쟁으로 황홀의 시를 창작하는 대신 눈물로 시달리는 고통을 겪는다.

49

사개 틀린 고풍古風의 툇마루에

사개 틀린 고풍의 툇마루에 없는 듯이 앉아
아직 떠오를 기척도 없는 달을 기둘린다
아무런 생각 없이
아무런 뜻 없이

이제 저 감나무 그림자가
사뿐 한 치씩 옮아오고
이 마루 위에 빛깔의 방석이
보시시 깔리우면

나는 내 하나인 외론 벗
가냘픈 내 그림자와
말없이 몸짓 없이 서로 맞대고 있으려니
이 밤 옮기는 발짓이나 들려오리라

사개틀닌 古風의퇴마루에*

사개틀닌 古風의퇴마루에 업는듯이안져
아즉 떠오를긔척도 업는달을 기둘린다
아모런 생각업시
아모런 뜻업시

이제 저 감나무 그림자가
삿분 한치식 올마오고
이 마루우에 빛갈의방석이
보시시 깔리우면

나는 내하나인 외론벗
간열픈 내그림자와
말업시 몸짓업시 서로맛대고 잇으려니
이밤 옴기는 발짓이나 들려오리라
— 『永郎詩集』(1935.11)

· 사개: 상자 따위의 모퉁이를 끼워 맞추기 위하여 서로 맞물리는 끝을 들쭉날쭉하게 파낸 부분.
또는 그런 짜임새.
· 틀리다(틀린): 뒤틀리다, *뒤틀리다: '뒤틀다(꼬는 것처럼 몹시 비틀다)'의 피동사.
· 툇마루: 툇간(안둘렛간 밖에다 딴 기둥을 세워 만든 칸살)에 놓은 마루.

절대 고독絕對孤獨

화자는 먼 옛날에는 매끈거렸을 마룻바닥이 이제 사개가 뒤틀리어 울퉁불퉁하여 오히려 예스런 정취를 지니고 있는 툇마루에 없는 듯이 앉아 있다. 마치 그럴듯한 한국화의 제재라도 되는 듯 해가 지고 달이 뜨면서 세월이 그렇게 흐르는 동안 낡아가는 툇마루와 인고의 나날 속에서 지쳐가는 화자의 모습이 조화를 이루는 듯하다. 화자의 삶 역시 툇마루와 그리고 덧없는 세월과 궤적을 같이하는지 모른다. 달이 떠오를 기척도 없는 어둑어둑한 저녁이라는 시간적 배경과 고풍의 낡은 툇마루라는 공간적 배경에 자리한 삶에 지친 듯한 주인공의 '없는 듯' 한 존재는 연민의 정을 배가시킨다.

집안의 공식적인 생활의 장은 마당이나 방이거나 앞마루이다. 거기에서 심사숙고하여 계획을 세우거나, 살림살이의 일과를 행하거나, 정좌하고 손님을 맞거나 한다. 반면에 툇마루는 생활의 장이 아니라 휴식의 장이고, 행동의 장이 아니라 사색의 장이고, 낮의 장이 아니고 밤의 장이다,

그렇게 오랜 세월의 흐름 가운데 오늘 이 시각은 극히 하찮은 순간에 불과하다. 고풍의 툇마루가 화자의 삶과 동행하는 것과는 반대로 이 월출의 시간과는 대립한다. 날마다 그렇게 빠르게 떠올라 마루를 낡게 했던 일월의 세월과 지금 떠오를 기미도 없는 느린 달과의 대립, 그렇게 긴 세월과 이 짧은 순간이 대조적이다. 이러한 동질의 결합과 이질의 갈등은 정서적 반응을 고양시킨다.

그런데도 기척도 없던 달이 조금씩 올라오는 기미가 있고, 마침내 감

나무 그림자가 사뿐히 한 치씩 마루로 옮아온다. 삶 가운데 그러한 조금씩의 변화가 어쩌면 삶의 의미다. 생각이 없는 듯 있고, 의미가 없는 듯 있는 것이 이러한 조그마한 변화의 결과이다. 그렇게 이 좁은 툇마루에도 의미 있는 변화가 있어 슬그머니 달빛이 다가와 방석을 깐다.

'빛깔의 방석' 이란 본래 맨 마루에 앉았는데, 달이 오르자 자신의 아랫몸의 엉덩이 부근이 그림자 지어, '나' 와 '나의 그림자' 가 같이 무엇을 깔고 앉은 듯 공유하는 부분을 일컬을 것이다. 이는 달빛의 밝은 빛깔이 만든 어두운 빛깔의 그림자라는 아이러니의 방석이다.

그 그림자는 내 하나뿐인 외로운 벗이다. 외로운 사람은 그림자를 벗 삼기 마련이다. 사실 그림자는 햇빛이나 달빛이 만들어낸 실상이 아닌 허상이다. 그러므로 그림자는 흔히 거짓의 상징으로 쓰인다. 플라톤은 현상으로서의 이 세상의 만물은 거짓이고 오직 이데아만이 참이라고 이 그림자를 가지고 증명했다. 그래서 그림자의 허상을 아는 철인哲人만이 국가를 경영할 자격이 있다고 설파했다. 프란시스 베이컨은 그 그림자만이 진리라고 믿는 '우물 안 개구리' 의 동굴의 우상을 타파하여야 한다고 했다.

어쩌면 딴 그림자가 모두 허위일망정 내 그림자만은 진실일 수 있다. 모든 그림자 같은 존재들이 '거짓' 인 것을 알기 때문에 내 그림자만을 '참' 으로 인식될 것이다. '나는 생각한다. 그러므로 나는 존재한다.' 그러나 '내하나인 외론 벗' 인 '가냘픈 내 그림자' 는 결국 타아라기보다 자아이기 때문에 말도 없고 몸짓도 없이 그대로 앉아 있는 것이다. 인간은 그렇게 외롭게 던져진 존재이다.

그림자는 이렇게 고독의 시인 영랑에게는 서어하지 않은 벗이다. 그러나 외로운 벗인 그림자와조차도 말이 없이, 몸짓도 없이 그냥 그렇게 그대로 앉아 있으니 완전한 정적, 순수의 정적 속에 빠진다. 그래서 소리라고는 오직 '이 밤 옮기는 발짓이나 들려오리라.'고 한다. 이 절대 정적을 릴케는 '임이여 들으시나요, 내가 눈 감는 소리를(「가을」)'이라고 눈 감는 소리까지 듣는 순간으로 설정했고, 김광균은 '먼 데서 여인의 옷 벗는 소리(「설야」)'가 들리는 찰나로 배치했지만 이들은 오히려 약과다. 영랑은 그림자가 움직이는 소리도 들리지 않는 이 밤, 저 땅 밑에서 지축이 움직이는 발걸음 소리를 듣고 있는 것이다.

의미 없는 듯 흐르는 세월 속, 절대 정적 속의 절대 고독의 하루하루의 진정한 의미가 이 시 속에 짙게 배어 향기를 풍기는 음향을 연주하는 듯싶다.

50

마당 앞 맑은 새암

마당 앞
맑은 새암을 들여다본다

저 깊은 땅 밑에
사로잡힌 넋 있어
언제나 먼 하날만
내어다보고 계심 같아

별이 총총한
맑은 새암을 들여다본다

저 깊은 땅속에
편히 누운 넋 있어
이 밤 그 눈 반짝이고
그의 겉몸 부르심 같아

마당 앞
맑은 새암은 내 영혼의 얼굴

마당앞 맑은새암*

마당앞
맑은새암을 드려다본다

저 깁흔 땅밑에
사로잡힌 넉 잇어
언제나 머ㄴ 하날만
내여다보고 계심 가터

별이 총총한
맑은 새암을 드려다본다

저 깁흔 땅속에
편히누은 넉 잇어
이밤 그눈 반작이고
그의것몸 부르심 가터

마당앞
맑은새암은 내령혼의얼골
―『永郞詩集』(1935.11)

· 새암: '샘('우물'의 방언)'의 방언.
· 것몸: 겉몸(겉으로 드러나 보이는 몸).

속박된 영혼

　이 시작품은 그리스 신화 프시케 이야기와 플라톤의 『향연』에 바탕을 둔 듯하다. 프시케(사이키)는 영혼이나 나비를 뜻한다. 미의 여신인 아프로디테(비너스)는 미모가 빼어난 프시케를 질투하여 아들인 사랑의 신 큐피드(에로스)에게 비너스를 가장 혐오스러운 사람의 사랑을 받게 하라고 시켰다. 그러나 그 미모에 반한 큐피드는 그녀를 아내로 맞으면서 자기는 완전한 어둠속에서만 만날 수 있으며 만일 자기의 모습을 보려고 하면 영원히 헤어지게 될 것이라고 경고했다. 하지만 프시케는 이를 어기고 큐피드의 얼굴을 보게 된다. 이에 큐피드는 프시케 곁을 떠난다. 그녀는 그를 찾아 헤매다가 또 비너스의 꾐으로 지하세계에서 죽음의 잠에 빠져 지하에 갇힌 영혼이 된다. 그러나 큐피드의 도움으로 비너스의 노여움이 풀려 둘은 결혼하여 불로불사의 생명을 얻고 희열을 상징하는 딸을 낳는다. '영혼'의 고통을 견뎌 내고 '사랑'의 '희열'을 얻는다는 이 설화는 많은 민담에서 주제가 되고 미술 작품에서 프시케는 흔히 나비의 날개를 가진 형상으로 묘사된다. 정신병을 뜻하는 psychosis는 프시케에서 유래한 말이다.

　절대적인 어둠 속에서만 연인을 볼 수 있었고, 마지막 시련으로 지하 세계의 여왕을 찾아 떠난 지옥으로의 여행을 끝내려 하자 죽음의 잠에 빠져들게 되었던 프시케의 영혼은 지금 아직 이 우물 속에 사로잡혀 있다. 그리하여 그 영혼은 깊은 우물의 수면이라는 거울(프랑스어로 체경을 프시케라고 한다.)에 비친 하늘을 내다보면서 큐피드와의 만남을 그리고 있다.

『향연』에서 '본래 인간은 행복하고 완전하고 자족적인 양성인으로 네 개의 팔과 네 개의 다리, 두 개의 머리, 두 개의 생식기를 가졌었다. 그러나 자만에 빠진 인간들은 신에게 도전했고, 이에 노한 제우스는 인간을 둘로 갈라놓았다. 그래서 결국 인간은 잘리기 전의 오롯한 행복을 얻기 위해 자신의 반쪽을 찾아 떠돌아다니는 운명이 됐다.' 라고 아리스토파네스는 말한다. 그러기에 남자와 여자는 사랑을 찾아 결합한다. 그러므로 서로는 '짝' 이 아니라 '쪽' 이다. 자기의 잃어버린 한쪽을 찾는 것이다. 빙의는 떠도는 혼령이 산 사람의 몸에 혼을 의탁하는 것이다. 부두교의 좀비는 영혼이 없이 움직이는 시체이다. 이렇게 사람은 남녀가 분리되거나 영혼과 육체가 분리되었다는 믿음이 있기도 한다. 우물의 물에 박힌 총총한 별은 모두 영혼의 눈이 된다. 아마도 그 눈들을 모두 치뜨고 우물 밖의 겉몸(육체)를 찾고 있는지도 모른다.

흔히 샘('우물' 의 전라도 방언)은 마당 앞이나 가에 있다. 김영랑 생가의 우물도 그렇다. 그렇기 때문에 이 시의 샘은 바로 이 마당 앞의 실제의 우물을 일컫는지도 모른다. 그러나 시의 해석은 허구가 아닌 실제라 해서 의미가 더해지는 것은 아니다.

마당은 꽤 넓은 공개적인 장소이다. 마당은 동적인 생활의 장이다. 동네의 공동우물 역시 물 긷는 아낙네에 의하여 온갖 소문이 모이는 공공의 장소이다. 우물은 원래가 수량이 풍부한 곳을 쉽게 고르므로 별로 깊게 파지 않아도 된다. 그래서 보통 그 안을 환히 들여다볼 수 있는 곳이 공동우물이다. 그러나 집안의 우물은 집안의 한정된 장소에 파기 때문에 수량이 부족하여 상당히 깊이 파야 물이 고일 수 있다. 여름에는 공동우물보다 훨씬 시원하여 그 속에 김치나 과일을 몰래 감추어 두었다가 내어 먹기도 한다. 이 우물은 깊은 비밀의 장소요 정적인 폐쇄의 장소이다. 그러므로 이 '샘' 은 그것이 위치한 '마당' 의 동적인 공개성과 대립한다. 이러한 마당의 앞쪽에 자리 잡고 있으면서도 오히려 정반대의 상황에 놓여 있음으로서 우물의 폐쇄성은 더욱 부각된다.

반면에 영랑이 쓴 또 다른 우물인「수풀 아래 작은 샘」은 낭만의 샘이고 추억의 샘이다. '넓은 하늘의 수만 개의 별을 그대로 총총 가슴에 박은 작은 샘' 이요, '두레박에서 쏟아져 동이 갓을 깨뜨리는 찬란한 별 떼의 흩어지는 소리' 가 들리는 낭만의 샘이요, '그 밤 또 그대와 나와 샘과 셋이 도란도란 무슨 그리 향기로운 이야기로 날을 새운' 추억의 샘이다. 윤동주의 우물도 있다. 그의「자화상」속의 우물은 우물 속에 비친 자신의 모습에 애증이 교차하는 자기성찰의 우물이다.

이 시에서 지하 속에 사로잡혀서 우물을 거울로 하여 거기 비친 우물 밖의 세계를 그리는 영혼이나, 오히려 지하에서 편히 쉬면서 총총한 맑은 눈빛으로 우물 밖의 짝을 부르는 영혼은 하나이다. 이 영혼은 샘을 들여다보는 '나' 와는 다른 존재이다. 그러나 이는 곧 나와 동일시를 이룬다. 나의 영혼도 그렇게 구속되어 땅속 깊이 박혀 있는 느낌을 받는다. 그 제약은 사랑의 속박일 수도 아닐 수도 있다. 그러나 그 영혼은 구속이 아닌 휴식을 취하기도 한다. 물은 휴식의 상징이기도 하다. 그리하여 오히려 우물 밖의 나를 부른다. 이는 고뇌에 찬 나를 죽음이라는 휴식으로 유혹하는지도 모른다.

51

황홀한 달빛

황홀한 달빛
바다는 은장銀張
천지는 꿈인 양
이리 고요하다

부르면 내려올 듯
정 뜬 달은
맑고 은은한 노래
울려날 듯

저 은장 위에
떨어진단들
달이야 설마
깨어질라고

떨어져 보라
저 달 어서 떨어져라
그 혼란스럼
아름다운 천동 지동

후젓한 삼경
산 위에 홀히
꿈꾸는 바다
깨울 수 없다

황홀한 달빛*

황홀한 달빛
바다는 銀장
천지는 꿈인양
이리 고요하다

불르면 내려올듯
정뜬 달은
맑고 은은한노래
울려날듯

저 銀장우에
떠러진단들
달이야 설마
깨여질나고

떠러져보라

저달 어서 떠러저라

그흘란스럽

아름다운 텼동 지동

후젓한 三更

산우에 홀히

꿈꾸는 바다

깨울수 없다

—『永郎詩集』(1935.11)

· 은銀장: 은장銀張(은빛의 넓적한 조각. 여기서는 바다의 수면).
· 정(정뜬): 사랑이나 친근감을 느끼는 마음. *정 뜨다: 정(달을 바유함)이 하늘에 뜨다.
· 홀히: '홀로'의 변개어.

꿈꾸는 바다

이 시는 바다의 달과 하늘의 달을 지상의 달빛으로 직조織造한다. 이 시는 처음 1·2행부터 한 마디 수식어와 한 마디 명사로 행을 마무리하고 있다. 현대시론은 영탄어, 감정어, 추상어, 수식어 등을 절제하기를 주장한다. 그러나 감정조차도 감당하기 힘든 사건이나 상황 앞에서 이보다 더한 감탄사가 진실일 수 있다. 이 시에서 처음 두 행이 명사로 끝맺음하는 현상은 이 영탄어를 대신한다.

흔히 고요함을 말할 때 '죽은 듯이' '자는 듯이'로 비유한다. 그런데 여기에서는 '꿈인 양'이다. 이 셋을 함께하는 것이 햄릿의 유명한 독백 '죽는다는 것은 잠 자는 것, 잠자는 것은 꿈꾸는 것'이다. 그러나 꿈은 사실 고요하지 않다. 갈피를 잡을 수 없으니 오히려 시끄럽다. 그래서 종잡을 수 없는 상황을 '꿈같이 시끌시끌하다.'고 한다. 그러나 여기서는 이 황홀한 달빛 속에 꿈조차도 숨소리를 멈췄나 보다. 사실 천지 자체가 이 황홀한 달빛의 고요 속에서 창세기 그때로 돌아가는 꿈을 꾸고 있는지 모른다. 그때의 황홀과 고요가 다시 재현되고 있다.

다음은 달의 이미지이다. 달은 부르면 금방이라도 내려올 듯하다. 달과 대화를 통했던 때는 애니미즘의 시대이다. 이때는 모든 사물은 영혼을 지니고 있어 인간과 대화가 통했던 순수의 시대이다. 현재도 그런 순수의 영혼을 지닌 동심은 사물과 대화할 수 있다. 동화는 흔히 그런 이야기로 짜여있다. 동화 속에서는 달에 선녀가 살고 있단다. 그래서 달은 선녀의 맑고 은은한 노래로 화답할 듯하다. 달은 단순히 떠있는 무생물의 조각이 아니라 생을 불러일으키는 정 자체가 아닐까. 그래서 정이 떠 있다.

2 · 3 · 4연은 동시이다. 사실은 달을 불렀는데도 달은 화답하지도 노래를 부르지도 않았나 보다. 아마 내려오기가 무서워서 머뭇거린 것이 아닌가. 뭐 그리 무서울까. 떨어진다고 설마 달이 깨지기야 할까. 떨어져 보아라. 동심은 달이 떨어지기를 재촉한다. 철이 없어서 그렇지. 그러면 얼마나 혼란스러울까. 그러나 그 소리는 얼마나 아름다울까. 하늘이 무너지는 소리 천동, 땅이 꺼지는 소리 지동, 그러나 동심의 눈으로는 아름답게 느껴지리라.

그러면 천동과 지동의 대안은 무엇인가. 하늘이 그대로 바다에 박히면 천동과 지동의 효과를 대신하리라. 달빛을 타고 하늘은 바닷물에 다가와 사진 찍힌다. 하늘이 내려온 것이다. 밤이 깊어 남 다 자는 삼경이 되면 하늘을 담은 바다는 홀로 산 위에서 하늘을 오르는 꿈을 꾼다. 이 아름다운 꿈을 깨울 수 없어 달빛도 바람도 물결도 숨을 죽인다.

52

두견杜鵑

울어 피를 뱉고 뱉은 피 도로 삼켜
평생을 원한과 슬픔에 지친 작은 새
너는 너른 세상에 설움을 피로 새기러 오고
네 눈물은 수천 세월을 끊임없이 흘려 놓았다
여기는 먼 남쪽 땅 너 쫓겨 숨음 직한 외딴 곳
달빛 너무도 황홀하여 후젓한 이 새벽을
송기한 네 울음 천길 바다 밑 고기를 놀래이고
하늘가 어린 별들 버르르 떨리겠구나

몇 해라 이 삼경에 빙빙 도는 눈물을
슷지는 못하고 고힌 그대로 흘리웠느니
서럽고 외롭고 여윈 이 몸은
퍼붓는 네 술잔에 그만 지늘겼느니
무섬증 드는 이 새벽 가지 울리는 저승의 노래
저기 성 밑을 돌아나가는 죽음의 자랑찬 소리여
달빛 오히려 마음 어둘 저 흰 등 흐느껴 가신다
오래 시들어 파리한 마음마저 가고지워라

비탄의 넋이 붉은 마음만 낱낱 시들피나니
짙은 봄 옥 속 춘향春香이 아니 죽었을나디야

옛날 왕궁을 나신 나이 어린 임금이
산골에 홀히 우시다 너를 따라가시었느니
고금도古今島 마주 보이는 남쪽 바닷가 한 많은 귀양길
천 리 망아지 얼렁소리 쉰 듯 멈추고
선비 여윈 얼굴 푸른 물에 띄웠을 제
네 한 된 울음 죽음을 호려 불렀으리라

너 아니 울어도 이 세상 서럽고 쓰린 것을
이른봄 수풀이 초록빛 들어 풀 내음새 그윽하고
가는 댓잎에 초생달 매달려 애틋한 밝은 어둠을
너 몹시 안타가워 포실거리며 훗훗 목메었느니
아니 울고는 하마 지고 없으리 오 ! 불행의 넋이어
우짖인 진달래 와직 지우는 이 삼경의 네 울음
희미한 줄 산이 살풋 물러서고
조그만 시골이 홍청 깨어진다

杜 鵑

울어 피를뱉고 뱉은피 도루삼켜
평생을 원한과슬픔에 지친 적은새
너는 너룬세상에 서름을 피로 색이러오고
네눈물은 數千세월을 끊임없이 흐려놓았다
여기는 먼南쪽땅 너 쪼겨숨음직한 외딴곳
달빛 너무도 황홀하여 후젔한 이새벽을
송기한 네우름 千길바다밑 고기를 놀내이고
하늘ㅅ가 어린별들 버르르 떨리겠고나

몇해라 이 三更에 빙빙 도―는 눈물을
숫지는못하고 고힌그대로 흘리윘느니
서럽고 외롭고 여윈 이몸은
퍼붓는 네 술ㅅ잔에 그만 지늘꼈느니
무섭ㅅ정 드는 이새벽 가지울리는 저승의노래
저기 城밑을 도라나가는 죽음의 자랑찬소리여
달빛 오히려 마음어둘 저 흰등 흐느껴가신다
오래 시들어 팔히한마음 마조 가고지워라

비탄의넋이 붉은마음만 낮낮 시들피나니
지튼봄 옥속 春杳이 아니 죽였을나듸야
옛날 王宮을 나신 나히어린 임금이
산ㅅ골에 홀히 우시다 너를 따라가시었느니
古今島 마조보이는 南쪽바다ㅅ가 恨많은 귀향길
千里망아지 얼렁소리 쉰듯 멈추고
선비 여윈얼골 푸른물에 띄웠을제
네 恨된우름 죽엄을 호려 불렀으리라

너 아니울어도 이세상 서럽고 쓰린것을
이른봄 수풀이 초록빛드러 풀 내음새 그윽하고
가는 대닢에 초생달 매달려 애틋한 밝은어둠을

너 몹시 안타가워 포실거리며 훗훗 목메었느니
아니 울고는 하마 지고없으리 오! 不幸의넉시여
우지진 진달내 와직지우는 이三更의 네 우름
희미한 줄山이 살풋 물러서고
조고만 시골이 홍청 깨여진다
　　—『永郎詩選』(1949.10)

· 송기하다(송기한): 송구悚懼하다(매우 두렵다).
· 놀내이다(놀내이고): 놀래다('놀라다'의 사동사) *—이—: 사동접사. 사동접사 'ㅣ'와 '이'가 이
　중으로 결합한 형태(쓰이다—씌우다).
· 숫다(숫지는): 씻다.
· —느니(흘리윗느니, 지늘켰느니, 따라가시였느니, 목메었느니): 하게할 자리에 쓰여, 진리나
　으레 있는 사실을 일러 줌을 나타내는 종결어미.
· 지늘키다(지늘켰느니): '가위눌리다'의 방언.
· 무섬ㅅ정: 무섬증(무서움을 느끼는 증상).
· 가지(가지울리는): '가까이'의 방언.
· 팔히하다(팔히한): 파리하다(몸이 마르고 낯빛이나 살색이 핏기가 전혀 없다).
· —고지워라(가고지워라): —고지어라. 예스런 표현으로 욕망이나 소원을 나타내는 종결어미
　(—고지고).
· 시들피다(시들피나니): 시들프다(마음에 마뜩잖고 시들하다).
· —을라듸야: '—겠느냐'의 방언.
· 얼렁소리: 워낭소리(마소의 귀에서 턱 밑으로 매어 단 방울소리).
· 쇠다(쇤듯): 한도를 지나쳐 좋지 않은 쪽으로 점점 더 심해지다(상추가 쇠었다). *쇤듯: '쇤 것
　같이' 또는 '쇠숲인 듯이'.
· 호리다(호려): 매력으로 남을 유혹하여 정신을 흐리게 하다. 그럴듯한 말로 속여 넘기다.
· 포실거리다(포실거리며): '뽀스락거리다'(마른 검불 따위를 세게 건드리는 소리가 자꾸 나다)
　의 방언. *포시락거리다: '보시락거리다'의 거센말.
· 훗훗: 울음에 목 메인 소리.
· 하마: 행여나 어찌하면.
· 지다(지고): 사라지다.
· 우짖이다(우지진): '우짖다(새가 울며 지저귀다)'의 피동사. *우지진: 우지진.
· 와직: 나뭇가지 따위가 세게 부러지는 소리. 여기선 '꽃이 한꺼번에 왕창 떨어지는 소리'.
· 지우다(와직지우는): 어떤 것의 흔적을 없애다.
· 줄山—줄지어 있는 산. 연산連山.
· 살풋: 살포시.
· 홍청거리다: 흥에 겨워서 마음껏 거드럭거리다. *홍청: 조선 연산군 10년(1504)에 나라에서 모
　아들인 기녀妓女.

죽음에의 초대

　이 시의 두견은 실은 소쩍새이다. 소쩍새와 두견은 흔히 혼동하는데, 왜냐 하면 높은 나무의 비슷한 장소에서 낮에 두견이 발견되는데 그 위치에서 밤에는 소쩍새가 울기 때문이다. 야행성인 올빼미과의 소쩍새는 낮에 잘 보이지 않고, 주행성의 뻐꾸기과인 두견이 낮에 나타나므로 두견이 소쩍소쩍 하고 우는 것으로 착각한 것이다. 자규, 접동새, 귀촉도, 불여귀 등 두견의 딴 이름으로 된 시는 실은 소쩍새를 제재로 한 것들이 대부분이다.

　소쩍새는 같은 과 조류 중 가장 작은 새로 야산이나 공원의 나무에 둥지를 튼다. 4월 중순이 되면 약 500m 간격을 두고 앉아서 봄부터 여름까지, 초저녁부터 새벽까지 소쩍새의 수컷은 짝을 찾거나 새끼와 먹이 그리고 장소를 지키기 위하여 쉬지 않고 울어댄다.

　신하에게 나라를 빼앗기고 타국으로 쫓겨난 촉나라 왕 망제望帝는 돌아갈 날만을 기다리다가 죽어 두견이 되었다 한다. 이렇게 망제의 한이 서러 있는 두견은 불여귀不如歸, 두백杜魄, 촉혼蜀魂, 두우杜宇, 자규子規 등 여러 이름으로 불리고 있다. 한국에서는 이밖에 귀촉도歸蜀道나 임금새 등으로 불리기도 한다. 이 새는 김시습의 「불여귀」, 서거정의 「불여귀거」, 단종의 「자규시」와 「자규사」 등의 한시, 정서의 고려가요 「정과정곡」, 이조년과 정충신 등의 시조, 그리고 김소월의 「접동새」, 서정주의 「귀촉도」 등의 현대시에 짙은 한국적인 한의 정서로 새겨져 있다.

　전설에 두견새는 그 맺힌 한에 겨워 울다 지쳐 피를 토하고 다시 토한 피를 삼켜 목을 적시며 운다고 한다. 그 토한 피가 진달래꽃에 스며 붉게 물들었다고 하여 진달래를 두견화라고도 한다. 두견은 진달래를 보면 더욱 슬피 우는데 한 번 우짖으면 꽃이 한 송이씩 떨어진다고도 하고 한 송이씩 피어난다고도 한다.

그리스 신화에서 시시포스는 죽은 뒤에 신들을 기만한 죄로 커다란 바위를 산꼭대기로 밀어 올리는 벌을 받았는데 그 바위는 정상 근처에 다다르면 다시 아래로 굴러 떨어져 또 밀어 올려야 하는 형벌이 영원히 되풀이된다고 한다. 인간인 시시포스가 신들을 농락하여 그 세계를 한없이 교란시킨 죄가 그리 큰 것이다. 카뮈는 이를 두고 철저히 무의미한 일에 바쳐진 삶일망정 정상을 향한 도전 자체가 인간승리라고 말한다. 그러나 신하에게 쫓겨나 나라를 빼앗기고 눈물로 평생을 마친 망제의 혼은 어떤가. 아니면 계모의 시새움으로 불태워졌다는 진두강 가람 가에서 '아우래비접동(김소월, 「접동새」)'을 부르는 누나 접동은 어떤가. 그도 아니면 시어미의 구박으로 굶어죽어 '솟 적다 솟 적다' 고 운다는 어느 며느리의 넋은 어떤가. 이 모두가 모이면 그 원한의 넓이와 크기와 깊이가 얼마만하여 죽어서도 죽을 때까지 그 울음을 수행해야 하는가. 이 '작은 새' 의 '원한과 슬픔' 은 '너른 세상' 과 '수천 세월' 과 '천길 바다 밑' 과 '하늘가' 에까지 미친다. 여자가 한을 품어 오뉴월에도 서리가 나리는 정도가 아니다. 그 한은 해마다 깊은 밤의 피나는 울음으로 되풀이된다.

1연은 여러 개의 이질적 시어로 짜여있다. 뱉다—삼키다, 작은 새—너른 세상—외딴 곳, 새기다—흐리다, 수천 세월—평생—이 새벽, 숨음—달빛, 지치다—오다, 놀래이다—떨리다, 바다 밑 고기—작은 새—어린별, 황홀—놀램—떨림 등의 대립적 시어들은 갈등구조를 형성하는 데 이바지한다. 동질적인 언어도 피, 원한, 슬픔, 설움, 눈물 등 부정 쪽으로만 치달아 갈등을 더욱 심화시킨다. 뱉을 것 무엇 하려 삼키고 삼킬 것 무엇 하려 뱉는가, 그 작은 새가 울음만으로 너른 세상을 어쩌겠다는 것인가. 그 너른 세상에서 제 몸뚱이 하나 간수하지 못하고 어쩌자고 이 외딴 곳으로 쫓기어 왔는가, 그리고 또 무엇무엇 하는 이질적인 것들의 결합이 있다. 이들로 해서 이 시가 얼마나 많은 디노테이션과 코노테이션을 지니면서 그들끼리 얼마나 많은 갈등을 초래하고 있는가를 알 수 있다. 그래서 이 하찮은 작은 새의 울음은 온 세상을 진동시켜 밑으로는 천 길 바다속 고기를 놀라게 하고 위로는 머나먼 하늘가에까지 뻗쳐 어린 별들을 떨게 하고 있다.

이러한 갈등의 심화는 '너는 너른 세상에 설움을 피로 새기러 오고/ 네 눈물은 수천 세월을 끊임없이 흐려 놓았다' 라는 비문非文스런 시구를 산출한다. 이를 예사스러운 문장으로 바꾸려면, '오고' 로 연결된 대등절을 '와서' 로 바꾸어 앞이 원인을 나타내는 종속절이 되고 뒤가 결과를 나타내는 주절이 되게 해야 할 것이다. 그러나 이를 의도적으로 대등하게 맞세워 앞 절이 단순한 원인이 아니라 그 결과와는 상관없는 중요성을 가지게 한다. 그리고 이 '오고' 가 지금도 계속되는 현재 진행형처럼 느껴진다.

1연이 두견과 세계와의 갈등 양상의 표출이라면 2연은 두견과 동일시된 화자와 세계와의 갈등의 표출이다. 두견의 울음소리에 감염되어 정확히 셀 수도 없는 몇 해 동안 잠을 이루지 못하는 삼경에 고이는 눈물은 씻지도 않은 채 넘쳐흐른다. 두견의 울음소리는 아예 잔에 두견의 피눈물을 담아 울음소리 따라 권커니 자커니 술을 퍼붓게 하는 술판 같다. 잠을 자면 무엇 하겠느냐. 이 새벽 가위눌려 깨고 마는 것을. 야밤중 두견으로 하여 서럽고 외롭고 야윈 몸은 지칠 대로 지쳤다.

그래도 새벽이 지나면 날이 새고 두견의 울음도 그치리라. 그러면 죽음의 그림자는 사라지리라. 그러나 기대와는 달리 무섬증이 드는 그 새벽 가까이서 저승의 노래가 들린다. 무섬증을 '무섬정' 으로 표기한 것은 죽음에 대한 공포에 오히려 습관이 되어 정이 가기 때문인지 모른다. 이 연의 끝 행에서 '가고지워라' 라고 죽음을 희원하는 화자의 모습이 이를 뒷받침한다. 때마침 두견의 울음에 호응하여 가까이서 '저승의 노래'가 들린다. 이는 실제 장례식의 상두가일 수도, 혹은 환상의 의식일 수도 있다. 새벽의 발인이 좀 기이하지만 옛날 시골에서 돌림병이 돌 때 제대로 된 장례도 치루지 못하고 새벽에 매장하는 경우가 더러 있었다. 장례행렬은 동네를 가로질러 가지 못하고 동네 가장자리로 돌아나간다. 시신은 혐오의 대상이기 때문에 이런 금기가 생겼다. 장례행렬이 성 밑을 돌아나가는 것은 그런 연유에서이리라.

여기 두견이 울어쌓는 새벽 달빛 속에 개선장군인 양 밝은 흰 등을 켜고 흰 옷 입은 상인喪人들의 흐느낌 속에 떠나는 장례행렬이 있다. 이 '저승의 노래'가 '죽음의 자랑 찬 소리'를 내는 것은 삶과의 투쟁에서 죽음의 승리를 의미한다. 그 흰 등은 흰 달빛을 오히려 마음 어둡게 할 정도로 훨씬 더 희고 그 승리의 노래는 두견의 울음을 오히려 압도하리라. 화자도 '오래 시들어 파리한 마음마저 가고지어라'라고 죽음을 희구한다.

3연은 두견의 울음이 불러일으킨 비극적인 사건을 고찰한다. 두견의 비탄의 넋은 낱낱이 붉은 마음(일편단심一片丹心)만 찾아 지쳐 시들게 한다. 『춘향전』은 춘향이 옥에서 풀려나 이몽룡과 백년해로했다고 해피엔딩을 이야기하지만 무르익은 봄에 옥중에 갇혀 밤마다 두견의 죽음의 울음을 들은 춘향이 어찌 죽지 않았을까보냐. 시인은 딴 시에서 '삼경을 새우다가 그는 고만 단장斷腸하다/ 두견이 울어 두견이 울어 남원고을도 깨어지고/ 오! 일편단심(「춘향」)'이라고 춘향의 죽음을 그리고 있다. 『춘향전』도 '차라리 이 몸 죽어 공산의 두견이 되어 이화월백 삼경야에 슬피 울어 낭군 귀에 들이고'라 하여 춘향이 죽어 두견이 되고자 하는 심정이 그려져 있다.

'옛날 왕궁을 나선 나이 어린 임금'은 숙부인 세조에 쫓겨 영월에 귀양 온 단종이리라. 단종은 영월 자규루에 올라 '성단효잠잔월백聲斷曉岑

殘月白 혈류춘곡낙화홍血流春谷落花紅: 새소리 그친 새벽 산에 달빛만 희고 피눈물 진 골짜기엔 낙화만 붉었구나.(단종端宗, 「자규시子規詩」 부분)' 이라고 자신의 심정을 두견에 견주었다. 그래서 그 누가 자규루가 되었다.

고금도는 예부터 유배지였다. 숙종 이후 고종 때까지 유배인이 50인이나 된다. 그중 바다에 투신하여 자살한 이는 기록상으로는 없다. 다만 홍인한, 김노경 등이 유배 후에 사사賜死되었다. 사사는 강요된 자살이다. 순조 때 안동작변으로 부근 신지도에 유배된 장석규의 어머니와 누이가 향리의 침범을 피하려고 바다에 투신한 일이 기록에 전한다. 아니면 이 투신이 춘향의 죽음처럼 상상적인 죽음이랄 수도 있다. 그러나 이 시구가 꼭 투신자살만을 의미하지는 않는다.

여기에는 두견 말고 또 하나의 소리가 죽음에 기여한다. 한양에서 유배인을 싣고 천리 길을 달려온 말도 이제 바다에 이르러 갈 길을 멈추고 주인과 이별해야 한다. 어미 말을 따라온 망아지도 그 사이 성장하여 매단 워낭에서 나는 얼렁소리도 지치고 쇠어터진 양하는 쇠소리도 멈추었다. 전라도 방언으로 '얼른' 을 '얼릉' 으로 발음하기도 한다. '얼렁' 은 어미 말을 얼른얼른 따라가라고 따라오라고 하는 의성어로도 들린다. 이 지친 망아지 소리에서 집에 두고 온 처자식 생각이 울컥하는 것은 인지상지이다. 이제 망아지도 어미 말을 따라 머리를 돌리는데 선비는 고금도로 향하는 배에 올라 지치고 여윈 자신의 모습을 굽어볼 때 때마침 울어쌓는 두견의 울음소리에 바다에 몸을 던지고자 하는 충동을 어찌 느끼지 않겠는가. 그 울음소리는 바로 죽음에의 초대이리라.

끝 연은 모든 비극에서의 두견의 혐의를 일단은 부정함으로써 더 큰 긍정을 이끌어낸다. 실은 두견의 울음이 아니어도 세상은 서럽고 쓰린 것이다. 그러나 이러한 두견에 대한 변호는 변호가 아니다. 두견은 오히

려 이 세상이 지닌 근본적인 비극적인 요소를 자극하여 그 비극이 폭발
하는 뇌관의 역할을 하게 하기 때문이다. '너 아니 울어도 이 세상 서럽
고 쓰린 것을 너까지 울어 아예 죽음으로 몰아가느냐' 고 화자는 묻는
다. 이는 동질현상의 반복이다. '이른 봄 수풀이 초록빛 들어 풀 내음새
그윽하고' 의 긍정적인 계절은 두견의 피눈물이라는 부정적인 상황과는
반대이다. 이는 이질현상의 대립이다. 이 동일현상의 반복과 이질현상
의 대립으로 죽음에로의 파괴력은 팽창할 만큼 팽창한다.

'가는 댓잎에 초생달 매달려 애틋한 밝은 어둠' 은 '이화에 월백' 하
는 피눈물의 시공간적 배경을 초월한다. 『열녀춘향수절가』를 비롯하여
거의 모든 두견이 우는 '이화에 월백' 하는 정경은 '다정도 병인 양' 하
는 화자의 시야이지만 이 '밝은 어둠' 은 두견의 상황이다. 이파리는 댓
잎이고, 달은 초승달이고, 새는 두견이다. 이 조그마한 것들, 대나무는
그 무게를 이기지 못하고 휘어질까봐 가는 잎을 달고 있는데, 거기에 하
찮은 무게일망정 겨우 지탱하면서 눈썹같이 가는 초승달이 매달려 있
고, 그 달과 댓잎 밑의 어둠의 공간 속에 숨어서 조그만 새 두견은 울고
있다. '먼 남쪽 땅 너 쫓겨 숨음직한 외딴 곳' 에서도 달빛도 제대로 스
며들지 못하는 어둠 속에 숨어서 이 작은 것은 피눈물을 흘리고 있다.
'밝음의 어둠' 이란 모순형용은 화자의 시점과 두견의 시점의 차이를 보
인다. 아니면 초승달의 그 하찮은 밝음이라도 들킬까봐 두려운 어둠속
이라고도 할 수 있겠다.

이 연약한 것들은 모두가 간신히 매달려 있다. 두견은 떨어지면 다시
달라붙기를 반복하여 포실거리며 목이 메었다. 두견이 운다는 것은 삶
의 증거이다. 만일 두견이 울지 않는다면 삶의 의미가 없다. 그러면 댓
잎도 지고 초승달도 지고 두견도 지고 없으리라. 이렇게 두견은 평생을
야밤중 울며 지새워야 할 운명의 새요 불행의 넋이다. 평생을 숨어서 남

의 목소리를 흉내만 내야 하는 에코의 넋에나 비유될 수 있을지 모른다.

천 길 바다 밑 고기를 놀래고, 하늘가 어린 별들을 바르르 떨리게 할 수 있는 두견 울음의 파괴력은 이제 그 강도를 더하여, 우짖은 진달래도 와직 지우고, 희미한 줄 산도 사풋이 물러서게 하고 조고만 시골이 홍청 깨어나게 한다.

'우지진'은 흔히 '우거진'의 미스프린트로 보는데 이를 정상적인 '우짖인'으로 읽어 무리가 없다. 두견화는 두견과 동류항이다. 홀어미 심정은 홀아비가 안다든가 동병상련이라든가, 아마 두견은 댓잎 속에서 포실거리다가 떨어져 두견화로 옮겨 우짖었는지, 그리고 그 우짖음 속에 전설처럼 두견화는 온통 와직 불붙듯 붉게 타오르다가 한꺼번에 왕 창 떨어졌는지 모른다. 그 서슬에 놀라 첩첩이 쌓인 산들도 뒤로 물러서 는 듯하고, 이 조용한 작은 시골이 놀라 깨어 시끌벅적한 듯하다.

피나게 우는 조그만 새 두견의 울음은 바다 밑 고기를 놀래고 하늘가 어린별을 떨리게 하고 새벽부터 지상의 장례행렬을 호응하게 한다. 옥 중의 춘향도 자규루의 단종도 고금도의 귀양인도 두견의 울음이 죽음 으로 안내했다. 이 삼경 두견의 우짖음에 처한 진달래는 와지끈 피고 지 고 첩첩한 산은 두려움에 살포시 뒤로 물러나고 조그만 시골은 슬픔에 깨어 홍청거린다. 영랑은 산문에서도 '이런 조그만 시골서는 아예 울어 서는 안 될 새로다. 와지끈 와지끈 깨어지는 고로 그 두견이 빚어낸 고 사야 많다.(「두견과 종다리」)' 라고 쓰고 있다. 두견의 울음으로 이 조그 만 시골쯤은 잠이 깨어 와지끈 와지끈 부서지는 듯도 싶은 것이다. 이 판에 어찌 홀로 남겠는가. 화자도 '마저 가고지워라' 라고 죽음을 받아 드리려 한다.

두견의 울음은 바로 죽음에의 초대장이다.

53

청명淸明

호르 호르르 호르르르 가을 아침
취어진 청명을 마시며 거닐면
수풀이 호르르 버레가 호르르르
청명은 내 머릿속 가슴속을 젖어들어
발끝 손끝으로 새어나가나니

온 살결 터럭 끝은 모두 눈이요 입이라
나는 수풀의 정을 알 수 있고
버레의 예지를 알 수 있다
그리하여 나도 이 아침 청명의
가장 고웁지 못한 노래꾼이 된다

수풀과 버레는 자고 깨인 어린애라
밤새워 빨고도 이슬은 남았다
남았거든 나를 주라
나는 이 청명에도 주리나니
방에 문을 달고 벽을 향해 숨 쉬지 않았느뇨

햇발이 처음 쏘다오아

청명은 갑자기 으리으리한 관을 쓴다

그때에 토록 하고 동백 한 알은 빠지나니

오! 그 빛남 그 고요함

간밤에 하날을 쫓긴 별살의 흐름이 저러했다

왼 소리의 앞 소리요

왼 빛깔의 비롯이라

이 청명에 포근 취어진 내 마음

감각의 낯익은 고향을 찾았노라

평생 못 떠날 내 집을 들었노라

淸 明

<u>호르 호르르 호르르르</u> 가을아침

취여진 청명을 마시며 거닐면

수풀이 호르르 버레가 호르르르

청명은 내머리속 가슴속을 저져들어

발끝 손끝으로 새여나가나니

온살결 터럭끗은 모다 눈이요 입이라

나는 수풀의 정을 알수있고

버레의 예지를 알수있다

그리하여 나도 이아침 청명의

가장 고웁지못한 노래ㅅ군이 된다

수풀과버레는 자고깨인 어린애라

밤새여 빨고도 이슬은 남었다

남었거든 나를 주라

나는 이청명에도 주리나니

방에 문을닫고 벽을향해 숨쉬지않었느뇨

햇발이 처음 쏘다지면

청명은 갑작히 으리으리한 冠을 쓰고

또르록 실으르 동백한알은 빠지나니

오! 그빛남 그고요함

간밤에 하날을 쫏긴 별살의흐름이 저러했다

왼소리의 앞소리오

왼빛갈의 비롯이라

이청명에 폭은 취여진 내마음

감각의 시원한 골에 돌은 한낫 풀잎이라

평생을 이슬 밑에 자리잡은 한낫 버러지로라

—『永郎詩選』(1949.10)

· 청명淸明: 날씨나 소리가 맑고 밝음. 형상이 깨끗하고 선명함.
· 취여지다(취여진): 추이지다(추썩거리다) 초싹거리다. 어깨를 가볍게 자꾸 치켰다 내렸다 하다).
· 별살—혜성의 빛살.
· 비롯: 처음. *비롯이라: 근원이다.
· 폭은: 포근히(감정이나 분위기 따위가 보드랍고 따뜻하여 편안한 느낌이 있게).

청명 속의 삶

청명淸明은 청명절의 준말로 24 절후의 하나이다. 보통 4월 5·6일로 이 날부터 날씨가 화창하여 하늘이 차츰 맑아지기 때문에 붙여진 이름이다. 그런데 여기에서는 절후와는 상관없이 이 시의 시간적 배경인 가을날의 맑고 밝은 기운을 이른다. 청명한 하늘, 청명한 날씨, 청명한 시냇물소리. 청명한 달빛 등이 모두 이에 이바지한다. '호르 호르르 호르르르'는 단순한 벌레소리가 아니다. 이는 숲과 벌레가 아침공기와 아침이슬, 청명한 기운을 마시는 소리이다. '수풀이 호르르' '버레가 호르르르' 한다면 맨 앞의 '호르'는 나의 것이리라. 나조차도 이 대열에 끼어 청명을 마시며 거닌다. 그러나 나는 다만 수풀과 벌레가 마시고 난 찌꺼기나 마시기 때문에' 호르 '라고 마시는 소리를 가장 짧게 내나 보다. 나는 청명한 공기를 헤치며 이슬을 차고 나가면서 그 공기와 이슬에 젖는다.

화자는 이 청명을 온 몸으로 수용한다. '온 살결 터럭 끝은 모두 눈이요 입이라' 온몸의 청각, 후각, 촉각 등 감각기관은 시각과 미각으로 집약된다. '술은 입으로 들어오고// 사랑은 눈으로 들어오나니/ 우리가 늙어서 추억할 것은 오직 이것뿐/ 나는 잔을 입으로 가져가며/ 그대를 바라보고 한숨짓노라.(예이츠, 「술 노래」)'에서도 이 두 감각기관이 모두를 대신한다. 이렇게 수용한 '청명은 내 머릿속 가슴속을 젖어들어/ 발끝 손끝으로 새어나' 가면서 온몸을 관통한다. 이 청명 속에서 우리의 몸 조직도 청명하고 단순화되어 오직 감각기관화 한다. 이 감각기관은 섭취, 소화, 배설 등 모든 역할을 수행한다.

시인은 '온 살결 터럭 끝'으로 청명을 흡수한다. 이 외부세계를 수용하여 어떻게 시로 변용하는가를 영랑을 항상 곁에서 지켜보았던 박용철은 이렇게 말한다.

> 시인은 진실로 우리 가운데서 자라난 한 그루 나무다. 청명한 하늘과 적당한 온도 아래서 무성한 나무로 자라나고, 장림과 담천 아래서는 험상궂은 버섯으로 자라날 수 있는 기이한 식물이다. 그는 지질학자도 아니요, 기상대원일 수도 없으나, 그는 가장 강렬한 생명에의 의지를 가지고 빨아올리고 받아들이고 한다. 기쁜 태양을 향해 손을 뻗치고, 험한 바람에 몸을 움츠린다. 그는 다만 기록하는 이상으로 그 기후를 생활한다. 꽃과 같이 자연스러운 시, 꾀꼬리같이 흘러나오는 노래, 이것은 도달할 길 없는 피안을 이상화한 말일 뿐이다. 비상한 고심과 노력이 아니고는, 그 생활의 정을 모아 표현의 꽃을 피게 하지 못하는 비극을 가진 식물이다.
>
> — 박용철, 「시적 변용에 대하여」

시인은 이렇게 외부세계를 빨아올리고 받아들이고 손을 뻗치고 몸을 움츠리며 반응한다. 이들 핏속에 용해된 체험은 예민한 감성과 비상한 고심과 노력에 의해서 시로 변용되는 것이 시의 창작과정이라는 것이다. 온 살결 터럭 끝으로 청명을 보고 마시면 머릿속과 가슴속에 젖어들어 용해된 청명은 발끝 손끝으로 새어나간다고 한다. 그 새어나가는 것이 바로 곧 시이다. 이 노래를 통하여 화자는 '수풀의 정'과 '벌레의 예지'를 읊는다. 이렇게 쓴 시가 '가장 곱지 못한 노래'라 하니 청명의 미는 표현이 불가능할 정도의 최고의 미임을 알 수 있다. 수풀의 정과 벌레의 예지는 무엇인가. 정精은 정수精髓이니 사물의 핵이요 본질이다. 예지

叡智는 사물의 이치를 꿰뚫어 보는 지혜롭고 밝은 마음이다. 수풀과 벌레는 그 귀하고 천함이 없는 본연의 자연이다. 우리는 수풀과 벌레를 통하여 청명을 자기화함으로써 사물의 정수를 밝히는 지혜의 눈을 가진다. 그리하여 자연과 함께 숨 쉬게 되고 자연 그 자체가 되는 것이다,

자연은 그 자체로 풍부하지만 인위에 찌든 인간은 항상 부족을 느낀다. 자연은 밤새껏 이슬을 흠뻑 내려주고 수풀과 벌레는 이를 맘껏 마신다. 이들은 자연이면서 자연의 어린애이다. 청명은 자연이면서 자연의 영양분이다. 자연은 이렇게 자급자족한다. 그러나 사람은 벽으로 둘러싸인 인위의 처소에서 자연을 떠나 살면서 자연에 목말라 작은 문으로 자연과 소통하면서 살고 있다. 그러므로 자연의 찌꺼기라도 달게 마시려 한다.

마침내 햇빛이 처음 나왔다. 원래 발표한 영랑시집에는 이 '쏘다지면' 이 '쏘다오아' 로 되어있다. '와' 를 일반어법과는 달리 음운축약 이전의 '오아' 로 표기한 것은 작위적인 느낌이 있지만 시어poetic diction으로는 근거가 있다. '쏘다오아' 의 '쏘다' 와 '오아' 사이에 모순형용이 성립된다. '쏟다' 는 '햇빛을 강하게 밖으로 퍼붓는 모습' 인데 '오아' 는 '와' 를 그 속도감을 죽여 발걸음을 느리게 내딛는 모습으로 바꾸어 놓았다. 이는 갑자기 햇빛이 나타나는 '으리으리한' 경이감과 이를 청명의 고요 속에서 천천히 음미하는 감각을 보이기 위해서이다.

그 동백이 그저께부터 십자로 쫙쫙 벌어지지 않았습니까. 그 두꺼운 푸른 껍질이 쫙 벌어지면 까만 알맹이 동백이 토르륵 하고 빠져 쏟아지는데 풀 위에 꿈을 맺는 이슬같이 구르지요.(중략)

동백잎과 꽃에 그리도 많이 질리운 내 마음이 그 잎과 꽃의 정열보다도 그 알의 고요히 빠지는 정숙을 이다지도 좋아했을까 스스로 의심스

럽소.(중략)

　　동백은 바로 풀 위의 이슬 위에 받습니다. 톡, 토록, 토르륵, 셋이 빠진 듯하면 좀 사이를 둡니다. 다른 놈이 또 빠질 그 사이가 좀 떨어지는 것이 오히려 더 신통하오. 일어서서 안 나아갈 수 없나이다.
　　달빛이 희고 이슬이 빛나는데 토록 하는 동백 한 알, 천지의 오묘하고 신비함이 이 밤, 나무 그늘 밑에 있는 듯싶습니다.

—「감나무에 단풍 드는 전남의 9월」

이는 산문으로 쓴 동백 알맹이 빠지는 소리이다. 여기에서는 달빛이 비치는 밤에 동백 알맹이가 떨어지는데, 시에서는 아침 햇발과 동시에 알맹이가 떨어져 더 극적인 상황의 배경을 이룬다. 이 알맹이가 '풀 위에 꿈을 맺는 이슬같이 구르지요.'에서 동백 생애의 절정, 완성의 미를 본다. 그 알맹이 속에는 '천지의 오묘하고 신비함' 조차도 배어 있다. '모란이 뚝뚝 떨어져 버린 날'의 '뚝뚝' 하는 낙화의 설움과는 대조적으로 '토르록 실으르' 하는 낙과의 고요는 햇발과 함께 빛남조차 지녔다. 이 빛남과 고요함도 이질적인 언어의 결합이다. 빛남의 영광 앞에는 환희의 탄성이 있게 마련으로 고요와는 거리가 있다. 여기에도 '오!'라는 감탄이 있다. 그러나 그 탄성은 '빛남과 고요함' 양쪽을 동시에 아우르는 감동이다. 이 감동은 '간밤에 하날을 쫓긴 별살의 흐름'으로 이어진다. 간밤에 빛과 함께 사라진 별똥별은 빛남만이 있었겠지만 이 '토록' 하는 동백 알 떨어지는 소리에 영향 받아 소리의 고요함을 함께 느낀다. 그 유성은 아마도 하느님의 노여움을 받아 지상으로 쫓긴 천사인지도 모른다. 그래서 천사의 아름다움과 천사의 안쓰럽고 인간스러운 죄상이 소리 없는 울음과 같이 이 동백 알맹이에 더해진다.
　　이 시에서 청명은 소리와 빛깔로 제시된다. '청명'이란 추상어는 이미지로 구체화하기 전에는 시로 형상화할 수 없다. 그러므로 이 시의 맨 처음에 '호르 호르르 호르르르'라는 의성어로 청각적 이미지를 내세웠다. 우리나라 근대시는 육당 최남선의 '처얼썩 처얼썩 척 쏴아아'(「해에게서 소년에게」)라는 의성어로 시작되었다. 이러한 청각 이미지는 4연에 이르러 시각적 이미지인 '햇발'의 출현과 청각적 이미지인 '토록'하는 동백의 낙과가 결합하고 끝 연에서 소리와 빛깔이 상호작용하여 짝 맞춤이 완성된다. 그래서 이 추상어는 사물화 되어 '으리으리한 관을 쓴다.'

모든 소리의 앞소리의 대접에 마땅한 존재는 수풀과 벌레소리인가 동백의 낙과소리인가, 모든 빛깔의 원천으로 추대 받아 온당한 존재는 햇발인가 유성의 빛깔인가. 문맥으로 본다면 이 소리는 동백의 낙과소리이고 이 빛깔은 햇발인 듯하다. 그러나 어느 하나의 소리나 빛깔이 아닌 이 모든 소리와 빛깔의 합주로 이루어진 앙상블일 듯싶다. 이가 바로 청명의 소리요 청명의 빛깔이다. 이 소리와 빛깔은 여러 가지가 섞였다 하여 불순한 것이 아니다. 앞소리는 뒷소리의 이끎이요, 바탕은 모든 현상과 성질의 비롯함이다. 이러한 시각과 청각만으로는 부족하다. 이들을 흡수하는 데 촉매작용을 하는 운동감각이 필요하다. '취여진 청명' '취여진 내 마음'이 이에 이바지한다. '취여지다(추이지다)'는 '신바람이 나서 어깨를 으쓱거리다'는 뜻의 동사이다. 으리으리한 관을 쓴 청명의 맑음도 어깨를 들썩이는 듯싶고, 업그레이드하여 청명하게 된 나 자신도 달라져 으쓱거리는 동작을 보이면서도 포근하다.

여기에 다시 1연의 풀잎과 벌레의 이미지가 나온다. '호르'와 '호르르'와 '호르르르'를 나누어 가졌던 나와 수풀과 벌레가 이제 하나가 된다. 이러한 청명 속에서 나는 또 하나의 청명이 된다. 나는 풀잎과 버러지와 같이, 순간의 감각에서 평생의 삶을 지나 영원으로 가는 시간의 흐름에 내맡기고 이슬 적시는 시원한 골짜기의 청명 속에서 자연 그 자체로 변신하고 자연과 합일함으로 이 시는 맺는다.

끝의 두 행은 원래 영랑시집에는 '감각의 낯익은 고향을 찾았노라/평생 못 떠날 내 집을 들었노라'로 되어 있다. 이 역시 청명 속의 자연에 살고자 하는 의지에는 다름없다.

54

못 오실 임이 그리웁기로

못 오실 임이 그리웁기로
흩어진 꽃잎이 슬프랬던가
빈손 쥐고 오신 봄이 거저나 가시련만
흘러가는 눈물이면 임의 마음 젖이련만

못오실 님이 그리웁기로*

못오실 님이 그리웁기로
흐터진 꽃닙이 슬프렛든가
빈손 쥐고 오신봄이 거저나 가시련만
흘러가는 눈물이면 님의마음 저지련만
—『詩文學』2호(1930. 5)

· ―렛든가: 라 했던가. 라고 말했던가.
· 젖이다(저지련만): 젖게 하다('젖다'의 사동사).

낙화유수落花流水

이 시의 1·2행을 산문화paraphrase하면 '못 오시는 임이 그립다고 해서 흩어진 꽃잎이 슬퍼하라고 했던가.' 이다. 흩어진 꽃잎이 슬퍼하라고 시키지도 않았는데 나는 어찌 임이 그립다고 슬퍼하고 있는지 모르겠다. 실은 떨어진 꽃잎이 슬픔을 자아내게 했으면서도 언제 그랬냐는 듯이 시치미를 떼고 모르쇠하고 있다. 가고 오지 않는 임도 슬프고, 봄이 가느라 떨어진 꽃잎도 슬프다. 이는 낙화에 실연의 감정을 이입시켜 놓고도 안 그런 체 시치미를 떼고 있는 고단수의 수법이다.

'곶이 진다 하고 새들아 슬어 마라. 바람에 흩날리니 곶의 탓 아니로다. 가노라 휘젓는 봄을 새워 무삼하리오(송순)' 는 낙화에 대한 자신의 슬픔을 새의 슬픔으로 대치시켜 놓고 오히려 새의 슬픔을 달래는 양 자신의 슬픔을 억제하는 이중의 장치를 썼다. 이들에 비하면 '깊은 생각은 아득이는데/ 저 바람에 새가 슬피 운다.//…//…// 꽃은 떨어진다./ 님은 탄식한다.(김억 「봄은 간다」)' 는 소박하다. '꽃이 지니 새가 울고 임도 탄식한다.' 아마도 연애무상보다는 세월무상이 탄식의 원인인 듯싶은 이 시는 이를 솔직히 인정하면서 같이 슬퍼하고 있다.

3행의 '빈손 쥐고 오신 봄이 거저나 가시련만' 은 '무엇은 어찌 하련만 딴 무엇은 어찌한다.' 라고 대구를 이루는 형식이다. '빈손 쥐고 오신 봄은 거저나 가시련만, 사랑 놓고 가신임은 슬픔만 남겼는고.' 하는 한탄이 그 대구에 해당할 것이다. 그러나 이 시는 이런 뻔한 대구를 용납하지 않고 이른바 낯설게 하기를 시도한다. 그러기 위하여 먼저 '오신 봄은' 의 '은' 이라는 '어떤 대상이 다른 것과 대조됨을 나타내는 보조사'를 주격조사 '이' 로 대체시켰다. 그러고 나서 '흘러가는 눈물이면 임의 마음 젖으련만' 으로 급변하게 한다. 이 시구도 '사랑 놓고 가신임은 슬픔만 남겼는고' 의 '슬픔' 이 '눈물' 을 생산하고, 이 눈물이 강물로 변하여 임에게 다가가서 임의 마음을 적시면, 그 다음 단계에서 마침내 임의 마음은 '젖으리라' 로 종결되는 과정을 거쳐야 한다. 그러나 이 시구를 끝내 그렇게 논리적으로 끝내지 못하고 '젖으련만' 으로 한없는 미련을 남기면서 그 아쉬움을 앞의 행말 '─런만' 과 똑 같은 '─런만' 이라는 '어떤 조건이 충족되면 이러이러한 결과가 기대되는데, 아쉽게도 그 조건이 충족되지 못하여 기대하는 결과도 이루어질 수 없음을 나타내는 연결 어미' 에 각운脚韻스럽게 넣어 미래를 기대한다. 그래서 이 시는 마지막에 '흐르는 눈물은 흘러가지 못하고 내 옷깃만 적시누나' 쯤의 시구를 숨기고 있다.

눈물은 강물뿐만 아니라 빗물이 되기도 한다. '철령 높은 봄에 쉬어 넘는 저 구름아. 고신원루를 비삼아 뿌려다가 임 계신 구중심처에 뿌려본들 어뗘하리(이항복)' 에서 이를 시도한다. 그리고 보니 강물이 마음을 적신다는 게 이상하기도 하다. 물론 이는 강물도 흐르고 세월도 흐르고 눈물도 흐르기 때문에 생산된 시구이다. 눈물이 샘물이 되고 샘물이 강물 되고 강물이 바닷물 되어 증발하면 빗물 되어 임의 마음을 적실 수 있을 것이다. 『영랑시선』을 편집한 서정주는 「인연설화조因緣說話調」에서 이를 형상화하기도 했다.

55

거문고

검은 벽에 기대선 채로
해가 수무 번 바뀌었는데
내 기린麒麟은 영영 울지를 못한다

그 가슴을 퉁 흔들고 간 노인의 손
지금 어느 끝없는 향연에 높이 앉았으려니
땅 위의 외론 기린이야 하마 잊혀졌을라

바깥은 거친 들 이리 떼만 몰려다니고
사람인 양 꾸민 잔나비 떼들 쏘다다니어
내 기린은 맘 둘 곳 몸 둘 곳 없어지다

문 아주 굳이 닫고 벽에 기대선 채
해가 또 한 번 바뀌거늘
이 밤도 내 기린은 맘 놓고 울들 못한다

거문고

검은벽에 기대선채로
해가 수무번 박귀였는듸
내 麒麟은 영영 울지를못한다

그가슴을 퉁 흔들고간 老人의손
지금 어느 끝없는饗宴에 높이앉었으려니
땅우의 외론 기린이야 하마 이저졌을나

박같은 거친들 이리떼만 몰려다니고
사람인양 꾸민 잣나비떼들 쏘다다니여
내 기린은 맘둘곳 몸둘곳 없어지다

문 아조 굳이닫고 벽에기대선채
해가 또한번 박귀거늘
이밤도 내 기린은 맘놓고 울들못한다
　　　—『朝光』5권1호(1939. 1)

· 기린麒麟: 성인이 이 세상에 나올 징조로 나타난다고 하는 상상 속의 짐승. 몸은 사슴 같고 꼬리는 소 같고, 발굽과 갈기는 말과 같으며 빛깔은 오색이라고 함.
· 잊어지다(이저졌을나): 잊혀지다('잊다'의 이중피동형).
· —을나(이저졌을나): —올라(해라할 자리에 쓰여, 혹 그렇게 될까 봐 염려됨을 나타내는 종결어미).
· 쏘다니다(쏘다다니여): 쏘다니다(아무 데나 마구 분주하게 돌아다니다).

암흑기의 침묵

　이 시는 김영랑의 시로서는 썩 드물게 현실참여적인 작품이다. 김영랑 하면 현실에는 오불관언하는 순수서정시의 작가로만 알려져 있다. 그런데 시제조차도 '거문고'라서 설마 하니 무슨 일제강점기의 현실을 그렸겠느냐고 쉽게 넘어갈 법한데 이런 고전적인 악기를 매개로 떨쳐내지 못하는 일제의 어두운 그림자를 그린 것이다.

　거문고는 우리나라의 대표적인 현악기의 하나로 명칭에 대해 『삼국사기』에는 고구려의 왕산악이 거문고를 만들고 100여 곡을 지어 연주하니 그 때에 검은 학이 날아와 춤을 추었다 하여 그 이름을 현학금玄鶴琴이라 하였고, 뒤에 현금이라 하였다고 한다. 그렇다면 거문고 자체가 검은빛과 관련이 있겠다. 그러나 국문학자 이탁李鐸은 거문고를 고구려의 금, 즉 감고(거뭇고, 가뭇고)의 음변音變이라고 논증하고 있다. 하여튼 이 시에서 거문고는 '검은 벽'에 기대어 서있다. '검은 벽'과 '거문고'는 음상사音相似에 의하여 같이 자리하지만 검은 벽은 거문고가 있을 데가 아니다. 물론 '검은 벽'은 일제강점기의 암담한 현실이기도 하다. 거문고가 있어야 할 곳은 이 어두운 검은 벽이 아니라 연주자의 따뜻한 무릎이다.

　거문고는 '내 기린麒麟'이기 때문에 어진 세상에 나타나야 한다. 기린은 수컷이 기麒이고 암컷이 린麟인 상상속의 동물이다. 이가 나타나면 어진 성인이 출현하여 세상이 태평해질 징조로 인식되어 기린은 길상영수吉祥靈獸로 여겨졌다. '남산에 봉鳳이 울고 북악北岳에 기린麒麟이 운다. 요천순일堯天舜日이 아동방我東方에 밝았세라. 우리도 성주聖主 뫼읍고 동락승평同樂昇平하리라.(오경화)'라는 시조는 이를 말한다. 그러나 일제강점기의 조국이 그런 세상일 리가 없다.

기린은 끝내 울지 못하고 검은 벽에 기대고 서있을 수밖에 없다. 실제로 시인은 거문고를 검은 벽에 기대어만 놓고 연주하지 않은 것은 아닌 듯하다. '당대의 명창 임방울. 박초월. 이화중선. 이중선, 임유앵, 임춘앵, 김소희, 박귀희 등 국악의 대가들이 영랑의 초청으로 강진 생가를 방문해서…… 그분들 앞에서 영랑은 흥에 겨워 틈나는 대로 거문고나 가야금을 탔는데 그때마다 명창들은 그 실력에 혀를 내둘렀다.(김현철, 『아버지 그립고야』)'고 한다.

이 시는 1939년 1월 『조광』에 발표되었으니까 해가 스무 번 바뀌었다면 20년 전인 1919년 3 · 1운동이 일어나던 해를 가리킨다. 이 해 거문고가 한번 소리하고 지금까지 울지 못한 것이다. 아마도 이상세계가 도래하면 '천고의 뒤에 백마 타고 오는 초인(이육사, 「광야」)'이 광야의 노래를 목 놓아 부르듯, 이 땅에 광복이 도래한다면 거문고는 거침없이 울 것이다. '드는 칼로 이 몸의 가죽이라도 벗겨서// 커다란 북을 만들어 들쳐 메고는/ 여러분의 행렬에 앞장을 서오리다.(심훈, 「그날이 오면」)' 라고 광복의 기쁨을 영랑과 함께 예약해 놓은 시인도 있었다.

영랑은 1945년 8월 15일 일본 천황의 항복 선언을 듣고 갑자기 사랑채 골방으로 들어가 문갑 깊숙이 숨겨 놓았던 태극기를 꺼내어 '이것이 우리나라 국기다. 우리 강진 사람에게 나눠주기 위해 이 태극기를 보고 백지에 크레파스로 몇 십 장이건 그려라.'고 자식들을 시켜 그리게 하고 이를 군민에게 나누어 주어 해방된 조국의 만세를 주도했다.

이튿날 국악기를 다룰 줄 아는 분들이 영랑 생가 사랑채에 하나둘씩 모이기 시작했다. 20여 명의 악사들은 영랑이 사랑채 벽장에서 꺼내주는 북, 장구, 꽹과리, 징, 거문고, 가야금, 아쟁, 해금, 양금, 피리, 퉁소

등 자신이 다룰 줄 아는 악기들을 각자 하나씩 받아 자리에 앉았다. 여름철이라 창문들을 천장 바로 아래 높이 매달아 사랑채 전부가 완전 개방된 넓은 방을 악사들이 빈틈없이 꽉 메웠다.

조금 있더니 풍악소리가 터져 나왔다. 안익태 선생이 작곡한 현재의 애국가(1948년부터 애국가로 사용하고 있다)가 아니라 1947년까지 애국가로 연주됐던 곡으로, 우리에게는 연말이면 연주하는 영국민요 이별의 노래(올드 랭 사인)로 더 잘 알려진 곡이다

—김현철, 『아버지 그립고야』

이는 광복 다음날의 영랑 생가의 모습이다. 상상속의 거문고 연주와 만세 행진이 아니라 실제 영랑은 이를 그대로 실행한 것이다. 어쩌면 이 시 속의 거문고는 실재했는지도 모른다. 딴 거문고는 예사롭게 연주했지만 이 귀하디귀한 거문고는 오직 광복의 날에만 연주하기로 작정한 또 다른 거문고인지 모른다. 그러기 때문에 딴 악기와는 달리 '내 기린'이 아닐까.

'그 가슴을 퉁 흔들고 간 노인老人의 손'은 누구의 손인가. 거문고의 태생까지를 거슬러 올라가면 거문고를 발명한 왕산악일 수도 있다. 그러나 거문고에 기린의 역할을 부여하여 국가의 흥망성쇠나 태평성대조차 거론한다면 그와는 별 관계가 없는 듯하다. 일찍이 중국 전한前漢의 무제武帝는 기린각麒麟閣이란 누각을 세워 국가에 공훈을 세운 이의 화상을 걸게 했다. 기린은 그렇게 국가적인 대사와 관계가 있다.

중국의 거문고까지 거론한다면 그 노인은 공자일 수도 있겠다. 그의 나이 71세 때인 노나라 애공 14년(BC 481) 봄에 노나라 서쪽에서 기린을 잡았다. 공자는 상서로움의 상징인 기린이 나올 때가 아닌데 나타났고, 또 그것을 사람들이 알지 못하고 잡은 것에 놀라 세상이 더 이상 가능성

이 없을 것이라는 두려움이 들어 노나라의 역사책인 『춘추(春秋)』를 지었다고 한다. 공자는 자기가 기린인가 했는데 자신과 관계없이 기린이 출현한 데 대해 크게 낙심하여 노나라의 역사도 BC 722에 시작하여 기린이 잡힌 그 해(BC 481)까지만 썼다고 한다. 공자는 거문고도 뜯고 경도 치고 노래도 잘 불렀다. 그는 음악을 통하여 인을 말하고 예를 말하는 예술인이기도 하다. 혹 제갈량諸葛亮(BC 181—234) 같은 난세의 공신인지도 모른다. 유비에게 제갈공명을 추천한 서서는 '그러나 굳이 비교해야 한다면 그분이 기린이라면 저는 비루먹은 조랑말에 불과합니다. 그분은 밭 갈고, 시를 읊고, 거문고를 뜯으며 살고 있습니다.' 라고 말한다. 여기에 기린과 거문고가 나온다. 그러나 그가 유비를 위하여 한창 활동한 때는 노년이 아니라 30대였다.

그러나 광복의 기운이나 투쟁의 의지를 제갈량이나 공자 같은 중국의 역사적인 인물에 의탁했을까 싶지 않다. 이는 단지 화자의 사적인 경험의 공간에 자리한 인물인지 모른다. 당대의 거문고의 명연주자이거나 화자에게 거문고를 가르쳤던 스승일 수도 있다. 이 거문고와 이를 비유한 기린을 우리나라나 우리 민족의 상징으로 볼 수도 있다. 3·1운동 때 잠간 소리하고 이제 울음소리조차 내지 못하는 식민지인의 고통과 고뇌를 소리하지 못하는 거문고나 울지 않는 기린으로 표현했는지도 모른다. 그렇다면 스무 해 전 그 가슴을 통 흔들고 간 노인은 3·1운동을 주도한 어느 분이나 33인 전부를 일컬을 수도 있다.

실제의 기린은 거의 울지 않는다. 기린은 잘 울지 않는 것으로 알려져 있지만 어쩌다가 '음매' 하고 운다고 한다. 그 울음을 40여 년 전 일본 우에노 동물원의 사육사가 녹음했단다. 그러나 상상속의 영물인 기린의 울음소리는 음악의 음계와 일치한다고 한다. 거문고 소리를 입으로 흉내 낸 구음법口音法 '러(덩)·루(둥)·르(등)·라(당)·로(동)·리(징)'

그대로가 기린의 울음이다. 이것이 거문고를 기린으로 비유한 이유이기도 하다.

'지금 어느 끝없는 향연饗宴에 높이 앉았으려니'에서 우리는 시의 순수성에 대한 질책을 읽을 수 있다. 공자의 흥어시興於詩, 입어례立於禮, 성어악成於樂(시에서 감흥을 일으켜 예를 통해 서고 음악을 통해 완성한다)도 예술의 효용성에 대한 가르침이다. 순수한 예술은 거문고와 기린과의 분리이다. 그러나 거문고가 연주하는 음악은 단순한 소리가 아니라 광복을 향한 아우성이어야 한다. 그런데 이 악기의 달인이 다만 천상의 향연에서 음악만을 즐긴다면 지상의 벽에 기댄 기린은 끝내 울 수가 없다.

'기린은 잠자고 스라소니가 춤춘다'는 속담처럼 바깥세상은 이리 떼와 잔나비 떼거리가 몰려다니고 쏘다 다닌다. 흔히 일본인을 원숭이에 비유한다. 하는 짓이 간사하고 겉과 속이 달라 아직 유인원에서 진화가 덜 된 인간이란 의미를 내포하고 있다. 그러나 무엇보다도 일본인은 흉내를 잘 내어 서양 것을 재빠르게 자기 것으로 만드는 재주가 있다. 그러나 '까마귀 학이 되며 우마가 기린 되랴'라는 속담처럼 아무리 흉내 낸들 한계가 있어 일본인은 인간의 덕이 모자란 원숭이 같다고 해서 얕잡아 원숭이라 한다. 그런데 이 잔나비 떼가 왜놈이었으면 차라리 좋았을 걸, 왜놈도 아닌 것이 더 큰 문제이다. 일본인도 아닌 것이 왜놈 행세하고 사람도 아닌 것이 사람 행세하는 것은 과연 누구일까. 바로 친일파이다. 그 왜놈은 이미 이리 떼로 못 박아 놓고 있다. 바깥은 이미 거친 들 같이 변한 '삼천리금수강산'에 거칠 것 없는 이리떼만 몰려다니는데 그 뒤를 이리떼를 가장한 잔나비 떼가 눈치코치 살피며 젠 체하고 덩달아 쏘다니고 있다. 속담에 때리는 남편보다 말리는 시어미가 더 밉다더니 이건 눈코 뜨고 볼 수 살 수가 없을 정도이다.

‘문 아주 굳이 닫고 벽에 기대선 채’ 에 이르면 이러한 세상에 기린은 스스로를 폐쇄시킨 걸 알 수 있다. 이리 떼와 잔나비 떼가 날뛰는 이 어두운 세상에 나가서 기웃하지 않고 아예 문을 굳게 닫고 검은 벽을 상대하여 그냥 침묵하면서 절개를 지키려는 뜻이 여기 담겨 있다. 그래서 기린은 밝은 세상을 노래하기 위하여 어둔 세상을 침묵으로 일관한다. 일제강점기의 끝머리에 거의 대부분의 작가들이 이리 떼인지 잔나비 떼인지 분간할 수 없을 정도로 일문日文으로 시를 쓰고 소설을 쓰고 평론을 썼지만 영랑은 붓을 거두고 끝내 침묵으로만 살면서 ‘내 기린’ 이 울 날만을 기다렸다.

56

가야금

북으로
북으로
울고 간다 기러기

남방의
대숲 밑
뉘 휘여 날켰느뇨

앞서고 뒤섰다
어지럴 리 없으나

가냘픈 실오라기
네 목숨이 조매로워

가야금

北으로
北으로
울고간다 기러기

南邦의
대숲밑
뉘 휘여 날켯느뇨

앞서고 뒤섰다
어지럴리 없으나

간열픈 실오랙이
네목숨이 조매로아
―『朝光』5권1호(1939. 1)

· 날키다(날켰느뇨): '날다' 의 사동사. ―키―:사동접사(일다―일으키다).
· 조매롭다: '조마조마하다' 의 변개어.

쫓기는 무리의 시

기러기발은 가야금의 줄을 떠받드는 받침대이다. 그 생김새가 실제의 기러기의 발과 같다고 하여 한자어로 안족雁足이라 한다. 이 기러기발을 매개로 하여 기러기와 가야금이 인연을 맺어 이 시에서 그 인연 줄을 지탱하고 있다.

기러기는 시베리아 동부와 사할린 섬과 알래스카 등지에서 번식한다. 가을에 한국·일본·북부 중국·몽골·서부 북아메리카 등지로 이동하여 겨울을 나고 이른 봄에 번식지로 이동하여 짝짓기를 하는데 이동할 때 에너지를 절약하기 위해 V자 모양으로 큰 무리의 대형을 이룬다. 이 대형의 한쪽 모양이 사선으로 배열한 가야금의 열두 개 줄을 받쳐주는 기둥과 비슷하다고 하여 이를 기러기발이라 하는 것이다.

기러기는 이른 봄에 북쪽으로 날아간다. 왜 따뜻한 남쪽을 두고 북으로 갈까. 일제강점기 때의 우리 민족이 그러했다. 따뜻하고 비옥한 남방의 들판을 뒤로 하고 춥고 척박한 북간도나 시베리아로 이삿짐도 없이 이주하는 굶주린 백성이 줄을 이었다. 김영랑의 친구 박용철은 '버리고 가는 이도 못 잊는 마음/ 쫓겨 가는 마음인들 무어 다를거냐/ 돌아다보는 구름에는 바람이 희살짓는다/ 앞 대일 언덕인들 마련이나 있을 거냐(박용철, 「떠나가는 배」)'라고 이 슬픔을 울었다.

예부터 기러기는 백성의 상징이다. 백성들은 왕이 선정을 베풀면 다른 나라에서도 몰려오기 마련이다. 중국에서 한나라 고조 이래 문제와 경제 때에 이르러 두 황제의 선정으로 정치가 안정되니 식량생산량이 증가하며 강남이 인구가 폭발적으로 증가하게 되었다. 이렇게 겨울을 나기 위해 살 터전을 찾아 한반도로 날아오는 기러기를 북쪽에서 투항해 오는 백성들에 비유할 수 있겠다. 그러나 오히려 이 백성이 따뜻한 남쪽 땅에 살지 못하고 북쪽으로 이주하는 것은 기러기가 다시 북으로 돌아가는 것과 흡사하다.

그때 기러기는 얼마나 슬픈 곡조로 울어댈까. 기러기는 그렇게 '북으로 북으로 울고 간다.' 기러기의 울음은 거의 모두가 슬픈 노래로 들었다. '기럭기럭 기러기 북에서 울고 귀뚤귀뚤 귀뚜라미 슬피 울건만 서울 가신 오빠는 소식도 없고 나뭇잎만 우수수 떨어집니다.(최순애 작시 박태준 작곡『오빠생각』)'을 비롯하여 윤석중. 박목월 그밖에 누구누구 할 것 없이 모두가 기러기의 울음을 슬픈 노래로 들려준다. 기러기의 울음은 가을과 맞물려 조락과 이별의 이미지를 풍긴다.

그러면 그 기러기는 왜 북으로 가야만 하는가. 대밭은 온갖 새들이 모여드는 곳이다. 보금자리를 틀기도 하고 잠시 머물다가 가기도 한다. 이러한 남방의 대숲에서 누군가가 '후여' 하고 외치며 이들의 보금자리를 빼앗았기 때문이다. '후여'는 새를 쫓는 소리이다. 이를 '휘어'로 읽을 수도 있겠다. 대밭에서는 대를 흔들고 휘어 퉁겨서 새를 쫓기도 한다. 가야금 연주도 손으로 줄을 퉁겨 휘게 하여 소리를 낸다.

비록 대나무는 휘어진다 한들 절개의 상징이다. '눈 맞아 휘어진 대를 뉘라서 굽다 턴고 / 굽을 절이면 눈 속에 푸르르랴 / 아마도 세한고절은 너 뿐인가 하노라.(원천석)'라고 고려 말 끝끝내 절개를 지켜 낸 충신은 이렇게 읊었다. 대숲(죽림)은 은사들의 피신처이기도 하다. 죽림칠현은 중국 위魏·진晉의 정권교체기에 부패한 정치권력에는 등을 돌리고 죽림에 모여 거문고와 술을 즐기며 청담淸談으로 세월을 보낸 일곱 명의 선비들을 일컫는다.

봄의 대숲은 대나무의 다양한 모습을 그대로 보인다. 우아한 자태를 보이는 묵은 대와 껍질을 벗고 새 가지와 잎을 펼친 어린 대, 껍질을 벗지 않은 키 큰 죽순과 땅 위에 갓 돋아난 짧은 죽순이 함께 섞여 봄의 풍요를 누린다. 기러기는 이러한 절개와 아름다움과 풍요의 땅인 남방의 죽림에서 버림받아 굴종과 추위와 척박의 땅인 북으로 쫓겨 가는 백성들의 모습을 닮았다.

세상에 기러기 떼의 대열보다 더 질서정연한 대열은 없다고 한다. 기러기가 V자로 무리 지어 날면 혼자 나는 것보다 70%나 더 멀리 날 수 있다. 경험이 많고 힘이 센 기러기가 선두에서 힘껏 날갯짓을 하면 상승기류가 형성되어 그 뒤 기러기는 이에 편승하여 쉽게 날 수 있다. 뒤의 기러기는 울음소리로 선두를 격려하고, 선두가 지치면 제일 뒤로 가서 다른 기러기와 교대한다. 기러기는 이렇게 순위와 절차에서 위계질서를 철저히 지킨다. 앞뒤의 질서가 이렇게 정연하여 조금이라도 흐리멍덩하거나 갈피를 잡지 못할 정도로 너저분하지 않다. 이는 그대로 기러기발로 고정된 가야금의 12현에서 질서정연하게 울려나오는 소리에도 부합된다.

'가냘픈 실오라기' 같은 대오를 유지하면서 9만 리 장천을 날아 멀고 먼 시베리아까지 가야 하는 기러기 떼의 고된 여정은 쉽지 않을 것이다. 그래서 무리 중에 한 마리라도 병이 들거나 부상으로 뒤처지게 되면 두 마리의 기러기가 이를 돕기 위하여 지상으로 내려가 회복하거나 죽을 때까지 함께 있다가 뒤에 오는 새로운 무리에 합류한다고 한다. 이는 그대로 가야금의 연약한 12현에도 적용된다. 가야금 줄은 명주생사로 꼬아 만드는데 너무 가늘어 혹 끊어질까 조마조마하다. 바흐의 관현악 모음곡의 하나를 빌헬미가 편곡한 「G선상의 아리아」는 연주 도중에 딴 줄이 다 끊어져 가장 낮은 현인 G선만으로 연주했기 때문에 생긴 이름이라는 그럴듯한 전설이 있다.

이 시는 가야금과 기러기의 유사성을 원관념과 보조관념의 구별 없이 뒤섞여 사용하여 묘하게 결합시킨 작품이다. 이에는 기러기발, 기러기 떼 대열의 형태와 의의, 울음 등이 공동으로 작용하고 있다.

57

빛깔 환히

빛깔 환히
동창에 떠오름을 기다리신가
아흐레 어린 달이
부름도 없이 홀로 났네
월출동령月出東嶺!
팔도 사람 다 맞이하소
기척 없이 따르는 마음
그대나 홀히 싸안아 주오

빛갈 환히

빛갈 환히
동창에 떠오름을 기둘리신가
아흐레 어린 달이
부름도 없이 홀로 났네
月出東嶺!
팔도사람 다 마지하소
기척없이 따르는 마음
그대나 홀히 싸안어주오
　　　―『永郎詩選』(1949.10)

· 홀히: '홀로' 의 변개어.

가여운 것들에의 안쓰러움

'일락서산日落西山에 해는 지고 월출동령月出東嶺에 달 돋는다.' 는 만고의 진리이다. 해는 서쪽에서 지고 달은 동쪽에서 뜬다는 사실을 뉘라서 아니라 하겠는가. 우리가 진리라고 믿는 것은 오직 이것뿐인 듯이 이 상투어는 「흥부가」, 「새타령」, 「제비가」, 「양산도」, 「쾌지나칭칭나네」, 「옹헤야」, 「자진농부가」 등 온갖 민요나 잡가나 판소리에 등장한다. 이뿐인가. 삼단논법이건 연역법이건 귀납법이건 증명을 요하는 논리학의 ABC로 이 예가 항상 예시된다. 불확실한 우리네 인생에서 이 이상 확실한 것이 어디 있는가. 그래서 우리는 일상적으로 그것을 늘 본 것처럼 말한다. 그렇다고 우리가 서산에 해지고 동령에 달뜨는 현상을 항상 보는 것은 아니다. 일락서산이야 그렇다 치고 월출동령을 몇 번이나 보았느냐.

우리나라의 경우 하지에는 5시 15분, 동지에는 7시 40분경에 해가 뜬다. 6개월에 그 뜨고 지는 시간이 2시간 25분 정도 차이가 나니 하루 채 1분도 되지 않는다. 이렇게 해는 제 시간을 정해 놓고 뜨지만 우리는 정월 초하룻날만 해도 해맞이를 못하는 경우가 흔하다. 비가 오거나 구름이 잔뜩 끼면 늦게야 중천에서 뜨는 해를 본다. 달은 어떤가. 달은 날마다 50분씩 늦게 뜬다. 초승달은 음력 3일경 해가 진 후 서쪽 하늘에서 볼 수 있다. 음력 7일이 되면, 초승달에서 점점 차올라 오른쪽 반이 보이는 상현달이 나타난다. 상현달은 한낮에 떠서 해가 지고 난 후 남쪽 하늘에서 볼 수 있다. 음력 15일 뜨는 보름달은 태양이 지고 난 뒤 동쪽에서 떠올라 자정쯤에 정남쪽에 위치한다. 음력 23일쯤의 하현달은 자정쯤에 떠서 한낮에 지기 때문에, 해가 뜬 이후로는 관측하기 어렵다. 음력 27일경의 그믐달은 새벽에 떠서 해가 뜨기 전까지 동쪽 하늘에서 관측이 가능하다.

초아흐렛날 상현 즈음의 달은 12시─13시에 뜨지만 그때 월출을 본 사람은 거의 없다. 달은 늦게야 희미하게 우리 눈에 들어온다. 이것이 '낮에 나온 반달'이다. 그런데도 우리는 '일락서산日落西山에 해는 지고 월출동령月出東嶺에 달 돋는다.'고 노래한다. 그러나 월출동령은 며칠뿐이고 우리는 월출 현상을 거의 보지 못하고 '아니, 언제 달이 떴네.' 하곤 한다.

후설은 인간은 사물에 관하여 선견과 선판단과 선이해가 있기 때문에 선입관을 버리지 못하고 사물을 직관하지 못한다고 한다. 그래서 그는 '현상 그 자체로' 돌아가 사물의 본질을 직관하는 데 방해가 되는 역사적인 요소, 철학이나 과학적 가설, 종교적 윤리적인 의견 등의 선입견과 감성적이고 실재적인 실존 판단을 배제하고 우선 괄호 속에 넣어 보류하라고 한다. 이것이 오류를 최소화하기 위한 현상학적 방법론이다.

보름달은 기다림에 반하지 않고 빛깔도 환하게 동창에 떠오른다. 이것이 '월출동령'이고 달이 떠오르는 정상적인 방법이다. 누군들 월출동령 하는 보름달에 환호하지 않으랴. 팔도사람은 모두 달맞이를 하고자 하리라. 달이나 달맞이노래는 거의가 보름달에 관한 것이다. 그래서 대부분의 달은 '밝은 달'이다.

그런데 '아흐레 어린 달'은 어떤가. 상현달은 누가 애타게 부르지도 않고 누가 반갑게 맞이하지도 않는데 그냥 홀로 나온다. 윤극영의 반달은 '돛대도 아니 달고 삿대도 없이' 서쪽 나라로 간다. 돛대가 있어야 바람을 받으며 삿대가 있어야 방향을 찾아 배를 젓는데 그조차도 없이 반달은 항해를 계속한다. 그렇게 주위에 별도 뜨지 않아 의지가지도 없어 미아처럼 이 '어린 달'은 홀로 희미한 모양으로 낮 하늘을 항해하고 있다. 시인 말고 누가 이를 쳐다보기라도 하는가.

그러니 인기척이나 있겠는가. 보름달은 만인의 환영을 받으며 떠오르는데 반하여 이 '어린 달'은 오히려 기척도 없이 사람에게 다가온다. 보름에는 사람이 달을 따르지만 상현달은 달이 사람을 따르는 듯싶다. 오는지도 모르는데 어찌 다정한 마중인들 있으며 따뜻한 눈길인들 있겠는가. 그러나 호박꽃도 꽃이다. 다만 천체운행의 법칙이랑 DNA가 이들을 생산했을 따름이다. 그러니 그대 혼자라도 이 어린 달을 감싸 안아 주어 달의 외로움을 덜어 주면 좋겠다. 그 가난하고 소외된 가엾은 모든 이들을, 그리고 어리고 여리고 안쓰러운 가여운 것들을.

58

연 1

내 어린 날!
아슬한 하늘에 뜬 연같이
바람에 깜박이는 연실같이
내 어린 날! 아슴풀하다

하늘은 파랗고 끝없고
편편한 연실은 조매롭고
오! 흰 연 그 새에 높이
아실아실 떠 놀다 내 어린 날!

바람 일어 끊어지던 날
엄마 아빠 부르고 울다
희끗희끗한 실낱이 서러워
아침저녁 나무 밑에 울다

오! 내 어린 날 하얀 옷 입고
외로이 자랐다 하얀 넋 담고
조마조마 길가에 붉은 발자욱
자욱마다 눈물이 고이었었다

연 1

내 어린날 !
아슬한 하늘에 뜬 연같이
바람에 깜박이는 연실같이
내 어린날 ! 아슨풀 하다

하늘은 파—랗고 끝없고
편편한 연실은 조매롭고
오 ! 힌연 그새에 높이
아실아실 떠놀다 내어린날 !

바람이러 끊어지든날
엄마 아빠 부르고 울다
히끗 히끗한 실낫이 서러워
아침 저녁 나무밑에 울다

오 ! 내 어린날 하얀옷 입고
외로히 자랐다 하얀 넋 담ㅅ고
조마조마 길가에 붉은발자옥
자옥마다 눈물이 고이였었다
　　　―『永郎詩選』(1949.10)

· 아슬하다(아슬한): 아찔아찔할 정도로 높거나 낮다.
· 깜박이다: 불빛이나 별빛 따위가 어두워졌다 밝아졌다 하다.
· 아슨풀하다—아슴푸레하다(또렷하게 보이거나 들리지 아니하고 희미하고 흐릿하다).
· 편편하다(편편한)—팽팽하다(줄 따위가 늘어지지 않고 힘 있게 곧게 펴져서 튀기는 힘이 있다).
· 조매롭다: ‘조마조마하다’의 변개어.
· 아실아실: 아슬아슬(아찔아찔할 정도로 높거나 낮은 모양).
· 조마조마: 닥쳐올 일에 대하여 염려가 되어 마음이 초조하고 불안한 모양.

유년과의 단절

　누구든 유년기는 희미한 추억이 새겨진 벅찬 가슴으로 다가온다. 그래서 '내 어린 날!' 이라는 탄식이 맨 앞에 놓인다. 내 어린 날은 하늘처럼 파랗고 끝없고 아슴푸레하다. 그날에 날리던 연은 그런 하늘을 날며 아슴푸레한 하늘 사이에 아슬아슬하게 떠 논다. 내 어린 날은 바람에 깜박이는 연실 같다. 그 연실은 팽팽하게 켱겨 혹시 끊어질까 조마조마하다. 내 어린 날도 아슴푸레한 하늘 사이에 아슬아슬하게 연과 함께 떠 논다. 연과 같이 떠 노는 것은 내 어린 날뿐만 아니고 바로 그날의 나이다. 내 어린 날과 연과 나는 하나이다.

　1연은 형식상 '내 어린 날' 에 관한 것이다. 연은 단지 어린 날을 묘사하기 위하여 직유를 통한 시각적 이미지로 동원되었을 뿐이다. 그러나 깜박이는 연실과 아슴푸레한 어린 날은 서로를 상관하는 상호작용을 하다 하나가 된다. '깜박이다' 와 '어슴푸레하다' 는 동사와 형용사의 차이를 극복하고 같은 의미를 띤다.

　2연은 형식상 연에 관한 것이다. 우선 '내 어린 날' 은 연 날리기의 시간적 배경으로 제시되었다. 그러나 '아실아실 뛰놀다' 의 주체는 단지 연뿐일까. 사실은 연과 함께 어린 날도 파랗고 끝없는 하늘에 너무 팽팽하여 금방이라도 끊어질까 조마조마하게 덩달아 뛰놀고 있다.

　3연에는 연과 어린 시절과 함께 '나' 가 있다. 바람이 일어 연실이 끊어지던 날 나는 나무 밑에서 울었다. 그러나 꼭 연실만이 끊어진 것은 아니다. 그냥 '끊어지던 날' 로 무엇이라는 객체는 없다. 다만 그 목적어를 '연실' 이라 한 것은 그냥 추측이다. 아마도 여태 연실과 함께 한 '내

어린 날'도 단절되었을 것이다. 그래서 나는 엄마 아빠를 부르면서 울었다.

연은 어린 날의 꿈을 싣고 하늘을 난다. 파란 하늘은 그 꿈의 놀이터이고 꿈 그 자체이다. 연을 날리는 어린이는 파랗고 끝없는 하늘을 보면서 여기를 벗어나 저기, 지상을 벗어나 천상을 꿈꾼다. 연은 그 광활한 세계의 자유를 꿈꾼다. 어린이는 더 멀리 더 높이 연이 날아 하늘 끝까지 가기를 원한다. 그러기 위해서는 바람을 안고 바람을 타야 한다. 바람은 적당하게 균형을 잡아야 한다. 팽팽한 연줄의 긴장, 그것은 더 멀리 더 높게 날려는 욕망과 연실의 절단에 대한 두려움과의 갈등과 긴장이기도 하다. 그러므로 이를 조마조마 하는 것이다.

끊어진 연실이 걸려 실낱이 희끗희끗하게 보이는 나무 밑에서 나는 울고 있다. '엄마 아빠'는 실제의 어버이와 함께 나의 좌절한 꿈이 걸려 있는 이 나무까지도 포함한 듯하다. 외롭게 자란 나는 아마 평소에도 이 나무 밑에서 놀았을 것이다. '기쁘나 슬플 때나 찾아온 나무'는 '성문 앞 우물가에 서 있는 보리수'이다(슈베르트, 「겨울 나그네」). 융은 나무의 이미지가 지닌 모성성 또는 여성성뿐만 아니라, 남근적 상징을 예시하고, 그것이 지닌 양성적 성격을 강조하면서 나무를 리비도의 상징으로 보았다(『한국문화 상징 사전』). 아버지는 육체적 정신적 영적인 우월적 지위의 상징으로 신분과 능력, 권력과 사회적 존재의 원천이다. 그러므로 아버지는 생명의 근원인 동시에 구속의 바탕이다. 어찌 하늘을 나는 연이 걸려 비상을 좌절시키는 나무가 대추나무뿐이겠는가. 하늘을 나는 새들의 보금자리인 나무는 또한 모두 비상을 차단하는 역할까지도 감당한다. 그러므로 나무는 좌절된 비상의 상징이다.

끝 연의 '하얀 옷'과 '하얀 넋'은 '흰 연'에 대응하는 시어이다. 흰색은 단순, 순수, 청결, 고적孤寂의 빛깔이다. 연은 그렇게 고적한 넋을 담고 홀로 파란 하늘을 난다. 그 흰 연의 고적과 내 외로운 하얀 넋은 동일하다. 흰색은 미분未分의 상태이고 초월적인 완전성이고 발전의 가능성이다. 이는 미분화된 다원성多元性polyphyletic의 존재이면서도 순수라는 초월적인 완전성을 지닌 어린이가 가능한 발전을 향한 성장과정에서 무너지고 부서지는 아픔을 예비하는 것이다. 그 아픔은 '붉은 발자욱'으로 표현된다. 억수의 빗줄기 속에서 무릎까지 빠지는 황토밭 길을 걸어야 했던 우리의 삶의 족적은 이와 진배없다. 붉은색은 핏빛이다. 피는 생명, 열정, 열, 불, 유혈, 위험의 상징이다. 아동의 성장기는 하양에서 빨강으로 넘어가는 과도기이다.

누구든 유년기는 희미한 추억이 새겨진 벅찬 가슴으로 다가온다. 그 희미한 추억은 몇 개의 감정 표출의 시어와 뚜렷한 빛깔로 단순화된다. '아슬한' '아슴풀' '아실아실' '깜박이는' '파랗고' 등의 먼 하늘을 표출하는 어휘와 '조매롭고' '조마조마' '편편한' (팽팽한) 등의 긴장과 '흰 연' '희끗희끗한 실낱' '하얀 옷' '하얀 넋' 의 연과 유년의 순수의 꿈이 부풀어 오르는 속마음의 원근법적인 갈등 속에 천상을 나르는 유년기는 가고, '붉은 발자욱' 의 성장기 지상의 핏빛만이 뚜렷이 부각된다.

이 시는 '놀다' '울다' 등 무시제 기본형으로 서술하고 있다. 이는 구어체문장에서는 쓰이지 않는 문어체로 192·30년대 시에 더러 나온다. 오늘날에도 '나무들 비탈에 서다' '본사 기자 사이공에 가다' '악인 밤에 죽다' 등 책이나 글의 제목으로 더러 사용된다. 이러한 종지법은 논리상 객관적 현상으로 시제의 제약을 받지 않는 경우를 가정하여 쓸 수 있지만 현실적인 언어현상은 아니다. 화자나 관찰자와는 무관한 '지구 태양을 돌다' 등의 객관적 사실은 과거도 현재도 미래도 변함없는 진리로 시제의 제약을 벗어난다. 소년이 띄운 연은 어린 날의 추억 속에서 영원히 떠 놀았고 떠 놀고 떠 놀리라. 거기에 시간은 없다. 그 연을 잃고 소년은 울었고 울고 있고 울리라. 이러한 연에 대한 추억의 영원성을 무시제 기본형의 제 격을 얻은 것이다. 그러나 '자욱마다 눈물이 고이었었다'는 과거에서도 더 과거에 속하는 일로 현재와는 단절된 사건이어야 한다. 그래서 과거완료시제로 처리했다. 그리하여 유년과의 결별이 이루어진다. 이로서 화자는 '굿바이 보이후드'라 읊는다.

59

오월

들길은 마을에 들자 붉어지고
마을 골목은 들로 내려서자 푸르러진다
바람은 넘실 천 이랑 만 이랑
이랑 이랑 햇빛이 갈라지고
보리도 허리통이 부끄럽게 드러났다
꾀꼬리는 엽태 혼자 날아 볼 줄 모르나니
암컷이라 쫓길 뿐
수놈이라 쫓을 뿐
황금 빛난 길이 어지럴 뿐
얇은 단장하고 아양 가득 차 있는
산봉우리야 오늘밤 너 어디로 가버리런?

五 月

들길은 마을에 들자 붉어지고

마을골목은 들로 내려서자 푸르러진다

바람은 넘실 千이랑 萬이랑

이랑 이랑 햇빛이 갈라지고

보리도 허리통이 부끄럽게 드러났다

꾀꼬리는 엽태 혼자 날아볼줄 모르나니

암컷이라 쫓길뿐

수놈이라 쫓을뿐

황금 빛난 길이 어지럴뿐

얇은 단장하고 아양 가득 차있는

山봉우리야 오늘밤 너 어듸로 가버리런?

―『永郞詩選』(1949.10)

· 넘실: 물결 따위가 자꾸 부드럽게 굽이쳐 움직이는 모양.

· 이랑: 두둑(논이나 밭을 갈아 골을 타서 두두룩하게 흙을 쌓아 만든 곳).

· 엽태: '여태' 의 방언.

암수의 성과 사랑

이 시골마을에서 들길과 마을골목은 이름만 다를 뿐 하나이다. 그러니 '들길은 마을에 들어서자' '마을골목은 들로 내려서자' 로 들어서고 내려서는 차이뿐 서로 통하여 구별 짓지 못할 정도이다. 그렇게 시골은 집과 들이 하나의 생활공간이다. 단지 붉음과 푸름의 빛깔의 차이가 날 따름이다. 그 생활공간이 곧 자연이다. '마을' 이나 '마을골목' 만이 인위적인 양상이나 그 역시 자연과 통하는 순간 자연이 된다. 이 작품에는 이밖에 자연이 아닌 시어는 아예 없다.

초록은 동색草綠同色이듯 화홍花紅도 동색이다. 화홍유록花紅柳綠이니 점점홍點點紅이니 천자만홍千紫萬紅이니 화무십일홍花無十日紅이니 하는 것들은 붉은빛이 꽃의 대표적인 빛깔일 뿐만 아니라 꽃 그 자체임을 보여준다. 5월이 되자 마을은 온통 꽃으로 가득하고 보리밭과 남새밭, 그리고 모내기 논 등의 들은 신록으로 꽉 찬다. 바야흐로 계절의 여왕, 자연의 계절이다.

'넘실' 은 '넘실넘실' 이나 '넘실거리어' 의 준말로 씌었다. 이는 '바람 따위가 조금 크고 부드럽게 굽이져 자꾸 움직이는 모양을 나타내는 말' 이다. 그러면 바람이 움직이는 모양을 무엇으로 아는가. 보리나 밀이 바람에 물결처럼 흔들리는 모양이 맥랑麥浪이다. 이 맥랑을 바람의 속도조차 어느 정도 가늠할 수 있다. 맥랑은 갈아 놓은 밭의 연속된 두둑과 고랑같이 높고 낮은 이랑을 이루면서 물결친다. 그때 햇빛은 두둑과 고랑에서 갈라져 여기저기 반짝이며 장관을 이룬다. 오월의 보리밭은 그렇게 일렁인다. 그런 보리가 어찌 예사 보리이겠는가. 아마 꾀꼬리도 울지 않는 어느 달밤에 아무도 몰래 암수가 교접하여 지금 금방이라도 팰 듯하는 알을 배어 보리는 부끄러운 허리통이 들어났는지 모른다.

오월은 해가 길어 더디 가기 때문에 '모둔오월'이니 '깐깐오월'이니 하고 부른다. '윤4월 해 길다 꾀꼬리 울면 산직이 외딴집 눈 먼 처녀사 문설주에 기대어 엿듣고 있네'(박목월, 「윤사월」)라는 그런 5월인데도 꾀꼬리들은 해가 길다고 느끼기는커녕 사랑 놀음에 정신이 없다. '떡갈 잎 퍼질 때에 뻐꾹새 자주 울고 보리 이삭 패어 나니 꾀꼬리 소리 한 다.(「농가월령가」)' 라고 보리이삭과 꾀꼬리 울음은 잘 접합된다. 영랑도 '오월은 두견을 울게 하고 꾀꼬리를 미치게 하는 재앙 달. 더러는 사람 으로 하여금 과한 탈선도 하게 하지 않는가.(「두견과 종다리」)' 라고 오 월을 수긍했다.

꾀꼬리는 중국 남부나 인도차이나반도에서 겨울을 나고 4월 말 경에 우리나라에 오는 여름철새이다. 그러므로 꾀꼬리의 첫 울음소리를 들은 지 거의 보름 이상이나 지났는데도 여태까지 꾀꼬리는 혼자 있는 법이 없이 짝을 지어 난다. 꾀꼬리는 염치불고, 체면불고로 오직 본능으로만 행동한다. '암컷이라 쫓길 뿐/ 수놈이라 쫓을 뿐' 이다. 사람에게나 무슨 재앙이니 탈선이니 하는 따위가 있을 뿐이지 이들은 꾀꼬리에게는 상 관없는 어휘이다. '뿐' 은 '지정된 대상에 대하여 다른 상태나 동작의 가 능성을 제한하는 뜻을 나타내는 말' 이다. 오직 그것 '뿐' 그 외는 없다. 합성 의존명사 '암컷과 수놈' 에서 '컷/놈' 으로 변화된 오직 그것뿐인, 재앙으로 여기는 어른이나 지양스런 애들이나 오직 그것뿐인, 암/수의 주체가 '쫓고 쫓김' 의 오직 그것뿐인 능동과 피동의 행위만 반복하면서 오월의 그 긴 해가 진다. 오월의 자연에는 오직 본능, 오직 사랑만이 있 을 뿐이다.

'황금 빛난 길이 어지럴 뿐' 의 또 하나의 '뿐' 이 있다. 물론 여기 황금은 황조黃鳥이다. 황조에서 황금빛이 쏟아져 나와 이 길은 어지러울 뿐이다. 이 황금은 쫓고 쫓기면서 떨어뜨린 깃털이랑 서로를 부르며 화답하는 소리랑이 어우러져 빚어낸 빛깔이다. 어찌 이 사랑의 동작이 쫓고 쫓기는 행동으로 끝났겠는가. 어찌 '뿐'을 글자 그대로 해석할 수 있겠는가. 화자도 미처 보지 못했겠지만 머릿속에 그리는 그림이 왜 없겠는가. 마침내 화룡점정 하는 요분질이랑 질펀한 땀방울이랑이 영롱한 황금빛을 빚을 것이다.

어지러움은 길 자체의 모습이면서 화자가 느끼는 감정이다. 사랑의 질주가 공중에 마구잡이로 꾸며낸 길들이 어지럽지 않고 아무렇지도 않은 듯 멀쩡할 리는 없다. 또 이를 지켜본 화자 역시 어지러움을 느끼지 않을 수 없을 것이다. 고구려도 이른 때 2대 유리왕은 「황조가黃鳥歌」에서 '펄펄 나는 저 꾀꼬리 암수 서로 정다운데 외로운 이 내 몸은 뉘와 함께 돌아갈꼬.' 라고 이 어지러움을 표현했다. 아마 이 시가 우리나라 최초의 시인지 모른다. 영랑은 그 후예답게 다시 우리에게 그 꾀꼬리 노래를 들려준다.

이 황금 빛깔만 있는 것이 아닐 것이다. 지금 오월 긴긴 해도 꾀꼬리의 사랑 놀음으로 마침내 저물고 있다. 이제 꾀꼬리 쌍쌍들도 사라지고 황혼이 내린다. 그 황혼도 꾀꼬리의 황금빛 사랑을 반추하듯 그 빛깔 그대로 공중에 어지럽게 펼쳐진 이 길을 조용히 비추고 있다. 오직 그것뿐이다. 그렇게 '뿐'의 광란은 끝나고 또 하나의 사랑이 준비를 마치고 있다.

꾀꼬리에게 사랑의 보금자리를 제공한 산은, 그 산의 우뚝 솟은 봉우리는 또 어떤가. 꾀꼬리의 사랑 놀음에 어지럽고 얼얼해진 산봉우리는 본래의 신록에 저녁을 맞아 꾀꼬리의 빛깔을 닮은 황혼 빛으로 엷은 단장을 하고 있다. 인상주의 미술은 햇빛에 따라 수시로 변하는 시골 풍경을 현장에서 직접 화폭에 담아 생동감과 친밀감을 주려 했다. 지금 이 산봉우리의 옅은 치장은 그 순간의 포착이다. 영랑은 세잔이니 고흐니 고갱이니 하는 인상주의 화가와 이 순간을 함께한다.

산은 남성의 상징이다. 더구나 그 봉우리는 분명 남성이다. 그 봉우리가 남성의 본색을 드러낸다. 그런 남성조차도 꾀꼬리의 사랑에 달아올라 사랑을 찾아가기 위하여 치장하고 있는 것이다. 더구나 아양까지. 오월은 신록에서 녹음으로 넘어가는 과도기이다. 사랑은 남성과 여성의 결합이고 그 신인 큐피드는 남성이지만 원래 여성스러운 부드러움이 그 생명이다. 더구나 신록과 황혼 빛이 어우러진 산봉우리의 빛깔은 여성스럽다고 할 만하다. 화자는 그 순간의 산봉우리의 동작을 관찰하고 있는 것이다.

이는 밤이 되면 사랑을 찾아 어디로 가버리려는 자세이다. 깜깜한 밤이 되면 산봉우리가 거기 그대로 있는지 아니면 어디로 가버렸는지 모른다. 꾀꼬리나 대낮에 사랑 놀음을 하지 사랑은 밤이 제격이 아닌가. 이 밤에 산봉우리는 사랑을 찾아 자취를 감추지 않을까. 여기 '가버리다' 는 '가다' 에 화자의 감정을 넣은 어휘이다. 보조동사로의 '버리다' 는 '동사의 동작이 완료됨과 동시에 그 일이 어찌할 수 없는 상태로 바뀌었음을 뜻하는 말.' 이다. 그래서 그 어쩔 수 없는 상태에 화자는 아쉬운 감정을 갖거나 부담을 덜게 된다. '너 지금 어디로 가버릴 작정이냐? 나는 어찌하라고…' 의 아쉬움이나 속 시원함이 거기에 배어 있다.

나는 어찌하라고? 앞에서 '오월은 두견을 울게 하고 꾀꼬리를 미치게 하는 재앙 달. 더러는 사람으로 하여금 과한 탈선도 하게 하지 않는가.' 라 하지 않았는가. 이를 위하여 이 시의 배경으로 맨 처음에 '들길은 마을에 들자 붉어지고/ 마을 골목은 들로 내려서자 푸르러진다' 가 마련되었다. 인간의 마을은 자연의 들로 통한다. 사람도 자연이다. 오월의 시골은 특히 그렇다.

많은 평자들이 영랑 시의 시어에 주목한다. 영랑은 시어법poetic diction에 의한 시어 자체의 아름다움을 추구하여 고어와 방언은 물론 조어造語까지도 서슴지 않은 시인으로 평가한다. 사실 아리스토텔레스는 『시학』에서 조어의 필요성을 강조했지만 그렇게 함으로써 시가 커다란 효과를 낼 때에만 조심스럽게 사용하라고 경고했다. 영랑의 논자들은 그의 조어로서의 시어에 대하여 그 효과를 재량하지 않았다. 그러나 영랑은 그러한 이질적인 시어뿐만 아니라 어법대로의 조어와 어미까지도 그 효과를 점검하면서 신중하게 다룬 것을 이 시에서 알 수 있다. 실은 그의 시어에서 조어는 거의 없다. 조어 대신 변개어가 있을 뿐이다. 미처 시어의 의미를 깨닫지 못한 이들이 조어라는 레벨을 붙였을 뿐이다.

60

독毒을 차고

내 가슴에 독을 찬 지 오래로다
아직 아무도 해한 일 없는 새로 뽑은 독
벗은 그 무서운 독 그만 흩어버리라 한다
나는 그 독이 벗도 선뜻 해할지 모른다 위협하고

독 안 차고 살아도 머지않아 너 나 마저 가 버리면
억만 세대가 그 뒤로 잠자코 흘러가고
나중에 땅덩이 모지라져 모래알이 될 것임을
"허무한듸" 독은 차서 무엇 하느냐고 ?

아 ! 내 세상에 태어났음을 원망 않고 보낸
어느 하루가 있었던가 "허무한듸" 허나
앞뒤로 덤비는 이리 승냥이 바야흐로 내 마음을 노리매
내 산 채 짐승의 밥이 되어 찢기우고 할퀴이라 내맡긴 신세임을

나는 독을 차고 선선히 가리라
마감 날 내 외로운 혼 건지기 위하여

毒을 차고

내 가슴에 毒을 찬지 오래로다
아직 아무도 害한일 없는 새로 뽑은 毒
벗은 그무서운 毒 그만 흩어버리라 한다
나는 그毒이 선뜻 벗도 害할지 모른다 위협하고

毒 안차고 살어도 머지않어 너 나 마주 가버리면
億萬世代가 그 뒤로 잠잣고 흘러가고
나종에 땅덩이 모지라져 모래알이 될것임을
「虛無한듸」 毒은 차서 무엇 하느냐고 ?

아 ! 내 세상에 태어났음을 원망 않고 보낸
어느 하루가 있었던가 「虛無한듸」 허나
앞뒤로 덤비는 이리 승냥이 바야흐로 내마음을 노리매
내 산체 짐승의 밥이되어 찢기우고 할퀴우라 네맡긴 신세임을

나는 毒을 차고 선선히 가리라
마금날 내 외로운 魂 건지기 위하여
―『永郞詩選』(1949. 10)

· 선뜻: 동작이 빠르고 시원스러운 모양.
· 마주: 마저.
· 모지라지다(모지라져): 물건의 끝이 닳아서 없어지다.
· 잠자코: 아무 말도 하지 않고 조용히.
· 마금날: 마감 날.

허무에의 선언

　시제인 '독을 차고'는 완결된 문장이 아니다. 거기에 '어찌 한다'가 이어져야 하나의 완결한 문장이 된다. 이 '어찌 한다'의 내용은 무엇인가. '독을 차고 스스로에게 다짐한다.', '독을 차고 짐승들에게 경고한다.', '독을 차고 온 누리에 선언한다.' 등 어느 것이더라도 상관없다. 화자는 이렇게 자신과 적과 천하에 다짐하고 경고하고 선언하는 다목적을 위하여 '어찌 한다'를 생략한 것이다. 이것이 찬 독을 어떻게 활용하느냐는 질문에 대한 답이다.

　흔히 독은 '품는다'고 한다. 이는 남몰래 마음속이나 가슴에 앙심을 품고 원한을 품듯 독기를 감추고 있음을 말한다. 그런데 독을 '찬다'는 가슴에 은장도를 차고 수갑을 차듯 독주머니를 찬다는 뜻이다. 독주머니를 차면 겉으로 드러난다. 복어는 독주머니를 차서 볼록하다. 독주머니 안에는 독침이나 독바늘이 들어 있다. 이는 여차하면 상대뿐만 아니라 자신도 살해할 수 있는 무기이다. 그래서 감추지 않고 드러내어서 다짐하고 경고하고 선언하는 역할을 이 '차고'가 담당한다. '품다'에 숨긴 '독기'라는 추상적인 정신은 '차다'에 드러낸 '독주머니'로 대체함으로써 구체적인 사물이 된다. '독기를 품다'라는 서술은 '독주머니를 차다'라는 묘사가 된다. 물론 가슴에 차는 것은 '독주머니'로 구상화한 '독기'이다. 이렇게 추상적인 언어를 구상적인 이미지로 바꾸는 것이 시이다.

　내 가슴에 독을 찬 지가 오랜데 왜 독은 새로 뽑은 독일까. 이는 벗의 말로 대신한 '허무'를 극복하기 위한 수단이다. 독도 오래 되면 땅덩이 모지라져 모래알 되어 흩어지듯 그렇게 사라져버릴 것이다. 이를 면하려면 일신우일신日新又日新의 노력이 있어야 한다. 그래서 '내 세상에 태어났음을 원망 않고 보낸 어느 하루가 있었던가' 라고 탄식하는 그 하루하루마다 독초의 꽃이건 잎이건 뿌리건 독충이건 독사건 독어(복어)건 새로운 독을 다시 추출하여 날마다 독의 강도强度와 선도鮮度를 증가시켜야 한다. 그래서 '새로 뽑다' 는 '흩어버리다' 의 반대어로 씌었다.

그 독은 '아직 아무도 해한 일이 없는 새로 뽑은 독' 이고 '그 독이 선뜻 벗도 해할는지 모른다고 위협' 하는 독이다. 후에 정절을 지키기 위한 자결용으로 변질되었지만 원래 은장도는 여자만의 전유물이 아니고 절개의 상징으로 사대부가의 남녀가 모두 지니고 있었다 한다. 이 독은 본래의 은장도의 기능이 그러하듯 단순한 수동적인 호신용에 그치지 않고 능동적이고 공격적으로 적에게 대결하려는 의지의 산물임을 알 수 있다. 그러나 벗은 이 변절의 계절에 아직은 변절하지 않았기 때문에 단지 여차하면 '벗도 해할지 모른다' 고 위협에 그치고 아직 아무도 해한 일이 없는 것이다.

여기에는 두 개의 이질적인 허무주의가 있다. 벗의 '허무한듸!' 는 수동적 허무주의이고 나의 '허무한듸!' 는 능동적 허무주의이다. 니체는 삶의 가치를 부정하는 수동적 니힐리즘을 배척하고, 삶의 의의를 적극적으로 긍정하면서 기성가치의 전도顚倒를 지향하는 능동적 니힐리즘을 제창하였다.

정신력의 하강과 퇴행으로 인한 나약한 정신의 징후로 나타나는 수동적 허무주의는 최고의 가치를 몰가치로 부정하며 가치평가조차 거부하고, 삶의 목표를 상실하고, '무엇 때문인가' 라는 물음에 해답이 없다고 한다. 이는 파괴를 위한 힘도 스스로를 방어할 힘도 없는 지쳐버린 자들의 허무주의이다. 그래서 현실에 무관심하거나 찰나적인 쾌락을 추구하려 한다. 정신력의 상승으로 인한 강한 정신의 징후로 나타나는 능동적 허무주의는 이러한 수동적 허무주의를 극복한다. 전통적인 사상과 이론과 진리와 지식과 규범 등의 일체의 가치를 부정하는 회의론은 필연적으로 기존의 도덕원리를 파괴하고 새로운 질서를 세우려는 혁명적인 사고에 이른다. 그리하여 능동적 허무주의는 저승보다는 이승, 초월적인 가치보다는 현실적인 가치와 삶을 긍정하며 모든 형태의 폭압과 위선과 가식 등에 반대하고 자유로운 삶과 자유에의 길을 모색하는 투쟁으로 나아간다. 근본적으로 능동적 허무주의는 모든 형태의 탐미주의를 부정하고 공리주의와 과학적 합리주의를 옹호한다.

'너 나 마주 가버리면'은 '너와 내가 죄다 가버리면'의 뜻이다. '마주'는 부사 '마저'의 방언으로 '이것을 마저 해치워라.' 따위의 용례대로 '남김없이 죄다. 마지막까지 다'의 뜻이다. 원래는 목적어 다음에 쓰지만 여기에서 주어 뒤에 썼다. '허무한듸 독은 차서 무엇 하느냐고？'의 의문문은 친구가 화자에게 발언한 단순한 질문일 수도 있고, 이 질문에 대한 화자의 어처구니없어 하는 반문일 수도 있다. 전자는 '독은 차서 무엇 하느냐？라고 친구는 말했다라는 의문의 뜻이고, 후자는 '독은 차서 무엇 하느냐？라고 너는 어리석은 질문을 하느냐라는 힐난의 뜻이 있다. 앞에 있는 '위협'으로 미루어 뒤의 의미가 더 강하다고 할 수 있다.

승냥이와 이리를 합쳐 시랑豺狼이라 한다. 이는 침략자나 탐관오리처럼 지나치게 욕심이 많고 모질고 무자비한 사람을 일컫는다. '앞뒤로 덤비는 이리 승냥이 바야흐로 내 마음을 노리매 내 산 채 짐승의 밥이 되어 찢기우고 할퀴우라 내맡긴 신세임을' 알기 때문에 '나는 독을 차고 선선히 가리라 마감 날 내 외로운 혼 건지기 위하여'라고 화자는 선언한다. 능동적 허무주의자로서 화자는 허무하긴 해도 '허나' 대신에 허무하기 때문에 '그래서'를 써야 한다. 그러나 짐승 같은 무리들이 내 마음을 노리고 변절을 강요하며 앞뒤로 덤벼 긍정적으로 대처할 방도가 없는 극한상황에서 '허나'를 택할 수밖에 없다. 그 '허나'는 독을 차고 독을 뿜고 독에 절인 심장을 적에게 내주어 죽음으로써 사는 길을 택하려는 의사의 기개를 보인다. 영랑은 거의 대부분의 문인이 훼절한 일제강점기를 이런 신념으로 넘은 것이다.

61

묘비명墓碑銘

생전에 이다지 외로운 사람
어이해 뫼 아래 빗돌 세우오
초조론 길손의 한숨이라도
해어진 고총에 자주 떠오리
날마다 외롭다 가고 말 사람
그래도 뫼 아래 빗돌 세우리
"외롭건 내 곁에 쉬시다 가라"
한 되는 한마디 새기실난가

墓碑銘

생전에 이다지 외로운사람
어이해 뫼아레 碑돌세우오
초조론 길손의 한숨이라도
헤여진 고총에 자조떠오리
날마라 외롭다 가고말사람
그레도 뫼아레 碑돌세우리
「외롭건 내곁에 쉬시다가라」
恨되는 한마듸 삭이실난가
—『朝光』5권12호(1939. 12)

묘비명의 고독

　그럴듯한 말에 '고독을 즐겨라' 란 것이 있다. 물론 거부할 수 없으면 수용하여 향락하라는 의미이다. 고독의 향유는 자기성찰을 통한 발전의 계기를 마련하는 창조의 시간이란다. 김현승은 '인생과 시가 완성되어 가는 새로운 자신의 모습을 재발견하는 계기가 되는 내적 조건' 을 절대 고독이라고 한다. 리스먼은 '대중사회 속에서 타인들에 둘러싸여 살아가면서도 내면의 고립감으로 번민하는 사람들의 사회적 성격' 을 군중 속의 고독이라고 한다. 그러나 '이리공 저리공 하야 낮을랑 지내왔은져, 올 이도 갈 이도 없은 밤을랑 또 어찌하리라.(「청산별곡」)' 의 고독을 겪은 사람은 이런 배부른 자들의 넋두리에 쉽게 수긍하지 않을 것이다. 고독으로 그 고독을 극복하는 것은 고식적이고 일시적일 수밖에 없다.

　이 시는 화자가 어느 외딴 곳에 외로이 서있는 고총의 묘비를 보고 나서 그 감상을 자신의 묘비명 삼아 썼을 것이다. 그러므로 '이다지 외로운 사람' 과 '초조론 길손', '뫼 아래 빗돌' 과 '해어진 고총' 은 자신과 자신의 것일 수도 남과 남의 것일 수도 이 둘과 둘의 공유물일 수도 있다. 아니 모든 인생과 그 인생의 것이다.

　생전에 나처럼 이렇게 외로운 사람이 어찌해서 뫼 아래 빗돌을 세웠느냐. 그리고 나는 왜 이 뫼의 주인공처럼 묘비를 세우고 싶은가. '명예를 가볍게 여기라고 책에 쓰는 사람도 자기 이름을 그 책에 쓴다.(키케로)' 고독을 찬미하고 즐기라고 하는 사람도 고독한 인생 속에 자기 이름 쓰기를 꺼린다. 생전의 고독도 견딜 수 없었는데 죽어서는 어떠할까. '억새 속새 떡갈나무 백양나무 숲에 해지고 달뜨고 가랑비 내리고 함박눈 오고 회오리바람도 부는데 잔나비조차 구슬피 우는 무덤(정철,「장진주사」)’의 고독은 어떠할까. 묘비라도 세워 혹시 누구라도 보아주기를 바라지 않겠는가.

그리고 세월이 지나면 어떨 건가. 이제 해어진 고총에 누가 와서 누구 뫼라는 비문이라도 읽겠는가. 먼 길을 걷기에 바쁜 어느 나그네나, 남은 인생을 살기에 초조한 어느 노년의 한숨소리라도 주변의 길가나 묘소에서 자주 떠오기를 바라지 않겠는가.

사람이란 날마다 외롭게 살다가 가고 마는 존재이다. 그런데도 죽어서라도 이 외로움에서 벗어나기 위하여 빗돌을 세워 ‘외로우면 내 곁에서 쉬었다가 가시라’고 묘비명을 쓴다. 그러나 이 한마디는 한으로 남을 것이다. 누구든 ‘초조론 길손’일 따름인데 누가 남의 묘비명을 읽고 남의 묘 곁에서 쉬었다가 가겠는가. ‘과부 마음은 홀아비가 안다’지만 그것도 살아생전의 이야기이다. 고독한 만큼 자신만이 자신에게 남아 있을 뿐이다. 형영상조形影相弔라, 자기의 몸과 그림자만이 서로 불쌍히 여겨 함께 붙어 있을 뿐, 외로운 이는 자기 그림자만을 벗 삼을 뿐, 그도 아니면 고독 자체도 망각하고 백골만이 남아 있을 뿐이다.

62

언땅 한 길

언 땅 한 길 파도 파도
괭이는 아프게 마치더라
언 대로 묻어 두기 불쌍하기사
봄 되어 녹으면 울며 보채리

두 자 세 치를 눈이 덮여도
뿌리는 얼씬 못 건드려
대 죽고 난 이 삼월 파르스름히
풀잎은 깔리네 깔리네

언—땅 한길

언땅 한길 파도 파도
광이는 앞으게 맡이더라
언—대로 묻어두기 불상하기사
봄되여 녹으면 울며 보채리

두자세치를 눈이 덥혀도
뿌리는 얼신 못건드려
대 죽고난 이 三月 파르스름히
풀닢은 깔리네 깔리네
—『永郞詩選』(1949.10)

· 마치다: 말뚝이나 못 따위를 박을 때, 속에 무엇이 받치다.
· 사(불상하기사): '야(강조의 뜻을 나타내는 보조사)' 의 방언. *야〈ᅀᅡ〈사
· 대—초본식물의 줄기.

죽음과 재생

    이 작품은 죽어 언 땅에 묻힌 자식의 무덤을 찾아보고 쓴 시이다. 6남 현중은 1940년 2월에 석 달 난 갓난아기로 사망했다. 이보다 9년 전 차남도 3살에 사망했으니 영랑은 생전에 두 아이를 잃었다.

    중이가 묻히던 날, 반시간 앞서 큰 눈이 내리기 시작하여 두 주일 동안 천지가 눈으로 덮이어 버렸으니 죽은 애가 척설尺雪 그 밑에 꽁꽁 언 땅속에 그대로 눈물 내고 보채고 하는 것만 같아 안타까울 밖에 없다.
                  —「수양垂楊—남방통신4」(『조선일보』 1940.2.28)

    자식의 죽음도 서러운데 그 주검을 차가운 언 땅에 묻어야 하니 차마 못할 일이다. 더구나 아무것도 모르는 철부지 갓난아기가 추운 줄만 알고 죽은 줄만 알지, 왜 추운지 왜 죽었는지나 알겠는가. 언 땅을 한 길을 파고 또 파도 맨땅이 나오지 않는다. 언 땅이라 삽질을 할 수 없어 괭이로 한 길 됨 직하게 파 보지만 그 끝이 얼음에 부딪혀 받쳐 더 이상 팔 수 없다. 주검을 언 땅에 묻어 두기가 불쌍하기야 하지만 어쩔 수가 없다. 갓난애가 죽으면 묘도 제대로 쓰지 않고 딴 사람을 시켜 부모도 모르는 곳에 적당히 묻어버리는 것이 예사이다. 그런데 영랑은 아가의 시신을 묻을 때 부모 된 애틋한 정으로 그 자리를 지켰나 보다.
    그러나 애기가 사리분별을 할까, 무엇을 알기나 할까. 봄 되어 언 땅이 녹고 언 몸도 녹아 되살아나 나를 왜 언 땅에 버렸냐고 울면서 보채지 않겠는가. 어른이 죽어 주검이 이런 투정을 한다면 참 어불성설이고,

이런 표현은 참 유치하다고 할 수 있다. 그러나 죽어서는 안 되는 갓난 아기가 언 땅에 누워 있다면 죽었다고 믿어지지 않을 것이다. 단지 꽁꽁 얼어 숨을 쉬지 못하고 자고 있는 것이 아닐까. 그래서 이보다 10년 전 영랑의 친구 정지용은 아들을 잃고 밤에 유리창 너머를 보면서 자식의 혼이 마치 산새가 되어 살아 돌아오기라도 한 듯 '길들인 양 언 날개를 파다거린다(「유리창1」)'고 썼다. 모두 어린애니까 가능한 표현이다.

그러나 곧 아가가 죽었다는 인식이 돌아온다. 그 해 겨울은 유독 눈이 많아 이 남녘땅에도 두자 세치(약 70cm)가 내렸다. 그런데도 생명의 뿌리는 건드리기는커녕 얼씬도 못하고, 비록 풀의 줄기는 추위에 말라 죽었을망정 3월이 되자 다시 살아나 풀잎이 무덤에 죽 깔리고 또 깔린다. 여기서 우리는 화자의 이성과 감성의 소리를 동시에 듣는다. '두자 세치'라고 적설량조차 정확히 젤 수 있는 이성과 풀의 줄기는 죽지만 잎은 다시 핀다는 순환의 원리를 깨닫는 이성을 잃지 않았지만, 이 순환의 원리대로 자연은 겨울에 겉이 죽었다가도 봄이 되면 속은 살아 있어 다시 움터오지만 사람은, 더구나 갓난아기는 왜 죽는 것인지, 죽어서도 살아나 보챌 수도 있는 것인지, 설마하니 참말로 죽었다는 것인지조차 모르는, 모른 체하는 비이성적인 감성 또한 여기 그대로 표출되어 있다.

63

한줌 흙

본시 평탄했을 마음 아니로다
굳이 톱질하여 산산 찢어 놓았다

풍경이 눈을 홀리지 못하고
사랑이 생각을 흐리지 못한다

지쳐 원망도 않고 산다

대체 내 노래는 어디로 갔느냐
가장 거룩한 것 이 눈물만

앗긴 마음 끝내 못 빼앗고
주린 마음 끄득 못 배불리고

어피차 몸도 피로워졌다
바삐 관棺에 못을 다져라

아무려나 한줌 흙이 되는구나

한줌 흙

본시 평탄했을 마음 아니로다
구지 톱질하여 산산 찢어놓았다

風景이 눈을 홀리지 못하고
사랑이 생각을 흐리지 못한다

지처 원망도 않고 산다

대체 내노래는 어듸로 갔느냐
가장 거룩한것 이눈물만

아신 마음 끝네 못빼앗고
주린 마음 끄득 못배불리고

어피차 몸도 피로워졌다
바삐 棺에 못을 다져라

아모려나 한줌 흙이 되는구나

—『永郞詩選』(1949.10)

· 앗이다(아신): '앗기다('앗다'의 피동사)'의 옛말. 빼앗기다. *아신: 빼앗긴.
· 끄득: '가득'의 센말 방언.
· 어피차: '어차피於此彼'(이렇거나 저렇거나 귀결되는 바)의 방언.
· 다지다: 사람이 떠들썩하거나 무른 것을 들뜨지 않도록 꼭 눌러놓다.

삶에의 기원

‘사람은 흙에서 나서 흙으로 돌아가는 것을……’ 하고 죽음을 흔히 흙에의 복귀에 귀결시키고, ‘왕후장상도 죽으면 한줌 흙으로 돌아가는 것을……’ 하고 삶의 덧없음을 흔히 일부토一抔土의 하찮음에 비유한다. 그러나 「독을 차고」에서 작정한 결사항전決死抗戰이 이런 맥없는 패배로 귀착된다는 것은 참으로 허무한 일이다. 그러나 이는 패배의 선언이 아니다.

우리는 우선 그 파괴적인 과정을 추적하지 않을 수 없다. 그렇지 않아도 ‘아 ! 내 세상에 태어났음을 원망 않고 보낸 어느 하루가 있었던가’ 하고 한탄하면서 ‘독을 찬 지 오래로다(「독을 차고」)’ 라고 마음을 다지고 살았으니 본시 평탄했던 마음일 리 없다. 그걸로 끝이 아니다. 총질, 칼질, 도끼질 그리고 톱질까지 살인의 방법도 가지가지겠지만 이 가운데 가장 거창하고 가장 잔인한 살인이 무엇일까. 난도질 같은 대부분의 기구 살해는 순식간에 끝나지만 톱질로 인한 살인은 죽음 뒤에도 그 소리가 오랫동안 지속하여 그 강인함을 더한다. 그래서 이 지속성과 강인성으로 ‘세기의 어둠을 톱질하는 소리’ (강인한, 「대운동회의 만세소리」)조차도 낼 수 있는 것이다. 태생부터 상처받아 평안하고 고요하지 않은 마음이라 조그마한 가해라도 큰 충격을 입는데 굳이 이런 톱질까지 하여 산산이 찢어 놓았다.

처음부터 평탄하지 않은 마음이기에 미혹迷惑에서 벗어나 대오 각성大悟覺醒하기를 바란 것도, 혼탁에서 벗어나 명철한 사고에 이르기를 바란 것이 아니다. 오히려 현실을 외면하고 자연에 현혹되거나 아가페는커녕 에로스의 어두운 그늘에 매몰되고 싶었지만 이조차도 이르지 못했다.

'지쳐 원망도 않고 산다'의 원망은 원망怨望과 원망願望 중에서 굳이 가리자면 앞의 뜻에 더 가까운 듯하다. 이는 '못마땅하게 여겨 탓하거나 불평을 품고 미워함'의 뜻이다. 맹자는 인성론에서 성선설의 4가지 근거의 하나로 부끄럽고 미워하는 마음을 들며, 이것이 없으면 사람이 아니니(無羞惡之心 非人也) 이는 의의 실마리라(羞惡之心 義之端也) 하였다. 불의의 소행에 대한 수치심과 증오감은 인간성의 바탕이다. 이런 불의의 대상에 대하여 못마땅하게 여겨 탓하거나 불평을 품고 미워하는 원망도 없이 산다는 것은 인간이기를 포기한 상태와 다름 아니다.

그래도 '내 노래'의 행방을 찾는 의식은 남아 있다. 사실 『영랑시집』의 제사에서 '미는 영원한 기쁨이다'고 했던 영랑은 시는 영원한 즐거움을 주는 아름다운 노래로 여겼을 것이다. 그래서 1930년「동백잎에 빛나는 마음」에서 1934년 「모란이 피기까지는」까지의 시는 그대로가 노래라 할 정도의 아름다운 서정시이다. 그러나 영랑은 그 후 거의 시를 쓰지 않다가 1939년 강점기 말의 현실을 견뎌야 하는 고통을 「독을 차고」 같은 작품으로 남겼다. 그러므로 이런 작품에선 시의 아름다움은 사라졌다. 이는 이미 아름다움이 넘실대는 노래가 아니다. 이리 떼와 잔나비 떼가 몰려다니고 쏘다 다니는 때에 '기린'은, '거문고'는, 시는 노래할 수 없었다. 그래서 시인은 대체 내 노래는 어디로 갔느냐고 묻는다.

지쳐 원망조차도 할 수 없는데 이런 질문이라도 던지는 것은 아직 '가장 거룩한 것'이라고 여기는 눈물만이라도 남아 있기 때문이다. 동향의 후배 김현승은 '더욱 값진 것으로/ 드리라 하올 제,// 나의 가장 나아종 지닌 것도 오직 이뿐.(「눈물」)'이라고 눈물을 가장 값진 것이라 했는데 이는 영랑의 '가장 거룩한 것'에 다름 아니다.

눈물만 남아 스스로를 안쓰러워하고 있지만, 눈물이라도 남아 마지막 시행을 끝내는 것이다. 그러나 눈물의 힘은 역설이고 억설이다. 눈물은 열기인 듯 냉기이고, 위안인 듯 탄식이고, 새로운 도전인 듯 체념이다. 이 눈물은 마지막 도피처로 안내하는 역할을 한다. '앗긴 마음 끝내 못 빼앗고 주린 마음 그득 못 배불리고'라 하여 이 죽음의 도피에 이르는 까닭을 마지막으로 또 점검한다. 투쟁이 없었던 것은 아니다. 빼앗긴 마음을 빼앗기 위하여 주린 마음을 채우기 위하여 갖은 노력을 다했으나 끝내 이루지 못한 것이다. 마음뿐만이 아니고 몸도 피로하여 지칠 대로 지쳤다.

그러나 이는 자살이 아니라 타살이다. 여기에 '자, 나는 죽을 준비가 다 되었다. 그렇게 죽이고 싶으면 어서 죽여라.'라고 의연하게 죽음에 임하는 모습이 엿보인다. 아무튼 결국은 한줌 흙에 불과한 것을, 억지로 살려고 '내 의로운 혼'을 팔 수는 없는 것이다. 이 죽음은 '내 의로운 혼'을 살리기 위한 역설적인 죽음이다. 그러므로 이는 죽음에의 기원이 아니라 삶에의 기원이다.

64

강물

잠자리 설워서 일어났소
꿈이 고웁지 못해 눈을 떴소

베개에 차단히 눈물은 젖었는듸
흐르다 못해 한 방울 애끈히 고이었소

꿈에 본 강물이라 몹시 보고 싶었소
무럭무럭 김 오르며 내리는 강물

언덕을 혼자서 거니노라니
물오리 갈매기도 끼룩끼룩

강물을 철철 흘러가면서
아심찮이 그 꿈도 떠 싣고 갔소

꿈이 아닌 생시 갖은 설움도
자꾸 강물은 떠 싣고 갔소

江 물

잠ㅅ자리 서뤄서 이러났소
꿈이 고웁지못해 눈을 떴소

벼개에 차단히 눈물은 저젓는듸
흐르다못해 한방울 애끈히 고히였소

꿈에본 江물이라 몹시보고싶었소
무럭무럭 김오르며 내리는 江물

언덕을 혼자서 거니노라니
물오리 갈매기도 끼룩끼룩

江물을 철 철 흘러가면서
아심찬이 그꿈도 떠실코갔소

꿈이아닌 생시 가진서름도
작고 江물은 떠실코갔소
　　　　―『女性』5권4호(1940.4)

· 차단히: 차디차게. 예) 차단한 등불이 하나 비인 하늘에 걸려 있다(김광균 「와사등」). 한 줄기
· 빛도 향기도 없이 호올로 차단한 의상을 하고(김광균 「설야」).
· 애끈히: 느낌이 끈끈하게.
· 언덕: 강언덕('강둑'의 방언).
· ―로나니: (예스러운 표현으로) 화자 자신이 하고 있는 어떤 행위가 다른 어떤 일의 원인이나
　조건이 됨을 나타내는 연결어미.
· 아심찮다(아심찬이): 안심安心찮다(남에게 폐를 끼치어 미안하다. 안심이 되지 않고 걱정스럽
　다). 아짐찮다.
· 가진: 갖은(골고루 다 갖춘. 여러 가지의).
· 뜨다(떠실코): 1. 물 위나 공중에 있거나 위쪽으로 솟아오르다. 2. 어떤 곳에 담겨 있는 물건을
　퍼내거나 덜어 내다.

강물에 띄운 사연

　흔히 시는 혼자 두런거리는 말투이다. 일부러 누군가 들으라고 하는 말은 아니다. 청자는 단지 그 혼잣말을 몰래 엿듣는 부도덕한 존재이다. '모란이 피기까지는 나는 아즉 나의 봄을 기둘리고 있을 테요.' 라는 중얼거리는 방언의 목소리를 듣고 화자가 어느 고장 출신인가, 무슨 사연이 있어 이리 설움을 쏟아내는가 따위를 눈치 챌 뿐이다. 그런데 지금 들려오는 목소리는 혼잣말이 아닌 듯하다. '一소' 는 현재의 어떤 사실을 상대에게 알리는 뜻을 나타내는 하오체의 말로, 주로 구어에 쓰인다. 실제건 가상이든 누군가 그 말을 듣는 상대가 있다. 아마도 함께 잘 수 없었던 이, 그래서 잠자리를 서럽게 만든 이일 것이다. 하여튼 애인에게 하는 이런 푸념을 우리는 엿듣는 것이다.

　시간의 경과를 정확히 추적하면 꿈자리가 사나워 잠을 깨고 난 뒤에 혼자 든 잠이 서러워 강가에 나왔을 것이다. 그러나 이 시는 꿈자리보다 잠자리 즉 독수공방부터 내세운다. 이른바 전경화前景化foregrounding이다. 그러면서도 제대로 잠 못 이룬 외로운 잠자리에 관한 언명은 '설워서' 외엔 없다. 외로운 잠자리에 꿈자리까지 사나운 것이다. '꿈이 고웁지 못하다' 는 사나운 꿈을 일부러 부드럽게 표현한 완곡어법euphemism이다. 꿈은 금기적인 요소가 있어 다루는 방법에 따라 그대로 혹은 반대로 실현될 수 있다. 그래서 불유쾌하거나 비위에 거슬리는 나쁜 꿈을 가리키는 데 솔직한 말 대신에 모호하고 우회적인 완곡한 말로 표현하여 그 꿈이 가지고 있는 부정적인 요소를 제거하려 하는 경향이 있다.

　외로운 잠자리에 따르는 것이 베개이다. '눈물은 새우잠의/ 팔굽 베개요/ 봄꿩은 잠이 없어/ 밤에 와 운다.(김소월,「원앙침」)' 역시 홀로 지새는 밤, 이제는 남녀가 함께 베고 자던 원앙침이 아닌 눈물에 젖은 팔베개를 노래하고 있다. 이와는 반대로 '어이 얼어 자리 무스 일 얼어 자리 원앙침 비취금을 어디 두고 얼어 잘이 오늘은 찬비 맞았으니 녹아 잘까 하노라(임제)' 는 임백호가 평양 기생 한우寒雨와 행복한 잠자리를 수작하는 시조이다. 이같이 베개는 남녀 간의 평안하고 행복한 밤의 합환의 상징이다. 그래서 베갯모에 부부금실을 상징하는 원앙이나 십장생 따위를 수놓거나 그려 넣어 주술적인 힘으로 잠자는 동안 좋은 꿈을 꾸어 소망이 이루어지도록 기원했다. 베개는 '베갯동서' '베개머리 송사' '베개 밑 공사' 등의 성적인 의미조차 띤다.

이 베개는 차디차게 눈물에 젖어 있다. 오래도록 꿈속에서 울음을 계속했기에 이 눈물이 식어 차갑게 되었을 것이다. 그런데도 미처 흘러내리지 못한 눈물 한 방울이 아직 눈가에 고여 있다. 눈물도 흐르다 흐르다가 지쳐 멈춰 버린 듯싶다. 이 눈물이 꿈속과 꿈밖의 현실을 이어주는 매개가 된다. 그래서 꿈은 더욱 생생하다.

꿈속에 나타난 강은 어떠했을까. 이에 대한 언급이 없으니 추측할 뿐이다. 강은 베개에 차가운 눈물이 흐를 정도로 슬픔을 자아내는 역할을 했을 것이다. 강은 이승과 저승, 차안과 피안, 일상적 자아와 실존적 자아, 꿈과 현실을 격리시키는 장애물인 동시에 이들을 연결시키는 통로이다. 흐름은 격리와 연결의 방법이다. 이 강물은 지금 무럭무럭 김이 오르며 흘러내린다. 이 김은 꿈속같이 몽롱한 기분을 자아낸다. 이 몽롱한 기분을 자아내는 김은 차가운 눈물 대신 따뜻한 입김을 내뿜는 듯하다.

그래서 화자는 꿈속을 걷듯 강둑을 혼자 거니는데 물오리도 갈매기도 끼룩끼룩 운다. 이 물오리와 갈매기도 대부분 한반도 남부에서 겨울을 지내는 철새이다. 이 강물의 흐름은 세월의 흐름과도 함께 한다. 강물이 '철철' 흐르는 것을 보니, '춘수만사택春水滿四澤(도연명)' 이라고, 이들도 겨울을 나고 봄을 맞아 지금 떠나든지 떠나는 준비를 하고 있나 보다. 새들뿐만이 아니다. 철철 흐르는 강물은 그 곱지 못한 꿈을 '눈물 한 방울' 에 맺혀 있는 꿈을, 그리고 그 슬픔조차도 띄워 싣고 흘러간다. 강물을 보니 그러기에 내 마음이 이리 편안한가 보다. 오히려 강물에게 사나운 꿈을 실어 보내게 되어 내 마음이 미안할 정도이다. 그뿐만이 아 니다.

　강은 포용과 풍요의 상징이다. 사나운 꿈과 함께 생시의 갖가지의 갖은 설움도 강물은 모두 그 위에 띄워 싣고 가버리는 듯싶다. 그러니 임이여, 어서 오시라. 이 강물은 이제 모든 슬픔이 사라진 나에게 어서 오라는 사연을 임에게 띄우며 흘러간다.

65

한길에 누워

팔다리 쭉 뻗고 한길에 펑 드러눕다
총총 박힌 별이 방울지듯 치렁치렁
찬란燦爛만 저리 유구悠久했다

사람아 왜 나를 귀찮게 흔들기냐
기껏해야 용수 같은 내 토굴土窟 찾아들라고

한창 새벽 '해'와 '길'이 쓸 곳 없다
찬란만 저리 유구코나
내 기원祈願도 세기世紀를 넘어설까

세월이 감격感激을 좀먹기에
밤마다 주령酒靈을 졸라댔다

그래 사람들아 그렇게들 얌전키냐
하나도 서럽잖고 두 번 원통치도 않아
어린자식 앉혀 놓고 똑바른 말 못할 테냐

그때 열두 담장 못 넘어뛰고 만
그 선비는 차라리 목마른 채 사약을 받았느니라고

한길에누어

팔다리 쭉뺏고 한길에 펑 드러눕다
총총 백인 별이 방울지듯 치렁치렁
燦爛 만 저리 悠久 했다

사람아 웨 나를 귀찬케 흔들기냐
기껏해야 용수같은 내土窟 차저들라고

한창 새벽 「해」와 「길」이 쓸곳없다
燦爛 만 저리 悠久 코나
내祈願 도 世紀를 넘어설가

歲月이 感激을 좀먹길내
밤마다 酒靈을 졸나댓다

그래 사람들아 그러케들 얌전키냐
하나도 서럽잔코 두번 원통치도 않어
어린자식 안처노코 똑바룬말 못할태냐

그때 열두담장 못 넘어뛰고 만
그 선비는 차라리 목마른채 賜藥를 받 었니라 고
　　　　　　　　　—『朝光』 6권 5호(1940.5)

· 용수: 죄수의 얼굴을 보지 못하도록 머리에 씌우는 둥근 통 같은 기구.
· 주령酒靈: 술의 혼령.
· 하나도: 조금도.
· 얌전키냐: 얌전하기냐.
· 열두담장: 양반 대가 집의 담장. 양반 대가 집. 열두 대문.
· 넘어뛰다: 뛰어넘다(몸을 숫구쳐서 높거나 넓은 물건이나 장소를 넘다).

비겁한 양심

  이 시는 일제강점기 시로 된 최고의 비밀스러운 격문이다. 그렇다고 비결 정도의 난해한 글이 아니라 민족정신을 제대로 지니고 있는 이라면 쉽게 공감할 수 있는 글이다. 단지 혹독한 검열을 피하기 위하여 난해한 체했을 뿐이다. 이 시가 발표된 1939년은 1919년 3·1운동이 일어난 지 꼭 20년 되는 해이다. 서울에서 휘문의숙을 다니다가 3·1운동이 일어나자 귀향하여 고향 강진에서 만세운동을 도모하다가 체포되어 대구형무소에서 복역했던 영랑은 누구보다도 더한 울분을 삭히지 못하고 민족혼을 일깨우기 위하여 이 격문을 쓴 것이다.

  팔다리를 쭉 뻗는 모습은 만세 부르는 모습인 동시에 나무에 두 손을 매달아 고문당하는 모습이기도 하다. 십자가에 못 박힌 예수 상도 이러하다. 3·1운동에 참여한 이들은 그렇게 만세 불렀고 그렇게 고문당했다. 화자는 그때 그 모습을 재현하기 위하여 이 밤 이 한길에 드러눕는지 모른다. 그때 그 고문으로 제 몸을 가누지 못했던 것이 이 밤 술에 취하여 제 몸 하나 가누지 못함과 비슷하기도 하리라. 이 한길에서는 '기미년 삼월일일 정오 터지자 밀물 같은 대한독립만세(정인보, 「3·1절노래」)'의 과거의 모습을 찾을 길 없다. 오히려 하늘에 총총히 박힌 별이 방울이 맺힌 듯 치렁치렁 내리뜨려져 있다. 그때 만세꾼들이, 그 태극기가. 그 높이 쳐든 손들이, 그 만세의 함성이 별이 되어 저렇게 방울방울 맺혀 있는 듯하다. 이 별들은, 별이 된 3·1의 민족혼은 두고두고 저리 빛을 내면서 앞으로 유구한 세월을 빛나리라.

  한길 한복판에 누워있는 화자에게 행인들이 다가와 어서 일어나 집으로 돌아가라고 한다. 그러나 내가 돌아갈 집이 어디냐. 기껏해야 용수 같은 토굴에 찾아 들라는 말이냐? 용수는 죄수의 얼굴을 보지 못하도록 머리에 씌우는 둥근 통 같은 기구이다. 하긴 나라 잃은 우리는 죄인이긴 하다. 용수 같은 토굴은 썩은 누에고치의 이미지를 주기도 한다. 말라 비틀린 누에가 달랑 누워 썩어가는 고치는 행동하지 못하고 민족적 양심에 괴로워하는 화자가 사는 감옥일 수밖에 없다. 그래도 그곳에 드는 것보다는 술에 취해 한길에 쓰러져 있는 것이 낫다.

한창 쓸모가 있어야 할 새벽의 해와 길이 쓸모없이 그대로 버려져 있다. 우리는 얼마나 많이 새벽 해가 떠오르기를 갈구하고, 이를 위해 투쟁하고, 그 속에서 길을 밝히려 했던가. 우리는 얼마나 많이 새벽길을 찾아 헤매고 그 길을 걸어 나아가기를 원했던가. 그러나 날은 새지 않고 길은 열리지 않았다. 새벽이 오지 않는 이 밤에 옛날의 찬란한 3·1운동의 기억만이 하늘의 별이 되어 저리 유구하구나. 새 새벽 해는 떠오르지 않고 길은 밝아오지 않고 옛날 추억의 별만이 빛나는 이 어두운 밤만이 오래 지속되어 독립의 바람은 아랑곳하지 않고 훌쩍 한 세기를 넘길까 두렵다. 그러나 세월은 그때 그 감격을 좀먹기 마련이니 저 빛나는 3·1운동의 별조차도 언젠가는 물먹은 별이 되리라. 그래서 화자는 오늘도 술이라도 마시고 그 기억을 새롭게 하려고 한다.

그래 나에게 집에 돌아가라고 하는 사람들아, 그대들은 지금 이 세상에 그렇게도 얌전히만 가만히 있기냐? 조금치도 나라를 빼앗긴 설움이 없고, 이를 원통히 여겨 일으킨 3·1운동이 그 한 번으로 족하다는 말이냐? 두 번 원통하지는 않다는 말이냐? 옛날 그때 미처 불의한 권력자의 집에 쳐들어가 세상을 바꿔놓지 못한 의로운 선비는 그 대가로 목이 마를 정도의 갈망을 이루지 못한 채 사형을 당할 수밖에 없었다. 어린자식 앉혀놓고 이런 비극적 사실을 제대로 똑바르게 말 한마디 못하는 비겁한 애비가 될 것이냐?

　여기 '열두 담장'은 권력의 상징인 조선의 구중궁궐일 수도, 일본의
황궁일 수도, 조선총독부일 수도, 어떤 형태의 권력기관일 수도, 권력 그
자체일 수도 있고, 사약은 어떤 방식이든 상관없는 사형제도일 수도 있
다. '그때'는 구체적인 어느 시간대를 의미한다. 박 열, 나석주, 안중근,
이봉창, 윤봉길, 백정기, 김상옥 등 그리고 누구 누구 의사와 열사가 거
사한 그 시간대일 수도 있고, 영랑같이 거사 직전에 발각되어 체포된 그
순간일 수도 있다. 그리고 '사람들아'의 사람은 '인생이 불쌍하다'는
그런 인생이고, 사람이라는 이름을 가진 그런 사람이다. 행동하지 못하
면서 양심을 속이고 술이나 마시고 대로에 누워있는 자기 자신도 포함
된 그런 비겁한 군상들이다.

66

우감偶感

우렁찬 소리 한마디 안 그리운가
내 비위에 꼭 맞는 그 한마디 !
입에 돌고 귀에 아직 우는구나

40 가찬 나이, 내 일찍 나서 좋다
창자가 짤리는 설움도 맛봐서 좋다
간 쓸개가 가까스로 남았거늘

아버지도 싫다 너무 이른 때 나셨다
아들도 싫다 너무 지나서 나왔다
내 나이 알맞다 가장 서럽게 자랐다

행복을 찾노라 모두들 환장한다
제 혼자 때문만 아니라는구나 주제넘게 남의 행복까지 !
갖다 부처님께 바쳐라 앓는 마누라나 달래라

봄 되면 우렁찬 소리 여기저기 나는 듯 하 자지러지다가도
거저 되살아날 듯싶다만 내 보금자리는 하냥 설운 행복이 가득 차 있
다

偶 感

우렁찬소리 한마듸 안그리운가
내비위에 꼭맞는 그한마듸 !
입에 돌고 귀에 아즉 우는구나

四十갓찬 나히, 내 일즉나서 좋다
창자가 짤리는 서름도 맛봐서 좋다
간 쓸개 가 갓갓으로 남었거늘

아버지도 싫다 너무 일흔때 나셨다
아들도 싫다 너무 지나서 나왔다
내나히 알맞다 가장 서럽게 자랐다

행복을 찾노라 모두들 환장 한다
제 혼자때문만 아니라는구나 주제넘게 남의행복까지 !
갓다 부처님께 바처라 알는 마누라나 달래라

봄되면 우렁찬소리 여기저기 나는듯 해자지러지다가도
거저 되사러날듯 십다만 내보금자리는 한양 서런幸福이 가득차있다
―『朝光』6권 6호(1940.6)

· 가찹다(가찬): '가깝다' 의 방언.
· 갓갓으로: 가까스로.
· 해(해자자러지다가도): 하. '많이(수효나 분량, 정도 따위가 일정한 기준보다 넘게, 몹시)' 의
  옛말.
· 자지러지다(해자지러지다가도):몹시 놀라 몸이 주춤하면서 움츠러들다.
· 한양: 하냥. '늘(계속하여 언제나)' 의 방언.

독립운동에의 기원

우감偶感은 문득 떠오른 생각을 쓴 즉흥시이다. 한시에는 흔한 제목이지만 우리 시에서는 보통 무제無題나 실제失題 정도의 제목의 시가 이에 해당할 것이다. 그러나 이 시의 제목인 '우감'은 '봄 되면 우렁찬 소리 여기저기 나는 듯'으로 미루어 어쩌다 한두 번 문득 떠오른 생각이 아니라 때때로 문득문득 지속적으로 떠오른 생각이겠다.

'우렁찬 소리 한마디'는 무엇일까. 이는 아마도 기미년 3월의 '조선독립만세'의 만세소리이리라. '내 비위에 꼭 맞는 그 한마디 ! / 입에 돌고 귀에 아직 우는구나'로 미루어 영랑도 그날 탑골공원에서, 서울의 거리에서 목청껏 불렀으리라. 그는 고향에서도 만세를 부르려고 준비하다 발각되어 옥살이를 했다.

'비위脾胃를 쓰다'라는 관용구가 있다. 이는 '비위 좋게도 아니꼽고 싫은 일을 일부러 하다.'는 뜻이다. 이 시는 일부러 비위를 쓰고 있는 느낌이다. 그렇게 때깔 고운 시어만 고르기 위하여 애쓴 시인이 '내 비위에 꼭 맞는' '창자가 짤리는' '간 쓸개가 가까스로 남았거늘' '싫다' '환장한다' '주제넘게' 등 일상용어조차도 꺼리는 속된 시어를 함부로 사용한다. 더구나 우리말은 오장육부 등 신체부위로 감정을 표현하는 예가 많지만 역시 품위 있는 말은 아닌데 이들이 여기 있다. 그 누가 영랑이 이런 시어를 쓰리라고 상상이나 했을까. 그 누가 이 시가 영랑의 시라고 상상이나 했겠는가. '실컷 욕이나 한번 하자.'는 생각으로 시제도 '우감'이라 했는지 모른다. 관용어로 '비위'는 '비위가 사납다' '비위가 상하다' '비위를 뒤집다' '비위를 쓰다' '비위를 팔다' 등 대부분

나쁜 의미로 쓰인다. '비위가 안 맞는다'는 쓰여도 '비위에 꼭 맞다'는 잘 쓰이지 않는다. 이 시는 하여튼 비위가 상하더라도 지라와 밥통이라도 내놓고 싶은 심정으로 쓴 시인 듯하다.

누구든 피하고 싶은 일제강점기이지만, 우리 민족이 맞아야 할 것이라면 나 혼자라도 달아나지 말고 떳떳하게 당하자고 다짐한다. 영랑은 1903년생으로 1910년 한일합방과 1919년 3·1운동, 그리고 이 시를 쓴 1940년까지 이어지는 수탈과 치욕 속에서 애 끊는 설움을 겪으며 속된 말로 간과 쓸개만이라도 겨우 남아 연명하는 처지가 되었다. 간 떨어지고 쓸개 빠지거나 간에 붙었다 쓸개에 붙었다 해야 살아가는 간담이 서늘한 시대를 살았지만 그래도 일찍 태어나 그 역사의 의미를 깨달을 수 있을 정도 철을 안 나이 대를 산 것이 좋다고 한다. 이상李箱은 인간이 돼지가 아니기에 불행하다는 의미의 말을 했지만 그 불행의 의미도 모르는 돼지같이 배만 부른 존재가 아니어서 다행이다.

존비속에 대해서도 발언이 거침없다. '아버지는 싫다 너무 이른 때 나셨다/ 아들도 싫다 너무 지나서 나왔다'고 하여 아버지는 너무 이른 때 태어나 봉건사상으로 무장하여 역사의 의미를 제대로 파악하지 못하는 듯싶고 아들은 너무 나이가 어려 세상물정을 모른다. 아버지는 자식의 신식교육을 반대했고, 14세에 조혼을 시켰고, 아들이 사랑했던 연인 최승희를 무용 지망생이라 하여 반대했던 봉건주의자였고, 자식은 아직 나이 어려 아버지의 뜻을 모르고 선생의 협박을 곧이곧대로 믿고 창씨개명을 않는다고 아버지를 조르고 원망하던 일제 식민지의 순종자일 수밖에 없었다. 일제 강점기를 살았던 3대는 이렇게 나이 차에 의한 시각차를 드러냈다. 시대상황에 대하여 막무가내의 아버지의 사고방식과 무지의 자식 사이에서 시대의 고통을 혼자 견디어야 했던 중간세대의 시각을 영랑은 '내 나이 알맞다 가장 서럽게 자랐다'로 표현했다.

행복을 추구한다고 탓할 것은 아니다. 그러나 저속한 말로 '환장換腸

했다'고 할 정도로 나라야 남의 손에 넘어갔건 말건, 독립 운동자들이 고문당하고 수감되건 말건 개인적인 이익만을 추구하는 모리배들이 많다. 그들일수록 제 행복이 아니라 남의 행복을 위하여 힘쓴다고 강변한다. 일제의 한일병합의 명분으로 내세운 식민사관부터가 그렇다. 일제는 한민족은 일본인에게서 갈라진 민족이기 때문에 일본이 한국을 보호하고 도와야 한다는 동조동근론同祖同根論을 들어 일제의 한일합방을 한국을 위한 배려와 도움인 양 꾸몄다. 또 한국역사의 정체성론停滯性論을 들어 궁극적으로 일본의 조선 식민지배가 고대노예제 수준에 머물러있던 조선의 사회, 경제체제를 곧바로 근대자본제로 빠르게 발전시켰다는 주장을 폈다.

속담에 '부처님 위하여 불공하나? 라는 말이 있다. 남을 위하는 것 같지만 결국은 자기를 위한다는 뜻이다. 아파 누워 있는 자기 아내 하나 수발하지 못하는 이일수록 남을 위하여 봉사한다고 설친다. 주제넘게도 남의 행복까지도 책임질 듯하는 이들에게 처음에는 '환장하다'로 다음엔 '주제넘다'로 욕하다가 마지막엔 설득하는 양 '갖다 부처님께 바쳐라 앓는 마누라나 달래라'고 비꼰다.

3월이 되면 '입에 돌고 귀에 아직 우는' 그날의 우렁찬 만세소리 '여기저기 나는 듯' 하여 일제의 탄압 속에서 몹시 주춤하면서 움츠러들던 만세소리가 거저 되살아날 듯싶다만 아직도 그 함성 들리지 않는다. 어찌 거저 되는 일이 있겠는가. 모란이 피기까지는 찬란한 슬픔의 봄을 기다리고 있듯, 그 우렁찬 소리가 여기저기 날 때까지는 내 보금자리는 하냥 서러운 기다림만이 있다. 모란이 피면 찬란한 봄이 되듯 그 우렁찬 소리가 들리면 하냥 행복이 가득 찰 것이다.

이 시는 직서直敍할 수 없는 시대상 속에서, 그 시대를 인내하는 양 욕설에 가까운 시어로 이어오다가 끝 연에 이르러 절제할 수 없는 기원을 노도가 한꺼번에 퍼붓듯 긴 행으로 뱉어내고 있다.

67

내 홀진 노래

그대 내 홀진 노래를 들으실까
꽃은 까득 피고 벌떼 닝닝거리고

그대 내 그늘 없는 소리를 들으실까
안개 자욱이 푸른 골을 다 덮었네

그대 내 홍 안 이는 노래를 들으실까
봄 물결은 왜 이는지 출렁거린데

내 소리는 꾀벗어 봄철이 싫다리
호젓한 소리 가다가는 씁쓸한 소리

어슨 달밤 빨간 동백꽃 쥐어 따서
마음씬 냥 꽁꽁 쭈무러 버리네

내홋진 노래

그대 내 홋진 노래를 드르실까
꽃은 까득피고 벌때 넝넝거리고

그대 내 그늘 없는 소리를 드르실까
안개 자욱히 푸른골을 다 덮었네

그대 내 흥 안 이는 노래를 드르실까
봄물결은 웨 이는지 출렁거린듸

내 소리는 꿰벗어 봄철이 실타리
호젓한소리 가다가는 쓸슬한소리

어슨달밤 빩안 동백꽃 쥐어따서
마음씨 냥 꽁꽁 쭈무러 버리네

—『永郎詩選』(1949.10)

· 홑지다(홋진): 복잡하지 않고 단순하다.
· 까득: '가득' 의 센말 방언.
· —ㄴ듸(출렁거린듸): 해할 자리에 쓰여, 어떤 일을 감탄하는 뜻을 넣어 서술함으로써 그에 대
한 청자의 반응을 기다리는 태도를 나타내는 종결어미.
· 실타리: '싫다 하리(라)' 의 준말.
· 호젓하다(호젓한): 후미져서 무서움을 느낄 만큼 고요하다.
· 가다가(가다가는): 어떤 일을 계속하는 동안에 어쩌다가 이따금.
· 쓸쓸하다: 달갑지 아니하여 싫거나 언짢은 기분이 조금 나다.
· 어슬다: 어슬하다(조금 어둡다).
· 냥(마음씨 냥): 인 양. 마음씨 냥: 마음씬 양.
· 꽁꽁: 힘주어 단단하게 죄어 묶거나 꾸리는 모양.

사랑의 메시지로의 노래

　　노래는 청자를 감동시키는 주술적인 힘을 지니고 있다. 오르페우스가 하프를 연주하면 목석이 춤추고 맹수가 얌전해지며 폭풍조차 멈췄다. 그는 지옥의 왕인 하데스를 하프로 감동시켜 죽은 아내를 살려 데려가라는 허락을 받기도 하고, 노래로 뱃사람들을 홀려 죽게 하는 세이렌조차도 물리쳐 배의 안전을 도모했다. 당나라의 여연이라는 이가 회오리 바람 노래를 부르면 가을인 양 나뭇잎이 우수수 떨어졌다 한다. 또 신라인들은 향가를 불러 물귀신이 잡아간 여인을 데려오거나(「해가사」), 잡귀를 내쫓거나(「처용가」), 혜성과 왜군을 물리치거나(「혜성가」), 두 개의 해를 사라지게 하거나(「도솔가」), 병자를 치유하기도(「천수대비가」) 했다. 월명사가 달밤에 피리를 불면 가던 달도 멈추고 그 소리를 들었다 한다.

　　화자 역시 상대가 자신의 노래에 감동하여 자신의 마음을 알아주기를 바라면서 노래를 부른다. 온 세상의 생명력이 넘쳐나는 이 풍성한 봄날에 겨우내 사라졌던 꽃은 만발하여 온 천지에 가득차고, 벌떼는 제철맞아 꿀을 따느라 잉잉거린다. 그러나 나의 노래는 복잡하지 않고 단순하며, 화려하지 않고 소박하며, 풍성하지 않고 초라하며, 무리 지어 어울리지 않고 홀로 외롭게 그대에게 다가간다.

　　어디 그뿐인가. 지금 안개는 자욱이 푸른 골짜기를 다 덮고 사랑의 밀실을 차려 사랑의 밀어랑 그 떨림이랑, 숫스런 태와 간지러움까지 포근히 감싸고 있다. 그러나 나의 노래에는 그런 그늘이 없다. 나의 노래는 달콤한 수액을 비밀스럽게 감춘 밀실의 사랑 이야기가 아니라 숨김없이 노출된 마당의 살림 이야기일 수 있다.

영랑은 이런 안개 속의 분위기를 이렇게 표현했다.

산은 모두 제 품안에 지닌 삼림 암석森林岩石을 다 드러내어 보이고
는 있지마는 저마다 얼굴을 환히 드러내지 않는다. 더구나 기압의 탓인
지 극히 얇은 안개가 이 골짝 저 골짝에 얕이 몰려있는 초봄인 듯한 숫
스런 태와 간지러움까지 가벼이 싣고 있다. 몇 날이 못 가서 벗어질 어
린애 낯에 솜털이 아니냐.

비로 쓸 것도 없다. 박사薄紗로 가려진 명모明眸로 하여 우리는 마음
더 설렐 수가 있다.

―「춘수春水」

땅위에서뿐만이 아니다. 봄 물결은 왜 이는지 왜 이리 출렁거리는지
모른다. 물결조차도 제 흥에 겨운지, 더구나 봄의 물결은 쌍거쌍래雙去雙
來하는지, 그래서 한바탕 사랑의 몸부림을 하는지 요동치고 있다. 그러
나 내 노래는 율동도 가락도 파장도 진동도 굴곡도 없이 고르고 밋밋하
여 감흥이 일지 않을 것이다. 내 노래는 겨울의 노래인 양 헐벗어 갖가
지 옷을 갈아입고 단장한 봄철과는 맞지 않아 싫다고 하리라. 내 노래는
그렇게 홀가분하여 쓸쓸하고 외로운 소리이고 계속 듣다 보면 때로는
가끔 싫거나 언짢은 기분이 들 때도 있으리라.

그러나 내 노래는 대낮같이 화창한 노래도, 더구나 안개 속 오리무중
五里霧中의 물기 촉촉한 노래도, 봄 물결 출렁이듯 흥겨워 어깨를 들썩거
리는 노래도 아니지만, 밝은 듯 어둡고 어두운 듯 밝은 어슬한 달밤에
보일 듯 말 듯 숨겨진 빨갛게 타오르는 동백꽃 같은 노래이다. 그 큼직
한 동백꽃잎을 한 주먹 가득 쥐어뜯어 내 마음 쏨쏨이로 핀 꽃인 양하여

꽁꽁 단단히 주물러 그 속에 짓이겨 놓은 노래이다. 영랑은 새빨간 동백꽃과 짙푸른 동백 잎의 정열과 '그 알의 고요히 빠지는 정숙'을 사랑하면서 '내 마음과 뜻이 자꾸자꾸 퇴색하여 가는 때 다시 물들여 주고 되살려 주는 내 생명의 나무인 것을'(「감나무에 단풍 드는 전남의 가을」)이라고 애찬하고 있다. 이런 숨어 있는 동백꽃 같은 내 노래 속의 내 진실한 마음을, 그 사랑의 메시지를 깨닫지 못하고, 단지 사랑의 신비로운 비밀이 없고 흥이 일지 않는 단조롭고 무미건조한 노래로만 아느냐. 거기에는 헐벗은 듯 호젓하고 쓸쓸한 사랑이 있고 겉으로 드러나지 않는 정열이 응축되어 있는 것을. 이 노래로 하여 그대 내 마음을 읽고 우리 사랑의 나래를 펴고 사랑의 나라로 가자. 거기 단순한 그늘이 아닌 '어슨 달밤 빨간 동백꽃' 같은 본능의 그늘shadow이 있다고 내 노래는 노래한다.

68

집

내 집 아니라

늬 집이라

날으다 얼른 돌아오라

처마 난간이

늬들 가여운 소색임을 지음知音터라

내 집 아니라

늬 집이라

아배 간 뒤 머언 날

아들 손자 잠도 깨우리

문틈 사이 늬는 몇 대째 설워 우느뇨

내 집 아니라

늬 집이라

하늘 날흐던 은행잎이

좁은 마루 구석에 품인 듯 안겨든다

태고로 맑은 바람이 거기 살았니라

오! 내 집이라

열 해요 수무 해를
앉았다 누웠달 뿐
문밖에 바쁜 손이
길 잘못 들어 날 찾아오고

손때 살내음도 절었을 난간이
흔히 나를 안고 한가하다
한두 쪽 흰 구름도 사라지는데
한 두엇 저질러 논 부끄러운 짓
파아란 하늘처럼 아슬풀하다

집

내집 아니라
늬집 이라
나르다 얼는 도라오라
처마 欄干이
늬들 가여운 소색임을 知音터라

내집 아니라
늬집 이라
아배 간뒤 머언날
아들 손자 잠도 깨우리
문틈사이 늬는 몇代체 서뤄 우느뇨

내집 아니라
늬집 이라
하눌 날흐든 銀촘닢이
좁은 마루구석에 품인듯 안겨든다
太古로 맑은바람이 거기 사렀니라

오! 내집이라
열해요 수무해를
앉었다 누었달뿐
문밖에 바쁜 손이
길 잘못드러 날 찾어오고

손때 살내음도 저뤘을 欄干이
흙이 나를 앓고 한가 하다

한두쪽 흰구름도 사러지는듸
한두엇 저질러논 부끄러운짓
파아란 하늘처름 아슨풀하다
　　—『永郎詩選』(1949.10)

· 가엽다(가여운): 가엾다(마음이 아플 만큼 안 되고 처연하다). * ‘가엽다’ ‘가엾다’ 는 이중 표준어.
· 소색임: ‘속삭임’ 이나 ‘쏘색임’ 의 뜻 겹침 시어.
· 지음知音: 새나 짐승의 울음을 가려 잘 알아들음.
· 아배: ‘아버지’ 의 방언.
· —달뿐(누었달뿐): —다 할 뿐. —다고 할 뿐.
· 절다(저뤘을): 땀이나 기름 따위의 더러운 물질이 묻거나 끼어 찌들다.
· 아슨풀하다: 아슴푸레하다.

무소유의 시

우리는 어린 시절 '즐거운 곳에서 날 오라 하여도 내 쉴 곳은 작은 집 내 집뿐이리' 하는 비숍의「즐거운 나의 집」을 즐겨 불렀다. 집은 그런 곳이다. 수탉도 자기 홰에서는 왕이고 강아지도 자기 울안에서는 사자란다. 화자는 그런 집을 '내 집 아니라 늬 집이라' 라고 남에게 내어준다.

처음 이 집은 제비에게 제공했지만 제비는 이 집을 마다하고 떠난다. 제비는 철새이므로 그럴 것이다. 가을이 되어 떠나는 제비에게 화자는 '날으다 얼른 돌아오라 처마 난간이 늬들 가여운 속삭임조차 지음知音 하더라.' 라고 집과 제비와의 친밀관계를 알려준다. 지음은 '소리를 알아듣는다는 뜻이니, 지우지기知友知己와 같이 자기의 속마음을 알아주는 친구를 이르는 말' 이다. 거문고의 명수 백아伯牙가 그의 거문고소리를 알아주었던 친구 종자기鍾子期가 죽자 다시는 거문고를 타지 않았다는 고사에서 유래한 어휘이니 제비를 백아로 처마 난간을 종자기로 비유한 것이다. '가여운 소리' 는 아마도 이제 집을 떠나 먼 남쪽으로의 고달픈 여정에 대한 제비 가족의 더욱이 새끼 제비의 안쓰러운 이야기일 것이다. 어버이 제비는 이 집의 처마에서 새끼를 까서 그 어린 제비마저 더불어 길을 떠난 것이다. 제비가 집을 지은 처마 밑과 드나들던 난간도 이런 이야기를 듣고 마음이 아파하는 듯싶다. 그럴 정도로 이 집은 내 집이 아니라 제비, 바로 네 집이다.

이 집의 주인은 또 있다. 문틈 사이로 보일 듯싶지만 보이지 않으면서도 가을이면 어김없이 찾아와 울어대는 귀뚜라미가 바로 그 주인공이다. 섬돌인가 마루인가 그 밑 어디인가에 숨어 살면서 때가 되면 어김없이 가을을 알리는 전령사가 귀뚜라미이다. '늬'는 이 집 주인인 아버지가 죽고 그 아들 손자가 아버지가 되어도 여전히 잠을 깨워 한밤중을 뒤척이게 할 것이다. 그러니 사람보다도 훨씬 많은 세대를 이 집에서 살면서도 항상 그렇게 설움에 겨워 울음을 유전하는 것이 아니냐. 그러니 내 집 아니라 귀뚜라미, 바로 네 집이다.

그뿐만이 아니다. 가을바람에 하늘을 나르던 은행잎이 좁은 마루 구석이 마치 자신을 보호해 주는 누구의 품인 양 안겨든다. 누굴까. 까마득한 태곳적부터 거기 맑은 바람이 살았단다. 그 바람에 의하여 하늘을 날면서 천하를 주유하던 은행잎이 마지막엔 제 어미의 품인 양 좁은 마루 구석을 찾아든다. '십년을 경영하여 초가삼간 지어내니/ 나 한간 달 한간에 청풍 한 간 맡겨두고/ 강산은 들일 데 없으니 둘러두고 보리라(송순)'의 심정이 이러하니 그 청풍이 든 한 간이 마루 구석이다. 그러니 이 집은 내 집이 아니라 바람의 집이요, 그 젖먹이인 은행잎의 집이다.

오, 그래도 명색이 내 집이니 그래 내 집이라고 하자. 그 긴 세월을 10년이라고 해도 좋고 20년이라 해도 좋다. 그 많은 세월을 내 집이라고 단지 거기 앉았다 누웠다 했을 뿐이다. 인간은 원래 따뜻하고도 안락한 장소를 마련하기 위하여 집을 지었을 것이다. 그러나 이 집에서 앉았다 누웠다 하는 육체적인 휴식은 받았을망정 정신적인 평안은 얻지 못했다. 문밖을 지나는 바쁜 길손이 길을 잘못 들어 날 찾을 뿐 제대로 찾아오는 사람도 없다. 이 연의 '내 집이라', '열 해요 스무 해를' 등은 '……이라 해도'의 추정의 뜻을 지니고 있다. 왜 잘못 찾아왔을까. 사실은 내가 여기 살았을 뿐 참된 집주인이 아니기 때문이다.

흔히 옛 은둔자들은 찾는 이 없는 한가한 생활을 즐기면서도 누군가를 기다리는 심정을 그린다. '외객불래산조어外客不來山鳥語(길재, 「한거

閑居」)' '시비柴扉를 여지 마라 날 찾는 이 뉘 있으리.(신흠)', '만중운산에 어느 님 오랴마는(서경덕)' 등은 이런 바람이다. 그러나 이 화자는 '문밖에 바쁜 손이 길 잘못 들어 날 찾아오고'라 한다. 이는 주인도 손도 바라지 않는 만남이다. 나는 사실 주인 역할도 제대로 못하는 존재이니 말할 것도 없지만, 바쁜 손은 누구인가. 앞의 제비나 귀뚜라미, 은행잎 등의 자연물과 대비시킨다면 인간이라는 존재 그 자체일 수 있다. 인간이란 너와 나 할 것 없이 바쁜 인생살이를 하면서도 집도 아닌 집에 찾아들고, 사람 아닌 사람과도 만난다. 소크라테스는 '내 집이 비록 작지만 진실한 친구로 채울 수 있다면 나는 만족하겠다.'라 했다지만 나 자신이 진실하지 않은데 누구를 탓하겠는가. 나조차도 이 집에서 '앉았다 누웠달 뿐'할 정도로 정상이 아니니 찾아오는 이도 실수로 찾은 이들뿐이리라.

왜 굳이 '내 집'을 부정하면서 '늬 집'이라고 하는가. 집은 우주의 상징이다. '우주宇宙'는 '집 우'자 '집 주'자로 쓴다. 그래서 제비와 귀뚜라미와 은행잎과 바람이 거기 살고 있는 것은 긍정적이다. 왜 굳이 '오! 내 집이라'며 미심쩍어 새삼 확인하는가. 집은 국가 사회 가문의 상징으로 보호와 안식과 번영의 중심지이다. 그런데 당시 나라를 빼앗긴 마당에, 굳이 일제를 들먹이지 않더라도 혼탁한 사회에, 굳이 사회를 탓하지 않더라도 후회 많은 인생에 집이 올바로 박혀 있다고 인정할 수 없을 것이다. 그러니 집뿐만 아니라 그 주인이건 객이건 비정상인 건 다를 바 없다. 그래서 바쁜 손들이 찾아야 쓸모없는 집이요 주인이라고 할 수 있을 것이다.

그렇다고 어찌 집과 그 주인과의 인연이 없겠는가. 난간은 대대로의 세상살이에서 손때와 살 냄새로 절었을 것이다. 그런 난간이 이런 격동의 세월조차도 잊은 채 흰 구름 한두 쪽 사라지는 허공에 그냥 나를 안

은 듯 싣고 한가하게 떠서 흘러가는 듯하고, 그 세월의 풍파를 헤치며
이 집 주인들이 저질러 놓은 한두 부끄러운 짓거리도 이제 파란 하늘처
럼 아슴푸레하게 사라지는 듯하다. 내 집이니 늬 집이니 하는 소유의 개
념도 이를 위하여 저지른 인생살이의 부끄러움도 모두가 푸른 하늘에
사라지는 한두 점 구름과 같은 것이 아닌가 싶다.

69

춘향春香

큰칼 쓰고 옥에 든 춘향이는
제 마음이 그리도 독했던가 놀래었다
성문이 부서져도 이 악물고
사또를 노려보던 교만한 눈
그는 옛날 성학사成學士 백팽년朴彭年이
불 지짐에도 태연하였음을 알았었니라
오! 일편단심

원통코 독한 마음 잠과 꿈을 이뤘으랴
옥방 첫날밤은 길고도 무서워라
설움이 사무치고 지쳐 쓰러지면
남강南江의 외론 혼은 불리어 나왔느니
논개論介! 어린 춘향을 꼭 안아
밤새워 마음과 살을 어루만지다
오! 일편단심

사랑이 무엇이기
정절이 무엇이기
그 때문에 꽃의 춘향 그만 옥사하단 말까

지네 구렁이 같은 변학도卞學徒의

흉측한 얼굴에 까무러쳐도

어린 가슴 달큼히 지켜주는 도련님 생각

오! 일편단심

상하고 멍든 자리 마디마디 문지르며

눈물은 타고 남은 간을 젖어 내렸다

버들잎이 창살에 선뜻 스치는 날도

도련님 말방울 소리는 아니 들렸다

삼경을 새우다가 그는 고만 단장斷腸하다

두견이 울어 두견이 울어 남원南原 고을도 깨어지고

오! 일편단심

깊은 겨울밤 비바람은 우루루루

피칠 해 논 옥창살을 들이치는데

옥獄죽음 한 원귀寃鬼들이 구석구석에 휙휙 울어

청절淸節 춘향도 혼을 잃고 몸을 부려 버렸다

밤새도록 까무러치고

해 돋을 녘 깨어나다

오! 일편단심

믿고 바라고 눈 아프게 보고 싶던 도련님이

죽기 전에 와 주셨다 춘향은 살았구나

쑥대머리 귀신 얼굴 된 춘향이 보고

이 도령은 잔인스레 웃었다 저 때문의 정절이 자랑스러워

"우리 집이 팍 망해서 상거지가 되었지야"
틀림없는 도련님 춘향은 원망도 않았니라
오! 일편단심

모진 춘향이 그 밤 새벽에 또 까무러쳐서는
영 다시 깨어나진 못했었다 두견은 울었건만
도련님 다시 뵈어 한을 풀었으나 살아날 가망은 아주 끊기고
온몸 푸른 맥脈도 홱 풀려 버렸을 법
출또出道 끝에 어사御史는 춘향의 몸을 거두며 울다
"내 변가卞哥보다 잔인무도殘忍無智하여 춘향을 죽였구나"
오! 일편단심

큰칼 쓰고 獄에 든 春香이는
제마음이 그리도 독했든가 놀래었다
성문이 부서저도 이 악물고
사또를 노려보든 교만한 눈
그는 옛날 成學士 朴彭年이
불지짐에도 泰然하였음을 알었었니라
오! 一片丹心

원통코 독한마음 잠과꿈을 이뤘으랴
獄房 첫날밤은 길고도 무서워라
서름이 사모치고 지처 쓰러지면
南江의 외론魂은 불리어 나왔느니
論介! 어린春香을 꼭 안어
밤새워 마음과 살을 어루만지다
오! 一片丹心

사랑이 무엇이기
貞節이 무엇이기
그때문에 꽃의春香 그만 獄死하단말가
지네 구렁이 같은 卞學徒의
흉칙한 얼굴에 까물어처도
어린가슴 달큼히 지켜주는 도련님생각
오! 一片丹心

상하고 멍든자리 마듸마듸 문지르며
눈물은 타고남은 간을 젖어 내렸다

버들닢이 창살에 선뜻 스치는 날도
도련님 말방울 소리는 아니들렸다
三更을 세오다가 그는 고만 斷腸하다
두견이 울어 두견이 울어 南原고을도 깨어지고
오! 一片丹心

깊은 겨을밤 비ㅅ바람은 우루루루
피칠해논 獄窓살을 드리 치는대
獄죽엄한 冤鬼들이 구석구석에 휙휙 울어
淸節春香도 魂을 잃고 몸을 버려 버렸다
밤 새도록 까무러치고
해 도들녘 깨어나다
오! 一片丹心

믿고 바라고 눈앞으게 보고싶든 도련님이
죽기前에 와주셨다 春香은 살었구나
쑥대머리 귀신얼굴된 春香이 보고
李도령은 殘忍스레 우섰다 저때문의 貞節이 자랑스러워
「우리집이 팍 亡해서 上거지가 되었지야」
틀림없는 도련님 春香은 원망도 않했니라
오! 一片丹心

모진 春香이 그밤새벽에 또 까무러처서는
영 다시 깨어나진 못했었다 두견은 우렀건만
도련님 다시뵈어 恨을 풀었으나 살아날 가망은 아조 끈끼고
왼몸 푸른 脈도 확 풀려 버렸을법
出道 끝에 御史는 春香의몸을 거두며 울다
「내 卞苛보다 殘忍無智하여 春香을 죽였구나」
오! 一片丹心
—『永郎詩選』(1949.10)

· 큰칼: 예전에 무거운 죄를 지은 사람의 목에 씌우던 형구의 하나, 길이는 135센티미터 정도.

· 성문: '정강이(전라도 방언)' 와 '성문城門(성곽의 문, 여성상징)' 의 중의적重義的 표현.

· 사또: 일반 백성이나 하급 벼슬아치들이 자기 고을의 원員을 존대하여 부르던 말.

· 성학사: 성삼문. '학사' 는 조선 전기에, 중추원에 속한 종이품 벼슬.

· 불지짐: 죄인의 살을 인두로 지지는 형벌.

· 까무러치다(까물어처도): 얼마 동안 정신을 잃고 죽은 사람처럼 되다.

· 단장斷腸: 부모 자식 간이든 연인간이든 친구간이든 창자가 끊어질 정도로 슬픈 이별의 아픔.

· 쑥대머리: 쑥대강이(머리털이 마구 흐트러져 어지럽게 된 머리).

· 출두出頭: 어사출또(조선 시대에, 암행어사가 지방 관아에 중요한 사건을 처리하기 위하여 좌기坐起를 벌이던 일).

· 변가卞哥: '변가卞哥' 의 뜻 겹침 시어.

일편단심 춘향의 죽음

　『춘향전』은 이본이 120편에 달할 정도로 많지만 그 이야기는 대동소이하다. 남원에 춘향이라는 기생이 부사의 자제 도령을 사모하다 죽었는데, 원귀가 되어 남원에 재앙을 가져오자 이를 액풀이하려고 양진사梁進士가 춘향전을 제문祭文으로 창작하였다는 신원설화伸寃說話만이 소설과 다를 뿐이다. 그런데 이 시는 천편일률적인 춘향전의 해피엔딩의 결말을 비극적인 죽음으로 수정해서 화자의 메시지를 독자에게 전달하려고 한다.

　1연은 변학도의 수청을 거부하여 큰칼을 쓰고 옥에 갇혀 정강이가 부러지는 고문을 당하면서도 교만한 눈으로 사또를 노려보면서 독기를 부린 자신을 대견해 하는 스스로의 모습을 그렸다. 춘향전의 원본으로 가장 많이 활용되는 완판본完板本 춘향전인 『열녀춘향수절가烈女春香守節歌』는 이 대목을 '춘향이 또 포악暴惡하되 유부겁탈有夫劫奪하는 것은 죄 아니고 무엇이요. 사또 기가 막혀 어찌 분하시던지 연상硯床을 두드릴 제……' 운운하고 있다. 불의에 맞서는 춘향은 결코 우리의 전통적인 인고의 여인상만이 아니다. 그녀는 이몽룡과 서로 업고 희롱할 제도만고 충신 '성학사 박팽년이 불 지짐에도 태연하였음'을 기리어 '사육신死六臣을 업은 듯 생육신生六臣을 업은 듯'이라고 이몽룡을 이들에 비유하고 있다. 그러나 실은 이 고난에서 이몽룡이 아닌 그녀 자신이 이들을 대신하고 있다. '오! 일편단심一片丹心' 이 이들이 공유한 속성이다.

　'성문이 무너져도'는 적군이 성문을 무너뜨리고 쳐들어오는 모습과 고문에 의해 정강이가 부러지는 모습을 동시에 그리고 있다. '성문' 혹은 '성문이'는 '정강이(무릎 아래에서 앞 뼈가 있는 부분)'의 전라도 방언이다. 이 부분은 조금만 때려도 굉장히 아픈 곳이다. 조선시대 잔인한 고문 중 하나로 곤장의 모서리로 정강이뼈나 발뒤꿈치를 치는 형벌이 있었다. '성문'을 정강이에만 한정하려면 '부러져도, 쪼개져도, 끊어져도' 따위로 쓰면 되련만 굳이 '무너져도'를 쓴 것은 중의로 여성의 정조를 숨기기 위한 수법이다. 이로써 성문이 무너져도 성문을 지키려는 춘향의 굳은 절개를 기리는 것이다.

2연은 옥방에 갇힌 첫날밤의 풍경이다. 『춘향전』에서는 사또가 '너희 같은 천기배賤妓輩게 충렬이자忠烈二字 왜 있으랴' 하고 꾸짖자 춘향은 '충효열녀 상하 있소' 하고 항의하며 그 예로 '진주기생 논개는 우리나라 충렬로서 충렬문에 모셔놓고 천추 향사享祀 하여 있고'라며 몇몇의 기생 출신 충렬을 열거한다. 또 비몽사몽간에 논개 등에 이끌리어 역사상 억울하게 죽은 여인들과 만나서 그들의 설움을 듣게 된다. 이 시에서는 '남강의 외론 혼은 불리어 나왔느니(라)'라 하여 의지가지없는 춘향이 능동적으로 논개에 의탁하여 투쟁의지를 재충전했음을 보인다.

3연은 투옥의 직접적인 원인이 된 춘향의 사랑에 다가간다. 1연의 성학사 박팽년으로 대표되는 임금에 대한 충절, 2연의 논개로 대표되는 국가에 대한 충절과는 달리 3연은 오로지 춘향으로 상징화된 남녀 간의 사랑에 초점을 맞춘다. '꽃의 춘향' '어린 가슴 달큼히 지켜주는 도련님 생각'의 러브 스토리는 '지네 구렁이 같은 변학도의 흉측한 얼굴'과 대립되어 갈등구조로 바뀌면서 '정절'과 '옥사'와 '일편단심'이 그 결과물로 등장한다. 그러므로 여기 '사랑'과 '정절'은 동일현상이면서 대립현상이다.

4연은 춘향이 형벌의 고통과 이별의 아픔 때문에 단장斷腸하는 정경을 그렸다. 창자가 끊기기 전에 근심과 안타까움에 간이 탄다. 그 타다 남은 간을 눈물이 적시면서 열기를 식히고, 또 눈물은 상하고 멍든 자리에 고르게 흐르면서 마디마디 문지른다. 그러다가 단장, 아예 창자가 끊어져 죽음에 이른다. '앞내 버들은 초록장草綠帳 두르고 뒷내 버들은 유록장柳綠帳 둘러 한 가지 늘어지고 또 한 가지 펑퍼져 광풍을 겨워 흐늘흐늘 춤을 추는데 광한루 구경처求景處에 그네를 매고' 백운간白雲間에 노닐다가 춘향은 낭군을 처음 만났다. 지금 그 버들잎이 감옥의 창살을 스쳐 나는데 임은 돌아오지 않는다. 버들은 봄과 청춘과 춘정과 여성과 생명력의 상징이다.

그 버들잎이 창가를 스치는 날밤 삼경을 새우다가 춘향은 끝내 단장했다. 그때 두견도 울고 남원 고을도 슬픔 속에서 잠을 깨었다. 춘향은 '차라리 이 몸 죽어 공산에 두견이 되어 이화월백 삼경야三更夜에 슬피 울어 임의 귀에 들리과져' 라고 옥중에서 장탄가長歎歌를 부르면서 울었는데 춘향이 단장하자 그 두견은 울어쌓아 온 고을에 그 사실을 알린다. 농부건 표모건 온통 춘향의 정절을 기리고 동정하던 남원 고을은 삼경에 두견의 울음으로 춘향의 단장을 알고 잠을 깨어 깊은 시름에 잠겨 웅성거리는 듯싶다. 여기 '남원 고을도 깨어지고' 의 '깨어지다' 도 '잠에서 깨다' 와 '단단한 물건이 조각나다' 의 두 의미가 깃들인 듯하다. 춘향의 죽음은 남원 고을이 무너질 만한 대사건이다. 두견의 울음으로 잠을 깬 남원 고을은 남원 고을이 송두리째 깨어진 아픔을 느끼는 것이다.

5연은 춘향이 단장에서 깨어나는 정경이다. 춘향전은 옥 죽음을 한 원귀들의 울음소리 대목을 '밤은 깊어 삼경이요 궂은비는 퍼붓는데, 도깨비 삑삑, 밤새소리 붓붓, 문풍지는 펄렁펄렁, 귀신이 우는데 난장 맞아 죽은 귀신, 결령치사結領致死 대롱대롱 목매달아 죽은 귀신, 형장 맞아 죽은 귀신, 사방에서 우는데 귀곡성鬼哭聲이 낭자로다.' 라고 표현하고 있다. 우리는 보통 무섬증이 들면 한쪽 구석에 숨기 마련이다. 그러나

이 감옥은 구석구석에서 원귀들이 휙휙 울어서 춘향은 어디 숨을 곳도 없어 오히려 옥중 한가운데로 쫓겨 나와 거기에서 혼도 잃고 몸도 부려 밤새도록 까무러쳤다 해 돋을 녘에 깨어났다. '청절'은 맑고 깨끗한 정절이다. 이 청절은 정신이 깨어 있어야 지킬 수 있다. 그런데 그 청절의 춘향조차도 몸도 정신도 부리고 까무러친 것이다.

6연은 춘향과 이몽룡의 옥중 상봉 장면이다. 원래 춘향전은 '쑥대머리 귀신 형용 적막옥방의 찬 자리에 생각난 것이 임뿐이라.(「쑥대머리」)' 라는 옥중의 춘향의 모습이 앞에 있고, 다음에 '믿고 바라고 눈 아프게 보고 싶던 도련님'이 왔으니 이제는 살 수 있다는 희망을 품다가 이내 이 도령의 행색과 집안이 풍비박산되어 거지가 되었다는 거짓말로 희망이 사라지고, 춘향이 이 도령에게 당부하는 유언인 '서방님 들조시오.(「옥중상봉가」)'가 뒤를 잇는데, 이 시에서는 극적인 반전을 꾀하기 위하여 순서를 바꾸고 서방님에 대한 약간의 원망이 숨겨 있는 「옥중상봉가」는 제외시킨 채 '틀림없는 도련님 춘향은 원망도 안했니라' 라고 으시딱딱하게 거짓말을 하면서 이렇게 말하면 청자가 믿나 보자고 아이러니를 깔아 놓는다. 이는 원망을 넘어 절망하고 앙탈을 할 정도의 심리상태를 숨기는 수법이다.

끝 연은 여기까지 오는 도중에 지쳐 쓰러지고, 까무러치고, 단장하고, 혼을 잃고 몸을 부리고, 또 까무러치고 깨어나고를 반복하다가 '영 다시 깨어나진 못했었다.' 두견은 다시 울어 남원 고을을 깨웠건만, 그리고 고을의 모든 이는 춘향의 소생을 빌었건만 춘향은 끝내 깨어나지 못했다. 무엇이 춘향을 죽였을까. 물론 거지 도령에 의한 절망이다. 이동백 바디의 『춘향가』는 이 절망을 줄이기 위하여 도령이 춘향에게 내일까지는 어떤 일이 있어도 살아 있으라고 다짐을 받기도 한다. 그러나 그 절망 속에서 어느 누가 살겠는가. 영랑은 이른바 리얼리스트이다. 해피엔

딩은 낭만주의자나 할 짓이다. 이 시에서 변가卞哥의 가哥(성)를 가苛(사나움)로 쓴 것은 의도적 오류라 할 수 있다.

　7연으로 된 이 시의 각 연의 끝에는 후렴처럼 '오! 일편단심一片丹心'이 새겨져 있다. 그러나 그 의미는 시상 전개에 따라 매양 조금씩 바뀐다. 1연은 일편단심의 강인한 힘(독함, 교만, 불지짐), 2연은 정절과 충절의 동일성(남강의 외론 혼), 3연은 에로티즘에 의한 일편단심의 힘(꽃의 춘향, 도련님 생각), 4연은 일편단심의 승리에 대한 절망(도련님 말방울 소리, 단장), 5연은 소생의 근원으로의 일편단심(해 돋을 녘), 6연은 일편단심에 대한 배신(저 때문의 정절), 7연은 일편단심의 악용에 대한 후회(변가보다 잔인무도함) 등 서사구조의 진행에 따른 일편단심에 대한 시각차를 제시하여 편집자 대신 청중과 독자가 논평하도록 배려했다.

70

북

자네 소리 하게 내 북을 잡지

진양조 중머리 중중머리
엇머리 잦아지다 휘몰아 보아

이렇게 숨결이 꼭 맞아사만 이룬 일이란
인생에 흔치 않아 어려운 일 시원한 일

소리를 떠나서야 북은 오직 가죽일 뿐
헛 때리면 만갑萬甲이도 숨을 고쳐 쉴밖에

단장長短을 친다는 말이 모자라오
연창演唱을 살리는 반주쯤은 지나고
북은 오히려 컨덕터요

떠받는 명고名鼓인데 잔가락을 온통 잊으오
떡 궁 ! 동중정動中靜이오 소란 속에 고요 있어
인생이 가을같이 익어가오

자네 소리 하게 내 북을 치지

북

자네 소리 하게 내 북을 잡지

진양조 중머리 중중머리
엇머리 자저지다 휘모라보아

이렇게 숨결이 꼭마저사만 이룬 일이란
人生에 흔치않어 어려운일 시원한일

소리를 떠나서야 북은 오직 가죽일뿐
헛 때리면 萬甲이도 숨을 고처쉴밖에

長短을 친다는말이 모자라오
演唱을 살리는 伴奏쯤은 지나고
북은 오히려 컨닥타—요

떠받는 名鼓인듸 잔가락을 온통 잊으오
떡 궁! 動中靜이오 소란속에 고요 있어
人生이 가을같이 익어가오

자네 소리 하게 내 북을 치지
—『永郎詩選』(1949.10)

· 소리: 판소리나 잡가 따위를 통틀어 이르는 말.

· —아사(꼭마저사만): 어사〈어 ᅀᅡ〈어야 *—어야: 앞 절의 일이 뒤 절 일의 조건임을 나타내는 연결 어미.

· 만갑萬甲이: 송만갑宋萬甲 *송만갑(1865—1939): 근대 최고의 동편제 판소리의 명창.

· 연창演唱: 판소리 공연(음악, 무용, 연극 따위를 많은 사람 앞에서 보이는 일).

· 떠받다(떠받는): 쓰러지거나 주저앉지 않도록 밑에서 받치다.

· 명고名鼓: 이름난 북. 이름난 북의 고수.

· 잔가락: 짧고 빠른 소리. 또는 그런 움직임. 노래의 짧고 급한 가락.

· 떡 궁: 북소리의 구음口音, 입소리(거문고, 가야금, 피리, 대금 따위의 악기에서 울려 나오는 특징적인 음들을 계명창처럼 입으로 흉내 내어 읽는 소리. 현악기는 "덩둥둥당동딩"으로, 관악기는 "러루르라로리"로 흉내 내어 읽음).

나와 너의 합일

이 시는 나와 너와의 관계를 고수와 광대의 관계로 비유하여 북과 소리가 어울리듯 나와 네가 함께 조화를 이루어 삶을 보람 있게 살자고 호소하고 있다. 첫 연은 이러한 메시지를 '자네 소리 하게 내 북을 치지'라는 1연 1행의 극히 절제된 시어로 전달하고 다시 끝 연에서 이른바 수미쌍관법으로 이를 반복 제시한다.

둘째 연은 판소리의 장단長短을 열거한다. 장단은 창자唱者가 창을 할 때 박자와 속도, 강약의 차이를 구별하여 연주하는 음악의 반주이다. 이 장단을 느린 것부터 순서대로 열거하면 진양조, 중머리, 중중머리, 자진머리, 휘몰이, 엇머리 등이다. 진양조는 사설의 극적 전개가 느슨하고 서정적인 대목에서 흔히 쓰이는 장단으로 구슬픈 느낌이 있다(「가난타령」, 『흥부가』). 중머리는 어떤 사연을 담담히 서술하는 대목이나 서정적인 대목에서 흔히 쓰이는 장단으로 태연한 맛과 안정감을 준다(「쑥대머리」, 『춘향가』). 중중머리는 춤추는 대목, 활보하는 대목, 통곡하는 대목에서 흔히 쓰이는 장단으로 흥취를 돋운다(「심봉사 통곡」, 『심청가』·「토끼화상」, 『수궁가』). 자진머리는 어떤 일이 차례로 벌어지거나 여러 가지 사건을 늘어놓는 대목, 격동하는 대목에서 흔히 쓰이는 명랑하면서도 상쾌한 장단이다(「암행어사 출도장면」, 『춘향가』). 휘몰이는 자진머리를 더욱 빠르게 휘몰아 나가는 것으로 흔히 어떤 일이 매우 빠르게 벌어지는 대목이나 어떤 일의 절정에 쓰이는 장단으로 흥분과 긴박감을 주어, 작품을 다채롭고 생동감 넘치게 한다(「흥부가 좋아라고」, 『흥부가』). 엇모리는 2박과 3박이 섞인 일종의 불규칙 장단으로 판소리에서 범상한 인물의 출현이나 신비스러운 장면을 묘사할 때 쓰인다(「조자룡 등장 장면」, 『적벽가』·「스님 등장 장면」, 『심청가』·「강원도아리랑」, 민요).

　이 시는 소리를 대표하여 장단을 제시한다. 판소리는 가장 한국적인 예술양식이다. 그 사설은 창과 아니리로 이루어진 구전 서사문학이고, 진양조 등의 장단과 서편제 등의 제와 수리성 등의 성과 노랑목 등의 목과 계면조 등의 조 등의 요소를 지닌 음악이고, 발림과 너름새가 있는 연극이다. 이 장단은 사설의 내용에 따라 결정된다. 그러므로 판소리는 우리네 삶의 질과 양에 얽혀 있는 이야기를 긴장과 이완을 반복하면서 이 장단으로 조정한다.

　이 연은 단순히 장단을 나열한 것이 아니다. '진양조 중머리 중중머리'까지는 소리의 빠르기에 의하여 나열하고 '자진머리 휘몰이'는 '잦아지다 휘몰아 보아'로 음악용어가 아닌 일상용어로 대치했다. 이 대치를 위하여 맨 끝에 놓여야 할 '엇머리'를 그 앞에 자리해 놓았다. 이 '잦아지다 휘몰아 보아'라는 일상용어는 전문용어와 어울려 소리와 사설이 하나가 되고 음악과 삶의 일상이 어울리는 모양새를 보인다.

　3연은 2연이 단지 고수가 치는 북에 관한 상황이 아니라 이 장단에 맞춰 부르는 소리까지를 포함하는 상황임을 보인다. 이러한 장단은 북과 소리, 고수와 광대의 숨결이 꼭 맞아야만 이룰 수 있는 음악의 세계이다. 아무리 고수가 북을 잘 친다 해도, 아무리 광대가 소리를 잘 한다 해도 이 둘이 함께 상부상조하여 협동하지 않으면 어울리지 못하는 시끄러운 소리가 될 것이다. 숨결은 호흡 속도의 완급이나 음향의 고저라는 과학적인 수치가 아니다. 엄마는 오감이 담겨진 아가의 숨결을 듣고 모든 상황을 감지하여 아가와 일체감을 형성한다. 그런 일이 인생에 어찌 흔하겠는가. 그렇기 때문에 그런 경지에 이르기가 얼마나 어렵고 그 어려운 일을 해내었을 때 그 성취감은 또 얼마나 시원하겠는가.

4연은 소리와 북의 조화가 깨졌을 때의 상황이다. 모든 사물은 구성 요소 간에 부조화가 일어나 목적의식을 상실하면 원상태로 환원한다. 사랑이 없으면 부부도 남남에 불과하다. 소리를 전제로 하지 않은 북은 없다. 북이 앞장서지 않는 소리도 없다. 하다못해 무릎장단이라도 있어야 한다. '명창이 제 아무리 신명이 나서 길게 소리를 뽑고자 해도 고수가 한번 땅 장구를 치면 별 수 없이 그만 두어야 하고 심술궂은 고수에게 걸려 쿵더러러 몰아치면 독창자는 숨이 차서 정신을 차릴 수가 없다.(박노경, 「일고수 이명창」)' 오죽해야 '뒷북치다' 라는 어휘가 생겼을까. 여기 송만갑 명창(1865—1939)을 '만갑이' 라 이른 데서 당대에도 대중적인 인기스타의 이름은 가까운 친구인 양 불린 것을 알 수 있다.

5연은 고수의 중요성을 그리고 있다. 이 시의 제목은 '북과 광대' 가 아니고 그냥 '북' 이다. 이는 북의 중요성을 보이기 위한 의도적인 작명이다. '일고수 이명창' 라 하지만, 말이 그렇다는 말이지, 실제는 모든 영광은 소리꾼에게 집중되기 마련이다. 그래서 고수의 중요성을 컨덕터의 위치까지 끌어올린다. 판소리에서 고수는 광대의 그늘에서 들러리 하는 단순한 반주자의 역할에 그치는 것이 아니고, 장단을 조절해서 소리가 빨라지거나 느려지는 것을 보완하기도 하고, 추임새를 통해서 소리를 받아주고 청중의 추임새를 유도하기도 하여 창자唱者와 청중 사이에서 소리판의 분위기를 이끌어 가기도 하며, 창자가 사설을 잊어 버렸을 때 빨리 사설을 일러 주기도 해야 하고, 광대와 대화를 나누며 질문에 대답도 하는 등 그 상대 역할도 하고, 때로는 북으로 효과를 대신하여 그 느낌을 표현해야 하는 등, 그 기능과 역할이 중요하고도 어렵다.

그러니 고수가 장단을 친다는 것은 가장 기본적인 상식이고, 서양음악에서 성악가의 노래를 보완하는 반주 같은 부수적 기능도 더 넘어서 음악 전체를 연출하는 지휘자의 역할이라 할 수 있다.

6연은 인생이 북단장과 유사함을 보인다. 소리를 제대로 떠받쳐 광대로 하여금 소리를 완성케 하는 작용을 하는 것이 명고수의 조건이다. 그런데 그 떠받침 속에 잔가락으로 잔재주를 부려서는 안 되므로 화자인 명고수는 온통 이를 잊는다. 단지 '떡 꿍' 하는 단조롭지만 강력한 움직임을 보이는 소란스런 구음口音 속에 참된 고요함이 있다. 인생도 이와 같아서 뜨거운 여름이 성숙하는 가을처럼, 그 가을에 성숙하는 만물처럼 그렇게 익어가는 것이다.

이 연에서 우리는 화자가 동편제를 선호했음을 알 수 있다. 서편제가 잔가락이 많고 장단이 느리고 발림이 많아 이른바 보여주는 판소리라 일컫는데 비하여 동편제는 대체로 장단의 형식에 충실하여 장단이 빠르고 발림이 적어 이른바 들려주는 판소리라 이른다. 서편제는 계면조가 많은 반면 동편제는 우조가 많다. 우조란 기교와 수식이 적고 풍부한 성량을 가지고 쭉쭉 뻗어내는 창법이다. 이 창법은 씩씩하고 맑은 소리를 내게 하여 처음 소리가 신중하고 구절마다 끝맺음이 정확하다. '떡 궁'의 '떡'은 북통을 치는 소리이고 '궁'은 북의 한가운데를 정타로 치는 소리이다. 구음은 약하게 치는 '두', 겹가락으로 치는 '두둥' 등 수없이 많은데 가장 단순한 '떡 궁'만을 제시하여 잔가락을 생략한 것이다. 소리가락이 맺는 것은 '떡'을 크게 치고 소리가락을 푸는 것은 '궁'으로 푼다. 이 작품의 첫 발표 때(『동아일보』 1946.12.10)는 '떡 궁'도 '떡 떡 궁'이었는데 이를 더 단순화시킨 것이다. 그리고 서편제의 특징이랄 수 있는 '정중동'을 함께 제시하지 않고 '동중정'만 보인 것도 영랑의 동편제 선호의 증거일 수 있다.

끝 연은 수미쌍관법으로 첫 연을 반복했다. 그러면 소리하기를 권하는 '자네'는 누구일까. 부부간이면 그럴 듯하다. 부창부수夫唱婦隨란 성

어도 있고 '지어미는 북 치고 지애비는 장구 치고'란 성구도 있다. '일
고수이명창—鼓手二名唱'은 달리 '수고수 암명창'이라고도 한다. '나비
가 꽃을 따른다.'고 하는데 '창자가 꽃이면 고수는 나비이다.'라는 말도
있다. 실제로 무당의 남편인 무부巫夫는 무당이 굿을 할 때 북을 쳐 주는
조무로서의 역할을 했다. 그러므로 인생을 고수와 광대와 같은 관계로
사는 이는 부부간이라 할 수 있다. 고수와 광대가 이질의 부조화와 상충
을 극복하고 동질의 조화와 동화를 조성하여 균제와 화음을 이끌어 인
생과 예술이 하나로 어울리듯, 부부간에 완전히 호흡이 맞을 때 인생은
음악과 같이 아름다울 것이다.

71

바다로 가자

바다로 가자 큰 바다로 가자

우리 인젠 큰 하늘과 넓은 바다를 마음대로 가졌노라

하늘이 바다요 바다가 하늘이라

바다 하늘 모두 다 가졌노라

옳다 그리하여 가슴이 뻑은치야

우리 모두 다 가자꾸나 큰 바다로 가자꾸나

우리는 바다 없이 살았지야 숨 막히고 살았지야

그리하여 쪼여들고 울고불고 하였지야

바다 없는 항구 속에 사로잡힌 몸은

살이 터져나고 뼈 튀겨나고 넋이 흩어지고

하마터면 아주 꺼꾸러져 버릴 것을

오 ! 바다가 터지도다 큰 바다가 터지도다

쪽배 타면 제주濟州야 가고오고

독목선獨木船 왜倭섬이사 갔다 왔지

허나 그게 바달러냐

건너뛰는 실개천이라

우리 3년 걸려도 큰 배를 짓자꾸나

큰 바다 넓은 하늘을 우리는 가졌노라

우리 큰 배 타고 떠나가자꾸나
창랑滄浪을 헤치고 태풍을 걷어차고
하늘과 맞닿은 저 수평선 뚫으리라
큰 호통하고 떠나가자꾸나
바다 없는 항구에 사로잡힌 마음들아
툭 털고 일어서자 바다가 네 집이라

우리들 사슬 벗은 넋이로다 풀어 놓인 거레로다
가슴엔 잔뜩 별을 안으려마
손에 잡히는 엄마별 아가별
머리엔 끄득 보배를 이고 오렴
발아래 쫙 깔린 산호요 진주라
바다로 가자 우리 큰 바다로 가자

바다로 가자

바다로 가자 큰 바다로 가자

우리 인젠 큰하늘과 넓은바다를 마음대로 가졌노라

하늘이 바다요 바다가 하늘이라

바다 하늘 모두다 가졌노라

옳다 그리하여 가슴이 뻑은치야

우리 모두다 가쟜구나 큰바다로 가쟜구나

우리는 바다없이 살었지야 숨마키고 살었지야

그리하여 쪼여들고 울고불고 하였지야

바다없는 항구속에 사로잡힌 몸은

살이 터저나고 뼈 튀겨나고 넋이 흐터지고

하마트면 아주 꺼꾸러져 버릴것을

오! 바다가 터지도다 큰바다가 터지도다

쪽배 타면 濟洲야 가고오고

獨木船 倭섬이사 갔다 왔지

허나 그게 바달러냐

건너뛰는 실개천이라

우리 三年 걸려도 큰 배를 짓쟜구나

큰바다 넓은하늘을 우리는 가졌노라

우리 큰배타고 떠나가쟜구나

滄浪을 헤치고 颱風을 거더차고

하늘과 맞다은 저水平線 뚜르리라

큰 호통하고 떠나 가쟜구나

바다없는 항구에 사로잡힌 마음들아

툭털고 이러서자 바다가 네 집이라

우리들 사슬버슨 넋이로다 푸러노힌 겨래로다

가슴엔 잔뜩 별을 안으렴아

손에 잡히는 엄마별 아가별

머리엔 끄득 보배를 이고 오렴

발아래 쫙 깔린 산호요 진주라

바다로 가자 우리 큰 바다로 가자

　—『永郎詩選』(1949.10)

· —노라(가졌노라): 해라할 자리나 간접 인용절에 쓰여, 자기의 동작을 장중하게 선언하거나 감
동의 느낌을 나타내는 예스러운 표현의 종결어미.
· —라(하늘이라): 해라할 자리에 쓰여, 현재 사건이나 사실을 서술하는 뜻을 나타내는 예스러운
표현의 종결어미.
· —지야(뻐근치야): 해라할 자리에 쓰여 친근하게 어떤 사실을 알리는 종결어미.
· 쪽배: 통나무를 쪼개어 속을 파서 만든 작은 배. 일편주一扁舟.
· —자꾸나(가잣구나): 해라할 자리에 쓰여, 어떤 행동을 함께 하자는 뜻을 나타내는 종결어미.
'—자' 를 조금 더 친밀하게 이르는 말임.
· —도다(터지도다): 해라할 자리에 쓰여, 감탄을 나타내는 장중한 어조의 예스러운 표현의 종결
어미.
· —지(왔지): 해라할 자리에 쓰여, 어떤 사실을 긍정적으로 서술하거나 묻거나 명령하거나 제안
하는 따위의 뜻을 나타내는 종결어미.
· 독목선獨木船: 마상이. 통나무를 파서 만든 배.
· ㄹ러냐(바달러냐): —겠느냐(해라할 자리에 쓰여, 물음을 나타내는 예스러운 표현의 종결어미).
· —로다(겨래로다): 해라할 자리에 쓰여, 감탄을 나타내는 장중한 어조의 '도다' 보다 더 예스러
운 표현의 종결어미.
· —렴아: —려무나 '의 준말, 해라할 자리에 쓰여, 부드러운 명령이나 허락을 나타내는 종결어
미. 어미 '—렴' 보다 한층 더 친근한 어감을 띰.
· 끄득: '가득' 의 센말 방언.

조국 광복의 노래

이 작품은 1947년 8월 광복 2주년을 즈음하여 발표한 시이다. 그러므로 광복의 열기가 채 가시지는 않았지만 해방정국의 부정적인 면이 드러나 혼란이 증폭되었던 시기이다. 좌우대립이 심화되어 지도자급 인사가 잇따라 피살되고 좌익 검거 선풍이 불 무렵이었다. 그러나 이 시에는 그런 그늘이 드리워지지 않았다. 그렇게 어려운 시기이기 때문에 또 한 번 희망의 나라를 향하여 매진하자는 메시지를 이 시에 담고자 했는지 모른다.

이 시는 첫 연부터 '가자' '가자꾸나' 등 청유형으로 청자聽者를 유도하고 있다. 이로써 시가 청자가 몰래 엿듣는 화자의 독백으로의 서정시의 존재양식에서 일탈하여 교훈시의 길로 들어선 것이다. 거기에 '가졌노라' '하늘이라' 등 예스런 표현으로 감동적인 느낌을 표현하고, '뼈끈치야(뼈근하지야)' 등의 '—지야' 따위 전라도 방언의 어미로 친구처럼 다가가 다자가 아닌 단일 청자에게 친근하게 심경을 토로하는 듯싶다.

여기 바다의 이미지는 처음부터 '넓다' 로 나타난다. 그러므로 '크다' 의 하늘과 하나가 될 수 있다. 물론 개념뿐만 아니라 실제로도 수평선에서 맞닿아 하나가 된다. 그 넓고 크고 먼 하늘과 바다를 품어 가슴도 그 이상으로 넓혀져 부풀어 올랐으니 그 가슴이 뻐근한 것은 당연한 이치이다.

2연은 바다 없는 세상의 고통을 그린다. 우리는 처음부터 그 넓은 바다를 가진 것은 아니다. 감옥 같은 바다 없는 항구 속에, 그런 항구 같은 좁은 가슴을 부둥켜안고 살면서 가슴이 조여들어 살이 터지고 뼈가 튀어나오고 넋이 흩어져 꺼꾸러질 듯싶은 시절 감옥이 열리듯 바다가 터지고 바다 같은 가슴이 터진다. 여기 '살이 터지다'와 '바다가 터지다'의 '터지다'는 같은 시어가 경우에 따라 정반대의 의미를 띠는 하나의 실례이다.

3연에서는 우리는 진정한 바다를 지니지 못했다고 한다. 굳이 말하면 바다가 없는 것이 아니라 그런 작은 바다는 바다로 인정하지 않는다는 대인의 포부를 말한다. 그러면서 제주도와 일본은 동격이 된다. 제주나 왜섬은 쪽배나 독목선으로 갈 수 있는 거리니 실개천이지 무슨 바다냐는 것이다. 우리를 반도인이라 괄시했지만 그들이 본토인이라고 부르던 그 본토라는 것이 실은 왜섬이고 그 왜섬은 제주도나 별반 다름없는 실개천 건너 작은 섬에 불과하다, 우리는 이제 세계로 나아가는 큰 바다를 가진 마당에 3년이 걸리더라도 큰 배를 만들자고 호소한다. 여기에 해방 정국 2년의 갈등이 은연중에 보인다. 어쩌면 그 2년도 큰 배를 만들기 위한 진통이니 1년을 더 소비해서라도 거대한 배를 만들자는 의미를 읽을 수 있다.

4연은 미래의 벅찬 꿈을 그 큰 배에 싣고 큰 호통을 하면서 창랑을 헤치고 태풍을 걷어차고 수평선을 뚫고 바다를 항해하는 장관을 그렸다. '큰 호통'은 물론 배의 기적소리이다. 이 호통은 '바람은 차고 물결은 치고 그대는 호령도 하실 만하다'(「그대는 호령도 하실 만하다」)에서의 '호령'의 변형이다.

끝 연은 항해의 효과를 그린다. '하늘의 별 따기'란 성취하기가 몹시 어려운 경우에 쓰는 말이다. 그러나 매었던 사슬을 벗고 풀린 넋을 지닌 겨레로 불가능이란 없다. 그 별을 따서 가슴에 안는다. '별을 안다'는 흔히 아름다운 꿈을 지니는 것을 일컫는다. 그런 꿈 같은 희망과 성취를

가득 안고, 머리엔 발밑에 널려 있는 산호와 진주 같은 보배를 주워 가
득 안고 돌아오려무나. 그러기 위하여 그 큰 바다로 나아가자고 이 시는
호소한다.

바다는 맹목적인 힘을 지닌 생명의 원천이다. 원래 생명은 물에서 탄
생했다. 보티첼리의 비너스는 바다의 조개껍질 위에서 탄생한다. 우리
모두는 어머니의 양수에서 태어난다. 바다는 형성의 인자를 지닌 존재
로 혼돈 속에서 끝없는 운동으로 사물을 낳는다. 바다 자체가 만물의 저
장고이기도 하다. 육당 최남선은 「해에게서 소년에게」에서 개화기의
논리를 펴 바다를 새 시대의 참신한 희망을 펼칠 수 있는 힘과 정의의
상징으로 썼다. 그 힘은 양이洋夷라고 무시했던 바다 너머 사는 사람들
이 실은 선진문명국인이었다는 것을 깨달음에서 비롯되었다. 그래서 바
다로 진출하여 선진문명을 수용하는 것이 부국강병의 첫째 조건이 되
었다. 이것이 우리가 바다를 새롭게 바라보는 계기가 된 것이다. 동양적
정적주의의 사회에서 바다는 동動과 힘의 장場이었고, 왜구가 노략질하
는 시대에 바다는 야만과 원시의 장이었고, 사농공상의 사회에서 바다
는 천민의 장이었다. 그러한 바다가 개화기 때와 같이 해방 공간에서도
주목의 대상이 된 것이다. 이제 황하를 지배하는 자가 천하를 지배하는
것이 아니라, '바다를 지배하는 자가 제국을 지배한다' (키케로)는 금언
이 성취된 시대에 이른 것이다. 영국이 그렇고 일본조차도 노일전쟁 이
후 그런 강대국이 되어 우리를 지배한 것이다.

72

땅거미

가을날 땅거미 아렴풋한 흐름 위를
고요히 실리우다 훤뜻 스러지는 것
잊은 봄 보랏빛의 낡은 내음이뇨
이미 사라진 천리 밖의 산울림
오랜 세월 시다낀 으스름한 파스텔

애달픈 듯한
좀 서러운 듯한

오! 모두 다 못 돌아오는
먼 지난날의 놓친 마음

땅검이

가을날 땅검이 아름풋한 흐름 우를
고요히 실리우다 훤뜻 스러지는것
잊은 봄 보랏빛의 낡은 내음이뇨
임으 사라진 千里밖의 山울림
오랜세월 시닷긴 으스름한 파스텔

애닯은듯 한
좀 서러운듯 한

오! 모도다 못도라오는
먼—지난날의 놓친마음

—『永郎詩選』(1949.10)

· 땅거미: 해가 진 뒤 어스레한 상태. 또는 그런 때.

· 아렴풋하다: 기억이나 생각 따위가 또렷하지 아니하고 흐릿하다.

· 훤뜻: 언뜻(지나는 결에 잠깐 나타나는 모양. 생각이나 기억 따위가 문득 떠오르는 모양).

· 시다끼다(시닷긴): '시달리다(괴로움이나 성가심을 받다)'의 방언.

· 파스텔: 파스텔컬러pastel color, 파스텔 색조, 밝고 은은한 빛깔.

· 애닯다: '애달프다(마음이 안타깝거나 쓰라리다. 애처롭고 쓸쓸하다)'의 잘못.

사라진 것들의 잔영殘影

    때는 가을날 어느 땅거미가 아렴풋하게 내리는 저녁 무렵, 한 해가 저물고 하루의 흐름이 밤으로 접어드는 어느 순간이다. 그 흐르는 순간에 실렸다가 언뜻 사라지는 것이 있다. 그것은 잊힌 어느 봄날의 보랏빛의 낡은 냄새인지, 이미 사라진 천리 밖의 산울림인지, 오랜 세월 동안 시달리다가 으스름하게 변한 파스텔의 빛깔인지 모른다.

    토마스 하디의 『귀향』은 ‘11월의 어느 토요일 오후도 황혼이 다가오고, 이고든 황야로 불리는 넓디넓은 들판은 서서히 갈색으로 물들어 갔다.’ 로 시작된다. 1년에서도 11월, 1주에서도 토요일, 하루에서도 오후, 오후에서도 황혼녘으로 마지막을 향해 달리는 시간적 배경에 이고든 황야라는 공간적 배경을 설정하여 암담한 이야기를 전개한다. 반면에 이 시의 화자는 ‘가을날 땅거미’ 라는 같은 시간적인 배경을 설정하고도 몽롱한 꿈의 세계를 그린다.

아득히 먼데서 합치는 긴 메아리처럼

어둡고 깊은 속에서

하나가 되는 메아리처럼

밤처럼 대낮처럼 가없는 통일에서

향기와 빛깔과 소리는 서로 부르며 대답한다.

               —보들레르, 「만물 조응萬物照應」

    이 몽롱한 꿈의 세계에서 현상과 관념이 조응하고 향기와 빛깔과 소리가 조응하여 공감각을 일으킨다. 이 시에서는 낡은 내음과 산울림과 으스름한 파스텔이 조응하여 통일된다. 이들은 곧 한 관념의 다른 현상이다. 상징주의 시학에서 이러한 현상은 바로 상징이 되고 이 상징이 은폐하고 있는 본질이 관념이다. 이러한 존재와 본질 간에 조화로운 통일이 이루어질 때 아름다움이 성취된다.

보랏빛은 서양에서 상사喪事의 색깔로 치는 경향이 있다. 무지개의 맨 아래에 위치하여 소멸에 가까이 다가가 있는 빛깔로 때로는 황혼녘의 저녁놀이 이 빛깔로 채색되기도 한다. 이 보랏빛은 품위 있는 고상함과 함께 외로움과 슬픔을 느끼게 하며 예술적인 감각이나 신앙심을 자아내기도 한다. 청색이나 바이올렛은 수동적이고 싸늘하고 외로운 빛이다(페히네즈). '잊은 봄'은 이미 사라진 봄이고 '낡은 내음' 역시 잊은 봄에 소속된 향기이다. 만해 한용운 선사도 '옛 탑 위의 고요한 하늘을 스치는 알 수 없는 향기'(한용운, 「알 수 없어요」)라고 이 낡은 냄새를 잊지 않았다. 이 잊은 봄의 낡은 향기가 소멸의 빛깔인 보랏빛으로 한 해와 하루가 소멸하려는 그 순간을 포착하여 나타났다가 이내 스러지는 것이다.

'언뜻'은 '훤뜻'에서 /ㅎ/이 사라진 형태이다. 영랑 시에는 '고흔, 여흰, 문허졌으니, 히부얀, 조히' 등 이제는 사라진 /ㅎ/이 많이 남아 있다. 의성어나 의태어에서도 '흐렁흐렁, 호르 호르르 호르르르' 등 /ㅎ/ 음을 애용한다. 옛말에 /ㅎ/이 있었던 어휘는 두음 이외의 자리에서는 약화되어 탈락했으나 영랑 시에서는 이 음운을 그대로 살려, 이에 강세를 주어 거의 들리지 않은 음운을 오히려 더 똑똑이 발음하게 한다. 이 역시 사라지는 것에 대한 안타까움의 발로일 것이다. 이에 대하여 음성상징의 면에서도 엄밀한 검토가 있어야 되겠다. 이밖에 예스러운 시어를 사용하는 것도 마찬가지이다.

‘천리 밖의 산울림’도 이미 사라진 소리이다. 산울림은 소리 중에서 유일하게 재생된 소리이다. 천리 밖의 어느 골짜기에 오래도록 숨겨진 메아리도 이제 되살아나 마지막 순간을 잊지 않고 찾아온다. 사실 사라지는 것은 없다. 다만 잊힐 뿐, 우리의 무의식 속에 잠재해 있다가 결정적인 순간에 의식 위로 부상하다 다시 사라진다.

이제 빛깔 차례이다. 파스텔의 은은한 색조는 옛날에는 밝고 엷은 빛깔이었는데 오랜 세월에 시달리다 보니 바래지고 바래져서 이젠 침침하고 흐릿하게 다가오다 이내 땅거미 속에 묻힌다. 세월의 흐름 자체가 밝음에서 어둠으로, 따뜻함에서 차가움으로, 가벼움에서 무거움에로, 화려함에서 소박함으로, 움직임에서 고요함으로, 봄에서 겨울로, 새벽에서 저녁으로 변해가는 빛깔이다.

그러나 이 ‘낡은 내음’과 ‘천리 밖의 산울림’과 ‘으스름한 파스텔’은 서로 조응(상응, 교응)하여 조화와 통일을 이룬다. 이 ‘향기와 빛깔과 소리는 서로 부르며 대답한다’, ‘조응은 모든 현상 및 관념적 실체가 제가끔 자신의 고유한 음성을 따로따로 발하는 독창곡이 아니라 자신의 고유한 음성을 발하면서 동시에 총체적인 하모니를 기하는 합창곡이다. 조응의 미학에 의해 이룩되는 우주의 교향악 속에서는 그러므로 모든 개체현상이 스스로의 고유한 음성인 존재의 본질이 확립되면서 빛을 발할 뿐만 아니라, 그와 동시에 본질로 환원된 존재들 상호간의 참되고 조화로운 관계가 아름답게 건설되어서 세계 전체가 하나의 장엄한 통일체 즉 전일체를 이룬다’, ‘이와 같이 현상세계에서 이루어지는 내적 교류의 세계를 총괄해서 상징주의는 공감각의 세계라 일컬었고, 앙리 뻬르는 수평적 감응의 세계라 했다. 상징주의에 있어 공감각 혹은 수평적 조응은 그러므로 여러 감각체계 간의 교류뿐만 아니라 대상 상호간의 내적 교통 및 인식주체와 인식대상 간의 일체감 등이 현상세계에서 이루어짐을 통칭하는 미학개념이 된다' (김기봉, 「상징주의의 본질과 원리」, 오세영 편 『문예사조』).

이러한 향기와 소리와 빛깔이 상호간의 내적 교통을 통하여 공감각이 조성한 현상과 관념이 통합한 세계는 무엇이고 그것은 어떤 정서적인 반응을 불러일으킬까. 이를 화자는 '지난날의 놓친 마음' 이라 하고 있다. 시불재래時不再來라, 모두 다 이제 다시는 돌아올 수 없는 지난날의 후회스런 상념들이 이런 향기와 소리와 빛깔로 다가왔다가 가을날 땅거미 속으로 스며드는 것이다. 그 긴가민가하고 알쏭달쏭하며 보일락말락하는 몽롱한 사라지는 것들의 그 모습은 애달픈 듯도 하고 좀 서러운 듯도 하다. '애달프다' 와 '서럽다' 는 비슷한 정서이다. 그러나 땅거미가 짙어지는 그 경과에 따라 약간의 차이를 화자는 놓치지 않는다. 이를 영랑의 고향인 강진의 옆 고을인 해남의 후배 시인은 '쓸쓸함' 으로 바꿔 '오 모든 사라지는 것들 뒤에 남아있는/ 둥근 여백이여 뒤안길이여/ 모든 부재 뒤에 떠오르는 존재여/ 여백이란 쓸쓸함이구나/ 쓸쓸함 또한 여백이구나/ 그리하여 여백이란 탄생이구나(고정희, 「모든 사라지는 것들은 뒤에 여백을 남긴다」)' 라고 읊었다.

옛 사랑, 옛적의 꿈, 옛날의 이야기는 한결 더 아름답다. 더구나 기회를 놓쳐 이루지 못한 안타까운 사연이 이제는 기억에서조차 사라지려다가 아련히 떠오를 때 그 아름다움은 오버랩 되어 공감각화 한다. 이를 '모든 것 하염없이 사라지나/ 지나가 버린 것 그리움이 되리니(푸슈킨, 「삶이 그대를 속일지라도」)' 라고 러시아의 시인은 읊었다.

73

새벽의 처형장處刑場

새벽의 처형장에는 서리 찬 마魔의 숨결이 휙휙 살을 에웁니다

탕탕 탕탕탕 퍽퍽 쓰러집니다

모두가 씩씩한 맑은 눈을 가진 젊은이들 낳기 전에 임을 빼앗긴 태극

기를 도로 찾아 3년을 휘두르며 바른 길을 앞서 걷던 젊은

이들

탕탕탕 탕탕 자꾸 쓰러집니다

연유 모를 떼죽음 원통한 떼죽음

마지막 숨이 다 져질 때에도 못 잊는 것은

하현 찬 달 아래 종고산鐘鼓山 머리 날으는 태극기

오⋯망해 가는 조국 이 모습

눈이 차마 감겨졌을까요

보아요 저 흘러내리는 싸늘한 피의 줄기를

피를 흠뻑 마신 그 해가 일곱 번 다시 뜨도록

비린내는 죽음의 거리를 휩쓸고 숨 다 졌나니

처형이 잠시 쉬는 그 새벽마다

피를 씻는 물차 눈물을 퍼부어도 퍼부어도

보아요 저 흘러내리는 생혈生血의 싸늘한 핏줄기를

새벽의 處刑場

새벽의 處刑場에는 서리찬魔의숨결이 획 획 살을애웁니다

탕탕 탕탕탕 퍽퍽 쓸어짐니다

모두가 씩씩한 맑은눈을 가진 젊은이들 낳기前에 임을빼앗긴 太極旗를도루차저 三年을휘두 르며 바른길을앞서것든 젊은

이들

탕탕탕 탕탕작구 쓸어짐니다

연유 모를 때죽엄 원통한 때죽엄

마즈막 숨이다져질때에도 못잊는것은

下絃찬달아래鐘鼓山 머리 나르는 太極旗

오…亡해가는 祖國이모습

눈이 참아 감겨것슬까요

보아요 저흘러내리는 싸늘한 피의줄기를

피를 흠벅마신 그해가 일곱번 다시뜨도록

비린내는 죽엄의거리를 휩쓸고 숨다젓나니

處刑이 잠시 쉬논그새벼마다

피를 싯는물車 눈물을퍼부어도 퍼부어도

보아요 저흘러내리는生血의 싸늘한피줄기를

　　　　　—『東亞日報』(1948.11.14)

· 에다(애웁니다): 칼 따위로 도려내듯 베다. *—우—(애웁니다): 삽입모음 '오/우(음조를 고름)'.

· 종고산鐘鼓山: 여수에 있는 산.

· 져지다(다저질때): '지다'의 변형(지어지다). 영랑은 특히 조동사 '—지다'를 많이 쓰는 경향이 있다.

여순10 · 19사건—여수

　　1948년 8월 15일 대한민국 정부가 수립되기 전 4월 3일 미군정 체제의 제주도에서는 경찰과 서북청년단의 무자비한 주민 탄압과 남한 단독정부수립에 반대하여 남노당 제주도당 주도로 민중의 저항운동이 일어났으니 이를 제주 4 · 3사건이라 한다. 이 진압작전에 여수 지역에 주둔하고 있던 국군 14연대를 파병하려 했으나 그중 일부가 출동을 거부하고 친일파 처단과 통일정부 수립을 주장하며 10월 19일 반란을 일으켜 여수 시내를 장악한데 이어 순천을 점령하고 광양, 보성, 하동, 구례, 남원 등으로 세력을 뻗쳤으나 정부는 미군의 지원을 받아 1주일 만에 반란군을 진압하고 점령 지역을 수복했으니 이를 여수 · 순천10 · 19사건이라 한다. 이 사건으로 이승만 정부는 국가 보안법을 제정하고 강력한 반공 정부를 만들게 되었다. 이 두 사건은 공산주의자와 군 · 경 · 관뿐만 아니라 수만 명의 무고한 민간인이 희생당한 민족의 비극이었다.

　　여수 · 순천10 · 19사건이 아직 마무리되지 않은 상황에서 당시 문교부는 박종화, 김영랑, 정비석, 이헌구, 김 송 등 재경 저명문사들에게 의뢰하여 반란 실정 조사반을 편성했다. 이들은 반란의 중심지였던 순천 여수를 비롯하여 광주 진주 등지를 시찰하기 위하여 11월 3일 서울역을 출발하였다(『동아일보』 48.11.3). 이 시는 그러한 배경에서 씌어졌다. 이때는 이미 여수 지방의 반란군을 진압한 뒤이기 때문에, 반란군이 이른바 반동세력을 사형했던 현장을 답사하고 사형 당시의 참상을 상상하면서 이 시를 썼다.

　　화자는 11월 초순 새벽에 처형장을 찾았다. 사형장이라서인지 요사스

러운 악마의 숨결인 양 늦가을 차가운 서리 바람이 휙휙 불어 살을 에는
듯하다. 그 마의 사형 모습이 눈에 선명하게 떠오른다. 확인사격인 양
‘탕탕 탕탕탕’ 연발로 쏘아대는 그 잔인한 살인에, 태어나기도 전인 39
년 전에 나라를 잃어 빼앗긴 태극기를 도로 찾아 오직 건국을 위하여 바
른 길을 가던 맑은 눈을 가진 씩씩한 젊은이들이 퍽퍽 자꾸만 쓰러진다.
여기 ‘임을 빼앗긴 태극기’는 태극기를 강조하기 위하여 주체를 국기로
객체를 우리 겨레로 한 것이다. 이 사건 때 반란군은 인공기를 처음 휘
날렸기 때문에 특히 대한제국에서부터 썼던 태극기가 이 시에서 부상
한 것이다. 이들은 인공기를 집집마다 나누어주어 걸게 했다고 한다.

　반란군의 지배는 10월 26일 밤 정부군이 종고산을 점령함으로써 7일
천하로 끝이 났다(박종화, 「남행록」, 『동아일보』(1948.11.16). 그러나 박
윤식, 『대한민국 근현대사 시리즈』 3권은 27일 오후 3시 30분 치열한 시
가전 끝에 탈환했다고 함). 여기 ‘하현 찬 달 아래 종고산 머리 날으는
태극기’는 그런 사연이 내포되어 있다(당시 10월 26일은 음력 9월 24일
로 하현달이 뜸). 화자는 연유도 모르는 원통한 떼죽음을 당했지만 새벽
까지도 숨이 끊어지지 않다가 종고산 산마루에 나부끼는 태극기를 그
리면서 마지막 숨을 거두는 젊은이의 모습을 상상하고 있다. 그러나 그
자리에 태극기 대신 나부끼는 인공기를 보면서 망해 가는 조국의 모습
을 떠올렸을 것이다. ‘눈이 어찌 차마 감겼을까요’에서 오히려 눈을 부
릅뜨는 화자의 모습이 보인다.

　‘싸늘한 피의 줄기’와 ‘피를 흠뻑 마신 그 해’는 냉과 열, 흐름과 멈
춤, 깊과 둥긂, 환상과 실제로 대조를 이룬다. 뜨거운 피는 냉혈의 마와
새벽의 차가운 날씨에 강물처럼 흐르다가 응고되었을 테지만 계속 흘
러가는 듯싶고, 대낮의 빨간 해는 그 피를 흠뻑 마시고 취한 듯 붉은 얼
굴로 7일천하를 비추었다. 피비린내는 죽음의 거리를 휩쓸고 나서야 숨

이 다하여 거기 엉겨 붙어 있는 듯싶다. 그러나 하루 종일 이어지던 처형이 새벽녘에야 잠시 멈추고 피를 씻는 물차가 물을 퍼부어 엉겨 붙은 핀데도 마치 생혈의 싸늘한 핏줄기가 흘러내리는 듯한 환상에 사로잡힌다.

정지상은 「송인送人」에서 대동강 물은 이별의 눈물을 퍼부어 마르지 않는다고 했는데 영랑은 아예 물차에서 퍼붓는 물을 눈물이라 한다. 피에 눈물을 퍼부어도 핏줄기는 그대로 싸늘하게 흐른다. '생혈의 싸늘한 핏줄기'는 펑펑 쏟아지는 핏줄기조차도 얼어붙을 만한 냉혈의 인간성에 대한 저주가 서려있는 모순형용의 시어이다.

이 시는 상당히 절제한 시상으로 전개된다. 쌍방 간에 단순한 사형 집행 이상의 비극이 전개되었지만 이를 들추지 않고 대화하듯 한다. 이 시의 가상적인 청중은 민족 전체이다. 이 한겨레를 향하여 '보라'나 '보아라' 등의 격한 명령이나 '보시오'나 '보십시오' 등의 의례적인 명령이 아닌 '보아요' 하는 친근감 있는 설득조의 말투tone를 써서 당시의 극한적인 대립을 완화시킨 느낌이 든다.

74

절망

옥천玉川 긴 언덕에 쓰러진 죽음 떼죽음
생혈生血은 쏟고 흘러 십리 강물이 붉었나이다
싸늘한 가을바람 사흘 불어 피 강물은 얼었나이다
이 무슨 악착한 죽음이오니까
이 무슨 전세前世에 없던 참변이오니까
조국을 지켜 주리라 믿은 우리 군병軍兵의 창끝에
태극기는 갈가리 찢기고 불타고 있습니다
별 같은 청춘의 그 총총한 눈들은
악의 독주毒酒에 가득 취한 군병의 칼끝에
모조리 도려 빼이고 불타 죽었나이다
이 무슨 재변이오니까
우리의 피는 그리도 불순한 바 있었나이까
이 무슨 정치의 이름 아래
무슨 뼈에 사무친 원수였기에
홀한 겨레의 아들딸이었을 뿐인데
이렇게 유황불에 타죽고 말았나이까
근원이 무어든지 캘 바이 아닙니다
죽어도 죽어도 이렇게 죽는 수도 있나이까
산 채로 살을 깎이어 죽었나이다
산 채로 눈을 뽑혀 죽었나이다

칼로가 아니라 탄환으로 쏘아서 사지를 갈가리 끊어 불태웠나이다

흩한 거레의 피에도 이러한 불순한 피가 섞여 있음을 이제 참으로 알았나이다

아! 내 불순한 핏줄 저주받을 핏줄

산 고랑이나 개천가에 버려둔 채 까맣게 연독鉛毒한 죽음의 하나 하나

탄환이 쉰 방 일흔 방 여든 방 구멍이 뚫고 나갔습니다

아우가 형을 죽였는데 이렇소이다

조카가 아재를 죽였는데 이렇소이다

무슨 뼈에 사무친 원수였기에

무슨 정치의 말을 썼기에

이래도 이 민족에 희망을 부쳐 볼 수 있사오리까

생각은 끊기고 눈물만 흐릅니다

絶 望

玉川 긴언덕에 쓰러진 죽엄 때죽엄

生血은 쏫고흘러 十里江물이 붉었나이다

싸늘한 가을바람 사흘불어피江물은 얼었나이다

이무슨 악착한 죽엄이오니까

이무슨 前世에업든 慘變이오니까

祖國을 지켜주리라 믿은 우리軍兵의槍끝에

太極旗는 갈갈히 찢기고 불타고있읍니다

별같은 靑春의 그총총한 눈들은

惡의毒酒에 가득醉한 軍兵의칼끝에

모조리 도려빼이고 불타죽었나이다

이무슨 災변이오니까

우리의피는 그리도不純 한배있었나이까

이무슨 政治의이름아래

무슨 뼈에사모친 원수였기에

홋한겨레의 아들딸이었을뿐인듸

이렇게 硫黃불에타죽고 마럿나이까

근원이 무에던지 캘바이아닙니다

죽어도죽어도 이렇게 죽는수도 있나이까

산채로 살을 깍기여 죽었나이다

산채로 눈을 뽑혀 죽었나이다

칼로가 아니라 탄환으로쏘아서 四지를 갈갈히 끈어 불태웠나이다

홋한 겨레이 피에도 이렇안 不純한피가 석격있음을 이제 참으로 알었나이다

아 ! 내 不純한핏줄 咀呪바들 핏줄

산고랑이나 개천가에 버려둔채 깜앗케 鉛毒한 죽엄의 하나 하나

탄환이 쉰방 일혼방 여든방 구멍이 뚫고 나갔읍니다

아우가 형을 죽였는대 이럿소이다

조카가 아재를 죽였는다 이럿소이다

무슨 뼈에사모친원수였기에

무슨 政治의말을썻기에

이래도 이民族에 希望을 붓처 볼수있사오리까

생각은끈기고 눈물만흐름니다

—『東亞日報』(1948.11.16)

· 옥천玉川: 순천에 있는 내.

· 재변: 재앙으로 인하여 생긴 변고.

· 배: 바이, 바가.

· 홑하다(홋한): 하나로 되어 있다. * '홑하다' 는 '홋한 잣나비의 울음' '홋한 심야에 솟아오를 한 줄기 햇살' (신석정), '바르고 홋한 겨레의 길' (모윤숙), '홋한 말' (정지용) 등에 보인다.

· 연독鉛毒: 납독. 납으로 된 총알의 독기.

여순 10 · 19사건—순천

　이 시 역시 여수 · 순천10 · 19사건 조사단으로 파견되어서 순천의 현장을 답사하고 쓴 시이다. 당시 조사단이 본 순천의 참상은 이렇다.

　국군 진압부대가 진격하였을 때 시내에는 도처에 시체가 널려있었는데, 더욱 처절한 것은 집집마다 시체 하나 둘씩 없는 집이 거의 없었다는 사실입니다. 어떤 이는 눈을 도려내고 껍질을 벗기고 꼬챙이로 찌르고 칼로 살을 천 갈래 만 갈래로 찢어 전신에 총을 난사해 놓고도 또한 오히려 부족하여 얼굴이나 전신에 기름을 뿌려서 불을 질러 태워버리는 등의 이러한 반도의 잔학무도한 살육은 천인공노라거나 귀축(鬼畜)의 소행이라는 표현만으로는 부족합니다

—전국문화단체총연합회, 「반란과 민족의 각오」(1949)

　집단 학살당한 시체들은 주로 순천 경찰서 안과 순천 중심가에서 약간 벗어난 동쪽 지점의 옥천 냇가에 무더기로 널려 있었다. 이 시는 그 옥천 냇가의 참상의 기록이다. 마침 10월 24일은 비가 내려 순천은 핏물로 흥건했다고 전한다. 그렇게 옥천 긴 언덕은 떼죽음당한 주검으로 덮였고 그 주검에서 생혈이 흘러내린 붉은 10리 강물이 싸늘한 가을바람에 얼어붙었다. 옥같이 아름다운 내라서 옥천玉川이련만 그 내에 죽음이 흐르고 있고, 생생한 삶의 피를 생산한다 하여 생혈生血이련만 여기 죽음의 피 되어 흐르니 이 얼마나 비극적인 아이러니인가. '악착齷齪' 도 아이러니한 시어이다. 악착은 원래 '이가 촘촘한 모양' 으로 '일을 해 나

가는 태도가 매우 모질고 끈덕짐' 의 뜻으로 '악착같이(억척같이)' '악
착스럽게(억척스럽게)' 같이 어려움을 견디면서 끈기 있게 살아가는 긍
정적인 삶의 모습을 그리는 데 쓰이는 어휘인데 여기에서는 부정적인
시어로 썼다. '전세에 없던 참변' 도 전대미문의 참변이라는 의미와 함
께 현세는 전세의 원인에 의한 결과라는 불교적 세계관에 의하면 '전세
에 있는 참변' 일 수밖에 없다.

언어적 아이러니뿐만 아니라 상황 그 자체가 아이러니이다. 조국을
지켜야 할 우리 군병이 악의 독주에 가득 취하여 조국의 상징인 태극기
를 갈가리 찢어 불태우고, 별같이 총총한 청춘의 눈들이 칼로 도려 빼어
지고, 한 핏줄의 아들딸들이 이데올로기라는 이름 아래 원수가 되어 아
우가 형을 조카가 아저씨를 산채로 살을 깎아 죽이고 산채로 눈을 뽑아
죽이고 총알로 사지를 갈가리 끊어 불태워 죽이는 아이러닉한 상황이
전개된 것이다.

이 시는 신에게 하소연하는 형식으로 되어 있다. 이런 비극의 원인에
대한 해답은 도저히 인간에게서는 구할 수 없기 때문이다. 그래서 '―
나이다' '―오니까' '―나이까' '―소이다' '―사오리까' 등의 고어체
어미와 '한 배 있었나이까' '캘 바이 아닙니다' 등의 문어체 어휘를 써
서 설의법으로 묻고 있다. 그러면서 단지 반란군만의 문제가 아니고
'우리의 피' '홑한 겨레의 피' '아! 내 불순한 핏줄 저주받을 핏줄' 이라
하여 스스로를 돌아보고 있다.

사실이 그렇다. '집집마다 시체 하나 둘씩 없는 집이 거의 없었다는
사실' 은 반란군보다 오히려 진압군에 의한 학살에 의한 것이었다. 어떤
기록에 의하면 제주도4 · 3사건에 3만―3만5천 명, 여수 · 순천10 · 19사
건에 3천5백 명의 무고한 주민의 학살이 있었다고 한다. 다음은 영랑과
함께 조사에 참여했던 박종화가 마구잡이로 민간 학살을 자행한 원인

을 청년장교의 입을 빌어 말하는 장면이다.

<blockquote>
청년 장교는 열을 띠어 또 한 번 부르짖는다. 또 한 가지 긴급한 일은 국군의 재편성이올시다. 지금 군인의 질은 얇습니다. 미군정에서 국방경비대라는 명칭으로 면면촌촌으로 돌아다니면서 군수나 면장이나 구장에게 애걸하다시피 해서 뽑아온 사람들이올시다. 이런 망국적인 현상이 어디 있습니까. '너는 집안에서 할 일이 없으니 거기나 가 보아.' 하고 보낸 청년들이올시다.

—박종화, 「남행록」, 『동아일보』(1948.11.14)
</blockquote>

그러나 영랑은 이 '절망'에서 다시 일어섰다. 그는 '비록 모략으로 된 여순의 비통사悲痛事가 쭉 1년을 끈 셈이고 아직도 민족은 피를 흘리고 있고 3차 대전인지 국제정세인지 때문에 38선은 아직 터뜨리지 않고 있다 하더라도 이만하면 나라가 섰다는 것을 국민이 부지불식간에 인정하게 되었잖아요(「건국유감」, 『경향신문』(1949.6.19))'라고 여순사건이 민족성에 의한 것이 아니라 단순한 모략에 의한 것으로 우리는 이를 극복하고 대한민국을 건국하여 만방의 승인을 받았음을 천명하고 '대한민국 정부 유엔 승인 경축대회'에서 전국문화인단체연합회를 대표하여 축시를 낭독했다.

75

겨레의 새해

해는 저물 적마다 그가 저지른 모든 일을 잊음의 큰 바다로 흘려보내
지만

우리는 새해를 오직 보람으로 다시 맞이한다

멀리 사천이백팔십일 년

한뫼에 흰 눈이 쌓인 그대로

겨레는 한결같이 늘고 커지도다

일어나고 없어지고 온갖 살림은

구태여 캐내어 따질 것 없어

긴 긴 반만년 통틀어 오롯했다

40년 치욕은 한바탕 험한 꿈

4년 쓰린 생각 아직도 눈물이 돼

이 아침 이 가슴 정말 뻐근하거니

나라가 처음 만방 평화의 큰 기둥 되고

백성이 인류 위해 큰일을 맡음이라

긴 반만년 합쳐서 한 해로다

새해 처음 맞는 겨레의 새해

미진한 대업大業 이루리라 거칠 것 없이 닫는 새해

이 첫날 겨레는 손 맞잡고 노래한다

겨레의새해

해는 점을쩍마다 그가 저지른 모든일을잊음의 큰바다로 흘러보내지만
우리는 새해를 오직보람으로 다시마지한다
멀리 四千二百八十一年
한뫼에 힌눈이 싸힌 그대로
겨레는 한글가치 늘고 커지도다
일허나고 없어지고 온갓 살림은
구태어 캐내어 따질것없어
긴 긴 半萬年 통트러 오롯했다
四十年 치욕은 한바탕 험한 꿈
四年 쓰린생각 아즉도 눈물이돼
이아츰 이가슴 정말 뻐근하거니
나라가 처음 萬邦平和의 큰기둥되고
百姓이 人類위해 큰일을 맡흠이라
긴 半萬年 슴처서 한해 로다
새해 처음맞는 겨레의 새해
미진한 大業 이루리라 거칠것없이 닷는새해
이첫날 겨레는 손 맛잡고 노래한다
─『東亞日報』(1949. 1. 6)

· 한뫼: 높은 산.
· 오롯하다(오롯했다): 모자람이 없이 온전하다. 완전하다.
· 뻐근하다(뻐근하거니): 어떤 느낌으로 꽉 차서 가슴이 뻐개지는 듯하다.

1949년 새해의 소원

이 작품은 1949년 신년 축시이다. 흔히 신년을 맞이하며 '다사다난했던 한해를 보내고 희망찬 새해를 맞아 귀하와 귀 가정에 행복과 건강이 함께하기를 기원합니다.' 따위의 인사말을 하기 마련이다. 그러나 신년 축시는 이런 의례적인 덕담만으로는 안 된다. 개인이나 국가가 행하여야 할 커다란 비전이 새겨져야 한다. 특히 건국 다음 처음 맞는 새해에는 더 말할 것이 없다.

그러기 위하여 우선 잊어야 할 것이 있고 기억해야 할 것이 있다. 태양은 날마다 망각의 바다로 침몰했다가 다시 수면 위로 떠오른다. 바다는 온 세상의 기억을 망각 속으로 수용할 수 있을 만한 용량을 지니고 있다. 망각은 신이 준 선물이다. 저승 앞에는 망각의 강이 흘러 이를 넘으면 이승의 모든 기억을 잊는다. 종교에서는 인간을 용서해 주는 은총이나 자비로, 신을 망각하고 죄를 범한 그 죄를 망각시킨다. 법에서는 공소시효나 사면과 복권으로 죄를 망각시켜 새로운 삶의 길을 열어준다. 해방정국에서 우리 민족에게는 잊어야 할 일들이 너무나 많았다.

1행이 한꺼번에 길게 이어지는 것은 그만큼 많은 일을 그만큼 빨리 잊기 위해서일 것이다. 우리는 망각을 넘어서 오직 보람으로 새해를 맞이한다. 멀리 4281년 동안 우리 겨레는 백설이 쌓인 고산처럼 그렇게 성장을 거듭해 왔다. 그 겨레의 전반적인 성장 속에서 경제적인 증감이야 구태여 논하지 말자. 우리의 길고긴 반만년의 역사는 전체적으로 완전했다. 다만 40년 동안의 일제강점기는 한바탕 험한 꿈이었지만 광복 후 4년 동안의 민족적 비극은 아직도 눈물을 자아낸다. 여기서 우리는 이 시적진술이 모순을 초래하고 있음을 안다. 과거의 불행을 잊자고 하면서도 그 비극이 잊히지 않는다. 역사가 오롯했다고 하기 위해서 40년의 오욕의 역사를 꿈이라고 했지만 최근 4년의 비극이 현실로 눈물을 자아낸다고 이를 부정한다. 긍정하래야 긍정할 수 없고 부정하래야 부정할 수 없는 역사적 현실 앞에서 진술에 오류가 있음이 오히려 진실이다. 이는 화자나 청자가 모두 공감하는 바일 것이다. 거기에 해방공간의 비극이 누워 있는 것이다.

이런 모든 비극을 극복하고 마침내 우리는 새 나라를 세웠다. 그래서 세계평화의 버팀목이 되어 인류를 위한 막중한 임무를 부여받았으니 새해 새 아침 가슴이 벅차오른다. 올 새해는 반만년의 역사가 하나로 집약된 한 해이다.

마침내 '새해 처음 맞는 겨레의 새 해'가 떠오른다. 여기 앞의 '해年'와 뒤의 '해日'는 동음이의어이다. 겨레 앞에 새해의 새 해가 떠오른다. 거칠 것 없이 떠오르는 새로운 태양처럼 거칠 것 없이 새해 첫날 온 겨레가 손을 맞잡고 겨레의 앞날을 노래하면서 아직도 미진한 건국의 과업을 이루리라 다짐하자.

76

연 2

좀팽나무 높은 가지 끝에 얽힌 다아 해진 흰 실낱을 남은 몰라도

보름 전에 산을 넘어 멀리 가버린 내 연의 한 알 남긴 설움의 첫 씨

태어난 뒤 처음 높이 띄운 보람 맞본 보람

안 끊어졌다면 그럴 수 없지

찬바람 쐬며 콧물 흘리며 그 겨우내 그 실낱 치어다보러 다녔으니

내 인생이란 그 때부텀 벌써 시든 성싶어

철든 어른을 뽐내다가도 그 실낱같은 병의 실마리

마음 어느 한구석에 도사리고 있어 얼씬거리면

아이고! 모르지

불다 자는 바람 타다 꺼진 불똥

아! 인생도 겨레도 다아 멀어지던구나

연 2

좀평나무 높은가지끝에 얼킨 다아 해진 흰 실낫을 남은 몰라도

보름전에 산을넘어 멀리가버린 내연의 한알 남긴 서름의 첫씨

태여난뒤 처음높이 띄운보람 맞본보람

안 끈어졌드면 그럴수 없지

찬바람 쐬며 코ㅅ물 흘리며 그겨을내 그실낫 치여다보러 다녔으리

내인생이란 그때버팀 벌서 시든상 싶어

철든 어른을 뽑내다가도 그실낫같은 病의 실마리

마음 어느한구석에 도사리고있어 얼신거리면

아이고 ! 모르지

불다 자는 바람 타다 꺼진 불ㅅ동

아 ! 인생도 겨래도 다아 멀어지든구나

　　—『永郎詩選』(1949.10)

· 좀평나무: 팽나무.
· 해지다(해진): '헤어지다(닳아서 떨어지다)' 의 준말.
· 실낫: 실낱(실의 올).
· 버팀: '부터' 의 방언.
· 보름: 정월 보름.
· —으리(다녔으리): '—으니' 의 오식. 이 시어는 첫 발표(백민 1949.1)에 '다녔으니' 로 되었음.
· 실마리: 감겨 있거나 헝클어진 실의 첫머리. 일이나 사건을 풀어 나갈 수 있는 첫머리.
· 겨레: 같은 핏줄을 이어받은 민족. 겨레붙이(혈연관계가 있는 사람). 피붙이, 살붙이.
· —지(모르지): 어떤 사실을 긍정적으로 서술하거나 묻거나 명령하거나 제안하는 따위의 뜻을 나타내는 종결어미.
· 불ㅅ동: 불똥(불에 타고 있는 물건에서 튀어나오는 아주 작은 불덩이).
· —든구나(멀어지든구나): '—더구나' (해라할 자리에 쓰여, 과거 어느 때에 직접 경험하여 새로이 알게 된 사실을 현재의 말하는 장면에 그대로 옮겨 와서 전달하며, 그 알게 된 사실에 주목함을 나타내는 종결어미. 흔히 감탄의 뜻이 수반됨).

꿈과 좌절의 시

　　이 시는 어린 시절 하늘 높이 띄운 연이 좀팽나무 가지에 걸려 연은 멀리 날아가고 흐르는 세월 속에서 가지에 엉켜 붙은 연줄이 퇴락해가는 모습에서 겪은 좌절을 읊고 있다. 이 좌절은 다른 소년 같으면 가벼운 스트레스 정도로 끝날 수도 있을 텐데 화자에게는 커다란 충격으로 남아 정신적인 외상으로까지 다가온다. 그리하여 그때의 고통스러운 생각과 기억이 자주 떠올라 마치 그 사건이 비극의 씨앗인 양, 지금 일어나는 모든 불행을 예고한 듯이 느껴진다.

　　좀팽나무는 좀풍게나무, 졸팽나무, 보고나무라고도 하는 그냥 팽나무이다. 이 나무는 보통 느티나무와 더불어 마을 입구에 자리하여 동네 사람들의 쉼터가 되고 동네의 수호신으로 대접받는 둥구나무이다. 고목된 큰 나무는 높이가 20m까지도 자란다.

　　흔히 이런 나무에 공중을 나르던 연이 걸려 시간이 지나면 연은 삭아 떨어지고 하얀 연실만 퇴색하여 걸려 있게 마련이다. 그런데 화자의 연은 이 나무에 걸려 실이 끊어진 대로 날아가고, 실만 거기 남아 엉켜 나풀거리고 있나 보다. '남은 몰라도' 는 홀로 연날리기를 하는 외로운 소년의 모습과 함께 트라우마 같은 비밀스러운 병증을 보인다.

　　연날리기는 정월보름 이전까지만 한다. 보름 지나 연을 날리면 '쌍놈' 이라거나 '고리백정' 이라고 놀림을 받는다. 음력 12월 하순부터 연을 날리다가 정월 보름이 가까워지면 연싸움을 하고, 보름 전날이나 보름날엔 액막이연이라 하여 연에 송액送厄이라 써서 멀리 띄워 보내는 풍습이 있다. '남은 몰라도' 와 '보름 전에 산을 넘어 멀리 가버린' 에서 이

연은 싸움연도 액막이연도 아닌데 실수로 연실이 끊어진 것을 알 수 있다. 그래서 나뭇가지에 걸린 연실은 '한 알 남긴 설움의 첫 씨'가 된 것이다. 그것은 '태어난 뒤 처음 높이 띄운 보람'이요, 이 보람은 '맛본 보람'이었는데 그 보람이 무너졌으니, '찬바람 쐬며 콧물 흘리며 그 겨우내 그 실낱 치어다보러 다녔'다. 만일 연실이 안 끊어졌다면 그럴 수는 없었을 텐데, 나의 꿈은 하늘 너머로 사라져 버리고 그 흔적만이 저기 좀팽나무 가지에 걸려 추위에 떨며 바람에 나풀거리며 밤을 지새우는데 어찌 나 혼지 편히 잠을 잘 수 있겠는가.

나는 아침마다 이를 확인하면서 그 안녕을 빌었다. 성장한 뒤의 '모란이 지고 말면 그뿐 내 한 해는 다 가고 말아, 삼백 예순 날 하냥 섭섭해 우옵내다.'의 '설움의 첫 씨'도 아마 여기에서 싹튼 것이다. 그 실낱은 '설움의 첫 씨'이고 그 '실낱같은 병의 실마리'는 거기에서 비롯되었다. 나는 나이 들면서 '철든 어른'인 체하지만 그 연을 추억할 때마다 도로 속앓이를 하는 아이로 돌아간다. 「연1」의 첫 발표 때 이 3연은 '바람 일어 끊어 갔더면/ 엄마 아빠 날 어찌 찾아/ 희끗희끗한 실낱 믿고/ 어린 아빠 피리를 분다.'(『여성』 1935.5)로 되어 있다. 이 '어린 아빠'는 실낱이 끊어질까 조마조마한 두려움을 거두고 아버지를 닮아 어른인 양 의젓한 체하는 어린이를 일러 여기 '철든 어른'과는 대립적으로 쓴 시어인 듯하다.

'그 실낱같은 병의 실마리'는 바로 실낱이다. 그 실낱의 실마리가 마음속 깊이 무의식으로 도사리고 있다가 가끔 의식 속으로 얼씬거리면, 불다 자는 바람 되살아나고 꺼진 불똥 다시 살아나듯, 연이 하늘 높이 나르던 보람과 연이 나뭇가지에 걸려 실만 남긴 좌절이 함께 되살아난다. 그래서 서술어 없이 주어만 제시된 '불다 자는 바람/ 타다 남은 불똥'은 불던 바람과 타던 불똥의 현장이 되살아나 생의 활력소가 된다는

의미와 자던 바람과 남은 불똥의 원인이 되살아나 생의 비극을 촉진시
킨다는 의미가 겹친다. '아이고! 모르지'는 과거와 현재의 보람과 좌절,
긍정과 부정이 교차하는 탄식이다.

시에는 작가와 작품은 존재하지만 청중은 존재하지 않는다. 흔히 노
래가 노래를 듣는 청중을 향해 부르지 않듯이 시도 청중이 없이 혼자 중
얼거리는 소리다. 그런데 액자소설에는 소설 속에 소설이 있듯이 이 시
에는 그 혼잣소리 속에 또 두런대는 소리가 있으니 '아이고! 모르지'가
그것이다. 중얼거림 속에 저도 모르게 터지는 한숨이나 영탄 혹은 욕지
거리 등이 이에 해당할 것이다. 위의 '안 끊어졌다면 그럴 수 없지'도
연속된 문장이긴 해도 이런 탄식이 있기도 하다.

그리하여 '그 실낱같은 병의 실마리'가 도지면 마치 어린 시절 하늘
멀리 사라진 연처럼 지금까지 살아온 내 삶도, '철든 어른'으로 나서 기
르는 피붙이도 멀어지고 어린 시절의 꿈과 좌절로 회귀하고 만다.

77

망각

걷던 걸음 멈추고 서서도 울컥 생각키는 것 죽음이로다
그 죽음이사 서른 살 적에 벌써 다 잊어버리고 살아왔는데
웬 노릇인지 요즘 자꾸 그 죽음 바로 닥쳐온 듯만 싶어져
항용 주춤 서서 행길을 호기로이 달리는 행상行喪을 보랏고 있느니

내 가버린 뒤도 세월이야 그대로 흐르고 흘러가면 그뿐이오라
나를 안아 기르던 산천도 만년 한양 그 모습 아름다워라
영영 가버린 날과 이 세상 아무 가겔 것 없으매
다시 찾고 부를 인들 있으랴 억만 영겁이 아득할 뿐

산천이 아름다워도 노래가 고왔더라도 사랑과 예술이 쓰고 달콤하여도
그저 허무한 노릇이어라 모든 산다는 것 다 허무하오라
짧은 그 동안이 행복했던들 참다웠던들 무어 얼마나 다를나더냐
다 마찬가지 아니 남만 나을러냐? 다 허무하오라

그날 빛나던 두 눈 딱 감기어 명상한대도 눈물은 흐르고 허덕이다 숨
다 지면 가는 거지야
더구나 총칼 사이 헤매다 죽는 태어난 비운의 겨레이어든
죽음이 무서웁다 새삼스레 뉘 비겁할소냐마는 비겁할소냐마는

죽는다—고만이라—이 허망한 생각 내 마음을 왜 꼭 붙잡고 놓질 않
느냐

망각하자—해 본다 지난날을 아니라 닥쳐오는 내 죽음을
아 ! 죽음도 망각할 수 있는 것이라면
허나 어디 죽음이사 망각해질 수 있는 것이냐
길고 먼 세기는 그 죽음 다 망각하였지만

忘 却

걷든거름 멈추고서서도 얼컥 생각키는것 죽엄이로다
그죽엄이사 서룬살적에 벌서 다 이저버리고 사라왔는듸
웬노릇인지 요즘 작고 그죽엄 바로닥처온듯만 싶어져
항용 주춤서서 행길을 호기로히 달리는 行喪을 보랐고있느니

내 가버린뒤도 세월이야 그대로 흐르고 흘러가면 그뿐이오라
나를 안어길으든 山川도 萬年한양 그모습 아름다워라
영영 가버린 날과 이세상 아모 가젤것 없으매
다시 찾고 부를인들 있으랴 億萬永劫이 아득할뿐

山川이 아름다워도 노래가 고았드레도 사랑과예술이 쓰고달끔하여도
그저 허무한노릇이여라 모든 산다는것 다 허무하오라
짧은 그동안이 행복했든들 참다웠든들 무어 얼마나 다를나드냐
다 마찬가지 아니남만 나흘러냐 ? 다 허무하오라

그날 빛나든 두눈 딱감기어 瞑想한대도 눈물은 흐르고 허덕이다 숨다지면 가는거지야

더구나 총칼사이 헤매다 죽는 태어난 悲運의 겨레이어든

죽엄이 무서웁다 새삼스레 뉘 卑怯할소냐 만은 卑怯할소냐 만은

죽는다―고만이라―이 허망한 생각 내마음을 웨 꼭붙잡고 노칠안느냐

忘却하자―해본다 지난날을 아니라 닥처오는 내죽엄을

아 ! 죽엄도 忘却할수있는 것이라면

허나 어듸 죽엄이사 忘却해질수 있는것이냐

길고 먼 世紀는 그죽엄 다 忘却하였지만

―『永郎詩選』(1949.10)

· 얼꺽: 울꺽(격한 감정이 갑자기 일어나는 모양).
· 생각키다(생각키는): 생각(하)게 되다. *―키―: 피동접사(ㅎ+기).
· 항용恒用: 흔히 늘.
· 행길: 한길(사람이 많이 다니는 큰 길)의 방언.
· 행상行喪: 상여 나가는 것.
· 보랐다(보랐고): 보랏다('바라보다' 의 방언).
· 한양: '하냥(늘. 계속하여 언제나)' 의 방언.
· 가게다(가겔 것): 가져가다.
· ―오라(허무하오라): ―다. ―ㄴ다. 오: 삽입모음 오/우.
· ―지야(가는거지야): 해라할 자리에 쓰여 어떤 사실을 친근하게 서술하는 종결어미.

죽음과 망각의 시

영랑은 죽음에 대하여 일종의 강박관념을 가진 듯싶다. 그러나 화자는 '그 죽음이사 서른 살 적에 벌써 잊어버리고 살았는데' 라고 한다. 그는 서른 살은커녕 그보다 훨씬 전인 15살 어린 나이인 1917년에 전해에 결혼한 아내의 죽음을 겪어야 했다. 서른 직전인 1931년에 2살 난 차남 현복이 사망하고, 1933년에 모친이 사망하여 그 충격으로 죽음을 깊이 생각게 되고 그래서 또 잊게도 되었을 것이다. 그러나 그의 나이 35살인 1938년에는 34세의 젊은 나이로 세상을 떠난 가장 친한 친구 박용철의 죽음을 보아야 했다. 이를 김영랑은 '일찍 처를 여의어 보고 아들도 놓쳐 보고 엄마도 먼저 보내 본 나로서는 중한 사람의 죽음을 거의 겪어 본 셈이지만 내가 가장 힘으로 믿던 벗의 죽음이라 아무리 운명이라 치더라도 너무 과한 노릇이 아닐 수 없다.' 라고 쓰고 있다. 1940년 겨울에는 갓난아기인 6남 현중이 죽어 언 땅에 묻고 「언 땅 한 길」이란 시를 남겼다. 그리고 이 시가 쓰인 전해인 1948년엔 그의 고향 강진에서 그리 멀지 않은 여수·순천에서 군란이 일어나 수많은 무고한 서민이 죽어 그 조사단의 일원으로 현장을 돌아보기도 했다. 그는 건국을 기리는 글에서조차 '작년 봄부터 자꾸 동지同志가 꺼꾸러지고 자신自身 위경危境을 서너 번 곧잘 면키도 했지마는(「건국유감」)' 이라고 친구의 죽음과 자신의 건강을 말하고 있다.

그뿐이 아니다. '항상 자기의 수명에 대하여 일종 숙명적 체념을 가지고 있어서 대대로 장수 못하는 가문이라는 것을 입버릇처럼 얘기하는 영랑이었다.' 그런 영랑은 묘지에 관한 이야기가 나오자 '한남동 여기도 산소 자리로 괜찮아 하던 그 말 그대로 자기 산소 자리를 먼저 마련해 놓은 듯한 결과가 되어' 그렇게 말한 한남동에 묻혔다(이헌구, 「시조를 즐기던 영랑」, 『경향신문』(1956.3.27). 영랑은 자신의 죽음을 미리 알았을까, 안석영이 죽은 뒤 다음 차례는 누구냐는 농담에 '영랑의 입에서는 뜻밖에도 다음은 바로 내 차례일세라는 말이 흘러나왔다. 이 말을 들은 문우들은 모두 평소 건강이 좋은 편인 영랑인지라 농담으로 받아들였으나 농담이라 하기에는 그의 표정이 너무도 진지했다. 그 일이 있은 지 5개월 후인 9월에 영랑은 자신이 예언한 대로 세상을 떴다(김현철, 『아버지 그립고야』). 그러나 그의 죽음은 한국전쟁 때 폭격에 의한 파편 때문이었다.

이 시에는 그런 그의 죽음에 대한 예감이 담긴 것이 아닐까.

여수 · 순천 반란사건 당시 현지를 다녀온 후의 시 망각에서 '걷던 걸음 멈추고 서서도……행상을 보랐고 있느니' 하는 구절이 하나의 시상에 그치지 않고 자신의 운명에 점지어 놓은 듯할 때 비록 순간적이나마 시의 영감을 받아 자신을 돌아다보는 시인의 운명이 어찌 슬프다 아니 할 것인가.
　　　　　　　　　　—김광섭, 「영랑 김윤식 형을 추모함 —그의 이장에 제하여」,
　　　　　　　　　　　　　　　　　　　　　　　　　『경향신문』(1954.11.14)

1연의 '걷던 걸음 멈추고 서서'를 '자던 잠 깨고 앉아서'라 바꿀 수도 있겠다. 북송의 문장가 구양명은 아이디어가 떠오르기 가장 좋은 곳으로 마상馬上 침상枕上 측상厠上의 삼상三上을 꼽았다. 여기에서 마상이 '걷던 걸음'으로 바뀌었을 것이다. 그러나 길 걷기와 잠자기를 삶과 죽음의 상징으로 본다면 정반대의 의미를 띨 수 있겠다. 죽음은 그렇게 삶을 멈추기라도 하는 듯 갑자기 울컥 쏟아져 삶을 훼방하고 있다. 이럴 때 늘 주춤 서서 마치 자기만의 길인 양 사람이 많이 다니는 행길을 막고 호기롭게 달리는 상여를 바라보고 있다. 왜 상여가 호기롭게 달릴까. 영랑은 이미 ‘무섬증 드는 이 새벽 가지 울리는 저승의 노래/ 저기 성 밑을 돌아나가는 죽음의 자랑 찬 소리여’ (「두견」)라고 자랑 찬 소리를 지르며 성 밑을 가는 상여를 그린 일이 있다. 죽음은 인간의 입장에서 볼 때 슬픈 것이지만 죽음의 입장에서 본다면 생과의 경쟁에서 이긴 자랑스러운 승리의 기록일 것이다. 이를 화자도 거리낌 없이 ‘바랏고 있느니(바라보고 있느니라.)’ 라고 문어체의 고풍스런 문체로 담담히 언술하고 있다. 산 나는 멈추어 서있고, 죽은 이의 상여 행렬은 호기롭게 달리는 것은 우리의 삶과 죽음의 아이러니이다.

2연은 우리가 맞이해야 할 죽음의 본질을 말한다. 그렇다. 인간의 삶과 죽음과는 관계없이 우주의 시간은 흐르고 공간은 아름답다. 공수래 공수거空手來空手去는 그냥 하는 빈말이 아니다. 시간은 그렇게 가고 그 속에서 우리가 가졌던 것, 인연한 사람들도 우리 죽음과 관계없이 그렇게 간다. 이를 제대로 터득하면 죽음에 대한 두려움도 없을 것이다.

3연은 죽음에서 느끼는 화자의 허무감이다. 2연의 산천은 그 아름다움이 본질적인 것인데 비하여 3연의 산천은 화자의 정서적인 아름다움으로 환원되었기 때문에 두고 떠나기에 허무감이 밴다. 사랑과 예술의 쓰고 달콤함도 삶의 행복과 진실도 본질이 아닌 정서적인 접근에 의하여 허무로 치부된다. 그러니 그럴 바에야 태어나지 않음만 못한 것이 아닌가 하고 갈등을 빚는 것이 범인의 사고방식이다.

4연에서는 죽음에 임하는 태도를 다잡으려 한다. 물리적인 죽음의 모습은 하도 많이 보아서 너무 뻔한 것으로 묘사하고 있다. 더구나 여수·순천10·19사건의 괜한 죽음을 너무나 많이 겪었기 때문에 죽음에 대한 두려움과 그에 따른 비겁함 등은 모두 물리칠 수도 있다. 그런데도 허무감은 어쩔 수 없이 마음을 사로잡고 있다.

5연은 죽음에 대한 생각을 떨쳐버리려 하지만 반복적이고 지속적으로 의식되어 괴롭히는 강박관념을 그린다. 망각은 과거의 사실, 전에 경험했거나 학습한 것의 파악이 일시적 또는 영속적으로 감퇴 또는 상실되는 것이다. 그러니 죽음을 망각하자는 것은 순간적으로 떠오르는 죽음이라는 과거의 생각을 잊자는 것이다. 그러나 죽음은 미래에 대한 사실이니 죽음을 망각하자는 것이 논리적으로는 성립되겠지만 정서적으로는 성립되지 않는다. 사실 논리만 논한다면 '죽음을 망각하자.' 보다는 '죽음을 기억하자.(메메토 모리)' 를 택해야 한다. 이는 고대 로마시대 개선장군 뒤에서 노예가 외치던 말이다. '너도 어느 땐가 죽을 때가 있다. 죽음을 기억하라.' 여수 · 순천에서 이를 실천했다면 그런 피비린내는 없었을 것이다. 하긴 길고 긴 먼 세기는 그런 모든 죽음을 다 망각하여 시시비비도 없을 것이다.

78

낮의 소란소리

거나한 낮의 소란소리 풍겼는데
금시 퇴락 하는 양
묵은 벽지의 내음 그윽하고
저쯤에사 걸려있을 희멀끔한 달
한 자락 펴진 구름도 못 말아 놓는 바람이어니
무끈히 옮겨 딛는 밤의 검은 발짓만
고되인 넋을 짓밟누나
아 ! 몇 날을 더 몇 날을
뛰어 본다리 날아 본다리
허잔한 풍경을 안고 고요히 선다

낮의 소란소리

건아한 낮의 소란소리 풍겼는듸

금시 퇴락 하는양

묵은 壁紙의 내음 그윽하고

저쯤 예사 걸려있을 히멀끔한 달

한자락 펴진 구름도 못 마러놓는 바람이어니

묵근히 옴겨딀는 밤의 검은발짓 만

고되인 넋을 짓밟누나

아 ! 몇날을 더 몇날을

뛰어본다리 날러본다리

허잔한 風景을 안고 고요히 선다

　―『永郞詩選』(1949.10)

· 건아하다(건아한): 거나하다(술에 취한 정도가 어지간하다.)

· 풍기다: 냄새가 나다. 또는 냄새를 퍼뜨리다

· 퇴락頹落하다(퇴락하는): 낡아서 무너지고 떨어지다. 지위나 수준 따위가 뒤떨어지다.

· 묵다(묵은): 일정한 때를 지나서 오래된 상태가 되다.

· 그윽하다: 깊숙하여 아늑하고 고요하다. 뜻이나 생각 따위가 깊거나 간절하다. 느낌이 은근하다.

· 희멀끔하다(희멀끔한): 살빛이 희고 멀끔하다

· 묵근히: '무끈하게' 의 변형어(무끈히). *무끈하다: 좀 묵직하다

· ―어니: '―거니(―는데)' 의 옛말.

· 발짓: 발을 움직이는 일. 여기서는 '발걸음' 의 변형.

· 본다리(뛰어본다리 날러본다리)―본다 하리. *실타리(「내흩진 노래」), * '하' 생략: 죽인다(하)시거늘, 것이라(고하)는데

· 허잔하다(허잔한): '하잔하다(잔잔하고 한가롭다)' 와 '허전하다(주위에 아무것도 없어서 공허한 느낌이 있다)' 의 뜻 겹침 시어.

무위의 낮과 불면의 밤

낮은 활동을 위하여 밤은 휴식을 위하여 신이 점지해 주었다 한다. 그런 낮에 제법 흥청거리는 소란소리가 바람에 냄새 풍기듯 퍼졌지만 실상 주정뱅이의 술주정인 듯 이내 무너져 떨어져 나가는 듯 사라지고 밤이 왔다. 휴식의 밤은 어떤가. 제법은 오랜 세월을 기거하여 익숙한 묵은 벽지의 냄새도 아늑하고 고요한 느낌을 주지만 이맘때쯤이면 저쯤 예사롭게 그냥 그렇게 걸려 있을 희멀끔한 달을 구태여 쳐다보기도 싫다. 모든 것이 오랜 동안 변화도 없이 마치 제자리인 양 버릇처럼 그대로 있는 매너리즘의 형상이다.

바람이 부는지 마는지 모른다. 불어 보았자 한 자락 퍼진 구름조차도 말아 놓지도 못할 정도의 미미한 것이다. 한마디로 개미 쳇바퀴 돌리는 듯한 권태로운 나날이다. 밤은 어떻게 오는가. 『시문학』에 늦게 동인으로 참여했던 신석정은 '머언 숲에서는 밤이 끌고 오는 그 검은 치맛자락이 발길에 스치는 발자국 소리도 들려오지 않습니다.(「아직 촛불을 켤 때가 아닙니다」)' 라고 가벼운 발자국 소리를 내며 밤이 오는 모습을 그리고 있다. 그러나 이 무렵 영랑은 '무끈히 옮겨 딛는 밤의 검은 발짓만/ 고되인 넋을 짓밟누나.' 라고 무거운 밤의 발자국 소리를 듣는다. 그 '발짓' 으로 표현되는 발자국은 이미 '고되게 된' 넋을 짓밟는 소리를 내며 검은 빛으로 다가오고 있다.

화자는 나름대로 낮에 활동하고 밤에 휴식을 하려고 노력도 했다. 날이면 날마다 뛰고 난다고 발버둥을 쳤는지 모른다. 그러나 그 결과는 허무할 뿐이었다. 그렇게 뻔한 결과를 알면서 또 몇 날 며칠을 더 뛰어본

다 하겠느냐, 더구나 뛰지도 못하면서 날아본다고 하겠느냐 하고 탄식
만 할 뿐이다. 낮에만 그런 것이 아니다. 밤에는 잠을 자려 해도 휴식은
커녕 불면의 밤이 이어진다. 이 밤에 자리에서 일어나 고요히 서노라면
텅 빈 듯 무너져 내린 어두운 밤의 풍경만이 가슴에 가득 찬다. 허구한
밤낮이 그렇게 흘러간다.

79

감격 8 · 15

연옥煉獄의 반세기 짓밟히어 지늘끼고도 다시 선뜻 불같이 일어서는

우리는 대한의 홑한 겨레

쇠사슬 즈르릉 풀리던 그날

어디 하나 이단 있어 행렬을 빠져나더뇨

삼천만은 낱낱이 가슴 맺힌 독립을 외쳤을 뿐

강토疆土가 까다로운 경위도經緯度에 자리했음 울어야 하느냐 ?

고구려 신라 적은 어찌들 했던가 뒤져 보려마

성조聖朝 이룩하신 이 땅은 천하의 양지陽地

삼천리가 작어서 한이라면 영란토英蘭土를 보려마

기적이 아니더면 모실 수 없던 민족의 통령統領

그 총혜聰慧 그 담덩이 이 나라는 반석 위에 선 민주보루

벌써 왜놈과의 싸움도 지난 듯싶은데

4년 동안은 누구들 때문에 흘린 피더냐

만년 공화共和의 세계헌장 발맞추는 대한민국

민주헌법이 그르더냐 토지개혁을 안 한다더냐

도시 대서양헌장이 미흡터란 말이지

48대6인데 6이 더 옳단 말이지

철의 장막은 숨 막혀도 독재하니 좋았고
민주 개방이 명랑하여도 인권 평등이 싫더란 말이지

40년 동안의 불 달음에도 얼은 남은 겨레로다
4년쯤의 싸움이사 우리는 백년도 불가사리
이젠 벌써 시비를 따질 때가 아니로다
쓰러진 동지의 주검을 밟고 넘어서 오직 전진할 뿐
대의에 죽음 영원한 삶임을 삼천만 모두 다 마음커니
대의大義 대한 그 앞에 간사한 모략과 흉측한 암투가 있을 수 없다
보라 저 피로 싸일 실지 회복의 수만 깃발
들어라 백만 총준聰俊의 지축을 흔드는 저 맹세들

感激八·一五

煉獄의半世紀 짓밟히어 지늘끼고도 다시 선뜻 불같이 일어서는 우리는 大韓의 홋
한겨래
쇠사슬 즈르릉 풀리던 그날
어디하나 異端있어 行列을 빠져나더뇨
三千萬은 낯낯이 가슴맺친 獨立을 외쳤을뿐

疆土가 까다로운 經緯度에 자리했음 울어야 하느냐 ?
高句麗 新羅 쩍은 어찌들 했던가 뒤져보렴아
聖朝 이룩하신 이땅은 天下의 陽地
三千里가 적어서 恨이라면 英蘭土를 보렴아
奇蹟이 아니드면 뫼실수없던 民族의 統領
그聰慧 그膽덩이 이나라는 盤石우에 선 民主保疊

벌써 倭놈과의 싸움도 지난 듯 싶은데
四年동안은 누구들때문에 흘린 피드냐
萬年共和의 世界憲章 발맞추는 大韓民國
民主憲法이 글으드냐 土地改革을 안한다드냐
도시 大西洋憲章이 未洽트란말이지
四十八對六 인데 六이 더 옳단말이지
鐵의帳幕은 숨막혀도 獨裁하니 좋았고
民主開放이 明朗하여도 人權平等이 싫드란말이지

四十年동안의 불다름에도 얼은 남은 겨래로다
四年쯤의 싸움이사 우리는 백년도 불가살이
이젠 벌써 是非를 따질때가 아니로다
쓸어진 同志의 죽엄을 밟고 넘어서 오직 前進할뿐

大義에 죽음 永遠한 삶임을 三千萬 모두 다 마음커니
大義大韓 그앞에 간사한 謀略과 흉측한 暗鬪가 있을 수 없다
보라 저 피로 싸일 失地恢復의 數萬旗빨
드르라 百萬聰俊의 地軸을 흔드는 저盟誓들
　—『서울신문』(1949.8.15)

· 지늘끼다(지늘끼고도): '가위 눌리다'의 방언.

· 홑하다(홋한): '홑지다(복잡하지 않고 단순하다. 하나로 되어 있다)의 변개어.

· 영란토: '잉글랜드(영국 그레이트브리튼 섬의 중남부를 차지하는 지방) 땅'의 음역어.

· 통령統領: 일체를 통할하여 거느림. 또는 그런 사람.

· 토지개혁: 농지의 소유 제도를 개혁하는 일. 한국에서는 1949년 농지개혁법에 의해 농지를 농
민에게 분배했음.

· 대서양헌장: 1941년 8월 14일, 미국의 루스벨트 대통령과 영국의 처칠 총리 사이에 이루어진
공동 선언.

· 미흡하다(미흡트란): 흡족하지 못하다. *미흡하드란) 미흡ㅎ드란) 미흡트란 (마음하거니)마음
ㅎ거니) 마음커니)

· 48대6四十八對六: 유엔은 제3차 유엔총회(1948.12.12)에서 48:6으로 대한민국 정부를 승인하였
음.

· 철의 장막: 제2차 세계대전 후, 소련과 동유럽 공산주의 국가가 채택한 정치적 비밀주의와 폐
쇄성을 자유주의 진영에서 비유적으로 이르던 말.

· 불가살이: 불가사리(전설에서, 쇠를 먹고 악몽과 사기邪氣를 쫓는다는 상상의 동물.

· 총준聰俊: 슬기롭고 영리하며 풍채가 빼어남. 또는 그런 사람.

광복절의 각오

　이 시는 1949년 8월 15일 광복절 축시이다. 광복절은 일제 강점기에서 해방된 것을 기념하고, 대한민국 정부수립을 경축하는 날이다. 정부는 1949년 10월 1일 이 날을 광복절이라 하고 국경일로 지정했다. 그러니 이 시가 발표된 때는 광복절이란 공식적인 용어는 없었다.

　흔히 축시, 헌시, 기념시, 행사시 등으로 불리는 이런 유형의 시는 제재도 정해질 뿐만 아니라 시간적인 제약도 받는다. 그러므로 시가 ‘고요한 시간의 정서의 자유스러운 유로流露(워즈워드)’ 라는 시론을 믿지 않는다 해도 이런 시는 더러 자신의 의지와는 상관없이 제작할 수밖에 없는 글쓰기이다. 순수시를 지향하던 영랑에게는 이러한 시 제작은 일종의 외도이다. 이런 시는 시사성이 있어 제 때의 신문을 장식하면 보통 그 걸로 끝나고 시집 등에는 수록되지 않는다. 영랑도 예외 없이 이 시를 시집에서 제외시켰다.

　그러나 이런 축시 등이 하등 가치가 없다는 의미는 아니다. 조선시대 『용비어천가』 등의 악장이나 각종 경축일의 노래나 국가나 교가가 이 계열의 시이다. 옛날 영국에서는 계관시인이 왕실의 행사에 헌시를 바쳤다.

　이 시의 주어는 우리이다. 우리는 우리 한겨레이다. 1연은 이러한 단일민족으로서 오직 한마음으로 조국의 독립을 기원하여 마침내 이를 이루어 낸 사실을 일깨운다.

　2연은 흔히 우리나라가 동북아시아 대륙국가와 도서국가의 중간에 위치한 반도국가로 항상 그들로부터 침략의 위험을 받는 지정학상의 불리한 위치와 협소한 국가라는 지적에 대한 반박을 수·당과 왜를 물리친 삼국시대와 나라는 작지만 해가 지지 않는다는 영국과 비교하여 정당화하고 있다. 더구나 지혜와 용기가 출중한 이를 대통령으로 모신 우리나라는 민주주의의 보루로 반석 위에 세워졌음을 강조한다.

3연은 해방 후 4년 동안 이데올로기 때문에 각가지 사건을 일으켜 대립했던 공산주의자에게 반문한다. 대한민국은 유엔헌장에 입각한 민주공화국으로 민주헌법을 채택한 나라이다. 토지개혁법이 국회를 통과되어 곧 시행하려 하고 있고 유엔헌장의 바탕이 된 대서양헌장을 시행하는 나라인데 그것이 틀렸고 그것이 미흡하단 말이냐. 대한민국이 한반도의 유일한 독립국가라는 사실이 압도적인 다수표로 유엔에서 승인되었는데 그 소수의 몇몇 반대표가 옳단 말이냐. 철의 장막의 독재인 공산주의가 좋고 민주 개방의 인권 평등이 싫더란 말이냐고 격한 질문을 아이러니로 설의로 부정어법으로 마구 토해 낸다.

4연은 겨레의 미래에 대한 결의이다. 우리는 40년 일제강점기의 달아오르는 불속에서 몸은 다 타버렸어도 얼은 살아남은 겨레이다. 광복 후 4년 동안의 혼란이야 무슨 대수냐. 그것이 설령 100년이라 해도 우리는 불가사리처럼 살아남을 겨레이다. 대의에 죽는 것은 영원히 사는 것이라는 것을 우리 모두 마음에 새겨 이제 잃어버린 북녘 땅을 회복하고자 끓는 피로 외치는 저 총명하고 준수한 이들의 맹세의 함성을 들으라고 겨레에게 호소한다.

이 무렵 영랑은 서울로 이사하여 분단시대 문단에 참여했다. 그는 '독립되는 그 날까지 붓을 들지 말리라 하고 만3년을 물불 가리지 않고 무던히 덤볐던 것 같소.(「건국유감」)' 라는 술회와 같이 일제 말에 일절 시를 쓰지 않고 문단에서 사라졌다가 1948년 서울로 이주한 뒤부터 우익단체의 중진으로 왕성한 문단활동을 한다. 문단중진들의 출판기념회의 단골 발기인이 되고 문단의 요직을 맡을 뿐만 아니라, 문인으로서 '반란 실정 문인 조사반' 의 조사원으로 현지를 답사하고, '유엔승인 경축대회' 에서는 축시를 낭독하는가 하면 '민족정신 앙양 전국문인 총궐기대회' 에서 경과보고를 하는 등 문단의 앞자리에서 사회적 정치적 활동을 한다. 이 시도 그러한 배경에서 쓰인 작품이다.

80

오월 아침

비 개인 오월 아침
혼란스런 꾀꼬리 소리
찬엄燦嚴한 햇살 퍼져 오릅네다

이슬비 새벽을 적시울 즈음
두견의 가슴 찢는 소리 피어린 흐느낌
한 그릇 옛날 향훈香薰이 어찌
이 맘 흥건 안 젖었으리오마는

이 아침 새 빛에 하늘대는 어린 속잎들 저리 부드러웁고
그 보금자리에 찌찌찌 소리 내는 잘새의 발목은 포실거리어
접힌 마음 구긴 생각 이제 다 어루만져졌나 보오
꾀꼬리는 다시 창공을 흔드오
자랑찬 새 하늘을 사치스레 만드오

사향麝香 냄새도 잊어버렸대서야
불혹不惑이 자랑이 아니 되오
아침 꾀꼬리에 안 불리는 혼이야
새벽 두견이 못 잡는 마음이야

한낮이 정밀靜謐하단들 또 무얼 하오

저 꾀꼬리 무던히 소년인가 보
새벽 두견이야 오랜 중년이고
내사 불혹을 자랑턴 사람

五月 아침

비개인 五月아침
홀란스런 꾀꼬리 소리
燦嚴한 해ㅅ살 퍼저오릅내다

이슬비 새벽을 적시울 지음
두견의 가슴   는소리 피어린 흐느낌
한그릇 옛날香薰이 어찌
이맘 홍근 안 저졌으리오 만은

이아침 새빛에 하늘대는 어린속닢들 저리 부드러웁고
그보금자리에 찌찌찌 소리내는 잘새의 발목은 포실거리어
접힌마음 구긴생각 이제 다 어루만저졌나보오
꾀꼬리는 다시 蒼空을 흔드오
자랑찬 새하늘을 사치스레 만드오

麝香 냄새도 이저버렸대서야
不惑이 자랑이 아니되오

아침꾀꼬리에 안불리는 魂이야

새벽두견이 못잡는 마음이야

한 낮이 靜謚하단들 또 무얼하오

저 꾀꼬리 무던히 少年인가 보

새벽두견이야 오―랜 中年이고

내사 不惑을 자랑튼 사람

―『永郎詩選』(1949.10)

· 찬엄燦嚴하다: 눈부시게 빛나고 위풍이 당당하다.

· 향훈: 향내. 향기

· 잘새: 밤이 되어 자려고 둥우리를 찾아드는 새.

· 포실거리다: 뽀시락거리다(마른 잎이나 검불, 종이 따위를 가볍게 밟거나 건드리는 소리가 자꾸 나다. 또는 그런 소리를 자꾸 내다).

· 정익靜謚: '정밀靜謐(고요하고 편안함)'의 오식.

오월의 유혹

서정주는 『영랑시선』의 발문에서 '이 시선을 3부로 나눈 것은 연대 순에 의한 것이 아니라 시형 또는 내재율의 종별로 가른 것임을 말해 둔다.' 고 하고 있다. 그렇게 1부는 순수서정, 2부는 4행시, 3부는 사회참여의 시로 분류했다고 할 수 있다. 이는 이후 고착된 김영랑의 시세계가 되었다. 그러나 우리는 순수서정의 세계를 이른바 '투명한 마음의 세계' 와 '삶이 깃들인 마음의 세계' 의 둘로 나눌 수 있지 않을까 한다. 이 시를 비롯하여 5월을 제재로 하는 「오월」, 「오월 한」, 「모란이 피기까지는」 등에는 자연의 아름다움과 함께 자리한 삶속의 격렬한 사랑이 있다.

1연은 비 개인 오월 아침, 혼란스런 꾀꼬리 소리, 찬엄한 햇살 등으로 최고의 시간과 공간의 배경을 설정했다. 이런 배경에서는 사랑의 이름으로 벌어지는 어떤 욕정의 잔치라도 허용되는 것을 이미 「오월」에서 보았다. 꾀꼬리의 울음소리가 혼란스러운 것은 암컷이 수컷을 부르는지 수컷이 암컷을 따르는지 도시 모를 정도로 서로가 서로를 부르고 서로가 서로를 따르는 모습이 알쏭달쏭하기 때문이 아닌가 한다.

2연은 이런 아름다운 배경이 설정되기까지의 진통을 그린다. 비가 개기 전 마지막에 이슬비는 대지를 촉촉이 적시는데 두견은 가슴을 찢어내는 피어린 흐느낌을 퍼낸다. 이때 맘을 흥건히 적시는 '한 그릇 옛날 향훈' 은 두견이 울고 울어 그릇을 가득 채울 정도로 쏟아내는 피에서 풍기는 옛날 두견의 슬픈 전설 같은 슬픈 정서이리라. 한밤중부터 새벽까지 울다 지쳐 혀를 빨갛게 물들이고 쏟아지는 두견의 피는 그대로 진달래꽃을 빨갛게 물들인다고 한다. 그 꽃을 빨갛게 물들이는 피 냄새를 어찌 상투어마냥 피비린내라고 하겠는가. 이 슬픔이 마음을 흥건히 적시지만 이 좋은 아침 슬픔에만 잠길 수는 없다.

3연은 1연의 좋은 아침을 구체적으로 펼친다. 새 아침 새 빛에 부드럽게 하늘대는 어린 새 속잎, 보금자리에서 찌찌찌 소리 내며 발목을 꼼지락거리는 숙조宿鳥, 이 어린것들이 무슨 접힌 마음이 있고 구긴 생각이 있으리오마는 조금이라도 그런 비순수가 있다 해도 이 좋은 아침은 이들을 모두 어루만져 티 하나도 없앴나보다. 꾀꼬리 짝짓는 소리는 다시 창공을 뒤흔들어 자랑찬 새 하늘을 마치 신방인 양 사치스럽게 꾸민다.

4연은 나이 들어 무디어지는 감수성의 둔화를 힐책하고 있다. 먼저 사랑의 묘약인 사향의 냄새를 잊는다면 온전한 삶이겠느냐고 묻는다. 그게 이른바 불혹이라는 나잇값이라 할지라도 이를 감당하지 않겠다는 것이다. 사향의 성분 중 페로몬은 곤충이나 각종 동식물에서 분비되는 물질로 상호 정보교류를 하게 해주며 종족 번식과 생명유지에 필수적인 역할을 한다. 사향은 성적으로 더 흥분하고 더 황홀케 하여 매혹적으로 느끼게 한다. 사향이 약물로서의 매제이면 꾀꼬리는 실물로서의 본보기이다. 쌍쌍이 노니는 꾀꼬리를 보면서도 사랑에 무감각한 사람이라면 고구려 유리왕처럼 하다못해 연인의 부재라도 슬퍼할 일이다. 새벽 두견의 울음에도 무감각한 사람이라면 어떨까. 소쩍새의 전설마냥 가난한 며느리의 굶어죽은 혼인지, 김소월의 「접동새」처럼 '아우래비'를 못 잊는 누이의 혼인지, 서정주의 「귀촉도」처럼 불여귀를 울음 우는 두우의 혼인지 간에 그 설움에도 느낌이 없다면 사람일 수 있는가.

사람이 도를 닦으면 인생의 한낮이라 할 수 있는 40쯤에 불혹의 경지에 달할 수 있고 마음의 고요와 평안을 찾을 수 있다. 그러나 주위환경의 변화에 무감각하여 희로애락을 표현하지 못한다면 어찌 참된 인간이라 할 수 있을까. 영랑을 흔히 유미주의자라고 한다. 유미주의는 세기 말의 퇴폐적인 증상의 표현이다. 철저한 퇴폐주의 작가는 자연의 색깔 위에 화장품을 바르기를 좋아하고 때로는 '모든 감각의 체계적인 교란' 을 성취하기 위하여 마약이나 성적 탈선 등 고도의 인공성에 의존하여 인간 경험 속의 '자연적인 것' 을 위반하려 했다. 이 시의 '사향' 은 그런 인위적 교란의 매개물이라 할 수 있다. 어린이는 어떤 대상이나 상황에 지적 판단보다 감정적 반응으로 대처한다. 이러한 예민한 감수성은 나 이에 비례하여 둔화된다. 시인은 이런 소년의 감수성을 늙어서까지 그 대로 보전해야 감정의 샘이 마르지 않는다. 그래서 '어린이는 어른의 아버지(워즈워드)' 이다.

5연은 해마다 나이 먹지 않고 변함없는 자연에 비하여 도덕적인 존재 를 추구하는 인간의 허위성을 그린다. 꾀꼬리는 소년기의 순수성으로 사랑을 구가하고 두견은 중년기까지 그만큼 오랜 슬픔을 경험했기에 새벽까지 울어 예는 듯하다. 화자는 자신이야말로 40대의 불혹을 자랑 하던 사람인데 이런 오월 아침 유혹에 흔들리지 않고는 배길 수 없음을 토로한다. 오월은 그렇게 사람을 유혹하는 환란의 계절이고 재앙의 계 절이다.

81

행군行軍

북으로 북으로
울고 간다 기러기

남방南邦 대숲 밑을
뉘 후여 날켰느뇨

낄르르 낄르
차운 어슨 달밤

언 하늘 스미지 못해
처량한 행군

낄르! 가냘프게 멀다
하늘은 목메인 소리도 낸다

行軍

北으로 北으로
울고 간다 기러기

南邦 대숲 밑을
뉘 후여 날켰느뇨

낄르르 낄르
차운 어슨 달밤

언 하눌 스미지 못 해
처량한 行軍

낄르! 간열프게 멀 다
하눌은 목매인 소리도 낸다
　　　　―『民族文化』 1호(1949.10)

· 날키다(날켰느뇨): 날리다. 날게 하다. '날다(공중에 떠서 어떤 위치에서 다른 위치로 움직이다)'의 사동사.
· 어슬다(어슨): 어슬하다(조금 어둡다)
· 행군行軍: 군대가 대열을 지어 먼 거리를 이동하는 일.
· 스미다: 물, 기름 따위의 액체가 배어들다. 바람 따위의 기체가 흘러들다.
· 메다: 어떤 감정이 북받쳐 목소리가 잘 나지 않다.
· 가냘프다: 몸이나 팔다리 따위가 몹시 가늘고 연약하다. 소리가 가늘고 약하다.

동토에서의 퇴각

영랑은 가야금의 기러기발, 기러기발의 배열의 형태와 의의, 가야금의 음색과 기러기 울음의 유사성 등을 결합하여 주로 가야금을 원관념으로 하여 시 「가야금」을 창작했다. 그리고 이를 조금 개작하여 이제는 기러기를 원관념으로 하여 이 시 「행군」을 쓴다. 그러나 이 작품은 그 뿌리가 가야금임에도 불구하고 그와는 정반대의 정서가 흐르는 듯싶다.

왜 영랑은 한 번도 해 본 일이 없는 개작에 의한 별개의 작품을 생산했을까. 「가야금」에서의 기러기의 행군은 살 길을 찾아 북간도로 이주하는 우리 민족의 슬픈 역사의 행군이라고 비유할 수도 있다. 말이 씨가 되었을까. 영랑은 그런 불행한 행군을 광복 후에도 또 한 번 보고야 말았다. 여수·순천10·19사건을 일으킨 반군들이 패퇴하여 지리산 등지로 행군하는 모습이 그것이다. 이가 이 시의 모티프가 되었는지 모른다. 이 시는 이 사건의 조사원으로 김영랑 등이 참여한 뒤에 쓴 「동란지구 견문기」 등과 함께 전국문화단체총연합회(문총)의 기관지인 『민족문화』(1949.10 창간호)에 실린 작품이다.

기러기가 보금자리를 튼 따뜻한 남방의 대숲에서 누군가 '후여' 하고 기러기를 쫓아내어 지금 기러기는 북으로 날아간다. 실제로는 겨울이 지나 찾아온 봄이라는 시절이 철새인 기러기 떼를 불러 일으켜 먼 시베리아로 길을 떠나게 했으리라. 이것이 이 철새의 정상적인 이동의 원인이다. 그러나 지금 이 기러기 떼는 '시절이 하 수상하여' 몸을 숨길 깊은 산속을 찾아서 유격대의 길을 떠나는지 모른다. 이 시의 1·2연은 가야금의 1·2연과 똑 같다. 그런데 겨울이 지나서 길을 떠나는 기러기와 겨울이 닥쳐 길을 떠나는 기러기로 그 상황에 따라 정반대가 된다. 가야금의 3·4연은 '앞서고 뒤섰다/ 어지럴 리 없으나// 가냘픈 실오라기/ 네 목숨이 조매로워'라 하여 그 행진이 절도가 있지만 연약한 줄로 이어져 금방이라도 떨어질까 안쓰러워하고 안타까워하는 동정심을 담았다.

그러나 이 시의 3·4·끝 연은 차갑고 처량한 행군의 모습만 보인다. 이 차가운 어스름한 달밤에 '낄르르 낄르' 하는 울음소리는 얼어붙은 하늘에 스며들어 언 몸을 녹이지 못하고 처량한 행군처럼 멀리 이어간다. 하늘이 이에 감동하여 침잠을 허락한다면 행군에 축복을 내리련만 얼어붙은 냉랭한 소리만 공중을 맴돈다. 이 시가 반군의 퇴각에 관한 것이라면 '차운 어슨 달밤'은 '하현 찬 달(「새벽의 처형장」)'과 일치한다. 또 기러기 울음소리도 '기럭기럭 기러기(「오빠생각」)'의 부드러운 소리 대신에 '낄르르 낄르'의 된소리를 택하여 살벌한 느낌을 주기도 한다.

끝 연은 가늘고 약하게 멀리 사라지는 '낄르르 낄르'로 우는 기러기 소리가 '낄르!'로 단축되었다. 영랑은 특이하게도 띄어쓰기를 '스미지 못 해' '간열프게 멀 다' 등으로 표기하여 아무리 해도 스미지 못하는 모습과 하도 멀어서 접근하지 못하는 모습을 시어의 시각적인 배열로 보이려 했다. 이는 다다이즘이 시도한 바 있다. 이 '낄르!'는 하늘에 스미지 못하는 기러기 울음소리지만 또한 이를 수용하지 못하는 하늘의 목이 멘 소리이기도 하다. 아마도 영랑은 뼈에 사무친 민족적인 비극인 여수·순천10·19사건 후 퇴각하는 반군의 행군을 후조인 기러기의 북상 모습으로 비유하여 이를 용납하지 못하는 하늘의 뜻을 전하려 했는지 모른다.

82

수풀 아래 작은 샘

수풀 아래 작은 샘

언제나 흰 구름 떠가는 높은 하늘만 내어다보는

수풀 속의 맑은 샘

넓은 하늘의 수만 별을 그대로 총총 가슴에 박은 작은 샘

두레박을 쏟아져 동우 갓을 깨지는 찬란한 떼별의 흩는 소리

얽혀져 잠긴 구슬손결이

웬 별나라 휘흔들어 버리어도 맑은 샘

해도 저물녘 그대 종종걸음 휜뜻 다녀갈 뿐

그 밤 또 그대 날과 샘과 셋이 도른도른

무슨 그리 향그런 이야기 날을 세웠나

샘은 애끈한 젊은 꿈 이제도 그저 지녔으리

이 밤 내 혼자 나려가 볼까나 나려가 볼까나

수풀아래 작은샘

수풀 아래 작은 샘

언제나 흰구름 떠가는 높은하늘만 내어다보는

수풀 속의 맑은 샘

넓은하늘의 수만별을 그대로 총총 가슴에 박은 작은 샘

드래박을 쏘다져 동우갔을 깨지는 찰란한 떼별의 훗는소리

얼켜져 잠긴 구슬손결이

웬 별나라 휘흔들어버리어도 맑은 샘

해도 저물녁 그대 종종거름 휜듯 다녀갈뿐

그밤 또 그대 날과 샘과 셋이 도른도른

무슨 그리 향그런 이야기 날을 세었나

샘은 애끈한 젊은꿈 이제도 그저 지녔으리

이밤 내 혼자 나려가볼꺼나 나려가볼이거나

　　―『永郎詩選』(1949.10)

· 내어다보다(내어다보는): 안에서 밖을 보다. 먼 곳을 보다. 앞일을 미리 헤아리다.

· 동우: 동이

· 구슬손결: '섬섬옥수纖纖玉手'의 고유어 대체어 '구슬손'의 손결.

· 웬: 웬간한, 웬만한

· 휜뜻: 언뜻. 지나는 결에 잠깐 나타나는 모양. 생각이나 기억 따위가 문득 떠오르는 모양.

· 휘―: '마구', '매우 심하게', '매우'의 뜻을 더하는 접두사.

샘솟는 여성

　숲속의 샘은 마르지 않는 시의 샘이다. 여기에서는 사랑을 거부당한 숲과 샘의 요정 에코의 저주로 그 물에 비친 자기 모습에 반한 나르키소스가 그만 그 물에 빠져 죽어 그 혼이 수선화로 피어나기도 하고, 소리만 남고 사라진 에코가 남의 소리를 흉내 내는 메아리가 울려 퍼지기도 한다. '산모퉁이를 돌아 논가 외딴 우물' 에 비친 모습에서 자화상을 본 윤동주는 이를 자기 성찰의 기회로 삼았고(「자화상」), '깊은 산속 옹달샘' 에서 토끼가 세수하는 것을 본 윤석중은 이 이야기를 어린이들에게 들려주었다(「옹달샘」). 그뿐 아니라 나무꾼과 선녀의 슬픈 사랑 이야기(「나무꾼과 선녀」)와 은도끼와 금도끼의 정직성을 일깨우는 설화(「금도끼 은도끼」)가 깃들인 곳도 이 숲속의 샘이다. 이렇게 숲속의 샘은 신화에서 전설까지, 시에서 동요까지 그 신비로움과 아름다움과 고요함으로 마르지 않는 샘이다.

　'수풀 아래 작은 샘' 은 우거진 숲속 나무 아래에 있는 작은 맑은 샘이다. 샘은 자연적으로 물이 땅에서 솟아나는 곳을 일컫는데 전라도에서는 인위적으로 판 우물을 그냥 샘이라고 하기도 한다. 그러나 여기 '샘' 은 꼭 우물이 아니어도 된다. 비록 숲에서도 아래에, 아래에서도 밑에 있는 그 맑은 물은 언제나 흰 구름 떠가는 높은 하늘만을 내다본다. 그뿐 아니라 나무에 가려진 작은 샘인데도 넓은 하늘의 수많은 별을 총총히 가슴에 박고 있다. 그만큼 이 샘은 상승과 확장을 꿈꾸고 이를 성취하여 수많은 이야기를 이루어 내는 것이다. '두레박을 쏟아져 동우 갓을 깨지는 찬란한 떼별의 흩는 소리' 는 '두레박을(에서) 쏟아져(나와) 동우(동이) 갓을(가에) 깨지는 찬란한 떼별의 흩는(흩어지는) 소리' 이다.

이때 목적격 '을'은 부사격 '에서·에'를 대신한다. 이는 목적어 '두레박·동우 갓'을 강조하는 역할을 한다. 이 시구는 처녀가 두레박으로 물을 길으면 물속에 박힌 찬란한 별이 떼로 쏟아져 흩어지는 아름다운 정경과 함께 그 소리가 들리는 듯싶은 고요까지도 표현한 구절이다. 왜 처녀의 아름다움이 빠지겠는가. 샘으로 두레박을 내리는 그 섬섬옥수가 별과 함께 그 샘에 빠지지 않겠는가. 얽혀져 잠긴 구슬 손결이 웬만한 정도의 별나라 흔들어 휘저어 버려도 샘은 그 맑음을 그대로 간직한다. 여기 '웬'에도 '어찌 된, 어떠한'의 의미인 표준어 어법이 아닌 '웬간한(웬만한)'를 의미하는 전라도 방언의 어법이 적용될 것이다.

그대는 해도 저물었는데도 부끄러운 듯 종종걸음으로 언뜻 다녀갈 뿐 사라지는 듯했지만, 그 밤에 다시 물 깃는 체 동이를 이고 와서는 섬섬옥수로 떼별을 퍼 담아놓고 샘을 굽어보며 대화하는 양 나와 그 무슨 향기어린 이야기로 그 밤을 새웠던가. 우물은 용궁으로 가는 통로로 인식되었다. 그래서 '두레우물에 물을 길러 가고신댄 우물용이 내 손목을 쥐어이다. 이 말씀이 이 우물 밖에 나명들명 조그마한 두레박아 네 말이라 하리다.'(「쌍화점」)라는 러브스토리가 생긴 것이다. 우물 속에 떠 있는 오이를 먹고 물 깃는 처녀가 애를 배었다는 전설도 있다. 물론 오이는 남성상징이다. 우물은 선녀도 에코도 내 사랑하는 그대도 만날 수 있는 곳이다. 샘은 그렇게 우리들의 이야기에 끼어들게 마련이다.

사실 샘은 여성상징이다. 수풀 아래 작은 샘이야 너무도 뻔하지 않는가. 샘솟는 여성의 샘은 항상 우리에게 젊음을 준다. 그 샘에는 그 젊은 꿈이 살아있으리라. 이 밤 나 혼자라도 그 샘가에 그 꿈을 찾아 내려가 볼 거나. 혹시 하늘로 오른 선녀가 그 샘가에 내려오는지도 모르듯이, 에코의 메아리라도 돌아올지 모르듯이, 세수하러 왔던 그 토끼가 방아 찧던 달나라에서 내려오는지 모르듯이, 젊은 시절의 자화상이 그 물속에 투영되는지 모르듯이, 그대도 혹시 그 젊은 모습을 하고 나타날는지 몰라.

83

지반 추억 池畔追憶

깊은 겨울 햇볕이 다사한 날

큰 못가의 하마 잊었던 두던 길을 사뿐 거닐어가다 무심코 주저앉다

구을다 남아 한 곳에 소복이 쌓인 낙엽 그 위에 주저앉다

살르 빠시식 어쩌면 내가 이리 짓궂은고

내 몸피를 내가 느끼거늘 아무렇지도 않은 듯 앉아지다 ?

못물은 치위에도 닳는다 얼지도 않는 날씨 낙엽이 수없이 묻힌 검은
뻘흙이랑 더러 드러나는 물 부피도 많이 줄었다

흐르질 않더라도 가는 물결이 금 지거늘

이 못물 왜 이럴꼬 이게 바로 그 죽음의 물일까

그저 고요하다 뻘흙 속엔 지렁이 하나도 꿈틀거리지 않아 ? 뽀글 하
지도 않아 그저 고요하다 그 물 위에 떨어지는 마른 잎 하나도 없어 ?

햇볕이 다사롭기에 나는 서어하나마 인생을 느끼는듸

여남은 해볓 그때는 봄날이러라 바로 이 못가이러라

그이와 단둘이 흰모시 진솔 두르고 푸르른 이끼도 행여 밟을세라 돌
위에 앉고 부풀은 봄 물결 위의 떠노는 백조를 희롱하여

아직 청춘을 서로 좋아하였었거니

아 ! 나는 이즈음 서어하나마 인생을 느끼는듸 (十二月 十四日)

池畔追憶

깊은 겨울 해빛이 다사한 날

큰 못가의 하마 잊었든 두던길을 삿분 거니러가다 무심코 주저앉다

구을다 남어 한곳에 쏘복히 쌓인 落葉 그위에 주저앉다

살르 빠시식 어찌면 내가 이리 짓구진고

내몸푸를 내가 느끼거늘 아무렇지도 않은듯 앉어지다 ?

못물은 치위에도 달는다 얼지도않는 날세 落葉이 수없이 묻힌 검은 뻘흙이랑 더러 드러나는 물부피도 많이 줄었다

흐르질 않드라도 가는물결이 금 지거늘

이못물 웨 이럴고 이게 바로 그 죽엄을물일가

그져 고요하다 뻘흙속엔 지렁이 하나도 굼틀거리지않어 ? 뽀글 하지도 안어 그져 고요하다 그물위에 떠러지는 마론잎하나도 없어 ?

해볓이 다사롭기야 나는 서어하나마 人生을 느끼는듸

그이와 단두리 흰모시진설 두르고 푸르론 있기도 행여 밟을세라 돌 위에 앉고 부프론 봄물 결위의 떠노는 白鳥를 히롱하여

아즉 靑春을 서로 조아하였었거니

아 ! 나는 이지음 서어하나마 人生을 늣기는듸 （十二月 十四日）

—『民族文化』 2호(1950.2)

· 지반池畔: 연못의 변두리.

· 하마: '벌써' 의 방언

· 두던: 두둑. 언덕. 두덩.

· 몸피: 몸통의 굵기. 체격 체구.

· 닳다(달는다): 액체 따위가 졸아들다.

· 날세: 날씨.

· 뻘: 갯벌.

· 죽음을물일가: '죽음의물일가' (죽음의 물일까)의 오식.

· 뽀글하다(뽀글하지도): '뽀글뽀글하다(적은 양의 액체가 잇따라 야단스럽게 끓다)' 의 변개어.

· 다사롭기야: '다사롭기에' 의 오식?

· 서어하다(서어하나마): 틀어져서 어긋나다. 익숙하지 아니하여 서름서름하다. 조금 서먹하다.

· 연아문해: 여남은('열' 보다 조금 더 되는 수) 해.

· 모시진솔: 새로 지어서 한 번도 빨지 않은 모시옷. '진솔옷' 이라고도 함.

· 백조: 고니(오릿과의 물새). *백로: 해오라기, 왜가리. 백구: 갈매기.

· 살르 빠시식: 쑥 들어가는 모양.

· 인생: 사람이 세상을 살아가는 일. 어떤 사람과 그의 삶 모두를 낮잡아 이르는 말. 사람이 살아
  있는 기간.

삶과 죽음의 대조

이 시는 영랑이 세상을 뜨기 전해인 1949년에 46세의 나이 때 쓴 작품이다. 때는 인생으로 치면 죽음이 다가오는 노년인 듯한 깊은 겨울인 12월 중순, 화자는 오랜 만에 햇볕이 다사로워 활기를 되찾은 듯 나들이에 나섰다. 40세 중년의 나이인데도 노년의 활기라 할까. 문득 생각난 큰 못가의 옛날 다녔던 두던 길을 거닐다가 무심코 바람에 날려 한 곳에 수북이 쌓인 낙엽 위에 주저앉았다. 낙엽이 '살르 빠시식' 하면서 푹 내려앉는다. 내가 마치 애들마냥 짓궂게 장난친 듯싶다. 내 나이가 몇이고 내 몸무게가 얼마인데 이랬을까 싶다. 그만큼 현실을 깜빡 잊은 것이다.

못물은 이 겨울 추위에도 증발하는지 닳아 없어지나 보다. 얼지도 않는 겨울 날씨인데 낙엽이 수없이 묻힌 검은 개펄이 더러 드러날 정도로 수위도 많이 낮아졌다. 차라리 꽁꽁 얼어 이런 낡음이 모두 덮였으면 좋으련만 흐르지 않는데도 마치 늙은이 주름살인 양 가는 물결이 일어 금이 그어진다. 그 아름답던 이 못물이 왜 이리 죽음의 물이 되었을까. 개펄 속엔 꿈틀거리는 움직임도 뽀글거리는 숨쉬기도 없이 죽음처럼 고요하다. 낙엽도 이미 다 지고 다 날려 버려 한 잎도 내려앉지 않는다.

화자는 요새 날씨도 화창하고 따뜻하여 삶을 긍정적으로 생각하고 생명체의 존귀함을 느끼는 듯싶다. 그래서 이 못가에 나들이도 나왔다. 물론 비극적인 인생관이 쉽게 바뀔 수는 없다. 그래서 아쉽고 씁쓸한 마음을 '서어하나마' 에 담았다. 여기 '인생' 은 뜻 그대로의 '세상살이' 라기보다는 '삶, 목숨' 의 의미로 해석하는 것이 좋을 듯싶다.

과거의 아름다운 추억이 떠오른다. 이 추억을 강조하여 '호반 추억湖

畔追憶'으로 시제를 삼았다. 어느 해 봄 새로 지은 하얀 모시옷을 산뜻하게 차려입고 그대와 함께 행여 푸른 이끼 같은 하찮은 것이라도 밟아 죽일까 싶어 조심스럽게 돌 위에 앉아 봄 물결 위에 떠 노는 고니를 좇고 좇기도 하면서 서로 젊음을 즐겼던 추억이 그립다. 그 추억을 위하여 이곳에 나왔는지 모른다. 그렇게 활기를 되찾아 이 호반가에 왔는데 그만 죽음을 보고 만 것이다.

이 시는 겨울과 봄, 겨울 물과 봄물, 낙엽에 주저앉음과 돌 위에 앉음, 내 몸피와 진솔옷, 검은 뻘과 푸른 이끼, 물결의 금과 청춘, 지렁이와 백조 등 여러 대조어를 통하여 현재의 죽음과 추억 속의 인생, 그리고 현재의 허무감과 추억 속의 생동감을 그린다. 그런데, 그리고 그 이듬해 영랑은 세상을 떴다.

84

어느 날 어느 때고

어느 날 어느 때고
잘 가기 위하야
평안히 가기 위하야

몸이 비록
아프고 지칠지라도
마음 평안히
가기 위하야

일만 정성
모두어 보리.

덧없이 봄은 살같이 떠나고
중년은 하 외로워도
이 허무에선 떠나야 될 것을

살이 삭삭
저미고 썰릴지라도
마음 평안히

가기 위하야

아 ! 이것
평생을 딱는 좁은 길.

어느날 어느때고

어느 날 어느 때고
잘 가기 위하야
평안히 가기 위하야

몸이 비록
아프고 지칠지라도
마음 평안히
가기 위하야

일만 정성
모두어 보리.

덧없이 봄은 살같이 떠나고
中年은 하 외로워도
이 虛無에선 떠나야 될것을

살이 삭삭
여미고 썰릴지라도
마음 평안히
가기 위하야

아 ! 이것
평생을 딱는 좁은 길.
―『民聲』6권 3호(1950.3)

· 모두다(모두어): '모으다'의 방언.
· 여미다(여미고): 바로잡아 단정하게 합치다 *여미고: 여기서는 '저미고'(여러 개의 작은 조각
으로 얇게 베어 내거나 칼로 도려내듯이 쓰리고 아프게 하고)의 오식.

죽음의 준비

'어느 날 어느 때'는 죽음이 찾아왔을 때이다. 죽음은 언제 어디서 다가올는지 모른다. 죽음은 누군가의 거역할 수 없는 명령에 의하여 생명이 이승에서 저승으로 가는 것이다. 거역할 수 없다면 '잘 가기', '편안히 가기', '몸이 비록 아프고 지칠지라도 편안히 가기' 위하여 온갖 정성을 모아야 할 것이다. 우리 인생은 그 인생살이에 지쳐 있다 할지라도 머물음의 매너리즘에 빠져 죽어감의 움직임을 잊기 일쑤이다. 그러나 어찌 그 대비를 안 할 수 있겠는가. 영랑은 죽음에 대한 의식이 편집증이라 할 정도로 유독 심했나 보다. 그래서 나이 50도 되기 전에 이 시를 쓰고 그해 그는 죽음의 길에 들었다.

세월은 쏘아놓은 화살이요 흐르는 물이로다. 청춘은 봄과 더불어 덧없이 지나고 중년은 너무도 외롭다 할지라도 슬픔과 외로움에 집착하지 말고 허무에서 떠나야 한다. 허무를 떠나는 방법은 허무를 직시하는 것이다. 예정설predestination은 인간 개개인의 구원은 인간의 행위나 노력에 의하여 이루어지는 것이 아니고, 하느님의 의지로 미리 정해진다는 그리스도교 논리의 하나이다. 그러니 우리는 하느님의 선택과 버림에 연연하지 말고 오직 올바른 생활을 해 나가야 한다고 칼뱅은 가르친다.

허무주의도 마찬가지이다. 우리가 최고 가치를 부여했던 인생이 한갓 덧없는 세월의 흐름이라고 할 때 허무는 당연한 귀결이다. 이를 극복하기 위하여 소극적 허무주의에 의한 소모적인 현실도피의 삶을 거부하고 절대 권위로 치부하던 것들을 스스로 파괴함으로써 새로운 가치를 창조할 수 있는 가능성이 싹튼다. 이것이 적극적 허무주의이고 허무로써 허무를 극복하는 길이다. 이 길이야말로 니힐리즘의 지배에서 해방되는 당연한 생활방식이라고 니체는 말한다.

죽음조차 마찬가지이다. '죽음을 예측하는 것은 자유를 예측하는 일이다. 죽음을 배운 자는 굴종을 잊고 죽음의 깨달음은 온갖 예속과 구속에서 우리를 해방한다. 죽음이 불행이 아님을 아는 이에게 이 세상에 불행은 없다. 사람에게 죽는 법을 가르치는 것은 그들에게 사는 법을 가르치는 것이다(몽테뉴)'. '살이 삭삭 저미고 썰릴지라도 마음 편안히 가기 위하여' 삶의 길이자 죽음의 길인 '좁은 길(이를 앙드레 지드는 『좁은 문』이라 했다.)' 을 평생을 두고 닦아야 한다고 화자는 다짐한다.

'아! 이것' 은 화자가 닦아가는 바로 앞에 놓여 있는 본질로서의 죽음의 길이자 그 길을 닦아가는 방법이다.

85

천리를 올라온다

천리를 올라온다
또 천리를 올라들 온다
나귀 얼렁소리 닫는 말굽소리
청운青雲의 큰 뜻은 모여들다 모여들다.

남산 북악 갈래갈래 뻗은 골짜기
엷은 안개 그 밑에 묵은 이끼와 푸른 송백松栢
낭낭히 울려 나는 청의동지青衣童子의 글 외는 소리
나라가 덩그러이 이룩해지다.

인경이 울어 팔문八門이 굳이 닫히어도
난신 외구亂臣外寇 더러 성을 넘고 불을 놓다.
퇴락한 금석 전각金石殿閣 이젠 차라리 겨레의 향그런 재화才華로다
찬란한 파고다여 우리 그대 앞에 진정 고개 숙인다.

철마가 터지던 날 노들 무쇠다리
신기한 먼 나라를 사뿐 옮겨다 놓았다.
서울! 이 나라의 화사한 아침 저자러라
겨레의 새 봄바람에 어리둥절 실행失行한 숫처녀들 없었을 거냐.

남산에 올라 북한 관악北漢冠岳을 두루 바라다보아도
정녕코 산정기로 태어난 우리들이라.
우뚝 솟은 멧부리마다 고물고물 골짜기마다
내 모습 내 마음 두견이 울고 두견이 피고.

높은 재 얕은 골 흔들리는 실마리 길,
그윽하고 너그럽고 잔잔하고 산뜻하지.
백마 호통소리 나는 날이면
황금 꾀꼬리 희비 교향喜悲交響을 아뢰나라.

千里를 올라 온다

千里를 올라 온다
또 千里를 올라들 온다
나귀 얼렁소리 닷는 말굽소리
靑雲의 큰뜻은 모혀들다 모혀들다.

南山北岳 갈래갈래 뻐든 골짝이
엷은안개 그밑에 묵은 이끼와 푸른松栢
朗朗히 울려나는 靑衣童子의 글외는소리
나라가 덩그러히 이룩해지다.

인정이 울어 八門이 굳히 다치어도
亂臣外寇 더러 城을넘ㅅ고 불을 놓다.
頹落한 金石殿閣 이잰 차라리 겨래의 좀그런 才華로다
찰란한 파고다 여 우리 그대앞에 진정 고개 숙인다.

鐵馬가 터지든날 노들 무쇠다리
신기한 먼나라를 삿분 옴겨다 놓았다.
서울! 이나라의 화사한 아침저자 러라
겨래의 새봄바람에 어리둥절 失行한 숫處女ㄴ들 업섰을거냐.

南山에 올나 北漢冠岳을 두루 바라다 보아도
정영코 山정기로 태어난 우리들이라.
웃득소슨 뫼뿌리 마다 고물고물 골짝이 마다
내 모습 내마음 두견이 울고 두견이 피고.

높흔재 얕은골 흔들니는 실마리 길,
그윽하고 너그럽고 잔잔하고 싼듯 하지.
白馬 호통소리 나는날 이면
黃金 꾀꼬리 喜悲交響을 아뢰니라.
『白民』21호(1950.3)

· 얼렁소리: 워낭소리.
· 닫다(닷는): 빨리 가다. 달리다.
· 청운靑雲: 푸른 빛깔의 구름. 높은 지위나 벼슬을 비유적으로 이르는 말.
· 청의동자靑衣童子: 신선의 시중을 든다는 푸른 옷을 입은 사내아이.
· 덩그러히: 홀로 우뚝 드러나 있는 모습.
· 인경人定: '인경人定(조선 시대에, 통행금지를 알리거나 해제하기 위하여 치던 종)' 의 잘못. 인정은 조선 시대에, 밤에 통행을 금지하기 위하여 종을 치던 일. 매일 일경 삼점一更三點에 28번을 쳤는데 이에 따라 성문을 닫았다.
· 팔문: 서울에 있는 4대문과 4소문의 8개의 성문. 동대문東大門, 서대문西大門, 남대문南大門, 숙정문肅靖門(북문), 혜화문惠化門, 광희문光熙門, 서소문西小門, 자하문紫霞門.
· 난신외구亂臣外寇: 나라를 어지럽히는 신하와 외국의 도적.
· 전각: 궁궐, 관아官衙. 커다란 집.
· 재화才華: 빛나는 재주. 또는 뛰어난 재능.
· 파고다(pagoda): 불탑佛塔. 여기서는 파고다공원(탑골 공원).
· 철마鐵馬: 쇠로 만든 말이라는 뜻으로, '기차' 를 비유적으로 이르는 말
· 노들 무쇠다리: 한강철교(서울시 용산구 이촌동과 동작구 노량진동을 연결하는 철도교로 한강에 놓인 최초의 다리로 1897년 3월에 착공하여 1900년 7월에 준공됨.)
· 고물고물: 매우 느리고 좀스럽게 자꾸 움직이는 모양.
· 실마리: 감겨 있거나 헝클어진 실의 첫머리. 일이나 사건을 풀어 나갈 수 있는 첫머리.

서울의 풍속도

　1연은 큰 뜻을 품고 모두 우리나라의 심장인 서울로 모이는 인심을 읊는다. 예부터 '한양 천리 길' 이라 했다. 옛날에는 이 천리 길을 걷거나 나귀를 타거나 말을 타고 서울로 올라왔다. '우리 오빠 말 타고 서울 가시면 비단구두 사 가지고 오신다더니(최순애, 「오빠생각」)' 는 1925년에 작곡된 동요이다. 물론 경부선이 1906년 개통되었지만 한양 천리 길은 '나귀 얼렁소리' 나 '닫는 말굽소리' 로 교통했다. '천리를 올라온다' 고 할 수 있는 것은 화자가 서울의 입장에 있기 때문이다. '말을 낳으면 제주도로 보내고 사람을 낳으면 서울로 보내라' 는 속담이 있듯이 청운의 큰 뜻을 품은 이들은 서울로 몰려들었다.

　2연은 인재를 양성하는 서울의 모습을 그린다. 서울은 교육의 중심지이다. 남산골샌님은 남산에 사는 가난하지만 자존심 하나는 따라갈 사람 없고 글공부에 전념하다 보니 세상 물정 모르는 조선조 선비를 빗대어 이르는 말이다. 북악산 기슭은 왕궁과 관청이 가깝고 경치가 좋아 사대부가 모여 사는 곳이다. 이런 남산과 북악이 갈래갈래 뻗은 골짜기에 포근한 안개에 감싸였다. 그 밑에는 그윽한 향기를 풍기는 묵은 이끼와 충절을 상징하는 소나무와 잣나무가 푸르다. 그 가운데 학동의 글 읽는 소리 들리니 마치 선계에 든 듯 싶지만 이곳은 새로 건국한 우리나라가 홀로 우뚝 솟은 서울이다. 여기 글 외는 소리 퍼지는 우리의 미래는 밝다.

　3연은 서울의 고난의 역사와 그 파괴를 견딘 문화재를 예찬한다. 서울은 역사와 문화의 중심지이다. 우리 역사는 환란의 역사이다. 한방중이 되면 인경을 울려 8대문을 닫아도 신하가 반란을 일으키고 외적이 침범했다. 이들이 성을 넘고 불을 질러 문화재를 황폐화시켜 이젠 낡고 떨어졌지만 살아남은 금석 같은 전각은 차라리 겨레의 향기 어린 재능의 상징이다. 3·1운동 당시 독립선언서를 낭독했던 팔각정이랑 원각사지 10층석탑(국보 2)이 있는 파고다공원이여, 그대 찬란한 우리의 문화재에 우리는 고개 숙여 예를 다한다.

4연은 서구 문명화된 서울의 모습을 상기시킨다. 노량진은 원래 백로가 많이 서식하는 들이라 하여 노들이라 했다. 이 노들은 한강변에 있어 노들강변이라 했고, 1930년대에 신불출에 의해 이 지명에서 유래한 「노들강변」이란 신민요가 작사되어 널리 유행하게 되었다. 그런 노량진에서 용산까지 1900년에 한강철교를 준공하고 이어 경부선이 개통되어 이곳이 서울의 관문이 되었다. 백로가 노니는 들에서 배가 오가는 나루터로, 다시 철로의 요충지가 된 곳이다. 당시에는 기차를 '철마', 철교를 '무쇠다리(김소월, 「남의 나라 땅」)'이라 했다. 이는 신기한 먼 나라인 듯싶지만 이 나라의 화사한 아침 저잣거리의 풍경이다. 그러니 새 나라 새 겨레의 새로운 봄바람에 어리둥절하여 더러 치마폭에 바람 들어 바람나 탈선한 숫처녀들 왜 없을 것이냐고 이조차도 너그럽게 보아 넘긴다. '문전옥답 쓸 만한 건 신작로로 들어가고 자식새끼 날 만한 색시는 신마찌(新町. 일제 때 서울의 유곽 동네)로 팔려 간다', '문전옥답은 신작로로 내주고 쓸 만한 처녀는 왜놈에게 빼앗겼네' 등의 신민요가 당대에 유행했다.

5연은 자연과 민족성이 하나 되는 서울의 풍수를 다룬다. 서울의 중심에 위치한 남산에 올라 북으로 북한산과 남으로 관악산을 두루 바라보아도 우리 민족은 정녕코 산의 정기로 태어났다는 것을 느낀다. 우뚝 솟은 멧부리와 고물고물한 골짜기마다 울어 예는 두견새와 피어 있는 진달래는 우리 민족의 정서를 그대로 대신하고 있다.

끝 연은 서울에서 실마리를 풀고 삼일유가하거나 벼슬길에 오르거나 금의환향하는 길의 풍경을 보인다. 높은 재와 얕은 골짜기에 흔들리는 듯 꼬불꼬불하고 가느다란 실마리 길은 그윽하고 너그럽고 잔잔하고 산뜻하기도 하여 마침내 실마리가 풀려 과거에 급제하고 입신출세한다. 백마는 출세의 상징이다. 김홍도의「모당평생도」중「삼일유가」는 과거에 장원급제한 인재가 국왕에게 하사받은 어사화를 쓰고 삼현육각으로 구성된 군악병과 광대를 앞세워 백마를 타고 3일 동안 시가를 행진하는 것을 그렸다.「최초 벼슬길」에도 과거급제 후 첫 발령을 받은 관리가 청색관복을 입고 말구종이 이끄는 백마를 타고 있다. 서울로 올라와 입신양명한 이들이 탄 백마가 호통 치듯 길게 울면 황금꾀꼬리도 이에 화답하여 그간의 희비의 교향곡을 연주하는 듯하다.

86

장壯! 제패制覇

세기의 전반前半 마감 사월 스무 날 새벽 세 시 수줍고 맑은 이 땅 대기大氣를 접고 오는 거룩한 발짓소리 조국을 걸고 뛰는 수많은 발짓소리

나라와 나라가 민족과 민족이 인종과 인종이 그 받은 바탕과 삶의 모든 얼을 견주는 거룩한 발짓소리

먼 만 리 보스턴 올림피아를 닫는 발짓소리 초침秒針소리 네 시요 다섯 시라 조이는 이 가슴을 뛰는 발짓소리 초침소리

아! 귀에 익은 저 발짓 발짓 발짓 가슴 한복판 뚜렷한 태극장太極章 코리아 앞섰다 앞섰다 앞섰다

다섯 시 반이라 아! 골인 골인 골인 한민족韓民族의 챔피언 미스터 함咸 송宋 최崔 결코 새벽 선꿈이 아니다 오십만 관중이 환호 입체歡呼立體

이겼다 이겼다 이십억의 경주

오천 년 만의 신기록

이겼다 이겼다 오! 한민족이다

뭇 나라와 뭇 겨레와 뭇 종족의 참된 절을 받는다

오! 우리의 챔피언 함군 송군 최군 형제자매의 삼천만 벗의 감사를 받으라

아! 성가聖歌 울려난다 동해물과 백두산이 ― 우렁차게 울려난다

성가 울려나면 왜 아직도 눈물이 솟느냐 이 버릇을 왜 못 놓느냐

한민족 이겼는데 기뻐서만 우는 거냐

전날 손孫(손기정) 남南(남승룡) 서徐(서윤복) 여러 대표 세계 제패 이
루던 날도

온 겨레 남몰래 모두 다 울었더니라

허나 그는 차라리 뚜렷한 복수감復讐感

더 멀리 해아海牙(네덜란드 헤이그) 할빈(중국 하얼빈) 미국 상해 동경
서울

경驚□ □사士의 □□명현瞑懸 서러운 복수 조국광복의 막다른 길

민족 투쟁정신의 발상

아! 그러나 서러운 복수 서러운 복수 눈물의 그 버릇이 쉽게 식으랴

이제 우리는 싸운다 싸워서 이긴다

오천년 인류사의 신기록

이 바탕이 모아진 열 이십억의 챔피언

이제 우리는 싸운다 싸워서 이긴다

세상이 더러 수선하여도 굶주려도

싸우고 있는 겨레 싸워서 이겨 가는 겨레 우리 불가사리

우렁차게 부르자 동해물과 백두산이!

— 4월 20일 기記

壯! 制霸

　세기의 前半 마금 사월 스무 날 새벽 세 시 수줍고 맑은 이 땅 大氣를 접고 오는 거룩한 발짓소리 조국을 걸고 뛰는 수많은 발짓소리

　나라와 나라가 민족과 민족이 인종과 인종이 그 받은 바탕과 삶의 모든 얼을 견주는 거룩한 발짓소리

　먼 萬里 보스턴 올림피아를 닫는 발짓소리 秒針소리 네 시요 다섯 시라 조이는 이 가슴을 뛰는 발짓소리 초침소리

　아! 귀에 익은 저 발짓 발짓 발짓 가슴 한복판 뚜렷한 太極章 코리아 앞섰다 앞섰다 앞섰다

　다섯 시 반이라 아! 골인 골인 골인 韓民族의 챔피언 미스터 咸 宋 崔 결코 새벽 선 꿈이 아니다 오십만 관중이 歡呼立體

　이겼다 이겼다 이십억의 競走

　오천년 만의 신기록

　이겼다 이겼다 오! 한민족이다

　뭇 나라와 뭇 겨레와 뭇 종족의 참된 절을 받는다

　오! 우리의 챔피언 함군 송군 최군 형제자매의 삼천만 벗의 감사를 받으라

　아! 聖歌 울려난다 동해물과 백두산이 - 우렁차게 울려난다

　성가 울려나면 왜 아직도 눈물이 솟느냐 이 버릇을 왜 못 놓느냐

　한민족 이겼는데 기뻐서만 우는 거냐

　전날 孫(손기정) 南(남승룡) 徐(서윤복) 여러 대표 세계 제패 이루던 날도

　온 겨레 남몰래 모두 다 울었더니라

　허나 그는 차라리 뚜렷한 復讐感

　더 멀리 海牙(네덜란드 헤이그) 할빈(중국 하얼빈) 미국 상해 동경 서울

　驚□□士의 □□瞑懸 서러운 復讐 조국광복의 막다른 길

민족 투쟁정신의 발상

아! 그러나 서러운 복수 서러운 복수 눈물의 그 버릇이 쉽게 식으랴

이제 우리는 싸운다 싸워서 이긴다

오천년 인류사의 신기록

이 바탕이 모아진 열 이십억의 챔피언

이제 우리는 싸운다 싸워서 이긴다

세상이 더러 수선하여도 굶주려도

싸우고 있는 겨레 싸워서 이겨 가는 겨레 우리 불가사리

우렁차게 부르자 동해물과 백두산이!

― 四月 二十日 記 ―

―『週刊서울』(1950.4.24)

· 마금: 마감. *세기의 전반 마금: 1950년.

· 발짓: 발을 움직이는 일. 여기서는 '발걸음' 의 뜻임.

· 선—(선꿈): '서툰' 또는 '충분치 않은' 의 뜻을 더하는 접두사.

· 입체立體: 서 있는 모습

· 태극장太極章: 대한 제국 광무 4년(1900)에 제정되어 국가에 공이 많은 문무관에게 수여한 훈장. 1등에서 8등까지 있었음.

보스턴 마라톤 우승

이 시는 '일제 강점기 붓을 꺾었던 시인은 해방 공간에서 절절 끓는 애국심으로 세상을 바라본다. □는 마이크로필름 상태가 나빠 의미전달이 불가능한 문자다. 공연예술자료가 김종욱金鍾旭씨가 영랑의 자료를 발굴해《월간조선》에 제공했다. 일부 표현은 현대어로 고쳤다.' 라는 편집자 주와 함께 「김영랑의 애국시와 산문」이란 이름으로 2012년7월 『월간조선』에 발굴·게재된 '애국시' 이다.

우리 선수들이 1950년 4월 20일 보스턴 마라톤대회에서 1·2·3등을 휩쓴 사건은 당시 상상을 초월할 정도로 온 겨레의 환호를 받았다. 당시 신문들은 1면 머리기사로 보도했을 뿐만 아니라 사설과 가십으로 이를 기렸다.

우리는 울었다. 감격의 눈물인 것이다. 19일 새벽 가슴 조리며 쾌소식이 있을 것을 고대하고 있던 순간 과연 우리의 선수 함기용 군의 우승은 전하여진 것이다. 함 군은 전 코스를 2시간 32분 29초로 주파혀여 골인한 것이었다. 무릎을 치고 쾌재를 부를 때 다음 다음 송길윤 최윤칠 군이 잇따라 2·3착을 차지해 버렸다.

　　　　　—「사설·강인한 정신력의 승리」,『동아일보』(1950.4.21)

전파를 타고 보스턴의 쾌소식이 전해진 것이 20일 상오 5시 40분 재빨리 본사의 호외는 장안 구석구석에 돌았다. 변덕쟁이 전기 덕분에 라디오도 새벽 특별 뉴스로 함기용 송길윤 최윤칠 군의 이름을 소리쳐 외쳤다.

―「여적」, 『경향신문』(1950. 4. 21)

이 시 역시 이를 기리기 위한 주간지의 청탁에 의해서 씌어졌다. 당시 우승을 예측하는 기사 덕분에 새벽잠도 설치면서 많은 이가 라디오에 귀를 기우렸다고 한다. 이 마라톤 대회는 20세기의 반세기가 마감하는 1950년 4월 20일 한국시각 20일 새벽 3시(현지시각 19일 13시)에 시작되었다. 마라톤은 나라와 민족과 인종의 천부적인 근본과 후천적인 생활의 모든 정신적인 요소를 겨루는 거룩한 스포츠이다. 화자는 마라톤의 출발과 더불어 이제나 저제나 하고 우승 소식을 기다린 것이다. 그 사이 코스를 뛰는 발소리는 이제 초침소리와 함께 가슴에서 뛰고 있다. 골인 순간이 다가올수록 우리 선수들의 발걸음소리와 기록을 알리는 초침소리로 가슴은 더욱 빠르게 뛴다.

왜 우리 선수들의 귀에 익은 그 발걸음소리가 들리지 않고 눈에 선한 가슴에 붙은 태극마크가 왜 보이지 않겠는가. 다섯 시 반(정확히 5시 32분 29초) 우리 선수들이 차례로 골인했다. 이는 새벽의 괜한 꿈이 아니다. 50만 관중이 모두 일어나 환호했다. 20억 세계인구(1960년에 30억 인구가 됨. 현재는 70억 인구)가 겨루는 경주에서 우리 3천만 겨레가 이겼다. 5천 년 우리나라 역사에서 세계에서 1,2,3등을 독차지한 일은 처음이다. 세계의 모든 나라 모든 이들이 우리를 축복하고 우리 민족 전체가 그대들에게 고마워한다.

시상대에서 울려나는 우리의 성가―애국가가 들리는 듯싶다. 애국가가 울리면 왜 눈물이 솟는가. 1936년 베를린 올림픽 때 마라톤 1위 손기정, 3위 남승룡, 1947년 보스턴 마라톤 대회 1위 서윤복 때도 온 겨레가 울었다. 이는 기쁨의 눈물이라기보다 나라 잃은 민족의 복수의 눈물 같은 것이다. 우리는 헤이그 밀사인 이준 열사가 순사했을 때, 하얼빈에서 안중근 의사가 이토 히로부미를 샌프란시스코에서 장인환 전명운 의사가 스티븐슨을 상하이에서 윤봉길 의사가 시라카와 대장을 살해했을 때, 도쿄에서 이봉창 의사가 일왕에게 폭탄을 투척했을 때, 서울에서 김상옥 의사 등 여러 독립 운동가들이 일제와 싸웠을 때도 그렇게 복수의 눈물을 흘렸다. 이런 복수의 눈물의 버릇이 쉽게 버릴 리는 없지만 엄연한 독립국민인 우리는 이제는 정정당당히 싸워 이겨 승리의 눈물을 흘리자. 세계대회에서 1 · 2 · 3등을 휩쓴 5천년 인류 역사에 유례가 없는 이 사건은 이러한 애국 독립정신이 모인 열기로 이룩되었다. 우리는 20억 인류의 챔피언이다. 이제 우리는 나라가 더러 어지럽고 굶주려도 이에 맞서 싸우고 싸워서 이기는 겨레, 영원히 멸망하지 않는 불가사리 겨레이다. 모두가 우렁차게 애국가를 부르자. 영랑은 다소 흥분한 목소리로 이 마라톤 승리를 계기로 우리 민족의 미래를 활짝 열자고 외친다.

87

오월 한五月恨

모란이 피는 오월 달
월계月桂도 피는 오월 달
온갖 재앙이 다 벌어졌어도
내 품에 남는 다순 김 있어
마음실 튀기는 오월이러라

무슨 대견한 옛날였으랴
그래서 못 잊는 오월이랴
청산靑山을 거닐면 하루 한 치씩
뻗어 오르는 풀숲 사이를
보람만 달리는 오월이러라

아무리 두견이 애달파 해도
황금 꾀꼬리 아양을 펴도
싫고 좋고 그렇기보다는
풍기는 내음에 지늘껴건만
어느새 다 해진 오월이러라

五月恨

모란이 피는 오월달
月桂도 피는 오월달
온갖 재앙이 다버러젔어도
내품에 남는 다순김 있어
마음실 튀기는 五月이러라

무슨 대견한 옛날 였으랴
그래서 못잊는 오월 이랴
靑山을 거닐면 하루한치식
뻗어오르는 풀숲사이를
보람만 달리는 五月이러라

아모리 두견이 애닲어 해도
황금 꾀꼬리 아양을 펴도
싫고 좋고 그렇기 보다는
풍기는 내음에 지늘껴것만
어느새 다해—진 五月이러라

―『新天地』5권 6호(1950.5)

· 월계화月季花: 중국이 원산지인 장미의 일종. 월계, 월계꽃, 사계四季, 사계화, 장춘화長春花. 중
국장미(학명 Rosa chinensis).
· 재앙災殃: 뜻하지 않게 생긴 불행한 변고. *재양, 지앙: '짓궂음' 의 전라방언.
· 다숩다(다순): 알맞게 따뜻하다.
· 마음실: 심금心琴(외부의 자극에 따라 미묘하게 움직이는 마음을 비유적으로 이르는 말).
· 지늘끼다(지늘껴건만): '가위눌리다' 의 방언.
· 다해지다(다해—진): '다 하여지다. 다 지나가다' 와 '다 해가 지다' 의 뜻겹침 시어.

영랑 절명의 시

　오월은 모란이 피고 월계가 피는 달이다. 모란과 월계는 둘 다 화사하고 탐스럽기 이를 데 없는 꽃이다. 그리고 대부분 정열적인 붉은빛이다. 그런 꽃들의 유혹에 의젓할 수만 없는 것이 또한 사람이다. 그래서 사랑이 있고 성이 있어 시기와 질투와 싸움이 그치지 않는 재앙, 그리고 연애를 연습하는 양 애들조차 바람나서 짓궂게 장난치는 지앙의 달이 또한 오월이다. 그러나 화자에게는 사랑과 미움이 교차하고 사랑이 오고 가고 했어도 아직 품속에 다순 김이 남아 있다고 한다. 이 다순 김은 임의 체취인지 사랑의 추억인지 또 다른 무엇인지 모른다. 그러나 이 다순 기운이 응축되어 악기를 연주할 수 있을 정도의 에너지원이 되어 가슴 속 심금을 울린다.

　무슨 대견한 옛날 일이 있은 것도 아니다. 그러니 그런 일 때문에 오월을 못 잊는 것도 아니다. 사람의 일이란 다 그런 것으로 잊고 잊히는 것이다. 오월은 옛날에 있지 않고 지금 이 자리에 있다. 청산을 거니노라면 하루 한 치씩이나 무성하게 자라는 풀숲 사이를 풀만큼이나 무성하게 뻗어 오르는 보람이 이어가며 달려오는 오월이 여기 있기에 나는 오월을 잊지 못하고 찬양하는 것이다. 오월은 보람의 계절이다.

　오월의 꽃이 모란과 월계화라면 오월의 새는 두견과 꾀꼬리이다. 아무리 두견이 옛날이 서러워 애달파 울고 황금빛 꾀꼬리 짝짓기 하는 아양을 펼쳐도 그것이 좋네 싫네 하고 내 입맛에 맞추기 이전에 이미 새의 소리와 새의 몸짓에 흠뻑 젖고 오월의 향취에 오히려 싫증이 날 정도로 지치도록 취하여 지내왔는데 어느새 오월은 지나가 버렸다. 오월은 그렇게 한이 많은 계절이다.

「모란이 피기까지는」에서는 '뻗쳐오르던 내 보람 서운케 무너졌느니' 하고 한탄했는데 여기 「오월 한」에서는 그 보람이 나의 것이 아니라 오월 자체의 것이라 하였다. 오월은 그렇게 내가 느끼고 판단하기 이전에 이미 스스로의 보람을 펼치다가 가버린 것이다. 그리고 영랑도 이 마지막 시를 쓰고 가버렸다. 영랑은 이 시작품으로 「모란이 피기까지는」의 서정의 세계로 복귀했다. '내 품에 남는 다순 김 있어 마음실 튀기는 오월' '청산青山을 거닐면 하루 한 치씩 뻗어 오르는 풀숲 사이를 보람만 달리는 오월' 등의 시어와 '온갖 재앙이 다 벌어졌어도' '무슨 대견한 옛날' 등의 일상어를 조합하여 그가 가장 좋아하던 계절인 오월의 아름다운 서정을 마지막까지 펼치고 영랑은 그렇게 불의에 갔다.

이 도서의 국립중앙도서관 출판시도서목록(CIP)은 e-CIP 홈페이지
(http://www.nl.go.kr/ecip)에서 이용하실 수 있습니다.
(CIP 제어번호 : CIP2012006089)

가슴엔 듯 눈엔 듯 또 핏줄엔 듯

2012년 12월 20일 초판 1쇄 인쇄
2012년 12월 28일 초판 1쇄 발행

지은이 | 오하근
펴낸이 | 孫貞順
펴낸곳 | 도서출판 작가
　　　　서울 서대문구 북아현3동 1-1278 (우120-866)
　　　　전화 | 365-8111~2　팩스 | 365-8110
　　　　이메일 | morebook@morebook.co.kr
　　　　홈페이지 | www.morebook.co.kr
　　　　등록번호 | 제13-630호(2000. 2. 9.)

편집 | 손희 김민정
디자인 | 오경은
영업 | 손원대
관리 | 이용승

ISBN 978-89-94815-24-4 (03810)

* 잘못된 책은 구입하신 서점에서 바꾸어 드립니다.
* 지은이와 협의하에 인지를 붙이지 않습니다.

* 이 책은 전라북도 문예진흥기금을 일부 지원받아 출간하였습니다.

값 20,000원